THE PAST AND FUTURE OF THE STORY

故事的过去与未来

广西师范大学出版社
GUANGXI NORMAL UNIVERSITY PRESS
·桂林·

故事的过去与未来
GUSHI DE GUOQU YU WEILAI

出 品 人：刘景琳
责任编辑：淡 霞
助理编辑：高晓涛
责任技编：伍先林
装帧设计：徐俊霞 王玲芳［广大迅风艺术 ］

图书在版编目（CIP）数据

故事的过去与未来 / 张柠著. —桂林：广西师范大学出版社，2022.1
ISBN 978-7-5598-3972-5

Ⅰ. ①故… Ⅱ. ①张… Ⅲ. ①中国文学—当代文学—文学评论—文集 Ⅳ. ①I206.7-53

中国版本图书馆 CIP 数据核字（2021）第 202399 号

广西师范大学出版社出版发行
（广西桂林市五里店路 9 号 邮政编码：541004
网址：http://www.bbtpress.com）
出版人：黄轩庄
全国新华书店经销
河北鹏润印刷有限公司印刷
（肃宁县工业聚集区 邮政编码：062350）
开本：880 mm × 1 230 mm 1/32
印张：13.375 字数：285 千字
2022 年 1 月第 1 版 2022 年 1 月第 1 次印刷
定价：49.80 元

代序 |

人算与天算：叙事的过去与未来

近年来流行的“数字时代”“算法时代”等时髦术语，已经开始入侵文学领地，似乎暗含着一种技术崇拜的价值取向，但我觉得，这也从反面证明了“文学”存在的价值。对于科学技术意义上的“算法”，我是门外汉。但我经常看到有人坐在路边搞“算法”，他们当然不是在帮你数钱，而是要为你计算那些你自己算不了的事情，比如命运、爱情、未来等重大问题。尽管这种行为似有“封建迷信”的嫌疑，但是，这种古老的“命运凶吉算法”至今依然存在且流行，说明人类还是有算不清楚的时候，还是有算不明白的问题。那怎么办呢？一方面，我们要努力学习，提高“人算”的水平和能力；另一方面，也不要完全拒绝神秘的“天算”。文学艺术经典中的超验部分，往往含有“天算”功能，如《红楼梦》里的补天顽石神话和太虚幻境寓言。

面对过去和未来，人类需要也善于算计，这是一种操控世界和利用自然的能力，也可视之为“主体性”凸显的重要标志之一，属于科学技术范畴。上天更善于算计，它算那些人算不了的事情，其中隐含着作为主体之人无法企及的神秘，属于神话学诗学或者形而上学的范畴。这两者似乎了无干系，人类和上天，各算各的账，仿佛井水不犯河水。深究起来，井水跟河水有更深层的联系，河水经常要犯井水。通过渗水岩层，地表河水的水位高低，决定了地下水的水位高低。所以不要将河水跟井水粗暴地分开。

古希腊雅典城邦的哲学家亚里士多德，也是将“人算”与“天算”分而论之的人，而且还鼓励个人僭越到“天算”领域。他认为，哲学不生产知识，哲学产生于人类对不可知事物的“迷惑”和“惊异”。同时，哲学也包含着人类试图摆脱“愚蠢”的渴求。哲学只为自己而存在，它从来都不为“任何利益”服务，它追求的是“上窥天机”的“智慧”，因而是“唯一的自由学术”和“神圣的知识”（亚里士多德:《形而上学》卷一，第二章，商务印书馆1999年版）。亚里士多德的说法很诱人，拉近了人类思维与最高智慧之间的距离，也改写了无知（愚蠢）与知识（智慧）的边界，还让那些高远的神秘知识与人类之间，有了亲近的可能性，从而使得人类的思想形象能够维持在一个高水准的尊严层面。

但我不得不说，亚里士多德的话过于绝对了，至少对古老的东方智慧而言，它是不完全的。比如，“不为任何其他利益而寻求智慧”的这个说法，就过于绝对。因为，我们能够找到许多既“寻求利益”又“获得智慧”的例证。比如，上古中国的商朝人，利用龟甲的裂纹占卜凶吉的思想观念和行为模式，就包含着“获取利益”和“寻求智慧”的双重诉求。我们可以将这一思维模式和相应的行为，命名为“凶吉二元算法”。这种算法的有效性到底怎么样，是另外一回事，而且也难以求证。此外，还有中国先秦哲学著作《周易》，传说那是周朝人的著述。它是为了应对外部凶险环境而发明的另一种算法，可以视之为商人“凶吉二元算法”的变种和升级版，不妨称之为“阴阳二元算法”。今天有人说这是“二进制算法”的先驱，我们姑且听之。《周易》的“阴阳二元算法”，利用木棍或蓍草形成的“卦象”进行占卜，既有寻求避开凶险之途的实用目的，又有试图窥见神秘天机的超越性诉求，因此，它捎带着还成就了一种伟大的智慧，一种先知预言的方法论。作为“先知之书”，《周易》是一部没有作者的著作，体现了古人的集体智慧，也是东方神秘主义智慧的重要源头。

托名于“黄帝”或“岐伯”的中国古代医学哲学著作《黄帝内经·素问》和《黄帝内经·灵枢经》，同样是没有作者的著作，也可以视为古人集体智慧的结晶。这部奇书，既是一种指向“混沌未开”或“元气未裂”的“人体乌托邦”理想；又是一种“阴阳和合”“五行相生相克”“天人合一”的哲学思想的生命演绎；更是一种具有实用救命价值的“人体乌托邦算法”。与“凶吉二元算法”和“阴阳二元算法”相比，《黄帝内经》的“人体乌托邦算法”更接近科学，因为事关人的小命儿，不可云遮雾罩不落实处。但中医哲学毕竟不是狭义的“科学”，离“科学”还有一定距离，带有哲学乃至诗学色彩。中医理论将哲学（对人体小宇宙秘密和自然大宇宙天机的猜想）和技术（观察诊断人体的病象，提供预防和治疗的方案）合二为一，将技术实用功能和智慧超越功能合二为一。不但估算人体健康状况，还要预测命运的进程和走向。

上述那些古老的“算法”很难立即得到验算。不能验算就很难说是科学，因为科学是可以反复验算并得出相同结果的。但科学也有失算的时候，一旦时空条件发生变化，它就算不灵了，它的验算就出错了。小凶小吉（手机坏了或炒股赢了）的小经验，可以验算；大凶大吉（重大灾变或生死消息）的大经验，无法验算。那些古老“算法”，算对了就是科学，算错了就是巫术，半对半错就只能当作诗学或者哲学了。与人类命运相关的运算结果，属于“天机”消息，用不着急于去验算，可以把它交给以1000年为单位的历史长时段，可以交给未来去验算。人体之谜、人性之惑、人类之运，成了迷人的神秘主义诗学。因此，《周易》和《黄帝内经》，同时也是最尖端高深的诗学著作。

最早的“人算”和“天算”，其实是合而未分、混沌一体的，因为那时候没法分，那时候天人相通相亲，天理与人道并不隔膜。科学技术和哲学诗学的分道扬镳，是后来才有的事情。面对这种“分离”状态，庄子在《天下篇》中宣称：“道术将为天下裂。”庄子随即发“悲夫”之哀叹。他叹“道术”（总括的形而上学）被“方术”（分治的学科技术）所取代。（近人蒋锡昌认为，“方术”只是“道术”的一部分，此说甚是。参见蒋锡昌《庄子哲学》第187页，上海书店1992年版）尽管庄子十分清楚地知道“百家众技，皆有所长”，但他还是站在追求“道术”的更高的完美立场，批评了“机械制造工程师”墨翟，批评了“逻辑算法工程师”公孙龙子，还批评了“神秘主义天文学科”创始人宋钘等，批评他们“往而不返，必不合（道）

矣！”以至于令后人不见天地之纯美、世界之全体。

上面所引庄子的观点，不完全代表我的观点。我非常敬重那些致力于为人类日常生活造福的工程师。他们是现代文明的产物。他们是最早摆脱那种沉溺于中世纪幻想玄思状态的先驱。比如，发明蒸汽机的英国工程师詹姆斯·瓦特，就非常了不起。他面对着火炉上开水壶的铁盖的跳动，无问凶吉，处变不惊，沉着冷静，用近代“机器制造算法”，算出温度升高导致液体转化为气体，算出气体膨胀产生蒸汽的推动力，算出热能转化为动能的原理。瓦特的“方术”，引起了人类劳动方式的巨大变革，首先是将人类从牛一般的重负之中解救出来了，把人类移动速度提高了无数倍，进而顺便改写了人类的时空观念。对此，《易经》蓍草哲学的“凶吉二元算法”是无能为力的。但是，假如我们以1000年的长时段为思考的时间单位，那么，这个“凶吉二元算法”就有了用武之地。英国工程师詹姆斯·瓦特做梦也没想到，他的蒸汽机将人类从艰辛的劳作中解救出来的同时，却培养了大批懒汉、寄生虫、食利者、资本家、剥削阶级。这才不到300年的时间，真是人算不如天算啊！全世界热爱劳动的人都要变成懒汉和寄生虫？此可谓不吉也！不可谓不凶也！此时此刻，在古老的“凶吉二元算法”面前，近代“机器制造算法”，顿时就显示出了它的局限性，它就只能是“方术”而不是“道术”了。问题不出在“机器制造算法”本身，而是因为时空条件发生了变化。而古老的“阴阳二元算法”，正是一种对时空变异极其敏感的算法。所谓“易”之三义，不仅仅是“简易”的，也是“不易”的，更是“变易”的。

对机械静止的“方术”的信任和依赖，是现代文化的重要命题之一，同时又是现代文学艺术反思的对象。俄国大作家陀思妥耶夫斯基，称之为“二二得四”的铁律和石墙，与个体的“自由意志”了无干系。陀氏笔下的主人公“地下室人”，在大声喊叫，宁愿在“二二得四”的石墙上撞死，也不愿让“自由意志”臣服在乘法口诀表的铁律面前。（陀思妥耶夫斯基：《地下室手记》，第一章，第三节，商务印书馆1995年版）在这里，陀思妥耶夫斯基将“客观规律”和“自由意志”作为正反两方面的例证相对举。与此相似的是德国学者马克斯·韦伯，他将“资本主义理性精神”一分为二，一个是合乎“纯粹物质目的”的理性，或称之为“工具理性”；一个是合乎“情绪或者价值”的理性，或称之为“价值理性”。（马克斯·韦伯：《经济与社会》第238—241页，商务印书馆1998年版）马克斯·韦伯尽管试图调和这两种理性的矛盾，但他还是忍不住大发议论：“没人知道将来会是谁在这铁笼里生活；没人知道在这惊人的大发展的终点，会不会又有全新的先知出现；没人知道会不会有一个老观念和旧理想的伟大再生。……完全可以……这样来评说这个文化发展的最后阶段：‘专家没有灵魂，纵欲者没有心肝；这个废物幻想着它自己已达到了前所未有的文明程度。’”（马克斯·韦伯：《新教伦理与资本主义精神》第143页，三联书店1987年版）可见，道理归道理，情感归情感，逻辑解决不了所有问题，“工具理性”带来的福祉，是有限的，“价值理性”面临的问题，还得另外求签。那些遭人冷眼的古老算法或许也不是完全无能为力。

我们身处其中的这个时代，正借助于芯片和纳米技术等高科技——计算机、跟踪器、窃听器、电子眼、智能手机、平板电脑、机器人、任天堂四代，等等——将叙事的总体切成了碎片，同时将我们带入欲望满足后的战栗和深渊。人类完全进入了所谓的“算计时代”，或者叫“算法时代”。跟商朝人的“凶吉二元算法”、周朝人的“阴阳二元算法”、黄帝和岐伯的“人体乌托邦算法”，以及詹姆斯·瓦特的“机械制造算法”相比，今天的高科技“芯片数字算法”貌似更高级，但在回答“价值理性”的疑问之时，我总觉得，它很容易蜕化为“高级黑算法”。我们被无处不在的“高级黑算法”所包围。它带来的无疑并非全是福音，更多的甚至是焦虑、烦恼、恐惧、厌倦、无奈。因此，“躺平”的打算始终在心头。我们在这样一个“芯片数字算法”浸淫的背景之下讨论人文和文学，讨论叙事和故事，倒也另有一番甜酸苦辣。写到这里，“人算不如天算”的古老谚语，又在我耳边响起。

这篇文章是我为自己的最新论文集《故事的过去与未来》所写的序言。文章集中讨论的是“数字时代”或“算法时代”与古老的“叙事”和“故事”之间的关系。我力图把这些时髦概念，放到概念演变史中去把握，用历史范畴去捕捉当下时髦。论文是从我2013年以来发表的论文中精选来的，八年二三十万字，多乎哉不多也！涉及的问题倒不少：中国故事形态、讲故事的方法、青花瓷和农耕美学、老子和庄子的告诫、城市文化和通俗类型文学、科幻小说和二次元世界、青年作家群像。诸多元素相聚在一起，是应“文学”的邀约而来。“文学”自然是其中的核心理念，关键词则是“叙事”或“讲故事”：讲什么？如何讲？为什么讲？古老的“故事”跟现代的

“文学”有什么关系？“故事”和“文学”的未来如何？粗粗一看，过去和未来，好像是一个并列短语。其实它是一个偏正短语。过去和未来是定语，是修饰词，是历史语境和背景。让事物和历史去修饰文学，而不是让文学去修饰别的什么，是我内心的愿望。现代文学，就是对“人算”的肯定，尽管“天算”也应得到应有的尊重，因为“人算”毕竟难以替代“天算”。但我依然要肯定“人算”，并因此感到欣喜和激动。倘若没有“人算”，“天算”与我何干！

张柠

2021年7月6日，写于西直门立交桥畔

目　录

第一辑　中国故事形态

001　故事的权威性及其中国形态　…… 3

002　庄子“混沌”寓言故事解析
——兼及文与思之关系　…… 19

003　现代经验与文学中的不适感　…… 36

004　青花瓷：农耕美学的容器　…… 54

第二辑　讲故事的方法

005　小说的基本要素　…… 81

006　叙事中的细节与情节　…… 116

007　长篇小说的结构和意义　…… 143

008 长篇“三部曲”的繁盛与终结 …… 160

009 今天的长篇小说应该写多长？ …… 168

第三辑 城市的馈赠

010 城市的形与神及其书写传统 …… 179

011 城市与城市文学略说 …… 207

012 雅典城邦里的“会饮” …… 225

第四辑 数字时代的文学

013 世界的轻重缓急和想象方式
——论“二次元”与“三次元”异同 …… 237

014 网络小说及其评价方法 …… 254

015 “小清新”的文艺生活
——在北京师范大学2012读书节闭幕式上的演讲 …… 269

016 纯文学的优势在哪里？ …… 281

017 现代叙事的困境 …… 289

018 批评和介入的有效性 …… 309

019 当代艺术中的叙事性 …… 325

第五辑　叙事文学的未来

020 理想是不同类型文学的公约数 …… 339

021 文学“新人”形象的未来 …… 353

022 文学与现实的关系答问录
（拟“对话体”） …… 371

023 有信念的艺术与胆小鬼艺术 …… 382

024 青年作家短论一束 …… 391

第一辑

中国故事形态

001 |

故事的权威性及其中国形态

本文缘起一个话题："如何讲述中国故事？"这是一个无法讨论且带有预言性或者巫术性的话题，因此我不打算讨论它。但我的话题与此也有关联：谁有资格讲述（故事的权威性），以及中国故事的形态（历史演变）。在进入正题之前，还有一个问题要交代，就是关于"故事"这个概念，它意指什么？跟"小说"的关系如何？

首先，本文的"故事"概念是常识层面的用法，也就是按字面的意思使用。它包含两层意思，第一是"遥远的过去发生的事情"，但我们必须放弃这种用法，因为在没有人讲述之前，谁也不知道过去发生过什么。第二是"被人讲述出来的故事"。讲述者有"无名"和"有名"之分。民间故事讲述者是"无名"的，属于民俗学（或社会学和人类学）研究范畴；文人故事讲述者是"有名"的，属于文学研究范畴。

俄国理论家普罗普，在《故事形态学》《神奇故事的历史根源》《神奇故事的演化》等著作里，对民间故事和传说进行了深入研究。

普罗普要做的，是对世界范围内的“神奇内容故事”（而非“日常生活故事”）进行“形态学”研究。因此，他首先就要解决故事分类学问题。他试图用林奈的动物和植物分类学方法对神奇故事进行分类。那么，分类学的依据是什么？普罗普找到了故事中的一个不变的要素，他称之为“故事角色的行动或者功能”，全世界故事的结构，都是由他所说的三十一种不变的“角色功能”增删组合而成的。也就是说，他要为“神奇故事”这种不稳定的形态——同一类型的故事，在不同的地域或不同的时间，有不同的讲法——寻找稳定的要素，进而发现故事形态的历史演变规律。

本文不打算讨论那种一般意义上的“故事”，而是要讨论特殊类型的“故事”，即文人讲述出来的故事，也就是小说。从这个角度看，故事概念似乎大于小说概念。可是鲁迅讲“中国小说史”，开篇就是“神话与传说”，《中国小说的历史的变迁》的第一讲，也是《从神话到神仙传》。小说概念似乎又涵盖了故事概念。但我认为，鲁迅讲的“神话与传说”，应该是属于“文献学”意义上的，也就是由史官文士编纂出来的文献；而不属于“叙述学”意义上的，即由某一个体讲述或写作出来的作品。

个人讲述的故事，是指某个人的“叙述行为”得出的结果——“叙事作品”。这种叙事作品又有“实录”和“虚构”之分。古典故事重心在“实录”（历史），现代故事重心在“虚构”（艺术）。而且这种“虚构”出来的故事（艺术作品），不仅仅局限于“遥远的过去的事情”，它可以是“已经发生过的事情”，也可以是“正在发生着的事情”，还可以是“将要（希望）发生的事情”，甚至是这三者的有机交织。这就是所谓艺术性的“小说”——它是因某个具体作者的讲述行为而产生的“故事”，即“叙事虚构作品”。它是一个经验与幻想、时间与空间有机结合的艺术整体。因此，我们也可以将小说这种文体，通俗地称为“故事”，将小说作者通俗地称为“讲故事的人”。

接下来是“如何讲述中国故事”这句话的主语，它被省略了。“谁在讲述？”我们不知道谁在“讲故事”，讲故事的主体缺席。谁可以讲故事呢？只有作家或者某种专业人士才能讲吗？毫无疑问不是。我和你都可以讲，所有人都可以讲。只要你愿意，并且有讲故事的冲动，那么你就可能是“讲故事的人”。请注意，我说的是“可能”，也就是说还有例外。那就是你讲的故事不好听，陈腐老旧，老调重弹，没有趣味，没人爱听，都跑掉了。你缺乏讲述的权威性，你就不能成为“讲故事的人”，只能是一个自言自语者。所以，要成为一个“讲故事的人”，除了有讲述的冲动，你还需要有讲故事的才能，讲得动听，吸引人，最好能产生艺术效果。也就是说，你必须具有讲述的权威性。什么样的讲述者具有权威性呢？我认为有三种类型的权威。

（一）“时间的权威”。我称之为“年长者叙事”。这种讲述者的权威性，来自他活得很久。他可能是一位部族首领，或者村里的老爷爷，年纪大，活在世上的时间比别人都长，知道遥远的过去的事情。他们的故事一般都这样开头：“在很久很久以前”“在你父亲还没出生的时候”“那时你还很小”。总之，他的故事和见闻，都发生在很久远的从前，都是当下的听众不曾经历过的。这种“年长者叙事”的权威性，属于“时间的权威”。这是一种最古老的讲故事的方式。我们从小就见识过这种来自爷爷奶奶、爸爸妈妈的讲述权威。我们没有资格去怀疑，只能洗耳恭听。

（二）“空间的权威”。我称之为“远行者叙事”。这种讲述者的权威性，来自他走得很远。他可能是一位探险家、旅行者、商人、水手。他离开故土去过很遥远的地方，遇到过别人不曾遇见的事情。故事一般都是这样开头：“在遥远的地方有一座仙山”“在高山西边的山上有一个山洞”“在大海尽头有一座岛屿”“那是人迹罕至的地方”。总之，他们的故事和见闻，都发生在空间上很远的地方，也是当下的听众不曾经历过的。这是另一种古老故事的讲述方式。跟老人是一种时间上的权威相似，探险家和旅行者的权威，是一种空间上的权威。那些没有远行的人，同样没有资格去怀疑，也只能洗耳恭听。

上面两种叙事方式，它们的共同之处在于，首先诉诸直接经验。作为时间权威的年长者和作为空间权威的远行者，他们讲故事的过程，其实就是将那种直接的经验呈现出来的过程，仿佛一头老牛，将储存在胃里的食物，在事后某个时间里，再重新调出来咀嚼一遍，相当于经历了两回吃草体验。所以又可以将这一类因“经验的权威”产生的叙事，形象地称为“反刍者叙事”。

如果一个人既不是年长者（他是个年轻人），又没有远行经验，只知道村里的和周边那点事儿，那么，他就不可能具备“时间权威”和“空间权威”。一般而言，他也就没有资格讲述“很久很久以前”和“很远很远地方”的故事。如果他继续执意要做一位讲述者，那就只能另辟蹊径，获取另外一种权威者的身份。于是就产生了第三种讲述者的权威。

（三）“创造的权威”。我称之为“幻想家叙事”。“文学幻想”不仅是一种摆脱“时空经验”束缚的回忆和感官反应，而且同时又是能够创造性地将世界和事物想象成有机的整体的高级心理活动。这种与文学创作相关的“幻想”，才是我们在讨论文学时最关注、最重视的那个部分，因而是需要进一步详细讨论的部分。“幻想家叙事”的权威性，不依赖于时间和空间上的直接经验，恰恰相反，它要瓦解那种时间和空间上的简单权威，进而建立“创造的权威”。瓦解的方法或途径有两种：一种是增加记忆长度以瓦解时间权威，一种是增加感知的广度以瓦解空间权威。

下面将分三个层面，对“幻想家叙事”这种新的权威叙事模式，进行必要的辨析。

第一，面对时间，“年长者叙事”对经验的“反刍”过程，局限于生物学意义上的生命时间。“幻想家叙事”对时间的记忆，则可以超越今生而抵达到前世，或者穿越现在而重返过去的时光，因此“幻想家叙事”的时间长度远远超过了“年长者叙事”，从而瓦解了“年长者叙事”的时间权威。“远行者叙事”对直接的空间经验的“反刍”，同样也是局限在生物学意义上的感官刺激和见闻，比如眼睛的可视空间、耳朵的可听空间、各种感觉器官可能触及的空间。此外，它还受制于外部世界事物的物理性能，比如，主人公受制于气体（云雾和空气）、液体（江河湖海）、固体（岩石泥土）等性质的限制。“幻想家叙事”中的主人公，则可以突破这种空间的限制，以及事物相应的物理性能的限制，从而瓦解了“远行者叙事”的空间权威。比如想象中的“顺风耳”和“千里眼”，是对感觉器官空间局限的突破；幻想故事中的主角像鸟一样腾云驾雾、像鱼一样穿江入海、像穿山甲一样遁土穿山的能力，是对事物的物理性能限制的突破，以及更加神奇的变化能力，是对人本身局限性的突破。这些都远远超出了“远行者叙事”的空间范围。这些都属于“幻想家叙事”的常见模式。这个过程，可以视之为“直接经验”转化为“间接经验”的过程，同时也是瓦尔特·本雅明所说的“经验贬损”过程。然而问题并不止于此。

第二，随着人类文明进步，幻想经验有一部分可以变成日常经验。比如，通过文字、书写和印刷的发明，以及相应的识字和阅读行为，将时空经验由直接变成了间接，把感官的直接感知，变成了对那些感知的想象。尽管它不能替代传统的时空体验，但它瓦解了传统时空经验的神秘感进而瓦解了它的权威性。随着传播技术的变革，影像、声音、动作都可以作为传播的内容：从图画到摄影，到电影和电视。随着新技术领域的革命性变化，电子媒介和互联网兴起，幻想经验中的“千里眼”和“顺风耳”变成了现实。交通技术的进步也使飞翔的幻想经验变成了直接经验。我们坐在房间里，就可以看到很遥远的地方。高科技把过去的权威瓦解了，“很久很久以前”或者“很远很远地方”的事情，我们也可以经验到。因此，年长者的权威性和远行者的权威性，统统贬值了，新时代的人们在高科技的支持下，通过手机和互联网，就可以获得那种时间和空间的权威。这个过程，既是一个“幻想经验”转化为“日常经验”的过程，同时又是对“被贬损的经验”的逆转和再度激活。由此，悲观主义者的“经验贬损”，就变成了乐观主义者的“经验增益”。它使得一种新的叙事模式的出现成为可能。相对于理论家而言，这一点对从事小说创作实践的人而言，显得尤为重要，因为小说家无法依赖概念，而必须依赖经验。

第三，幻想经验中还有更加重要的部分，就是没有或尚未变成“经验”的部分，也就是人们没有直接经验过的部分，甚至也没有间接经验过的部分。这在传统诗学中，属于“灵魂回忆”的范畴。古希腊大理论家柏拉图就认为，广义的“诗”就是一种“灵魂的回忆”，由此，只有“诗”（艺术）才能够呈现“最高的真实”，而不是一般经验层面的事物。这个“最高的真实”就是我们身边的一个“无穷大”，它甚至不是“经验的”，而是“超验的”。对于“幻想家叙事”而言，它可能是用现实经验材料建筑起来的“超经验的世界”。它是柏拉图的“灵魂的回忆”，是柯勒律治的“幻想”，是弗洛伊德的“潜意识”和“白日梦”，是荣格的“集体无意识”，甚至是王尔德所提倡的“谎言”（其目的在于恢复被年长者和远行者毁掉的想象力，同时摆脱对“事实”畸形崇拜的惯性）。这就是为什么“幻想家叙事”能够超越“反刍者叙事”的地方。从艺术虚构的角度（而不是历史真实的角度）而言，“幻想家叙事”可以替代依赖于经验的“反刍者叙事”。

讲故事者中的“幻想家叙事”或者“创造的权威”，由此摆脱了“年长者叙事”和“时间权威”的束缚，也摆脱了“远行者叙事”和“空间权威”的羁绊。这种叙事模式借助于“自由的想象”和“灵魂的回忆”，而建构了一个全新的世界。这个因创造而产生的世界，既是过去的又是未来的；既是现实的又是梦幻的；既是经验的又是超验的。因此，它与其说是一个“实然的世界”，不如说是一个“应然的世界”。它以“经验”为材料，创造一个梦幻般的“超验”世界，一个“有意味”的世界。这个世界，是属于文学的、属于诗的世界。一种相对于传统的“时-空”权威的新权威叙事，由此而诞生，它就是建立在“创造性权威”基础上的“幻想家叙事”。

我们发现，经验不但没有贬损，反而在变革中不断增益。旧叙事权威的消失，跟新叙事权威的诞生，几乎是同步的。所谓“讲故事的艺术衰落”的说法，不过是悲观主义者的叹气而已。接下来的问题就是：我们需要讲什么故事？答案自然是“中国故事”。像乔叟讲英国故事、薄伽丘讲意大利故事、拉伯雷讲法国故事、普希金讲俄国故事那样，我们讲“中国故事”。问题在于，这个“中国故事”的形态也是复杂多样的。何为“中国故事”？我们期待何种“故事”？依然需要讨论。

中国古代史官和文士所说的“小说”，指的是汉魏六朝的志人和志怪，唐宋时代的传奇和异闻，宋明以降的琐记和杂录。他们把这些文字称为“小说”，收入史书中的“子”集或者“史”集之中，作为辅助材料，也就是“正史料”之补充的“野史料”。它并不包括宋明以来的市民社会中出现的话本讲史、说经宣教、公案侠义一类的通俗小说。

施蛰存在《小说的分类》一文中，根据不同历史时期史官、文士对“小说”这种文体的不同认知和理解，将中国小说分为四个阶段和四种类型。

第一是汉魏六朝的志人小说（如《世说新语》）和志怪小说（如《搜神记》）。这些不受正统史家重视的“小说家言”，这些“街谈巷语”“道听途说”的琐言碎语，这些“百无一真”“不可征信”的怪话，之所以能够进入史官或者士大夫阶层的视野，是因为孔子说它“虽小道，必有可观者焉”。更重要的是，这些由文人搜集、编撰、改写，并且由文人阅读和传播的故事，并没有普及到民间（民间流传的故事也没有引起重视），主要在士大夫阶层或者官僚阶层内部流传。这种“小说”概念，与作为“虚构叙事文体”的“小说”概念，相距甚远。

第二是唐宋人的传奇小说。这离我们理解的“小说”概念，稍近了一步，因为增加了更多的人物描写，以及日常生活细节。但它不像第一类“小说”那样，被编入官方文集，它既不被编入史书中的“艺文志”，也不单独行世，而是“自来未有著录”（后世所见传奇，多出自类书，宋代类书《太平广记》，乃两汉至宋初的小说结集，凡500卷，鲁迅称之为“小说的林薮”）。不过，传奇故事虽然也是文人的著述，但欣赏者已经不限于文士，而是普及到了民间社会。一是欣赏者的文化程度已经有所提高；二是写作者的语言文字也更为通俗易懂，跟“志人志怪”文体的典雅古奥相比，它就只能叫“传奇体”了。

第三是宋明以降至清代，人们的注意力由史官所修“艺文志”中的小说，转向罕见著录而盛行于民间市井的通俗小说。比如话本（《五代史平话》）、明末的拟话本（《全像古今小说》）、讲史（《三国演义》《水浒传》)、神魔(《西游记》《封神传》)、人情(《金瓶梅》《红楼梦》)、公案侠义(《施公案》《儿女英雄传》),以及清代中后期的讽刺小说(《官场现形记》《孽海花》)等。

第四是近现代西洋小说传入之后的中国小说。这类小说指的是“五四”新文学运动以来一直延续至今的现代小说,比如鲁迅、茅盾、老舍、巴金、废名、沈从文等人的小说。它用的材料是现代白话汉语,它的内容是中国进入现代社会、开始告别古代的传统、融入全球秩序之后发生的事情,跟现代西方文学之间有较多的关联性。

这样,我们面对的“中国故事”就有三种基本形态,第一种是史官、文士收入官修史书的所谓“小说”;第二种是根据民间流传的传奇异闻和话本讲史演化而来的白话“小说”;第三种是现代白话汉语小说。前两种属于古典小说,第三种是现代小说。

古典小说的思维根基,在于“可以征信”的真实性。所谓的“虽小道,必有可观者焉”,它所“观”的,也是可征信的“真”的部分,以及对“不可征信”之“假”的部分的批评。志怪“小说”中,却充斥着大量“巫”的成分,或者“万物有灵论”之遗迹。其基本叙事模式是(以《夷坚志》中某篇为例):某某(孙九鼎),籍贯(忻州人),身份(太学生),时间(政和癸巳七夕下午),地点(东京汴河北岸),遇见神鬼精怪(跟死去多年的姐夫一起吃饭喝酒聊天)。志怪小说细节多荒诞不经,但结构是稳固的,时间感和空间感也是确定无疑的,有经验上直观的可感性,符合叙事的“时间权威”和“空间权威”,也就是历史叙事的权威。这就好比一个真实的箩筐,其中装满了子虚乌有的东西。六朝志怪小说中的细节和情节,与其说是指向人和日常生活，不如说是对人和日常生活的颠覆，它让日常生活成为疑问，让生命的运程出现偏差，最后，除了超级稳定的历史逻辑之外，一无所有。

与志怪小说相比，唐宋传奇则恰恰相反，它的细节和情节，与其说是指向神鬼精怪，不如说是对神鬼精怪世界的颠覆，它用人性的力量和人情的力量，去化解神鬼精怪的力量，让神秘不可知的世界成为疑问，让人性的光芒和人情的魅力得以张扬。比如，沈既济的《任氏传》，讲述了一个“人妖恋”的故事。开篇：“任氏女妖也”，结尾：“发瘗视之，长恸而归”。故事以人妖相遇开头，以妖狐为猎犬所害结束。中间是普通市民的具体真实的日常生活。细节极端写实且可信，但结构却属于幻想的或梦境的，这就好比一个假箩筐，其中装满了真材实料。沈既济感叹：“异物之情也有人道焉！遇暴不失节，徇人以至死……”并说故事可供人“揉变化之理，察神人之际，著文章之美，传要妙之情”。《古镜记》由多个神奇故事平行排列而成，其中的第一个故事也是如此：照妖镜前的狐狸，要求终止“照妖”程序而回到日常生活中。它们都是对历史叙事所追求的“真实观”的颠倒。

上述两种叙事——志怪叙事和传奇叙事，其差别十分明显。志怪叙事，是真箩筐装着子虚乌有的材料；传奇叙事，是假箩筐装着真材实料。志怪叙事是人遇见鬼；传奇叙事是鬼遇见人。志怪叙事的世界，是神鬼精怪充斥的变幻莫测的人间世界；传奇叙事的世界，是日常生活包裹着的异闻诡识的梦幻世界。志怪叙事是整体的真实和局部的荒诞、整体的无疑问和局部的有疑问、历史的无疑问和人生的有疑问；传奇叙事，是整体的荒诞和局部的真实、整体的有疑问和局部的无疑问、历史有疑问和人生无疑问。无论它们的叙事重心在哪里，人和日常生活都或多或少存在疑问。

这就是王国维所说的，中国的叙事文学“尚在幼稚之时代”的重要原因（《红楼梦》的艺术性除外。《红楼梦》当然也是一个“传奇”叙事、一个“木石奇缘”的传奇、一个“太虚幻境”式的梦幻）。王国维还认为，诗歌和小说之所以能够成为艺术之顶点，就是因为它以描写人生为目的，而不是与神鬼精怪相关的奇闻逸事。尽管突破气体（腾云驾雾和飞行术）、液体（在江海湖波上出入自由）、固体（遁地术）的限制，克服时空限制（顺风耳和千里眼），以及克服地球引力的限制、克服物种的限制产生的各种变化等，都是用幻想获得自由的一种方式。但这种做梦的方式，并不能使人类认识和改造世界。人类从“必然王国”向“自由王国”的飞跃，首先建立在对“必然王国”的认知基础上，也就是科学分析基础上。中国人叫“格物致知”或“格物穷理”，这是他们成圣的基本起点。梦想成为圣人的王阳明，也深知格物的重要性。有一次，他叫徒弟钱德洪去“穷格”亭前之竹的道理，钱德洪格了三天三夜，竭其心思，劳神成疾。王阳明认为钱德洪的方法不对，便决定亲自出马去“格”。师父就是师父，更有耐力，面对竹子，比徒弟多“格”了四天，可惜的是“早夜不得其理，到七日，亦以劳思致疾”。他最后得出的结论是：“天下之物本无可格者。其格物之功，只在身心上做。”最后就是把科学问题转化为道德问题。

摆脱自然的束缚和奴役，不能只靠道德，而应该依赖科学。人成为自然之主宰，靠的是从自然中分离出来的能力。对周围任何事物的分类，都必须要根据实物的形态、性质、功能、本质来进行分类，包括对动物和植物的认知和分类。这种分类是建立在科学观察和研究基础上的，而不是根据对它的“凶吉”“利弊”“得失”的揣摩。比如，水壶的盖子在火炉上跳跃的原因，不是因为鬼怪和凶吉，而是热能转化成了动能的结果，也就是液体加热膨胀之后变成了气体的原因（蒸汽机因此而发明），用不着请巫师来驱鬼辟邪。日常生活由此而展开，人生的细节也由此而展开。王国维所说的那种“所需时日长，所需材料富”的“叙事文学”，也由此而成为可能。

王国维认为，现代小说（还有诗歌）之所以能够成为艺术的顶点，是因为它以描写人生为目的。也就是说它不以热衷描写神鬼精怪的变异世界，以及这个变异世界对人世间的侵蚀和否定为目的。如果它只关注那些骇人听闻的消息，那些感官刺激的情节和细节，而不是以描写人生为目的，那么它就只能是王国维所说的“铺馁的文学”[①]，也就是一种低级“吃饭的文学”。王国维进而嗟叹：“吾宁闻征夫思妇之声，而不屑使此等文学嚣然污吾耳也。”

关于“为人生的文学”的讨论，是“五四”新文学运动中的一个老生常谈的话题。这个话题的讨论，其实并没有结束。随着互联网的兴起，那些原本被“五四”新文学运动抑制住的“铺馁的文学”又开始沉渣泛起，甚嚣尘上，大有将以鲁迅为代表的“为人生的文

① 王国维：《文学小言》，《王国维文集》第一卷，中国文史出版社1997年版，第29页。

学”打压下去的势头。鲁迅曾在北京和南方多所大学讲授“中国小说史”课程。其目的并不是让我们回到汉魏六朝的志怪、唐宋的传奇、明清的说话讲史、清末民初的黑幕小说里面去，而是要从那个幽暗的传统之中走出来。因此，重温一下《中国小说的历史的变迁》一文的“前言”很有必要：

我所讲的是“中国小说的历史的变迁”。许多历史家说，人类历史是进化的，那么，中国当然不会在例外。但看中国进化的情形，却有两种很特别的现象：一种是新的来了好久之后而旧的又回复过来，即是反复；一种是新的来了好久之后而旧的并不废去，即是羼杂。然而就并不进化吗？那也不然，只是比较的慢，使我们性急的人，有一日三秋之感罢了。文艺，文艺之一的小说，自然也如此。例如虽至今日，而许多作品里面，唐宋的，甚而至于原始人民的思想手段的糟粕都还在。今天所讲，就想不理会这些糟粕——虽然它还很受社会欢迎——而从倒行的杂乱的作品里寻出一条进行的线索来。

文字写于1925年，思路跟他1907年的《摩罗诗力说》开篇“题记”所引尼采《苏鲁支语录》中的话一脉相承：“求古源尽者，将求方来之泉，将求新源，嗟我昆弟，新生之作，新泉之涌于渊深，其非远矣！”他把希望寄托于进化和创新。

鲁迅创作初期，就是想呈现中国的“日常生活”、中国的“人生文学”、中国“人的故事”。然而他看到的全是“讽刺”。他的第一篇小说《怀旧》就是“讽刺小说”。鲁迅的确试图讲述中国“人的故事”“好的故事”。他不想跟古代士大夫一起，去讲那些神鬼精怪和奇闻逸事的故事，他不想写“传奇”“说话”“演义”。可是，他睁眼一看，见到的却是“狂人”“赵太爷”“孔乙己”“华老栓”“蓝皮阿五”“祥林嫂”“闰土”“魏连殳”“吕纬甫”“小D”“王胡”“阿Q”，把他们排在那里逐一审视，发现他们全是非正常的人、变态的人、悲剧的人。《呐喊》和《彷徨》里几乎全是疯子或傻子。为什么？鲁迅似乎在说，这不能怪我，因为你们提供给我的就是这么一些人。罪责归咎于谁？应该归咎于封建主义。封建主义文化这棵老歪脖子树上，生长出这样一批非正常的形象，鲁迅通过写这些人物的中国故事，来批判封建主义对人的戕害。鲁迅的目的就是希望引出一大批正常的人，要变“沙聚之邦”为“人国”，这就是鲁迅先生的希望和未竟事业。

整个20世纪，中国作家都在寻找日常生活和正常人的故事。如何讲述这个正常的中国故事？这是中国作家所面临的前所未有的难题。经过了抗日战争，经过了40年代、50年代、60年代的战争和“英雄”年代，一直到80年代，日常生活的空间才逐步展开，才开始有正常人的“日常生活”。中国作家原本最擅长的，恰恰就是孔子所反对的“怪力乱神”，还有英雄和传奇。他们欠缺讲日常生活中普通人的故事的能力。我们从鲁迅那一代作家那里开始学习，学了大半个世纪，直到80年代，才开始有能力去讲普通人民的日常生活的故事，并且开始变着花样讲：现实主义讲法、浪漫主义讲法、先锋探索讲法……一直讲到现在。

今天为什么还要重提“如何讲述中国故事”这样的话题呢？无

疑是因为我们讲得还不够好。今天要讲好“中国故事”，完全依赖中国古代讲法，这条路已经行不通，还要学习世界各国的先进经验，学习文艺复兴以来的讲故事的方法。我们原来以为自己已经学到了，但我们同时又发现，外国讲故事的方法，跟今天中国的现实也不能完全贴合在一起。是否需要寻找一种既有中国叙事传统，又有文艺复兴以来的叙事传统，同时又属于今天的中国和世界的叙事方法？“中国故事”应该是什么样子？这对中国作家提出巨大挑战。除了创造一种叙事方式之外，还要发现属于当代中国文学的典型人物或典型形象。这种典型既不是贾宝玉，也不是鲁智深，既不是安娜·卡列尼娜，也不是拉斯蒂涅，他一定是属于当下的“典型环境中的典型人物”。这个话题说起来好像很轻巧，实际上非常困难。它不是一个能够直截了当地给出答案的话题，而是触动、引诱、激发我们去实践的话题。[①]

2019年8月25日

① 本文主要参考文献，除小说作品之外，还有王国维的《静庵文集》和《东山杂记》、鲁迅的《中国小说的历史的变迁》和《中国小说史略》、施蛰存的《北山诗文丛编》、宁宗一的《中国小说学通论》、石昌渝的《中国小说源流论》等。特此说明。

002 |

庄子“混沌”寓言故事解析

——兼及文与思之关系

文学语言与思虑或者思想之关系的问题，既是个写作实践的问题，也可以说是个玄学问题，很难说清楚。“诗者，志之所之，在心为志，发言为诗。”“情动于中，而形于言。”“包管万虑，其名曰心；感物而动，乃呼为志。”（《毛诗注疏·周南关雎训诂传》）“在事为诗，未发为谋，恬澹为心，思虑为志，诗之为言志也。”（《毛诗注疏·书谱序》）短短的引文，出现了一系列重要但又很难厘清的概念：言与诗，心与志，思与虑。但是，诗歌或者文学发生的顺序还是清楚的：先感物而动，后思虑满怀，再发声为诗。然而，人各有志，万虑不同，难求一律，故众说纷纭，没有定则，结果还是说不清楚。或许有人认为，无须说清楚，写就是了，说得清楚的人不一定能写。问题在于，说不清楚的人就一定能写吗？写作过程不只是一个“发言为诗”的写字过程，更是一个“在心为志”的思虑过程。文与思的关系，实在是令人纠结的问题。我想起“得鱼而忘筌”“得兔而忘蹄”“得意而忘言”的庄子，他大约也因此而万分纠结吧。《庄子》洋洋洒洒八万言，边说边埋怨：“吾安得夫忘言之人而与之言哉！”

一

关于“混沌”的寓言，是《庄子》中的名篇。故事这样写道：“南海之帝为倏，北海之帝为忽，中央之帝为混沌。倏与忽时相与遇于混沌之地，混沌待之甚善。倏与忽谋报混沌之德，曰：人皆有七窍以视听食息，此独无有，尝试凿之。日凿一窍，七日而混沌死。”（《庄子·应帝王》）寓言故事呈现了一个颇具戏剧性的场景，“倏”“忽”“混沌”三个角色，演出了一场“友谊”和“死亡”的戏剧。他们三个是朋友，官都做得不小，分别为南、北、中央三方之帝。“混沌”的戏份很少，几个动作通过旁白呈现出来，主要是“倏”和“忽”在表演。所谓戏多必失，言多必败，“倏”和“忽”转眼间就露了马脚，他们因思维简陋，行事鲁莽而贻笑千古。说他们“贻笑千古”还是轻的，实际上他们惹了祸，犯了法，弄死了“混沌”。原本是为报答“混沌”的善待之恩，结果却让“混沌”丢了身家性命。

问题出在哪里？首先出在“倏”和“忽”的自以为是。他们认为，所有的人都应该跟他们一样，必须是眼、耳、鼻、口齐全。“混沌”跟他们长得不一样，没有眼、耳、鼻、口七窍，那就是有缺陷，就需要修理和改造。于是，他们按照自己所理解的统一标准，擅自在“混沌”头部开窍凿孔，以便让他们世界的信息，有可以进入“混沌”世界的管道，顺便也让“混沌”能够分享一下“视听食息”的好处。可怜的“混沌”，就这样死在自以为是的南北两帝手上。

从字面上看，“倏”和“忽”的本义都跟速度有关，在很短的时间里移动很大的空间距离。速度意味着“时空意识”的出现，也就是“自我意识”的出现，个体感官功能开始发挥作用。于是他们便从“自我”经验和立场出发，以自身的理念，对他人加以改造。这是自我主体性第一次向外部世界彰显自己的意志和力量，并且试图通过锋利的工具，对时间加以改造。历代文人学者，都在纷纷谴责“倏”和“忽”的行径，说他们不顺从自然，强凿窍穴，最终令“混沌”半途夭折，不终天年。

另一个问题是，“混沌”到底能不能算正常？脑袋没开窍算不算问题？根据《庄子》一书的上下文，我们大致可以判断，庄子认为脑袋上没有七窍的，跟脑袋上有七窍的一样，也很正常。没有耳朵眼儿听不到外面的天籁地籁人籁，没有眼睛看不到自然中的赤橙黄绿，没有嘴巴尝不到这个世界的甜酸苦辣，没有鼻子闻不到红尘之中的香臭腥臊，这些都没有什么关系。脑袋上那七个窍穴，有了就有了，没有也无妨，顺其自然就好，不必强求。在这个世界上，并不是任何生物的脑袋上都需要长满孔洞。海蜇有吗？蚯蚓有吗？贝壳有吗？细菌有吗？玫瑰花也没有啊。它们不正常吗？必须用凿子给它们开窍吗？脑袋上长满孔洞眼儿的动物，看上去很滋润、很适意，其实也很麻烦，因为那些孔洞，是欲望的门户，更是痛苦的根源。这些都是人类思想范式创造者的奇思异想。

跟孔孟老庄同处“轴心时代”的释迦牟尼就认为，人的脑袋上那些孔洞，跟身体（臭皮囊）一样，是个累赘，是苦难的根源，尽管不要强行把它们凿平堵死，但可以通过修行和调息的方式，“坐忘”掉它们的存在。释迦牟尼给人类留下了许多著名的劝世之言。如“色即是空，空即是色，受、想、行、识亦复如是”，如“空中无色，无受、想、行、识，无眼、耳、鼻、舌、身、意，无色、声、香、味、触、法”。（《心经》）忘掉那七个孔洞和臭皮囊的存在，感官对外部世界的反应混沌一片，没有差别。这实际上就是把自己“混沌”化、“自然”化、“圆融”化，也就是抵达“涅槃”境界和“绝对自由”的大道坦途。释道二家，在这一点上是相通的。

当然，更多人听不进劝告，他们疯狂地追求脑袋上七个孔洞的满足感，渴求尘世生活中的“色、声、香、味、触、法”。青埂峰下那块顽石（玉坠—神瑛侍者—贾宝玉），就是前车之鉴。他整天吵吵嚷嚷，号啕哀求，要到红尘去走一遭。刚开始，脑袋上那七个孔洞还不大灵光，反应有些迟钝。后来经过太虚幻境里那位“警幻仙姑”的调教，配之以奇景妙曲、灵酒仙茗、巫山云雨，结果是眼耳鼻舌口身，全部都开了窍。

按照庄子的寓意，开了窍的，就是要死的，只不过死法不同，有的速死，有的缓刑。曹雪芹笔下那个“警幻仙姑”的所作所为，其实跟庄子笔下“倏”和“忽”的做法，本质上也差不多。不同之处在于，“倏”“忽”的动作鲁莽一些，直接凿孔，结果是速死。“警幻仙姑”的动作则很优雅，“色声香味触”都由一流材料构成。“警幻仙姑”采用的是循循诱导的“唤醒法”，让顽石像开花一样自己醒来，好像很鲜活，实际上是一条“向死而生”之途，也相当于“缓刑”。所以，贾宝玉一直很恐惧，害怕长大，害怕“分”和“开”，要固守童年的“混沌”状态，见到筵席散了就不开心，不喜欢大家各自独立行动，哭着闹着想重新聚拢在一起搞文学。无奈随着成长过程和环境变化，脑袋上的窍是越开越大，最后不可收拾，只好告别红尘，斩断六根，灰溜溜地回他的青埂峰去了。

二

庄子的作文秘诀，按照他自己的说法，是“寓言十九，重言十七，卮言日出”“以卮言为曼衍，以重言为真，以寓言为广”。意思是说，他所说的话，十成有九成是“寓言”，也就是借助他物或他人（隐士畸人或花鸟草木虫鱼），说此物或此事，讲故事的目的不是取乐，而是在讲道理。那么他为什么要拐弯抹角地讲道理呢？因为人类死心眼儿的人占绝大多数，他们听不进道理，无奈，只好给他们讲故事、打比方。听到故事人类就乐了，于是就信了！还有十成中占七成的“重言”，借用先贤长老（黄帝神农和尧舜禹汤）的重要言论来说话。听到权威声音人类就服了，于是又信了！可见“寓言”和“重言”这两种方式，不过是对付那些死心眼儿的人类的权宜之策。

其实，“寓言”只是一种形象化的讲道理的方式。讲述故事的目的，是为了引出一个经验教训。远古之人和幼稚之人，比较喜欢用听故事的方式思考：无须抽象思辨，只需经验还原、条件反射就行了。鲁迅的部分小说，就带有很浓郁的“寓言化”色彩，对这一点，鲁迅自己也有所不满。他辩解说，《呐喊》技术上有些幼稚，是因为“听（启蒙）将令”的结果，是为了满足启蒙而牺牲了艺术，因为当时的中国，正处于“启蒙的童年”的时代。多年后，谈到另一个小说集《彷徨》的时候，鲁迅认为，它在技术上要“比先前好一些”（《南腔北调集·自选集序》），要“稍为圆熟”“稍加深切”一些（《且介亭杂文二集·中国新文学大系小说二集导言》）。但《彷徨》也有缺点，不如以前那么有热情了。对“启蒙”有兴趣，对“艺术”缺热情，那是鲁迅自己必须付出的代价。

所谓的“重言”，其中的确有很多思想观念和经验教训，但那些思想再伟大，也不是你大脑里想出来的，你不过是一个思想的搬运工。而且，“重言”总是真理在握似的，不厌其烦地给你讲大道理。可是，人世间的大道理，讲来讲去也就那么些，无非是善恶、美丑、尊卑、死活、成败、输赢、得失、阴阳。这种抽象的大道理中，包含着一种二元摇摆的循环结构。它与其说是“动态”的，毋宁说是“静止”的，它让生命的进化囚禁在“生死”两极之间。因此，“寓言”和“重言”，都不是庄子最喜欢的说话方式。

庄子最喜欢的说话方式，无疑是他多次提到的“卮言曼衍”。所谓“卮”者，是古代一种装酒的器皿，不装酒的时候就空着，装满了就倾斜流溢出来。自由自在的言语，随心性而泉涌，因变化而日新，这就叫“卮言日出”，这就是符合自然、自由自在，浅则空、满则溢的“卮言”。就像装酒的器皿中流淌出来的酒水一样，就像风吹过大地上千万个窍穴时发出的“吹万不同”的音响一样。它自然而然，言自心生，变化多端，不可预知，曼衍不尽。这才是高级的艺术境界。在生命的自由状态之中，言说的神采跟艺术的文采，关联在一起，密不可分。“倏”和“忽”两个刀斧手，一对鲁莽汉，他们不顺应自然，硬性凿孔开窍。“眼耳鼻舌皆有所明，不能相通”“道术将为天下裂”，“整体”和“纯粹”都隐晦不见，哪里还有什么符合自然、自由自在，浅则空、满则溢的“卮言”啊！

热爱自由表达的庄子，为了让别人懂得他的“卮言”，使尽解数，又是“寓言”又是“重言”，也让自己陷进了“讲道理”的困局中。人世间大道理的确不多，小道理却不少，它层出不穷，令人目不暇接。有些难以说清楚的道理，其实也不简单，至少不像寓言故事表面上那么简单。比如说，没有七窍的“混沌”，本来活得好好的，“倏”和“忽”在他脑袋上凿几个孔，给他开了窍，他却死了。这是什么道理？“倏”和“忽”也有七窍，经常接受“混沌”的招待，吃吃喝喝，他们却不死，这又是什么道理？

是不是说，那些脑袋开了窍的人，他们貌似是“活”的，其实是“死”的？那些脑袋没有开窍的，似乎没有什么生命迹象的，他们反而是“活”的？是不是说，那些有眼耳鼻舌口身的，能听见、看见、闻到、接触到外部世界各种色相的，其实是处于“死”的状态中？那些不看不听、不闻不问、不思不想的，“无眼、耳、鼻、舌、身、意”“无声、色、香、味、触、法”的，反而是处于“活”的状态里？其潜台词似乎在说，能看能识、能听能辨、能吃能喝、能闻能嗅的，不过是行尸走肉。那些“无己无名”“无生无死”的半死不活状态，反而成了人们追求的高远境界。这对一般人而言，的确难以做到。能够做到的，只能是庄子所赞许的真人、至人、神人、圣人，只能是清浊未分的“混沌”，只能是阴阳不辨的“赤子”或“婴儿”。庄子还特别转述老子的“重言”来赞美“婴儿”：“能翛然乎？能侗然乎？能儿子乎？儿子终日嗥而嗌不嗄，和之至也；终日握而手不掜，共其德也；终日视而目不瞚，偏不在外也。……儿子动不知所为，行不知所之，身若槁木之枝而心若死灰。若是者，祸亦不至，福亦不来。祸福无有，恶有人灾也！”（《庄子·庚桑楚》）总之，“混沌”是好的，他在人世间的显现形态，要么是“婴儿”，要么是“圣人”。婴儿一样的圣人，其实就是“傻子”，不是真傻是装傻，也就是“大智若愚”，也就是“大直若屈，大巧若拙，大辩若讷”（《老子·四十五章》）。

三

东方智者推崇的“混沌”思维，跟古希腊哲人强调“爱智慧”和探究未知世界奥秘的思维，正好相反。他们对“愚”和“智”的理解，也正好相反，一个推崇“混沌”“整体”；一个推崇“明晰”“各别”。按照“混沌”的标准，越是古老、越是原始，就越符合要求；年纪越小，小到如婴儿乃至胎儿，思维也就越符合“混沌”的要求。因此，远古的时代、胎儿的时代，是最好的“黄金时代”，此后越来越堕落。最厉害的医生是黄帝，他既是帝王，又是圣人，还是技术专家。其次医术略低一点的是扁鹊，再次就是华佗，接下来的依次是张仲景、孙思邈、李时珍、傅青主，后面的就不值一提了。其他领域莫不如是。原则就是向后看，远古的都是圣人。我将这种思维称为“后视镜思维”，加上对“混沌”的推崇，故称之为“模糊后视镜思维”。

把“混沌”的变成“有序”的，把含混的变成明晰的，是西方人的思维，这是一种“向前看”的思维，一种进化的、辨析的、探究的思维。我称之为“望远镜思维”，而且是带有显微功能的“望远镜”，故称之为“显微望远镜思维”。它指向的不是过去的“黄金时代”，而是未来的“乌托邦天堂”。这种思维贯穿着希伯来和古希腊“两希文明”。感官对外部世界的反应，是人道的基本内容。观看、倾听、嗅闻，是跟外部世界进行信息交流的基本方式，也是那些器官的初始功能。看、听、闻、尝、触，是人体器官的纯功能，也是了解世界奥秘最基本的途径，不可以狭义地理解为“身安、厚味、美服、好色、音声”(《庄子·至乐》)，或者把感官的功能视之为“欲望的满足”或者“痛苦的根源”(佛陀)。

我们先来看看古希腊哲学家们的言论：“这个世界，对于一切存在物都是一样的，它不是任何神所创造的，也不是任何人所创造的；它过去、现在、未来永远是一团永恒的活火，在一定的分寸上燃烧，在一定的分寸上熄灭。”(赫拉克利特)[①]“海水最干净，又最脏：鱼能喝，有营养；人不能喝，有毒。”(赫拉克利特)[②]“神并没有在最初就

---

① 《西方哲学原著选读》上卷，北京大学哲学系外国哲学史教研室编译，商务印书馆1981年版，第21页。

② 同①，第24页。

把一切秘密都指点给凡人，而是人们经过探究逐渐找到较好的东西的。”（克赛诺芬尼）[①]“我们称虹为阳光在云上的反照。这是暴风雨的先兆。因为云上流着的水引起风，降下雨。”（阿那克萨戈拉）[②]“智慧生出三种果实：善于思想，善于说话，善于行动。”（德谟克利特）[③]这些言论，都在强调对未知世界进行探索的意义和方法，包含着一种“显微镜”加“望远镜”思维。所以才有亚里士多德的《动物志》、老普林尼和布封的《自然史》、林奈的《自然系统》、牛顿的《自然哲学的数学基础》、门捷列夫的“元素周期表”等。

面对“混沌”的世界，制定明晰的“分类学”标准，探究其“发生学”的途径，进而提供有效的“阐释学”方法，是人类摆脱“蒙昧时代”和“野蛮时代”，摆脱“混沌思维”，进入“文明时代”的一条重要的途径。比如，哪些植物有毒？哪些植物可食？哪些动物不会吃人？哪些动物可以圈养？为什么？这都是性命攸关的事情。中国古代也有很多人在做这些事情，比如神农，比如张衡，比如李时珍，比如宋应星，但都是浅尝辄止，或者说停留在经验层面，没有上升到理性高度。

没有一种建立在分析和逻辑基础上的理性思维，最后，任何问题都可能转化为诗学问题或者“神学”问题。看到烧水壶的壶盖在跳动，有逻辑和理性能力的人，会考虑到水转化为蒸汽，而蒸汽将

---

① 《西方哲学原著选读》上卷，北京大学哲学系外国哲学史教研室编译，商务印书馆1981年版，第29页。

② 同①，第40页。

③ 同①，第52页。

热能转化为动能。这是蒸汽机的基本原理。蒸汽机将人类从牛一样的体力劳动中解救出来。“混沌”思维面对跳动的水壶盖，会觉得附近有鬼。面对动物，亚里士多德会将它们分类为两脚、四脚、多脚、胎生、卵生，“混沌”思维则会将动物分类为“吉祥的动物”和“凶险的动物”。更加缜密的“混沌思维”，会进一步分类为“阴性的凶险动物”和“阳性的凶险动物”，或者“阳性的吉祥动物”和“阴性的吉祥动物”，甚至还有能更加详尽的神秘分类学，最后把你带进云雾之中。

不过，庄子所担忧的问题，是更高层次上的问题：感官对外部世界的反应，如果太过于专业化，就会丧失对世界“整体”和“纯美”的把握。“譬如耳目鼻口，皆有所明，不能相通。犹百家众技也，皆有所长，时有所用……判天地之美，析万物之理，察古人之全，寡能备于天地之美，称神明之容。……后世之学者，不幸不见天地之纯，古人之大体。道术将为天下裂。”(《庄子·天下》)这是不是说，感官的真实必须为更高的真实让步？

面对同样的问题，跟庄子同时代的古希腊哲学家却说：“你要用每一种官能来考察每一件事物，看看它明晰到什么程度。不要认为你的视觉比听觉更可信，也不要认为你那轰鸣的听觉比分明的味觉更高明，更不要低估其他官能的可靠性，那也是一条认识的途径。你要考察每一件事物明晰到什么程度！”[①]

① ［古希腊］恩培多克勒：《论自然》，《西方哲学原著选读》上卷，商务印书馆1981年版，第41页。

推崇“混沌”的“模糊后视镜思维”，对世界的理解的确是完整的、审美的，但也是单调的、乏味的。推崇“明晰”的“显微望远镜思维”，尊重每一种感觉器官对外部世界的知觉力，以便从不同的角度了解世界的奥秘，顺便也能使人类避害就利，并将科学思维转化为技术成果，造福人类。这种思维，通过文艺复兴运动，进而影响了近现代文学，为现代文学充满无穷多样化的细节奠定了基础。而不只是一味地抒情、感慨、叹息。没有这些丰富多样的、建立在活跃的感官基础上的细节，人的感觉和生命力就会枯萎，进而导致词语的枯萎、表达的枯萎、心灵的枯萎。人变成了一棵草、一根木头，却美其名曰“天人合一”“梵我一如”。

这也是我在教学中经常提及的问题，近现代以来，文学中的“文学性”与“人文性”的矛盾。也就是说，“明晰”的可感可知的现实世界，和“混沌”的不明不白却又包含着无限可能性的诗性世界，它们如何兼容？具有人文性的东西，比如蒸汽机、抽水马桶，不一定具有文学性。具有文学性的东西，比如鲲鹏鱼鸟，散木樗树，逍遥自在的行为，卮言曼衍的语言，不一定具有人文性。这是一对古老的矛盾，席勒也发现了这对矛盾，还写了一篇著名的论文《论素朴的诗与感伤的诗》。近现代以来的文学实践，从某种意义上说，就是在调和“文学性”与“人文性”的矛盾。比如，雨果和波德莱尔笔下的城市意象，托尔斯泰和福楼拜笔下的婚外恋主题；比如鲁迅笔下的疯子和傻子，茅盾笔下的金融和罢工，废名和沈从文虚构的“乡土诗意”等。

四

再回到对“混沌”寓言的解析上来。庄子在这个寓言故事中，对“倏”和“忽”的工作数量和工作效率也有交代，说他们“日凿一窍”，七天开凿了眼、耳、鼻、口七窍。“混沌”还没能够“视听食息”便“七日而死”了。“倏”和“忽”在七天的时间里，上演了一出“死亡的戏剧”。“混沌”之死，也包含着“混沌开辟”的意思。这是一个跟世俗观念有所抵牾的“创世神话”。世界上所有的“创世神话”，无一例外都是“生命史诗”。“混沌开辟”的神话也同样应该是“生命史诗”。但在庄子的寓言中，却变成一个“混沌之死”的悲剧。庄子的“混沌”寓言，强调的是“死”而不是“生”，目的是模糊生和死的边界，将生死混为一谈，生生死死，无生无死。因此可以说，“混沌”寓言是一个反转的“创世神话”。

汉民族“创世神话”中的始祖盘古，跟庄子的“混沌”关系密切。三国东吴人徐整所编的《三五历纪》中有记载：“天地混沌如鸡子，盘古生其中，万八千岁，天地开辟，阳清为天，阴浊为地，盘古一日九变。”①这里的“盘古”和“混沌”，其实是一体的。明代《南村辍耕录》作者陶宗仪所编的《述异记》中也有类似的记载：“昔（盘古氏）死也，头为四岳，目为日月，脂膏为江海，毛发为草木。一云盘古氏头为东岳，腹为中岳，左臂为南岳，右臂为北岳，

---

① 《艺文类聚·卷一·天部》，上海古籍出版社1982年版，第2页。

足为西岳。一云泣为江河，气为风，声为雷，目瞳为电。”[①]“盘古之死”，躯体化为日月星辰、山川河流、植被鸟兽，实际上跟“混沌开辟”的“创世神话”也是一体的。所以说，庄子寓言中，作为中央之帝的“混沌”，其实就是创世先祖“盘古”。“混沌开辟”，既是生的过程，也是死的结果，一切都从死亡中诞生。“生命史诗”因对世界的理解不同而变成了“死亡寓言”。这跟西方“上帝创世”神话，起点相似，结果相反。

两类“创世神话”首先是初始情形相似，也是“空虚混沌”；其次是创世的时间相似，也花了七天时间。在西方上帝那里，第一天诞生了光和苍穹；第二天诞生了水和空气；第三天诞生了大地和植被；第四天诞生了日月星辰和时辰；第五天诞生了水中和空中的动物；第六天诞生了牲畜和人类。这是著名的“诞生神话”和“生命史诗”。跟“混沌”寓言的时间相等，也有细小的差别。上帝创世其实只花了六天，第七天是留给人类休息和礼拜的。而庄子的“倏”和“忽”却没有休息，而是七天连续加班加点工作。做得很辛苦，结果却适得其反：“生长”故事变成了“死亡”戏剧。

创世或创生神话，都在强调“开”，“混沌初开”的开，“开辟鸿蒙”的开，也是生命之门开启的开。“倏”和“忽”也有“开”的意思，但是负面的。庄子对“开”持一种否定态度，至少是不以为然。“玄之又玄，众妙之门”“玄牝之门，是谓天地根”。老子认为，生命

① 陶宗仪：《说郛·卷四》，《说郛三种》，上海古籍出版社2012年版，第72页。

之门是玄秘和幽闭的，不能乱开，开就意味着死。

上帝“创世神话”的背后，当然也是“死”，那怎么办？于是，“救世主”的必要性就出现了，复活的“奇迹”就出现了。不可能出现的事情出现了，就是“奇迹”。谁也没有经历过“奇迹”，因此谁也没有权利否定“奇迹”，只能信从。对“奇迹”的信从就是宗教，每一个人都在期盼“奇迹”会出现在自己身上，这就叫“信念”。信念的另一个功能，就是成为“生命史诗”的精神支柱。

庄子的“混沌”故事或者“死亡寓言”，其目的在于对“诞生”的警惕。其中包含着返回到“混沌”状态而逆向行动的冲动，说得通俗一点，就是返回原始天堂、返回子宫、返回母体的冲动。老子则认为玄牝之门不是能随便开的，那怎么返回去呢？这是一个让人始料不及的问题。但是，庄子依然坚持他的“自救”方案，那种“无待于外”的逍遥方案，那个梦幻般的希冀。在“逍遥”的梦想和思虑之中，思生文，文生思，曼衍无涯。这种思维同时还成了后世道教修炼实践的哲学基础。世界上所有的宗教都要处理死亡问题，或者“生命的轮回”的问题，或者“灵魂的复活”的问题。只有道教，直接将永生的问题变成肉身实践。

其实庄子也很胆小。他迷恋完整和全体。他最害怕的，就是“裂开”，就是“分散”。面对世界的创生，他试图将自己的感官闭锁起来，惧怕和抵制感官的细致分工，一心固守“混沌”状态，这是对世界复杂性的逆向回应。“混沌”固然也是生命体，但它似乎更像没有七窍的原始单细胞生物，甚至索性变成植物形态，以达到效法大自然“混沌”状态的目的。这是对“开”的恐惧，同时也可以理解为因“死亡恐惧”而导致生命退化和退守状态。

表面上想占据思想制高点，骨子里却包含着一种极端的消极状态。因此“混沌初开”或者“天地开辟”的过程，明明是一个开创的、诞生的、生长的、活跃的过程，庄子偏偏要视之为“裂”或“死”的过程。因为他害怕“生”，也就是害怕“死”。他试图混淆生与死的概念，搅乱生与死的边界。他的方法，就是不让“生”出现，于是就没有了“死”，或者把所有的“生”，都设法说成“死”。

怕“生”和怕“死”其实是一回事。只要提到“生”和“死”，庄子就故作镇静地说它们是一个东西，没有区别，跟“有”和“无”一样没有区别。好像看透了似的。他还说，谁懂得“生死一如”的道理，就跟谁做朋友。(《庄子·庚桑楚》) 那么，你是怎么面对跟你朝夕相处的妻子之死的呢？庄子自己说，妻子刚死的时候，他也很惊愕，“我独何能无概然！”(《庄子·至乐》)。“概”的本义为“槩”，古人用斗斛称量米粟的时候，用一个叫“槩”的木板刮平米粟高出的部分，以求量器的准确性。“槩”的引申义为“慨”或“嘅”。陆德明《经典释文》：“无槩：古代反。司马云：感也。又音骨，哀乱貌。”诸家注释，皆取“感慨”“叹息”“惊叹”义，唯独陈鼓应注为“感触哀伤”。

面对妻子的死亡，庄子用“怎能不感慨叹息”的话轻松带过，似乎镇定自若，不好意思多说似的。这符合“逍遥”人设。接着便“鼓盆而歌”，其实是分散注意力，自我麻醉。遭到惠施的质疑之后，他又找各种借口，将妻子之死，说成是“死死生生”“方生方死”“生死一如”。总之，就是不直面“死亡”本身。

可见，庄子就是那种“全生保真”理论的祖师爷。那种理论，自然无法催生敢于正视生和死的“英雄史诗”，也无法直面生命在日常中活生生的展开过程。它只能催生貌似逍遥的“梦幻”，一会儿梦见鹏鸟，一会儿大鱼，一会儿梦见蝴蝶，一会儿说蝴蝶梦见自己，并将这梦呓，视为自由曼衍的“卮言”，结果还是“寓言”，最后变成了“重言”。这或许就是文与思的宿命！

2021年1月26日写于北京

003 |

现代经验与文学中的不适感

读民国时期作家的作品，与读1949年之后或者1979年之后作家的作品比较，可以发现他们在叙事语言上的明显差别。我不想用语言上“成熟”“不成熟”这样简单的判词来评价，而是注意到语言表达与经验或者体验之间的关系。我有一种直观感受，阅读某些民国作家的作品，仿佛看到的是一位刚进城的乡下少年的形象，有点拘谨、寡言、木讷。他们不像上海洋场上那些汉语中夹杂着洋文的能说会道的人，也不像北京皇城根下见多识广的京油子。民国时期的一些作家，对剧变时代的新事物反应敏感，但在处理把生活经验转化为艺术经验的过程中显得局促，语言似乎不够用，或者说他们无法随意地使用语言，更不愿放肆地使用语言，因而显得局促而“朴拙”。说到这类作家，我想到的是废名、沈从文、施蛰存等人。综观他们的创作，都有一个从“朴拙”开始，并逐渐将这种“朴拙”风格化的过程。周作人在谈到废名的小说语言时说：废名的语言和叙事风格“平淡朴讷”。新文学不缺流畅华丽的风格，缺的是“简洁而有力的写法”，有中国文字传统中的含蓄之古典趣味，这在当时文学创作中欧化句式风靡的时刻，是难能可贵的。[①]周作人将“朴讷”与“平淡”“简洁”“有力”放在一起，其实就是肯定风格化之后“朴拙”所产生的总体艺术效果。“朴拙”，是一个带褒义色彩的词语，其实就是“笨拙”，或者叫“可爱的愚笨”，或许是“大智若愚”的一种初级表现形式，如西方文学中有“傻子”原型，俄罗斯文学中有“圣愚”形象。[②]这几种说法，其内在精神是一脉相承的。在智性发达的现代文化中，它尤其显得难能可贵。废名、沈从文和施蛰存等人，创作初期的语言风格都显得“笨拙”。恰恰是这些从“笨拙”开始的作家，其写作一直持续到20世纪40年代末，显示出旺盛的创造力，并将经验意义上的“笨拙”，转化为风格意义上的“朴拙”。

当然也有非“朴拙”风格的作家，一开始创作就显示出“流畅”的语言风格。但是“流畅”也有不同的类型，一种是艺术上的“流畅”，一种是失控或鹦鹉学舌式的“流畅”。后面这一种比较常见，既没有显示出语言艺术才能，又不能够在经验和语言的差异性面前保持真诚、质朴的姿态，而是借助时髦的观念信口开河，给人一种油滑、虚伪的感觉，他们仿佛不是自己在说话，而是用自己的

---

① 见周作人：《〈竹林的故事〉序》和《〈桃园〉跋》，《苦雨斋序跋文》，河北教育出版社2002年版，第102—103页。

② 张柠：《为思想史上的异端立传——读〈理解俄国〉》，《励耘学刊》（文学卷）第19辑，学苑出版社2014年版，第100—110页。

嘴巴在说别人的话，语言变成了花招，变成了实现其他目标的工具，尽管初看上去很流畅似的，其实是一种违背艺术的“假流畅”。至于“艺术上的流畅”，可以鲁迅和张爱玲为代表，比如他们的成名之作《狂人日记》和《倾城之恋》，语言和叙事都是流畅的，更是以对“真问题”的艺术处理而一鸣惊人，由此区别于“假流畅”。其实他们跟“朴拙”风格的作家站在同一起跑线上，那就是对既定文化的“不适”，并着力于应对这种“不适”。鲁迅处理的主要是个体与社会历史之间的不适感，张爱玲处理的主要是个体与家族（家庭）或他人之间的不适。鲁迅和张爱玲的共同之处在于，对“适应”本身的绝望感，并由此产生了对那些轻而易举就“适应”了的公众的“不适”。总体上而言，鲁迅走向了“批判”，张爱玲走向了“反讽”。无论是“批判”还是“反讽”，都是“现代诗人”或“感伤诗人”的品质，而不是“古代诗人”或者“素朴（天真）诗人”的品质。[①]

德国诗人席勒说过，诗人“要么自己会成为自然，要么会去寻觅已失去的自然。从中产生出两个迥异的诗作方式，把诗的整个领域包容其中。所有真正的诗人，……要么属于天真派，要么属于感伤派”[②]。与“古代诗”本身就是“自然”不同，“现代诗”或“感伤

① 席勒在《素朴的诗与感伤的诗》一文中，将“古代诗人”和“现代诗人”称作“素朴的诗人”（曹葆华译为“素朴的诗人”，见《古典文艺理论译丛》，人民文学出版社1962年版。张佳珏译为“天真的诗人”，见《席勒文集》Ⅵ，人民文学出版社2005年版）和“感伤的诗人”。

② ［德］席勒：《论天真的诗与感伤的诗》，《席勒文集》Ⅵ，人民文学出版社2005年版，第96页。

诗”所做的，不过是在寻找失去的“自然”。还可以换一种说法，“古代诗”呈现美，“现代诗”寻找失去的美，或者质疑：美到哪儿去了？谁毁了它？由此显示出一种智性或者思想的力量。席勒认为，古代（素朴、天真）的诗人所表现的，不过是相同的感受方式的不同程度；现代（感伤）的诗人，则表现不同的感受之间的冲突。[①]“现代诗”或“现代文学”，首先要面对的，就是一种对现代文化的强烈的“不适感”。因此，写“不适感”，就成了现代文学的基本起点，也是现代作家所要表达的重要内容，或者说是现代“诗学”中重要的，但讨论尚嫌不足的概念。

现代意义上的“不适”，至少可以从三个层面来理解。一是绝对意义上的“不适”，它产生了“存在论”层面上的问题；二是经验层面上的“不适”，它产生了“主题学”意义上的问题；三是表达层面上的不适，它产生了“风格学”意义上的问题。“存在论”意义上的“不适”，是“现代派”文学的基本逻辑起点，也是爱伦·坡、波德莱尔、陀思妥耶夫斯基等现代派文学的初创者的重要起点。陀思妥耶夫斯基一生都在处理这个“不适”问题。在创作初期的作品（《穷人》《白夜》）时，他试图通过对“爱”和“美”的幻想，来冲淡对存在的不适感。在《双重人格》中，强烈的不适感开始出现。《死屋手记》则是对“不适”的谨慎处理，不仅写了诸多的“不适”——对社会、对监狱环境、对他人等。重要的是出现了在“不适”中能

① ［德］席勒：《论天真的诗与感伤的诗》，《席勒文集》Ⅵ，人民文学出版社2005年版，第105—106页。

“适应”的典范：纯洁少年形象（阿列伊）。[①]《罪与罚》中的主人公则因“不适”而出现了“变狼妄想”。《地下室手记》时期则出现了“变虫妄想”，主人公最后在宗教里寻找拯救的良方。到卡夫卡那儿，这种“存在论”意义上的“不适感”，直接演化为拒绝现代文明的“变兽妄想症”（变成甲壳虫，或者老鼠），并在文体上呈现拒绝交流的趋向，这是20世纪“现代主义文学”的共同标识。这一类“不适”，与20世纪中国文学的关系不甚密切，故不展开进一步讨论。“经验”和“表达”上的“不适”，是本文要讨论的范围。

与“存在论”意义上的“不适”相比，“经验”上的“不适”更古老。但我们要为讨论问题划定逻辑边界，即将这种“不适感”从一般心理学层面，转向历史诗学层面。诗学层面的“不适”，不是纯个人的，而是文学中的“人”（形象）与“历史”（环境）的关系。以近现代长篇小说为例，俄国理论家巴赫金根据小说人物形象建构原则，将它分为四类：漫游小说、考验小说、传记小说、教育（成长）小说。[②]我认为，漫游小说的核心在于“好奇”，主人公对陌生的外部世界的好奇；考验小说的核心在于“征服”，主人公克服外部环境的各种阻力，以显示自身的能力（包括身体、智慧和道德）；传

---

① 陀思妥耶夫斯基写道：“很难想象这样一位少年在整个服役期间，怎能保持着他那颗温柔的心，怎能变得那样纯朴诚实，那样温情脉脉，那样讨人喜欢，而没有变得粗野和放荡不羁。然而，他的禀性却是坚强而毫不动摇的……”（[俄]陀思妥耶夫斯基：《死屋手记》，人民文学出版社1981年版，第78页）

② [苏联]巴赫金：《教育小说及其在现实主义历史中的意义》，《巴赫金全集》第3卷，河北教育出版社2009年版，第215页。

记小说的核心在于“命运”，主人公在历史和时间中的总体命运。前面三种类型的小说，并不处理“不适”问题，它的总体价值在于，为“文学”从“诗的理想”走向“人的真实”提供证词，它们是文艺复兴时期的思想观念在文学中的表现：“个人通过知觉可以发现真理。”“小说家的根本任务就是要传达对人类经验的精确印象。”“自文艺复兴以来，一种用个人经验取代集体的传统，作为现实的最权威的仲裁者的趋势也在日益增长，这种转变似乎构成了小说的兴起的总体文化背景的一个重要组成部分。”[①]真正开始直接面对“不适”的，是起源于18世纪下半叶、以歌德等人为代表的“教育（成长）小说”，它为“19世纪的综合型小说”（“现实主义小说”）的出现创造了条件。[②]可见，历史诗学意义上的“不适”，至少在18世纪下半叶就出现了。教育（成长）小说“把世界视为经验，视为学校”，[③]主人公在“不适”之中学习“适应”，并逐步成长为社会人，实际上是一个将“不适”处理为“适应”的过程。19世纪“现实主义”小说的主人公，面对新世界、新经验的不适应感则十分强烈，由此产生了所谓的“批判性”，我将其视为“经验层面的不适”，以区别于现代主义文学的“不适”。

中国现代文学大致经历了相同的历史演变。晚清时期的小说中，

---

① ［美］伊恩·P. 瓦特：《小说的兴起》，生活·读书·新知三联书店1992年版，第4—7页。

② ［苏联］巴赫金：《教育小说及其在现实主义历史中的意义》，《巴赫金全集》第3卷，河北教育出版社2009年版，第227页。

③ 同②，第232页。

现代经验要么是猎奇的对象，要么是嘲笑的对象，“不适感”并不明显。原因在于旧的力量依然强大，旧的观念依然占据主要地位，叙事者的根基（体验方式和表达方式）依然是旧的，新经验不过是旧表达的材料。而在处于两个时代交叉点上的“中国现代文学”中，绝大多数作家的创作，都是从处理“不适感”开始的。本节开头已经提到了处理“不适”的两种类型，即鲁迅和张爱玲那一类，还有废名、沈从文和施蛰存这一类。尽管每一类的内部存在差别。而“朴拙”的风格，是面对“不适”的一种最直观的、诚实的、谨慎的处理方式。在这种“朴拙”尚未风格化之前，他们最直接的方法，跟中国古代诗人离开家乡的处理方法类似，即有一种朝着“熟悉”的事物返回的冲动。来自湖北黄梅的乡下人废名、来自湖南湘西的乡下人沈从文，面对城市生活，面对现代文明的全新经验，都感到极度的不适，所以，废名和沈从文的文学创作之“初始经验”，主要是强烈的“不适感”，对新事物和变化的世界的“不适感”，他们的第一篇小说都是写“哭泣”主题，一边哭一边给家乡的熟人写信诉说，甚至有逃跑的冲动。[①]当他们试图直面大都市现代文明的陌生经验的时候，也就是说，当他们身心或感官上逐渐开始“适应”而试图去表达的时候，他们又遇到了一个新的“不适”，即表达上的“不适”，语言和词汇系统的不适，大脑词汇库中的词汇不够用，表达起来很别扭（沈从文尤甚）。只有面对熟悉的事物，他们的表达才开始“流畅”起来。这个熟悉的事物，就是熟悉的观念、乡村的人和事，特

---

① 详见张柠《废名的小说及其观念世界》，《文艺争鸣》2015年第7期。

别是经过艺术处理的熟悉的乡土世界。废名和沈从文解决“不适”的方法，是重构一个“田园梦”：湖北黄梅的“桃园”和湘西的“边城”。废名的情况更特殊一些，他后来的创作有一个更大的写作野心：通过思想和言说，抵达“得道”与“救赎”。[①]

文学创作中对现代（陌生）经验的处理，是“不适的诗学”的重要任务。这是一种将现代思想观念、身心感受、言语发生方式，综合在一起进行讨论的诗学视角。面对新的经验世界，不同的作家会有不同的选择，比如，通过回忆和呈现“熟悉的生活场景”而产生虚拟化的返回的心理补偿（古典诗人）[②]；或者将陌生经验凝固化、抽象化（卡夫卡、加缪），进而产生绝望颓废的情绪；或典型化（鲁迅、张爱玲）进而批判反讽；或不知所措（废名、沈从文）进而逃离做梦；或“惊奇”（施蛰存）进而亲近、审视、对话。注意这里说的是“惊奇”，而不是“震惊”，尽管它们都是面对“不适”的直观反映，但差别十分明显。为了区分这两个术语，先要讨论“震惊”这一概念。

不同的人面对陌生经验而产生的“不适”感，是有差异的。“震惊”（shock）应该是极端激烈的形式之一，这比废名和沈从文最初面对陌生世界（现代文明和城市）的“哭泣”要激烈得多。当然，还有一种更为极端的形式，就是瞬间休克晕倒，比如陀思妥耶夫斯基，遇到突如其来的“打击”（遇见圣彼得堡最美的沙龙女主人、父

---

① 详见张柠《废名的小说及其观念世界》，《文艺争鸣》2015年第7期。

② 详见张柠《中国节奏与精神秘密——古诗的遗传基因与新诗的遭遇》，《现代中国文化与文学》第九辑，巴蜀书社2011年版，第221—225页。

亲逝世的消息），便诱发他的“癫痫症”。赌博或性爱，可能成为这种瞬间刺激产生的“震惊体验”的特殊转化形式。[①]陀思妥耶夫斯基同时代的伟大同行——爱伦·坡、波德莱尔、尼采等人——都不同程度地患病，都属于“病态的天才”，这种情形集中出现在19世纪或许并不偶然。将“震惊”（shock，医学上指遭受强烈打击之后的“休克”）经验，视为现代美学的重要范畴的人，是德国学者瓦尔特·本雅明（又译：沃尔特·本雅明）。在《论波德莱尔的几个母题》（1939）一文中，本雅明“以‘惊颤（震惊shock）经验’为中心，揭示波德莱尔作品中所反映的个人与现代城市生活之间的紧张关系”[②]。本雅明说，“波德莱尔把震惊经验放在了他的艺术作品的中心”。梦想已久的诗句的出现，是一种在古老的郊区或城市角落寻找到的意外节奏，就像突然“绊倒”在鹅卵石上一样绊倒在词语上而产生。“震惊属于那些被认为对波德莱尔的人格有决定意义的重要经验之列。”“波德莱尔的诗的那种暗地里的震惊；它们造成了词语之间的裂缝。”“词与物之间的裂隙……才真正是波德莱尔诗的激动人心之处。”[③]按照本雅明的分析，波德莱尔将一种强烈的“不适感”，特别是“震惊（shock）经验”，在词语排列组合层面，转化为一种新的艺术形式，他称之为“巴洛克寓言”的形式，“震撼（震

---

① 对陀思妥耶夫斯基的精神分析，详见弗洛伊德《陀思妥耶夫斯基与弑父者》一文。见车文博主编《弗洛伊德文集》第四卷，长春出版社2004年版。

② 刘北成：《本雅明思想肖像》，中国人民大学出版社2012年版，第148页。

③ ［美］汉娜·阿伦特编：《启迪：本雅明文选》，生活·读书·新知三联书店2008年版，第176—177页。

惊shock）因此成为这些文本的基本要素”[①]。这种艺术形式意义上的“破碎”或者“断裂”，并非作家自己一厢情愿。本雅明认为，通过“震惊”这一中介，映射出了现代生活的某种真相。这种“震惊经验”在现代文明或城市中具有普遍性，不仅包括作为“波希米亚人”“游逛者”的诗人在语言层面对“震惊”的应对方式，也包括“大众”，即现代大都市普通人的“害怕、厌恶和恐怖”；[②]还包括在机器旁工作的工人的“震惊经验”：“过往者在大众中的震惊经验与工人在机器旁的经验是一致的。”甚至赌徒的“震惊经验”：“工人在机器旁的震颤的动作很像赌博中掷骰子的动作。”[③]

本雅明这篇文章，原本是“19世纪巴黎”研究的一部分，是应法兰克福社会学研究所之约，并要求按照“辩证唯物主义”思想写作的一项计划。第一稿取名为“波德莱尔笔下的第二帝国的巴黎”，开篇就大段引用马克思的观点，并出现了二十多次与马克思、恩格斯的著作相关的注释，内容涉及《资本论》《哥达纲领批判》《路易·波拿巴的雾月十八日》等，结果被《社会学杂志》拒绝。法兰克福社会学研究所的学者精明地发现，本雅明的这篇论文骨子里并不是“辩证唯物主义”的。阿多诺给本雅明写信说：“您同‘社会研究所’的团结使我感到非常高兴。这一团结诱使您歌颂马克思主义，

---

① ［英］特里·伊格尔顿：《沃尔特·本雅明或走向革命批评》，译林出版社2005年版，第29页。

② ［美］汉娜·阿伦特编：《启迪：本雅明文选》，生活·读书·新知三联书店2008年版，第190页。

③ 同②，第193页。

但是这些歌功颂德无论对于马克思主义还是对您本人，都是不相称的。”[1]本雅明只好重写，第二稿改为《论波德莱尔的几个母题》，文章尽管没有大段引用马克思的原文，但思维方式却是“辩证唯物”的。这一稿直接从“诗歌文本”与“社会文本”的关系入手，借助于柏格森的“记忆”的理论，并经由现代精神分析学对“经验与刺激”之关系的研究材料，讨论了以波德莱尔为代表的现代诗歌的发生学问题，其中大量涉及资本主义文明、工业化和城市对普通市民的伤害而产生的震惊经验，还有它在“文本”中的表现，由此显示出了这篇文章的“历史视野”和“辩证唯物”色彩，论文发表在《社会研究杂志》1939年第9期。

作为“震惊美学”前提的“震惊体验”，固然与现代大都市新的经验对个人的激烈刺激有关，但要变成理论话语则需要研究讨论。就论文本身看，本雅明的直接理论来源，是奥地利精神分析学家弗洛伊德及其弟子西奥多·赖克（Theodor Reik，1888—1969）。但本雅明并没有对人应付刺激时产生的心理状态（比如惊奇、焦虑、惊悸）做细致的分辨，而是直奔他自己心爱的主题：“震惊”（shock）。弗洛伊德则做了更细致的区分，他在《超越唯乐原则》中指出，惊悸（德：schreck，英：fright）、恐惧（德：furcht，英：fear）、焦虑（德：angst，英：anxiety）这几个词语有十分明显的区别——焦虑：“预期危险的出现，或者是准备应付危险，即使对这种危险还一无所知。”

---

① 董学文、荣伟编：《现代美学新维度》，北京大学出版社1990年版，第122页。

恐惧："需要一个确定的、使人害怕的对象。"惊悸："一个人在陷入一种危险时，对这种危险毫无思想准备。'惊悸'一词强调的是惊愕的因素。"[①]对危险毫无思想准备而导致的"惊愕"，跟"震惊"体验比较接近。"震惊"是对"不适"的反应之一（且属于极端激烈的一种），但不是面对"不适"的全部反应类型，而且还是属于精神分析要防范的对象，避免导致"创伤性神经症"。面对现代都市文明和工业文明等各种陌生经验，还有许多其他反应形式，为什么不关注其他类型的"美学"而只关注"震惊美学"呢？本雅明在《论波德莱尔的几个母题》的第三节提到心理分析学家西奥多·赖克的一本书，中译者将这本书名译为"震惊心理学"（莱顿大学出版社，1935）。[②]赖克指出："精神分析过程的本质就是由一系列的'震惊'（shock）组成，是在个体认识到自身潜意识内容时发生的，是被个体体验为一种惊奇（surprise）的体验，这对患者和分析师来说都是如此。当患者感受到惊讶的时候，也就意味着他对自己有了深刻的理解，潜意识的压抑得到解除，正如他所说：'在每一个精神分析案例中，最重要、最深刻的理解都是一种令人感到惊讶的方式表现出来的，我将

---

① ［奥］弗洛伊德：《超越唯乐原则》，《弗洛伊德后期著作选》，上海译文出版社1986年版，第9—10页。

② 该书尚无中译本。心理学界的研究者找到了这本书的英译本：*Surprise and the Psycho-Analyst*：*On the Conjecture and Comprehension of Unconscious Processes*（伦敦，1936，可译为《惊奇与心理分析：对无意识过程的推论和理解》）。我的同事钱翰博士认为，"Surprise"（惊奇、惊喜、吃惊、惊讶）译成"惊讶"更中性。我根据我的上下文改成"惊奇"。

它视为精神分析技术的本质。分析在本质上就是一连串的潜意识期望的实现。’他接受了弗洛伊德的观点，认为分析师每次都要像第一次见到患者那样来对待患者，强调理解患者的潜意识过程没有预先固定的路径，也没有捷径……（他）反对分析师根据自己的已有知识对患者症状进行‘对号入座’的做法。当我们在意想不到的情形下意识到自己的思想中存在与自己的道德、审美或逻辑相冲突的想法，自我会产生一种短暂的抵抗反应。赖克称之为‘思想的震惊’（shock of thought）。这种排斥的反应代表着我们的理解是对理性禁忌的领域的一种侵袭，进入到一个被自己防御的心灵的秘密领域。”[①]西奥多·赖克在这本著作中所讨论的“惊奇”（surprise）概念，是本雅明在研究“震惊”（shock）经验之前所忽略的。这与他在写作《论波德莱尔的几个母题》一文时所选择的思想立场有关。因此，文中充满了“震惊”“断裂”“游逛者”“英雄”“大众”“街垒战”等词语，丝毫也不奇怪。

就本文的论题而言，赖克的《惊奇与心理分析》中的观点有几点特别值得强调：1.在处理陌生经验带来的“不适感”的时候，“惊奇”属于“推测”和“理解”的范畴，是因“突如其来”“没有思想准备”而产生的短暂“抵抗”之后，并经由“思想的震惊”而抵达“理解”，而不是“拒绝”（“震惊”则是一种拒绝的姿态，并以“创伤性神经症”和“词语的断裂”等形式表现出来）。2.从“惊奇”开始经由“推

---

① ［美］西奥多·赖克：《惊奇与心理分析：对无意识过程的推论和理解》，转引自郝江英《西奥多·赖克的精神分析思想研究》，南京师范大学硕士学位论文，2014年，第29—30页。

测”而抵达的“理解”，是对既定成说的理性领域的一种“侵袭”，是对潜意识压抑的“解除”，并对一个新的“秘密领域”、一个存在的谜团，产生好奇心，并进入对话的过程，因此，这是“治愈系”话语，而不是“神经症”话语。3.面对新的、陌生的，甚至不可知的对象或谜团，首先要保持一种“原始的直接交流的能力”，就像第一次与对象相遇那样，因此要避免价值观念上的乃至理性上的先入为主，这是“惊奇”的基本前提，因此是“相遇”，而不是“逃亡”。

由此可以推论，“惊奇”是“震惊”的缓解形式，而不是程度上的增加。经过困难的概念穿越，我们终于离开了由本雅明为现代文学确立的“震惊美学”，而开始接近下文需要展开讨论的“惊奇的诗学”。上面的讨论主要涉及“惊奇的诗学”的心理层面。毫无疑问，上面的讨论所展开的经验背景，是直接指向城市和城市文化的。

诅咒城市的主题，在文学中由来已久，我们先梳理一下它的演变过程。法国中世纪后期的“城市文学”，见证了抒情文学经由韵文叙事，再到散文故事的演变历程。现代城市文明的出现，是“田园诗世界”终结的一个重要标识，取而代之的是“城市小说”，其中，“个人主义和欺诈”成了其重要主题。[①]高雅的抒情主人公和传奇英雄，被城市市民中的“骗子、小丑、傻瓜”类型所取代。[②]在以《列

① ［美］吉列斯比：《欧洲小说的演化》第三章，生活·读书·新知三联书店1987年版，第41—58页。

② ［苏联］巴赫金：《巴赫金全集》第3卷，河北教育出版社2009年版，第347—349页。

那狐传奇》和《玫瑰传奇》为代表的城市文学中，“被骗的丈夫、淫猥的教士、肢体残缺不全的诱奸者和欲壑难填的淫妇，占据了重要的地位”[①]。这些讽刺型主人公的出现，既像是对中世纪贵族高雅文化（爱情）的一种曲折的怀念，也“似乎在为某种与最严格的正统观念相偏离的基督教社会的道德而辩护”。其中表达了世俗知识分子的观点：“他们不怀好意，但也并非以悲观的心情注视人类社会。”[②]这些由贫民出身的知识分子和江湖艺人组成的队伍，正是对正统文化的一种“捣乱”，也是对自身文化的一种“修正”。西班牙“流浪汉小说”尽管也写主人公（《吉尔·布拉斯》《托美斯河上的小拉撒路》）的缺点，同时也是“暴露社会黑暗的小说”，[③]流浪的过程亦是主人公“看破这个世界”的过程，当然，它还没有批判这个世界，而是“安于这个世界”。[④]英国的“感伤小说”既是对“不适”城市世界的直观反映，也包含着对“感伤的眼泪”的滥用。“感伤主义在其十八世纪的含义中意味着在人所固有的仁慈中的某种非霍布斯主义的信仰。……大量的眼泪中所表现出的仁慈是一种令人赞许的行为。”[⑤]这批作家中的笛福，“热情地投身到伦敦生活的荣耀和悲惨之中……笛

---

① ［法］米歇尔·索托等:《法国文化史》Ⅰ（中世纪),［法］让-皮埃尔·里乌、让-弗朗索瓦·西里内利主编，杨剑译，华东师范大学出版社2006年版，第196页。

② 同①，第219页。

③ 参见《杨绛文集》第七卷，人民文学出版社2004年版，第6页。

④ 同③，第219—220页。

⑤ ［美］伊恩·P.瓦特:《小说的兴起》，生活·读书·新知三联书店1992年版，第196页。

福的小说体现了都市化的许多积极的方面。他的男女主人公在寻求出路的过程中，在都市那充满竞争和邪恶的丛林之中获得了成功"。同时代的作家理查逊"对伦敦的描绘，与笛福完全不同。他的作品表现的不是整个共同体的生活，而是个人对城市环境的深刻怀疑甚至恐惧"[①]。这种"怀疑"或"恐惧"的情绪，是从"资本主义总体性神话"中游离出来的异质性因素，到了19世纪，则演变为对新文明和社会的怀疑、批判、诅咒，并产生"各种现代写作"：资产阶级的、无产阶级的、现代主义的，其观念的基础是"人的本质主义的神话"[②]。至此，现代都市完全变成了被诅咒的对象，是堕落和罪恶的深渊。

我想到上海作家施蛰存，他在20世纪30年代前后，就在现代白话汉语的"城市文学"中，创造了另外一种写法。在诸多的现代作家中，城市要么作为"被欲望"的对象（如刘呐鸥和穆时英等的创作），要么作为将被自身的欲望所"摧毁"的对象（如茅盾、蒋光慈等人的创作），或者无奈地将它的物质性视为冷漠世界里的"避难所"（如张爱玲的创作），等等。当"欲望"的"错位"转化为"断裂"时，"欲望故事"就转化为"都市传奇"了。前者是讽刺幽默的对象或者自我解嘲的对象；后者是侦探故事或者精神分析的故事。

① ［美］伊恩·P.瓦特：《小说的兴起》，生活·读书·新知三联书店1992年版，第204页。

② ［法］罗兰·巴特：《写作的零度》，中国人民大学出版社2008年版，第35—45页。

尽管施蛰存最初并不想使自己的小说成为“传奇”，但都市文化里的“传奇”是不可避免的。与乡土社会的熟人世界相比，在城市这个由陌生人临时组合在一起的空间里，仅仅依靠传统的“道德”已经无法维系这个现代社会的秩序，它需要的是侦探、警察、法官、慈善会、精神病医生。所以，正如开篇提到的那样，在现代城市文学中，罪犯、骗子、妓女、乞丐、精神病患者，都是常见的类型，都是现代“都市传奇”的主人公。关于“现代传奇”，我在《张爱玲与现代中国的隐秘心思》中已讨论过。我认为它是“宏大历史叙事的对立面，它强调冒险和奇遇，强调‘突然’的时间感，显示出它与历史整体性和时间连续性的脱节关系”。人物由英雄（启蒙、革命）转向了普通人；功能由启蒙或革命的教化宣传，转向虚构或娱乐的审美。“‘传奇’，与其说是一种历史的‘叙事文体’，不如说是一种现代的‘意义结构’。”“将情节连贯起来的基本原则，是‘时间’观念。‘传奇空间’，是缺乏价值统一性之时间的空间并置。‘传奇时间’，是试图在缺乏价值统一性的空间碎片之间，建立起连贯性的企图。”[①]而在施蛰存那里，城市不是“欲望”的对象，不是经验层面上的欲望化符号，也不是要被摧毁的罪恶渊薮。施蛰存笔下的城市，是当作“欲望的症候”来处理的（就像赖克要求精神分析师面对对象时所做的那样），是作为“观照”的对象来理解的，是有待于发现的“陌生化”的对象。我将它纳入“惊奇的诗学”的范畴。它的观念基础，

① 张柠：《张爱玲与现代中国的隐秘心思》，《陕西师范大学学报》2012年第5期。

就是对新事物、新环境保持“惊奇”的能力，而不是先入为主的敌视，或者也可称之为“原始人”的视角，与“惊奇的诗学”几乎可以看作同义词，它包含着对世界的“惊喜”“好奇”“天真”“朴拙”等与“诗”和“艺术”相关的视角——审美的而非功利的，情感的而非理性的。

004 |

青花瓷：农耕美学的容器

引　论

瓷、丝、茶一起，曾经构成了外国人想象中国的三个代表性符号。其中的青花瓷，是一种具有典型中国特色的物品。它是一种瓷器物件，又代表一种高级烧制工艺，还是一种通过白底蓝花花纹显示出来的美学风格和趣味。青花瓷滥觞于唐宋，鼎盛于元明，经清代康乾时代再次光大，自清末以降开始衰落。[①]然而它并没有消失，而是继续在当代文化和生活中挣扎。在20世纪末的近三十年间，它一度几乎被人遗忘，并以三种极端的形式出现在我们的视野之中：第

---

① 关于青花瓷的起始年代，学术界还存在争议。中国硅酸盐学会主编的《中国陶瓷史》，根据"釉下彩"和"氧化钴青"两要素，认为唐代就具备了这种技术，并称之为"原始青花"。(《中国陶瓷史》，文物出版社1982年版，第331—342页）而标准的"青花瓷"，一般认为应以元代"至正型"（1351年）青花为标识，参见冯先铭《中国陶瓷》，上海古籍出版社2001年版，第452—455页。

一是商品，商贸市场上的低端商品（当代日常生活用品）；第二是礼品，作为国家级高端馈赠之礼品（当代艺术瓷器）；第三是古董，打着明清古瓷旗号的日渐稀缺的仿古陶瓷制品。令人意外的是，商贸市场中的瓷器门市，却是在用“国礼”和“古董”来做广告宣传词的。尽管如此，市场前景仍然并不乐观。可以说，作为礼品和古董，“青花瓷”还在，而作为与日常生活相关的商品，它几乎要在生活实践和人们的观念中消失。但就其当下处境而言，人们试图通过历史叙述而不断使青花瓷摆脱作为容器的使用功能，增加其附加价值和文化意义，使之成为一种在商品、礼品、收藏品之间摇摆不定的器物。

当代器物越来越趋向于物质化、商品化、功能化，导致作为概念的“青花瓷”，正在被工业流水线上生产的抽水马桶、浴缸和瓷砖等器物的纯粹使用功能所掏空。而与传统的生活艺术、古老的手工印迹相关的“青花瓷”概念，正濒临消亡。同时，曾被瓷器所淘汰的自然材质，比如木竹和金属等，已经卷土重来。新型人工材质，如现代玻璃[①]、树脂、塑料、纳米技术等，也在通过现代审美风格和新颖的造型，抢占越来越大的市场份额。更有审美趣味上的变化，年轻一代突然离“青花瓷”而去，朝着代表宋代审美风格的汝窑和柴烧奔去。从商品的实用性角度看，“青花瓷”并没有优势，那么，它的优势是在展示价值、收藏价值还是象征价值上，至今是一个疑

① 玻璃的起源也是众说纷纭，作为一种新型材质的“现代工业玻璃”，产生于19世纪末。见《简明大不列颠百科全书》（中文版）相关词条，另见W.福格尔《玻璃化学》第一章，轻工业出版社1988年版。

问。一件物品的存在价值成了疑问，同时又无法舍弃它，那么最好的办法就是主动赋予它一种意义，这也是收藏品的本质。青花瓷已经找到了一个最有实力的收藏者：国家。

近些年（2010年前后），青花瓷突然有一种试图复兴的迹象。这一迹象或许缘于两个偶然事件，一是中国台湾青年歌手周杰伦那首广为传唱的歌曲《青花瓷》，它伴随着中国古典婉约风格的歌词以及略带忧伤的曲调，试图将“青花瓷”这一概念重新植入年轻一代心中；二是北京奥运会的“中国风”表演中，青花瓷的纹样在时装和女性瓷瓶般的身体上游移，还有经官方许可在北京地铁站和街头展示的青花瓷装置艺术等。国力上升和奥运竞技的胜利信息，通过表演、展示和联想，与带有典型中国风格的古老器物联系在一起。大众文化传播事件，官方审美意识形态的表现形式，这两种外力能否促使“青花瓷”复兴？这个问题的背后，隐藏着一种历史焦虑：历时千年的古老器物在当代日常生活中濒临消失，是不是意味着一种传统的消亡？它顽强地存在于当代生活中的价值和意义是什么？

青花瓷隐含着农耕文明时代的理性智慧、审美趣味和精神密码。它对材料的纯洁性、制作工艺的精致性、流程的严密性以及烧制条件和火候等方面的要求，都是极端严格的；它对品相和质地的期待也极其苛刻，如著名的“白如玉、薄如纸、明如镜、声如磬”[①]的标

---

① 这种对青花瓷的描述语言，最初是针对唐五代时期的柴窑“青瓷”：“青如天，明如镜，薄如纸，声如磬。”明人文震亨《长物志》中有记载，但他表明自己并没有见过这种青瓷，只是对传闻的引述，故下有“未知然否”的说法。将形容青瓷的“青如天”，改为形容青花瓷的“白如玉”也顺理成章。

准。如同乡土社会对个体的道德要求一样，总是指向一种高标准的道德实践、统一的风格学、严格的审美趣味，以及这些标准在日常实践中的典范性。“青花瓷”的纹饰、色彩和造型，也是中国传统农耕美学风格的集中体现，而且，这些承载文化信息的符号，不是一般的绘画图案，它是对绘画的二度制作，其中包含着对“青料”[①]的化学工艺处理的尖端技术。青花瓷，与其说是一种硬质的圆形器皿，不如说是一种凝固了的人文理想。它仿佛成了一个想象“中国”（China/china，中国/瓷器[②]）的起源神话，并为这个神话提供了考古学的依据。

对这种神话的“考古学”分析，将模仿地质学的地层分析法，自下而上（这里是自内而外）进行结构和符号解析：一级结构是作为其物质形式所包含的自然材质及其工艺，二级结构是作为其文化形式所呈现的象征系统，三级结构是作为其社会形式所呈现的各种功能（包括美学功能及其衍生功能），最后是因功能蜕变所呈现的当代征候。

① 用于釉下彩绘的含氧化钴元素的青料，有进口的（如苏麻离青），也有国产的（如平等青）。此外还有一种诞生于元代的“釉里红”釉下彩，彩绘时不用钴料，而是用含“氧化铜”的铜红料。

② 瓷器china是China的派生物，而非相反。景德镇1004年之前名叫“昌南”，与China发音近似，并不证明“中国”与“景德镇”和“昌南”有什么关系。一般认为，China是由梵文“支那”（Cina）转化而来。参见张星烺《“支那”名号考》（见《中西交通史》第一册附录，中华书局2003年版）。

一、物质形式：青花瓷材质的符号分析

烧制青花瓷的自然材质，是一种特殊的泥土，含长石的高岭土和瓷石粉碎而成的瓷土①。经过大约1300℃以上的高温煅烧，由泥土塑造而成的柔软器皿坯胎，因材料凝固而转化为坚硬如石的、具备内在结构的特殊器皿。为解析泥土蕴含的精神现象，我们先要分析一般泥土的意义。

作为自然物质的泥土，其成分杂乱无章，主要是由矿物岩石风化而成的细小沙粒，以及含有机物的黏土组成。它因“乱”而活跃，而不是因“治”而终结。所以，泥土最大的特征，就是具有生长性。泥土→植物→动物→尸体→泥土，是一个生长和死亡的循环链条。动物和植物死亡之后，经过生物化学作用而被泥土吸纳，然后再生长出新的微生物和植物。这种带有神奇的造化力量的生长性，它的吸纳、包容、净化功能，它的“生长—死亡”周期循环的特点，正是农耕文明最深刻的精神内核，也是其相应的价值观念体系之所以诞生的最独特的母体。但是，在农耕文明世世代代对泥土和生死循环的迷恋与承担背后，一直存在着一种超越生死循环的冲动，其表现形式就是对“肉身不死”的渴望，对“历史超稳定结构”的追

---

① 高岭土（Kaolin）一词，源于景德镇浮梁县高岭村出产的一种可以制瓷的白色黏土，主要分布于江西景德镇、湖南衡阳、广东茂名等地。其主要成分为含二氧化硅和三氧化二铝的高岭石。瓷石（China Stone，中国石）以景德镇浮梁县柳家湾为代表，始采于宋代，主要成分为石英、云母、长石。

求，以及对“永恒不变的物质”的迷恋，并进而去发现或者发明它。于是，“火”这种特殊而易得的物质，成了他们追求超越的重要中介。在社会或者历史的层面上，通过战争之火，消灭社会结构内部的“杂质”，以此来巩固血缘宗法制基础上的“家国结构”的稳定性；在身体层面上，通过炼丹术的丹炉之火，烧去自然物的杂质，提炼出永恒不变的精华，再服食而纳入衰朽易变的肉体，以达到长生不老的目的；在物质层面上，通过煅烧之火，熔化和剔除泥土中易变的物质，煅造出一种恒久不变的器物。因此，对泥土的肯定和依赖，以及对泥土的否定和超越，构成了农耕文明的两个重要维度。这两个维度，是对立统一的矛盾，也是静止而封闭的农耕文明的基本矛盾。①

终结泥土的生长性，逃避“生—死”循环的历史宿命，发明一种永恒不朽的物质，是农耕文明唯一的超越性实践活动。同时，这种实践并不是靠纯粹想象力诱发的诗学，而是对某些永恒不变之自然物质的模仿的工艺实践。这种自然物就是“宝石”（特殊的岩石）——水晶（特殊的石英）、黄宝石（黄玉）、红蓝宝石（刚玉）、钻石（金刚石）。②这类特殊岩石因成分纯净、无杂质而宝贵，因结

---

① 拙著《土地的黄昏》，主要研究的是农民对土地或泥土的生长性的依赖，以及由此生成的一系列文化规则。

② 矿物岩石学用“莫氏硬度”对岩石硬度进行分类。该分类法于1824年由德国矿物学家莫斯（Frederich Mohs）提出：用棱锥形金刚钻针划岩石表面，根据划痕深度将其分为10级，1.滑石；2.石膏；3.方解石；4.萤石；5.磷灰石；6.正长石；7.石英；8.黄玉；9.刚玉；10.金刚石。自7级开始为特别坚硬的岩石。归纳为口诀：滑石方解萤磷长，石英黄玉刚金刚。

构稳定、晶型单一而恒久不变，从而成为代表永生的稀有物（最典型的就是钻石）。它们都是泥土的结晶和升华，是自然的造化，是永恒和不朽的象征。与泥土的生长和循环相比，特殊岩石就是死亡和终结。实际上，其中蕴藏着一种深刻的悖论：泥土的生长性包含了死亡和衰朽的信息，岩石的死亡形式则包含了超越死亡的永生信息。用生的形式展开死，用死的形式显示生，这种两歧性，正是农耕文明的深层精神密码。

人工煅烧而成的器物，是对具有永恒性的岩石（宝石）的模仿。这种实践，不是发现，而是发明。它人为地改变了自然材质的结构和属性：利用“火”对泥土的熔炼和提纯，对化学物质的熔炼和再造，使泥土的生死循环规律，终结在一个永恒的结晶上。因此，对泥土的关注和把玩，既是原初人（包括儿童）的典型游戏，也是一个古老的神话原型，玩泥巴就是一种生死循环的游戏①，烧泥巴则是对这种生死循环的终结。女娲“抟黄土造人”的传说，这对文明而言，何其重要！但它同时是一个关于诞生和泥土的神话，也是一个类似于儿童玩泥巴的游戏，是女娲闲时的消遣。女娲“炼五色石以补苍天”的传说，则是对生死循环宿命的超越性想象，是一个通过

① 令人称奇的是，制瓷中的“印坯”工序，陶瓷工匠称之为“拍死人头”，与玩泥巴作为一种“生死游戏”的判断正好巧合。参见拙作《土地的黄昏》（中国人民大学出版社2013年版）第七章第三节关于“游戏与泥土意象”的论述。另可参见《景德镇陶录详注》卷1，兰浦原著，郑廷桂增补，傅振伦编注，书目文献出版社1993年版。

煅烧和冶炼达到稳定秩序、终结混乱形式的工序。[①]

制陶工艺，就是对“抟黄土”和“炼五石”神话的粗糙的模仿，并将两道本不相干的、性质不同的程序，在同一空间之内联成一体。在实践的过程中，通过淡化游戏色彩，凸显技术特征，使之成为一种文明的标识。制瓷工艺，无疑是对制陶工艺的超越。经历了自商、周到唐、宋的历史变迁，青花瓷工艺逐渐成熟，达至农耕文明时代陶瓷工艺的巅峰。今天的陶瓷工艺的进步，并没有改变瓷器烧制的基本程序。[②]改变的只是实施这些程序的工具，比如，改烧松木劈柴为烧电，制坯的人工旋转改为机电旋转，观察火候的秘密经验，换成温度计或者电子控制的标准程序等。

从一般的技术逻辑的角度来看，制陶和制瓷没有本质的差别，它们都包含了“抟黄土”和“炼五石”两大工序。青花瓷烧制工艺，还增加了两道附加性的非本质工序，那就是“釉下彩绘”和“荡釉”。[③]

---

① 女娲“抟黄土”传说，见《风俗通义校释·佚文·二十六》(天津人民出版社1980年版，第449页)：“俗说天地开辟，未有人民，女娲抟黄土为人。剧务，力不暇供，乃引绳絙泥中，举以为人”；“炼五石”传说见《淮南子·览冥训》(中华书局1954年版，第95页)：“炼五色石以补苍天，断鳌足以立四极，杀黑龙以济冀州，积芦灰以止淫水。”

② 青花瓷制作工序最有代表性，分为取土、炼泥、镀匣、修模、洗料、做坯、印坯、旋坯、画坯、荡釉、满窑、开窑、彩器、烧炉等14道。参见《景德镇陶录详注》(兰浦原著，郑廷桂增补，傅振伦编注，书目文献出版社1993年版)卷1；另可参见《耶稣会士中国书简集Ⅱ》，大象出版社2001年版。

③ 还有一种“釉上彩”，又称“粉彩”“软彩”“雍正粉彩”，在荡釉和煅烧成型之后，用彩色乳胶在瓷器表面绘制彩色图案，以一种艳俗的农耕趣味改写了青花瓷和釉里红单色的美学趣味，盛行于清代“康雍乾”时代。

这两道工序，既要让陶瓷这种器物，承载农耕文明的历史经验和艺术经验，还要将这些经验中的符号系统，永久固化在瓷器的表面。这一点将在下文论及。制陶和制瓷最大的差别在于，不同的煅烧火候（800℃左右和1300℃以上）和不同的自然材质（一般的黏土和高岭土）。高温工艺解决了氧化硅等高熔点物质的熔化问题，高岭土解决了黏土中氧化铁等杂质过多的问题。一般泥土烧制的陶器，质地疏松、粗糙，有微孔，而高岭土烧制的瓷器结构紧密、晶莹透亮。这种凝固的结晶，将泥土的丰富信息变成了抽象的秘密，封闭在永恒不变的空间之中，并在这个封闭形式内部重建了符号想象的历史。

高岭土（瓷器之母）的发现，为人类模仿永恒不变的自然物提供了物质基础。对农耕或者泥土的生长性而言，高岭土基本上是废物，也就是所谓“不道德”的物质，因为它违背农耕文明追求生长性的重要准则，不具备生长性，这对动物和植物而言，意味着死亡。但它却在农耕时代的手工业领域里成了宝贝。泥土成分的杂乱无章和生生不息的品质，构成了农耕文明的“现世的道德”。而高岭土的纯净性和终结形式，构成了农耕文明的“超越性道德”。它们在自然的和人工的两个领域各显神通。从超越性的角度看，高岭土是泥土的升级版，就像青花瓷是陶器的升级版一样。它因此成了农耕文明器物超越性的典范，也因此得到皇室的青睐。对超越“生—死”循环的“超越性道德”的兴趣，皇室成员要远远超过一般人，所以，宝石、玉器、青花瓷等标本，主要是保存在皇家博物馆里。[1]

在这里，还必须将陶瓷与玻璃、塑料、水泥等其他人工材质区分开来。玻璃，是一种极端暧昧的、具有现代性品质的材质。它既封闭又开放，既接近又隔绝，既遥远又亲近，既肯定又否定，是典型的现代“伪君子”形象，也是现代文化“反讽性”的象征。它是一种以不存在的形式而存在的物质。鲍德里亚[2]说，玻璃是一种“零程度的物质”[3]。也可以这样讲：玻璃是一种无历史的物质。这就是凸显功能的、无历史内涵的现代器物，与功能暧昧（不确定）的、充满历史和文化内涵的传统器物之间的差别。玻璃的透明性，是对内涵的瓦解。当它与水银涂层结合成为镜子的时候，就会产生一种类似于土地和交媾的生长性的假象；特别是当两面镜子相对而产生无限多的影像时，更凸显了其“邪恶”的特征。博尔赫斯说，交媾和镜子都是可恶的。它是对真理的“捏造”[4]。类似的现代人工材质还有塑料，它是一种绝对死亡的象征。塑料无论在水中还是土中，或者在空气中，它都永恒不变，一直睁着邪恶的眼睛。当遇见火的时候，它便采用金蝉脱壳之术，突然化作一股黑烟，向空中逃逸，把毒留

① 北京故宫藏陶瓷35万件，明清青花瓷可参见《明清青花瓷：故宫博物院藏瓷赏析》，文物出版社2000年版。

② 鲍德里亚（Jean Baudrillard，1929—2007），法国思想家，著有《消费社会》《生产之境》《象征交换与死亡》等。

③ ［法］鲍德里亚：《物体系》，林志明译，上海人民出版社2001年版，第43—44页。

④ 见《博尔赫斯全集》小说卷第73页。《博尔赫斯全集》散文卷（上），浙江文艺出版社1999年版，第443—446页。

在了人间。水泥，是对石头的低劣模仿，它外表貌似石头，却没有石头的灵魂，即晶型和微弱的生长性。水泥将石头中残存的最微弱的生长性扼杀，并成为现代文明象征——城市——的基本元素。

二、文化形式：青花瓷象征的符号分析

青花瓷，它一方面终结了泥土的自然属性及其所隐含的历史和道德内容；另一方面，它又试图将被终结了的内容重新激活。终结和激活，成了青花瓷的双重文化使命。青花瓷的造型、色彩、图案和纹饰等外部因素，在器物的表层，形成一个虚拟空间，并在其中对被烧结了的农耕精神展开再度叙述。这个空间对历史和道德内涵的容纳方式，不同于宣纸、毛笔、烟墨等工具所呈现的柔性书写行为。宣纸和毛笔的书写行为，包含着儒家美学的重要内涵，柔中有刚，刚柔并济，以柔的形式显示刚的力度，它要求用狼毫、羊毫、兔毫达到刀子镌刻的效果，要求用毫毛达到“力透纸背”“入木三分”的效果。而瓷的煅烧自始至终伴随着刚性的颠覆行为，或者说一种暴烈的革命行动：对泥土的粉碎、蹂躏、拍打、重塑，对胎的高温煅烧，以便瞬间将农耕美学和道德理想镌刻在这一封闭的历史器皿之中。煅烧、凝固（结晶的假象），是对泥土生死循环的宿命论的直接超越；想象性叙述和符号再造，是对死寂的永恒形式的二度超越。然而，经过煅烧、塑型、凝固、涂抹、描绘而浴火重生的，并不是泥土真正的生长性和开放性，而是一个再造的象征性符号体系。与泥土所蕴含的“生长—时间—历史”和“实践—空间—道德”

结构相比，这是一个被透明晶体隔离和凝固了的符号世界和想象空间。它附着于结晶体的表面，闪烁在透明玻璃釉的底层，游走在形体变化多端的蛇形曲线的形式之中。

让永恒而死寂的器物，承载生长和变化的内容，是青花瓷工艺在其象征符号体系内展开的主要工作。这种工作在二级结构内部，按三个递进层次展开——造型、色彩，以及“纹饰—图案”。形如女体的瓷瓶和形如地母的盆碗，是承载、接纳、展现生长和繁殖力信息的基本母体。白色和青（靛蓝）色，既是对自然色彩的超越，也是生长和繁茂的象征。青料绘制而成的图案和纹饰，是对自然界具体的生长内容的虚拟和想象性再现。在这里，农耕文明的追求及其潜意识欲望，在符号中得到全方位的展开，光滑的造型、柔软流畅的曲线、繁茂的植物枝叶、想象中的动物（包括真实的和虚拟的），还有动物般可爱的戏婴，一切都得到了描绘。生长性的终结所代表的时间终结，在空间叙述中被重构：时间的空间化（生长性被煅烧在一个特殊空间之内），以及空间之中的虚拟时间（虚构的叙述），是青花瓷表征空间所呈现出来的悖谬内容。

青花瓷的造型，是承载象征性内容的基本媒介。模仿自然物（比如果壳、葫芦、橄榄等）和人体的造型，并不是青花瓷所特有的。青花瓷造型也是在对原始陶器和瓷器进行模仿，元、明时代，景德镇就生产了大量仿造唐、宋时代的瓷器，如“景德器”“宋器”等。但是，作为一种农耕文明美学的潜意识内容，比如对生长和丰收的渴望，对肥硕的母体及其生殖能力和容纳能力的崇拜，它具有重要的象征意义。原始陶器和陶瓷等最初的器物造型，它的发生，在造型学中称之为“象生形”，也就是对自然物质、动物体形，特别是对女人身体的模仿。青花瓷在这一点上，与其他的器物并没有大的差别，都是对自然物和人体的模仿和变形，其造型或长身短腿或长腿短身。有研究者指出：“器物的比例关系，往往和人体的比例关系有着惊人的相似之处。……中国古代的器物，尤其是陶瓷造型，其造型的各个部位的称呼，多是拟人化的。……对于各种陶瓷器物本身的各个部位，中国传统的称谓习惯，多是用拟人方式对待的，比如，也是把造型的不同部位称为口、颈、肩、腹、足、底，等等。……就两种最具代表性的瓶形，即北宋以来一直流行的‘梅瓶’和清代康熙官窑创烧的‘柳叶瓶’来说，梅瓶……具有男人体的美感；而柳叶瓶则……有亭亭玉立的女性人体的美感。”[①]青花瓷的造型，无论是葫芦形、棒槌形还是纺锤形，不管它那凸出而浑圆的腹部，是在上部（梅瓶）、中部（柳叶瓶），还是下部（玉壶春瓶），它都是作为“自然物”的女体的不同变形，都是繁殖力这一潜意识梦想的象征性再现，都是对生长性这一至关重要的信息的召唤。瓷器之器型，对自然物和人体的模仿，包含着农耕文明最重要的信息：繁衍，对人而言就是生殖，对自然而言就是生长。这也是农耕美学的根源。在这一点上，青花瓷跟原始陶器有相似之处。与原始陶器的不同之处在于，青花瓷的象征系统，不仅仅局限于造型，它包含着更多其他信息，比如，它对色彩、图案、纹饰精致性的要求，特别是对各种配料纯净性的要求。比如，中国青花瓷之所以要优于波斯青花瓷，

① 高丰：《中国器物艺术论》，山西教育出版社2001年版，第113页。

是因为中国陶工在制作胎坯时，对原料和配料有着双重纯洁性的高要求：瓷土和釉，都使用真正的长石瓷土和长石釉，“使得在高温下胎釉结合良好……花纹和图案能够淋漓尽致地表现出来”[①]。这就像中药对药引的要求——如鲁迅在《呐喊自序》中写道：“药引也奇特：冬天的芦根，经霜三年的甘蔗，蟋蟀要原对的。”又或者与族人对血缘和道德纯洁性的要求一样严格。

青花瓷的色彩。白地蓝花，是青花瓷的特殊标志色。这里的“青色”（蓝或靛蓝），与唐五代柴窑所代表的青瓷之“青色”不同。青瓷的青色（青如天），与器物的材料和造型浑然一体，并没有从造型中分离出来，它仅仅是在同一维度和平面上，对材质和造型的补充和强化，其青色的生长性象征，与模仿女体的器物造型所表征的内容重叠。这也是对“手如柔荑，肤如凝脂”这一比喻的材质化、器物化。而青花瓷的青色，首先就从器物造型和材质中分离出来了，这是因为白瓷的出现为它创造了条件。南北朝时期白瓷的出现，是对早期青瓷的一次超越，也是将对泥土中的杂质彻底清空的野心的呈现，也同样是强力煅烧和清除的结果。有人称之为“陶瓷发展史上新的里程碑”和“一次伟大的创造”[②]。白瓷的出现（清除了瓷土中的杂质，特别是铁、锰、镍等），是青花瓷戏剧上演前的一个序幕，尽管它的白色还是乳白或淡青，还有杂质，但已经为纯白色的出现

---

① ［英］哈里·加纳：《东方的青花瓷》，上海人民美术出版社1992年版，第2页。

② 中国硅酸盐学会主编：《中国陶瓷史》，文物出版社1982年版，第167页。

做好了准备。首先是含长石的高岭土和瓷石的发现和使用，使器物形体本身变成纯白有了可能性。其次是对“青料”的使用技术的掌握，使器物之上所描绘的内容，成为纯青色。再者是釉料的制造使用，使釉下彩成为可能。青花瓷之纯“青色”和白瓷的纯“白色”，以及它们能够独立存在，为青花瓷的图案和纹饰等文化内容的出现创造了条件。

青色，是一种十分暧昧的颜色，它介于绿和蓝之间，非绿非蓝，有时候偏藏蓝或墨蓝，有时候又带绿色，有时候它又指黑色。在我的家乡（江西）的土话中，青布就是黑布，好比古诗词中的“青丝”，是指黑发。“青天”又叫“苍（深蓝）天”，还叫“碧（浅蓝）空”，而“碧草”也是青草或绿草的意思。这种对色彩命名上出现的词语及其语义的含混性，一方面是对自然色系（光谱）本身的性质缺乏深刻认识的结果，另一方面也是词语匮乏的结果。“青色”的本义就是“蓝”的颜色，所谓“青出于蓝”即是。而“蓝”的颜色，就是“靛草”的颜色，一种能产生蓝色的草的颜色。农民自织的布，原本是白色，为了增加花样，他们会将白布染成“靛蓝色”或者蓝白二色的青花布。但不管怎么说，“青色”都是一种十分重要的颜色，属于“五色”（青红黄白黑）之一种，对应于“五行”（木火土金水）、“五方”（东南中西北）、“五候”（风火温燥寒）等。[①]它是东方的颜色、春天的颜色、树木花草的颜色、自然和大地的颜色、生长的颜色、生命的颜色。

---

① 参见《白虎通疏证·卷七·五行》，中华书局1994年版。

图案和纹饰，是青花瓷表面更为具象的内容：花朵、草木叶、藤蔓等自然界花草树木的基本元素，以及用草叶、树叶、花瓣、藤蔓等基本元素拼成的各类对称的几何图案，还有自然界的山水花鸟和野兽，还有风景和人物等。其中，植物及其相关的图案占主导地位。这是农耕文明对生长和繁衍的梦想的再现。陶瓷工艺和青花瓷本身，通过对矿物宝石永恒不变性的模仿，通过对青绿色所象征的生长性的模仿，通过"釉下彩"和"荡釉"的新兴尖端工艺对理想和现实内容的模仿（叙事、描写、抒情），将农耕文明的社会理想和审美理想符号化、固定化、永恒化，表达充塞在农耕文明深层的伟大梦想：五谷丰登、子孙满堂、福禄寿喜、六畜兴旺、流芳万载、天祚永享。

三、社会形式：青花瓷功能的符号分析

上文已经说过，青花瓷的制作，首先是一种"抟黄土""炼五石"的"捏"的行为，然后是在器型表面进行艺术创作的"造"的行为。最后经高温煅烧将它的"形式"和"内容"全部凝结。实际上可以归结为两道工序：捏造和固化。作为一种人工制作的工艺品，它无疑不是真理——"真理是不能捏造的"[①]。而青花瓷是一个"捏造"出来的被固化的"真实"世界：通过"拿捏"瓷土而制造出一种精

① ［阿根廷］博尔赫斯：《谜的镜子》，《博尔赫斯全集》散文卷（上），浙江文艺出版社1999年版，第443页。

美器皿，也“捏造”出了繁复而又令人着迷的器物符号。这种精致而繁复的“捏造”行为，从隐和显两个层面，呈现出它的功能。身体技术层面的人类学，还有社会工艺层面的仿生学，乃至将其神圣化的献祭行为，这些都属“隐”的范畴。而日用品、交换品、馈赠品、艺术品、收藏品，等等，则都属“显”的范畴。

就制作实践活动本身而言，青花瓷或其他瓷器，与更为古老的陶器是一致的。这种抟土捏造的手艺，属于人类最原始的“捏造”行为，这是一种习得的产物，在漫长的历史过程中，如本能一般凝结于人类的意识深处，并将人类的击打、碎裂、完形的原始冲动投射其中，同时也将人类对收藏、容纳、承载、存留、归类等原始欲望投射其中，最终通过人类最初始的造型能力的把握而指向审美经验的呈现：将旋转、抟捏、刻画这些初始动作，转化为圆形、方形、流线型、花纹、图案美学形式。既是一种身体技术，又是人类对自己身体的一种使用技能，还是一种审美升华的过程。人类学家指出：“身体是人首要的与最自然的工具。……人首要的与最自然的技术对象与技术手段就是他的身体。”[①]青花瓷工艺，是农耕文明背景下，手工业中的高级身体技术之一。它是对人类身体的基本动作，包括咬、抓、捏、打、掷等的综合运用和升华，也是古典科学工艺的体现和农耕美学的集大成者。

倘若仅限于此，尚不足以将瓷器和陶器的制作区分开来。瓷器

---

① ［法］马塞尔·毛斯：《各种身体技术》，《社会学与人类学》，上海译文出版社2003年版，第306页。

对高温的要求，显然是烧制工艺高度成熟的结果。对温度的增加和有效的控制，决定了瓷器的品质。这就在瓷器工艺上大大增加了技术含量，也大大增加了其智慧含量。青花瓷通过约1300℃高温的煅烧，将材料中的所有水分（包括分子水）都烧干。泥土中那具有生长性的水，被烧干，仿佛人体中的水（汗水、眼泪、血液）也被抽干。高温剔除了杂质（铁、锰、镍等），土元素转化为一种更为纯粹的新物质，它仿佛是土的骨骼、土的精髓、土的理念、土的形而上学。这种新物质，就是剔除了杂质和水分的白瓷胎。它就是全部青花瓷工艺的“仿生学”基础。特殊的上釉工艺，不只是全新的和高难度的技术，更为全新的艺术形态的诞生提供了条件。审美形式成了一种静态的、永恒的、无水的、不具备生长性的干货，抽象地呈现在器物的表层。它的外表，再通过一种叫“釉下彩”（描绘所需要的靛青色图案和画像）和“荡釉”（涂抹在图案表面的釉，经高温煅烧后形成一层发光玻璃层，将描绘的内容固化）的尖端工艺，对一切有可能发生变化的形式，予以固化。在纯粹的土元素之上，再覆盖一层细腻、光滑，而且透明的、凝脂一般的釉，好像在这件借助土而制造出来的器物骨架和肌肉之上，又覆上了一层精美的皮肤。如果把白色的瓷胎比作人体，那么，青花纹饰就是它的服饰，发光釉就是它的皮肤。它的器型就是人体的仿造物，有宽肩的，有大臀的，有头、口、肩、腰、臀、腿。但是，正因为它仅仅具有“仿生”特征，而不是“生物”本身，所以它的皮肤和服饰的界限是含混不清的、概念不明的，甚至是逻辑错乱的：服饰在皮肤之下，就像在皮肤之上一样，从而隐含着一股“东方神秘主义”的气息。

青花（透明釉下彩）的出现，使得青花瓷的皮肤（釉本身），不只是一般意义上的皮肤，而是一种有着极高文化识别度的符号表征，赋予瓷器以中国化的艺术精神——一种特殊的美学，仿佛给青花瓷这件人工的“抟造物”，吹进了一口东方文化精神的灵气，使得青花瓷不只是一种日用的器皿。这是对女娲造人神话的模仿与再现，是农耕文化条件下对于人工制造所能发挥的想象的极致。这也是一种浸润着农耕文明的美学精神：纯洁牢靠而又摇曳多姿的生长性，生生不息的繁衍精神，恒常的不变不易的特征。这三特征，正如钱钟书在《管锥编》开篇《论易之三名》中引《易纬》之说：“易一名而含三义，所谓易也，变易也，不易也。”并借郑玄之《易赞》《易论》、董仲舒之《春秋繁露》，以及黑格尔、歌德、席勒等国外名家著述，申述这种中国特有的简易符号之多义性，或多义符号之简易性，进而论不易之理。[①]我们发现，“易”这种带有东方神秘主义特征的符号所具有的三合一特征（简易、变易、不易），与“青花瓷”这个典型的东方符号之间，存在相契之处。青花瓷的文化语义之简易性、多义性和相对的恒定性纠缠在一起，构成了这个器物在当今社会文化语境中的奇异处境。所以，尽管“青花瓷”这一符号系统中，隐含着复杂多样的深层功能，使它成为一个具有象征性的符号。但是，也正因为它深层功能的隐蔽性，它的外显功能显得混乱而易变。

首先是它的“使用功能”。毫无疑问，青花瓷首先是作为一种日

① 钱钟书：《管锥编》，中华书局1979年版，第1—6页。

常实用器皿而被制造出来的。最常见的是容器：它的“纯功能”[①]是接纳、收藏、盛装。与“纯功能”相应的结构是：一方开口的圆柱形，四周和底部封闭，或者开口是活动的（加盖加塞的器皿）。与结构相应的形态是：圆柱形或圆柱变体（上大下小，上小下大，两头小中间大，两头大中间小，直线型和弧线形的）。器皿的日常使用中的纯功能（接纳、收藏、盛装）可以不变，其他选项是可以随意变换的，比如器型可以变（也可以是三角形和圆锥形），但它还是青花瓷。更重要的是，材质也可以变，比如，器皿的材质，也可以用玻璃、塑料、木头、铝合金、钛合金、纳米材料等来替代，这时候，青花瓷这个概念已经不存在了。今天日常生活中的器皿材质五花八门，并非古典的瓷器独大的时代。可见，青花瓷在器皿意义上，它并无优势。唯独作为餐具，它还具备优势，这是因为“青花瓷”材质的稳定不变性，或者说没有生长和死亡特质，这使它成为一种“终结物”：不氧化、不磨损、不变化，符合餐饮卫生，至今依然是餐桌上的主要器皿。由于所有的瓷器都有此功能，所以这并不意味着青花瓷在餐桌上的重要地位。因此作为其他的日常器皿，青花瓷的使用功能更不重要，作为日常生活器皿的青花瓷，退居到相当边缘的位置上。

---

① 物品的“纯功能”，是物品基本结构产生的原始功能，相当于词语的本义。物品的“附加功能”，是在不改变物品基本结构的前提下，增加附件产生的功能，相当于词语的引申义。比如汽车的“纯功能”是高速移动，“附加功能”是增加汽缸数以增加“马力”，或者改手动挡为自动挡，详见［法］鲍德里亚：《物体系》导论和A部分，上海人民出版社2001年版。

其次是它的“附加功能”。器物（青花瓷）在满足人们日常用度的“纯功能”（接纳、收集、盛装）之外，还有一些“附加功能”。这是一种其本身无论怎么变化都不会改变“纯功能”本质的新功能。比如，审美功能，以及收藏功能、祭祀功能等。就审美功能而言，它包括“材质精细或纯净与否”“造型美观与否”等外在于“纯功能”的因素。跟“纯功能”的恒久不变相比，“附加功能”是随时代的变化而变化的，所以不具备恒常性。比如，青花瓷体表面是否光洁？在元明清时代，这不仅是工艺进步与否的问题，也是审美问题。时过境迁，今天的新问题是：为什么要光洁？亚光的不行吗？回答可能是：靛蓝的纯度高，绘制图案的花纹清晰。所以你看，这既是尖端工艺问题，也是审美问题。今天的回答可能是：模糊美也很不错！甚至没有花纹也很好，宋窑的柴烧也很美……还有器型的繁复与简洁问题——汝窑的造型简洁也很美。再有，对于瓷胎的精致化和粗糙化问题，今天的问题是，粗糙有一种朴拙之美，不需要那么精致。由此可见，器物的“附加功能”是非本质的、易变且不稳定的，青花瓷的附加功能同样如此，它的美学价值，今天无疑已经边缘化了。

器物的“纯功能”，是物品的最高道德，也是物品的形而上学。由于它跟人类的实践活动本身无法分离，因此它是无价的，因为无法估价，从而无法成为商品。也就是说“接纳、收集、盛装”本身作为人身体本身的外延，是无法出售的。能够出售的只能是“附加功能”。一件物品仅有“纯功能”是无法成为商品的，必须要有“附加功能”才能成为商品。也就是说，容器并不成为商品，但青花瓷容器是可以成为商品的。因其需求的广泛性，青花瓷迅速成为市场上流通的商品。与此同时，“附加功能”的变异性，是决定商品是否具有恒久性的基本前提。于是，使用价值的边缘化和审美价值的边缘化，导致了这一物品本身的边缘化。

作为一种古老的现代器物，青花瓷的使用功能在减弱，被其他材质和工艺的器物抢占了份额。它的审美功能也在减弱，被那些更为简洁的美学形式，比如流行于宋代的汝窑和柴窑的器皿所取代。更为尴尬的处境还在于：如果完全复制青花瓷的工艺、器型和其他美学形态来进行生产，相对于其他材料（玻璃、搪瓷、金属等）而言，瓷器并无特别的优势。如果将青花瓷作为一种造型元素提取出来，用到其他材料的产品上，那么，青花瓷则又失去了其真正存在的价值，成了一堆破碎的生命残片（比如有一种瓷土与某些金属的混合物组成的新型太空材料，似乎与“瓷器”没有必然的关系）。

青花瓷，作为一种古老的农耕文明手工业品，其一般意义上的使用价值、交换价值和展示价值，处于冻结状态。但它凝结了古老的人类学智慧，以及农耕文明精华的潜意识内涵，还有辉煌的历史记忆所赋予它的象征价值，使得它继续在现实生活和文化叙述中担当重要角色，并试图借此获得资本价值。它的收藏价值也因此而来。在日常生活中，没有人去大量使用青花瓷，古瓷就更不可能。事实上，在当下语境中，古老的青花瓷与现实生活的关联的纽带正在被切断，这些精美璀璨的泥土的精灵，正在日益成为孤独无依的幽灵。作为一种将农耕文明的价值观念和审美趣味高度浓缩于一身的器皿，青花瓷就这样成为博物馆的收藏物，或者古董市场上的幽魂。

通过审美想象，去召唤梦想之物或者死去之物，是世俗社会一种特殊的自我救赎行为。而收藏甚至连救赎都算不上。收藏是掩埋和哀悼。这种恋物癖式的收藏，通过对所收藏对象的物质形态的保存，来满足其对古老之物的依恋和膜拜，也是人类对自身的时间焦虑和死亡焦虑的克服的尝试。至于古董商式的收藏，则是将这种被时间流逝所积淀下来的生存欲望和美学冲动，转化为商品的文化附加值加以贩卖。在一次又一次的转手倒卖过程中，青花瓷的价值越来越高，因为这正意味着青花瓷越来越失去其使用价值和美学价值，越来越远离其日常生活语境和美学语境。而每一次转手和升值，其古老的美学光辉就会暗淡一分，逐渐成为被囚禁在博物馆里的文化囚徒。

结　语

通过对“青花瓷”这一符号的物质内容、文化象征和社会功能的分析，我们对“青花瓷”这一熟悉的陌生事物、这一典型的中国“符号”，特别是对它所隐含的农耕文明美学的潜在内涵，有了更深入的认识和了解。

首先，“青花瓷”跟其他的陶器和瓷器的制造工艺，有相似之处，都是古人对“抟黄土”和“炼五石”的神话的戏仿。在农耕文明世世代代对泥土和生死循环的迷恋和承担背后，一直存在着一种超越生死循环的冲动。其表现形式就是对“肉身不死”的渴望、对

“历史超稳定结构”的追求，以及对“永恒不变的物质”的迷恋，进而去发现或者发明它。于是，“火”这种特殊而易得的物质，成了他们追求超越的重要中介。在社会或者历史的层面上，通过战争之火，消灭社会结构内部的“杂质”，以此来巩固血缘宗法制基础上的“家国结构”的稳定性。在身体层面上，通过炼丹术的丹炉之火，烧去自然物的杂质，提炼出永恒不变的精华，再服食、纳入衰朽易变的肉体，以达到长生不老的目的。在物质层面上，通过煅烧之火，熔化和剔除泥土中易变的物质，煅造出一种恒久不变的器物。因此，对泥土的肯定和依赖，以及对泥土的否定和超越，构成了农耕文明的两个重要维度。这两个维度，是对立统一的矛盾，也是静止而封闭的农耕文明的基本矛盾。实际上，其中蕴藏着一种深刻的悖论：泥土的生长性包含了死亡和衰朽的信息，岩石的死亡形式，则包含了超越死亡的永生信息。用生的形式展开死，用死的形式显示生，这种两歧性，正是农耕文明的深层精神密码。

其次，“釉下彩”是对器物包含的文化内涵的固化和凝结。通过“釉下彩”“荡釉”“煅烧”三道工序，将“潜意识”内容变成一种日常生活器具中的显在形式，是“青花瓷”工艺的伟大贡献。它瞬间将农耕美学和道德理想镌刻在这一封闭的历史器皿之中。煅烧、凝固，是对泥土生死循环的宿命论的直接超越；想象性叙述和符号再造，是对死寂的永恒形式的二度超越。经过煅烧、塑型、凝固、涂抹、描绘而浴火重生的，并不是泥土真正的生长性和开放性，而是一个再造的象征性符号体系。与泥土所蕴含的“生长—时间—历史”和“实践—空间—道德”结构相比，这是一个被透明晶体隔离和凝固了的符号世界和想象空间。它漂浮在结晶体的表面，闪烁在透明玻璃釉的底层，游走在形体变化多端的蛇形曲线的形式之中。这里面还包含着对物质的道德纯洁性的极度追求——这些农耕文明的密码：高温去杂质，不同配料的相似性和相溶性。

再次，器物制作过程中也包含着人类学的追求。青花瓷器物造型具有仿生学特征，这一行为超越了狭义的工艺学，而指向了更广阔的人文学。白色瓷胎是对人体的模仿，釉下彩和釉层就像服饰和皮肤，不同部位都以人的器官命名，包括对人的理想环境（自然）和伙伴（想象中的动物）的描绘，将生的内容和理想神话永恒地固化在器物表面。最后是作为“青花瓷”的“纯功能”和“附加功能”的呈现形式和历史演变的分析。

2018年7月25日

第二辑

讲故事的方法

005 |

小说的基本要素

今天讲座的题目叫“小说的基本要素”。你们心里肯定在说，我们都已经是作家了，你还讲什么“基本要素”呢？其实，基础的东西看起来好像很浅显，但真正要讲明白也不容易。比如，“什么是文学”“什么是小说”，这些问题是很难回答的，就像“什么是人”这个问题一样。面对那些难以回答却又经常遇到的基本问题，我们不妨转变一下提问的方式或回答问题的方式。我们不要问“什么是小说”，而是问：小说这种叙事性文体是由什么构成的？它的基本要素是什么？之后你会看到，尽管这些基本要素加在一起，并不一定能够回答“什么是小说”的问题，但我们至少可以开始讨论这个原本难以回答的问题，而不至于哑口无言，或者简单粗暴地回答说：小说就是故事嘛！

一、小说与故事

在今天的文学中，小说无疑是非常重要的文体，这和我们的古代文学有很大差别。我们的古代文学以诗歌为主，小说是不登大雅之堂的。古人写小说，经常有不署名的情况。但是近代以来，特别是梁启超写出那篇《论小说与群治之关系》的文章以后，小说这个门类越来越重要，成了文学中的老大。在文学演变过程中，“小说”概念本身也在发生变化。我们现在所说的“小说”，跟明清时代的古典小说概念有相似的地方，又不完全一样。古典小说强调故事，现代小说却不满足于讲故事，它还有故事之外的东西，它承载了一部分现代新诗的内容，是对人生的探究、对存在的勘探，所以说，它的容量变大了。对于现代白话汉语小说，尤其是“五四”以后的小说，故事不过是载体，是装载艺术和思想的筐。如果说写小说就是讲故事，小说家就变得可疑了，因为最会讲故事的是民间艺人，还有我们的奶奶和妈妈。

母亲是天然的讲故事高手，每天晚上哄孩子睡觉的时候都要讲故事，而且这个故事有一个特点，就是“重复”，不但故事情节要求重复，连细节都要求重复。昨天是小熊找妈妈，今天是小熊找爸爸，上一次是小熊“过河”找妈妈，这一次变成“过桥”，甚至连这都不行，孩子会说你讲错了，他就不睡觉。所以只能重复，每天晚上重复，这是古老的故事，由奶奶和妈妈来讲最有效，你要是叫莫言来给宝宝讲故事，宝宝肯定不睡觉，而且会被他的故事吓哭的。故事还有一个特点就是虚构，未必真有其事。讲故事的妈妈自己也没见过小熊，不一定真的发生过小熊找妈妈的故事。它其实是宝宝离开母亲的一个仪式。小宝宝要睡觉，要离开妈妈一整夜，他焦虑不安，于是妈妈通过故事的方式告诉他，小熊和熊妈妈是在一起的，他一听心里很踏实。所以孩子一定要听到小熊过了河终于找到妈妈了，他才睡着，你说小熊找妈妈总也找不到，他就会一直哭，肯定不睡觉了。这个故事实际上就是离开母体的一种心理替代。我们举这个例子说明什么？小说的故事是虚构的。那么虚构重要吗？很重要。它达到了安抚宝宝内心创伤的效果。一个人来到这个世界上，最大的创伤性记忆，就是离开子宫、离开母体、离开母亲的怀抱。人可以通过各种各样的语言，通过虚构和叙事来修补这个心灵创伤，这是虚构的重要作用。

在传统的故事中，通常需要一个讲述者和一个倾听者，讲述者往往具有权威性。当讲述者缺席的时候，倾听者可能会自己出来填补空白。比如，小朋友自己给自己讲故事，他既是讲述者，又是倾听者，或者说他在进行心灵的自我修补。精神分析学家弗洛伊德，曾经观察过一个小孩，发现他每天在妈妈上班之后，都在家里做同一个游戏。他拿一个小球扔出去，嘴巴里同时说“噢”，然后爬过去把球捡回来，捧在胸口坐好，说“嗒”。小孩在反复地玩这个“噢—嗒”的游戏，一直到妈妈回来。弗洛伊德发现这个小孩其实是在讲故事，他用动作和声音“虚构”出“妈妈走了，回来了，又走了，又找回来了”，这样的一个故事。从成人视角看这个故事也许是没有意义的，但是对小孩来说，意义重大。小孩“创作”这个故事的过程，填补了他内心里的一段空缺，是对心灵创伤的虚构化的修复。这个“噢—嗒”“丧失—得到”“消失—回来”的故事，是最基本的故事原型之一。

我们讲一个故事可以有社会意义，可以有道德意义，可以有情感的意义……有各种各样的故事，而它们最基本的功能是什么？就是修复，修复人类心灵的原始创伤。这种原始创伤能不能用文学以外的东西填补？对成人来说可以，比如说给你钱、给你官职、给你知识、给你地位，给你其他的身外之物来填补内心的空缺，这叫“欲望转移”。成人的欲望可以转移到其他层面，但是儿童不可以。一个儿童满周岁的时候你叫他去“抓周”，床上摆了黄金、珠宝，他不一定会抓，他没准就抓了一支唇膏，抓了一个好玩的东西、色彩鲜艳的东西。对儿童来说，对人的本质来说，这种创伤的转移是无效的。金钱、知识、地位都不可以填补人性最深处的原始创伤，道德的东西、军事的东西、政治的东西等，都无法填补。因此文学变得非常重要，它是无可替代的。文学有一些东西在人性深处无法被替代，所以，文学一直存在。这就是为什么有时我们读一部小说，社会题材，写得不错，但总还是觉得有点缺憾，就是它的主题浮在表面，没有穿透社会、穿越到人性的深层去。我们期望从小说中看到人性深层的东西。

诗歌也是一样。中国古代诗歌永远在填补一种“离开”“失去”的创伤：虽然我在长安做官，有很好的生活，但是离开了家乡，我内心里就焦虑不安。离开故土和故人，来到一个陌生的地方，这个地方在成败得失上可以弥补我，但我内心深处完满的东西破灭了。所以古人会说，“月是故乡明”“举头望明月”“千里共婵娟”，通过“月亮”这个中介，把自己跟家乡、跟熟悉的人物和事物联系在一起。离开了故土就写思乡，离开了亲友就写怀人，大量的古代诗歌都是这样——把陌生的东西熟悉化，是古典诗歌的一个重要特征（有兴趣的朋友可以去读一读我的《古诗的节奏和精神秘密》一文）。只有在熟悉的环境里，在母亲和故乡的怀抱里，人才觉得自己是完整的，是安全的。这种思维实际上是对于母亲的子宫和怀抱的回溯，是对那种没有伤害、没有压力、带有天堂色彩的状态的回忆。无论小说还是诗歌，最深层的意义在这里。

除了对内的修补作用之外，文学，从古老的故事开始，还有一个面向外部世界的无可替代的作用，就是弥补人类经验感知的局限性。最初的故事就是对经验的转述，讲故事的人往往是“权威”，通过讲故事传递经验。经验是非常复杂的，有太多我们不知道的事情，我们想要去了解，一是在时间上，过去和未来发生的事情，我们没有经历过的事情；二是在空间上，在我们没有到过的地方发生的事情。

爷爷奶奶是时间上的“权威”，年纪大的人，活得长，知道的事情多，他们讲故事是讲我们出生之前发生的事情，“在很久、很久以前”，一般都是这样开头。它弥补了我们在时间感知上的局限性。我们对时间的感知实际上仅限于有生之年，非常短暂，超出我们有生之年的历史经验我们是不知道的，但我们想知道。还有一种超出我们感知范围的时间经验就是未来——未来会发生什么？对那个未知的世界，我们也有知道的冲动，所以我们通过幻想和预言来了解未来。预言者是先知、巫师等很神奇的人，他们更多地属于神圣领域而不是世俗生活领域。这里面有现代科学解决不了的问题，宗教可以解决，先知可以解决，他的预言可能实现也可能不实现，但在讲述的那个时刻，预言满足了我们对未来的好奇，弥补我们时间认知的局限性。

除了时间之外，还有空间。我们对空间的感知也有局限性，肉眼只能看到多少米，双脚一天只能走出多远，都是很有限的。那么从远处归来的人就具有了权威性，像“老船长”“水手”这种形象经常出现在诗歌里面，他能告诉我们在遥远的地方发生了什么事情，那里是什么样子，那里的人怎么生活。弥补我们空间感知局限性的另外一种方式就是幻想，当我们找不到有现实经验的人来向我们转述，于是我们通过幻想的方式满足自己的好奇。比如我做了一个梦，梦见自己去了什么地方，这是一个谁都没有见过的地方，它可能存在也可能不存在，是我在可以感知到的世界之外想象出来的一个空间。

讲到这里我们已经涉及了许多种故事，历史故事、预言的故事、游记故事、梦幻的故事，这些基本的故事类型，都在时间和空间层面弥补我们认知的局限性。这些内容，与现实生活中我们吃饱穿暖、有没有权力、能不能挣钱，没有必然的关系，它要解决的是精神问题。你不听故事、不创作故事、不幻想、不做梦，你照样能活得很好，但是完美吗？并不，一定是有某种局限的。文学创作乃至整个的文化生产，之所以有市场，就是因为它可以满足人类物质生活之外的另一种好奇心。科学技术越进步，越发达，人类就会越发地意识到我们这个世界的无边无际，好奇心会变得越来越大。所以说“科学技术发达起来了，文学艺术被边缘化了”，这种说法是靠不住的。当然，文学和艺术本身也不能一成不变，它要不断地去探索新的未知，进行创新。

不仅故事的内容需要创新，怎么讲故事也有讲究。每个故事都有一个基本功能，它是稳定不变的，但是在实现这个基本功能的过程中又存在许许多多的变量，有无数种可能项，可以互相替换。故事讲得精不精彩，很大程度上就取决于你对这些变量的设置，是不是独到？是不是既在情理之中又在意料之外？俄罗斯的文学理论家普洛普统计出民间故事的功能，一共31种。比如外出，这是一项功能，外出的人可以是皇帝、大臣、徒弟、师父、姐姐、继子，等等，这是可以替换的。其他的功能还有禁令、破禁、刺探、设圈套，等等，越往后越复杂，31种功能使情节不断发展变化，故事得以展开，并且按照一定的套路延续下去。这就涉及创作技术的问题，落实到现代白话汉语文学里边来，通俗文学在借鉴民间故事的基本功能和故事形态的时候，是无须隐瞒的，它非常明显；而精英文学借鉴民间故事的方法，是隐蔽的，它要把民间故事里面那些情节套路式的东西淡化掉。那么，怎样创作现代白话汉语小说？它的内部构成和特点是什么样的呢？

接下来我们就要讲到小说的四个基本要素，第一是语言，第二是细节，第三是情节，第四是结构，这是现代小说最基本的东西。这些看起来很明白、很简单的概念，到底是什么意思？它们和我们所要求的比较高级的“文学”之间有什么样的关联？这是我们要着重讨论的问题。

二、小说与语言

首先讲语言。文学创作使用的材料是语言，画家使用的材料是颜料、线条，音乐家使用的是音符，在这些艺术门类里面，最难的是文学创作，就是因为它使用语言。使用语言是有门槛的，你要受很多年教育才可能使用语言。你不能对幼儿园的小朋友说“我们来写个长篇小说吧”。写个短篇小说也不行，小朋友不知道那是什么意思。你说“小朋友我们来画画”，这没问题，大家都来画了，说“小朋友我们来唱歌”，也没问题，画画、唱歌、跳舞都没有问题，就是不能在幼儿园里玩文学创作。你一定要在接受多年的语言文字训练之后，才可以说“我们来写文章吧”，为什么呢？因为语言这种材料的使用，跟色彩和声音不一样，它非常复杂。

语言是一种所有人都在使用的，承载了许许多多历史文化内涵的材料。在空间层面，谁都在使用语言。好人在用，坏人也在用，道德楷模在用，流氓也在用，农民在用，知识分子也用，大家都在用它，因此这里边多复杂的东西都有。另外在时间层面，古人和今人都使用语言，即使我们现在使用白话汉语，不再用古典的汉语，但是你要知道，白话汉语和古典汉语语言之间的关联性是非常密切的。因此语言所承载的文化信息，实际上包含着一个非常宏大的时空坐标。

一般读者看鲁迅的小说，借助各种各样的讲述和研究，好像懂了，其实从内心深处并不接受。普通读者容易接受带有中国古典韵味的语言，所以当看到汪曾祺小说的时候，会说这个好，中国范儿出来了；看废名的小说，觉得有“诗”意；读张爱玲的语言，说有《红楼梦》的味道。看鲁迅的小说，却觉得像是翻译文章的语言。这里有一个汉语词法和句法的问题。要符合汉语表达的要求，中国人怎么说话你就怎么写。有些小说，文字上是汉语，但句法不像汉语，倒是像翻译语言，比如有很多“主从复合句”，主语出现在前面的主句里，后面带三四个复句，那是西方来的东西，句子太长，我们的读者看着头晕。当然，中国古代诗歌中也不是没有“主从复合句”，比如《诗经·豳风》里的“七月在野，八月在宇，九月在户，十月蟋蟀入我床下”就是。有时候需要表达一种悠长的情绪，可以用长句子，但不可以整篇都是长句子。这是“五四”新文学的一个问题。鲁迅写的很多句子读起来拗口，很欧化。废名、汪曾祺的句子没问题，它们是中国化的，尽量用短句子，很简洁。我们说起中国化的语言总是要讲到沈从文、废名、张爱玲、老舍、汪曾祺，还有杨绛的语言也非常好，她把近代以来的自由精神和中国传统的语法句法结合在一起，很有中国韵味。

中国人内心深处对语言所承载的文化信息的历史维度是有期待的，同时，在当下使用语言的过程之中，又要追求独创性。文学语言如果没有个性，读者也不爱看。所以，在使用语言的时候，我们其实很纠结，脑子里一边想着它历史的延续性，要承载汉语语言的历史文化内涵，一边又要想到空间展开的差异性。这种纠结在创作的时候都有，但你可能不自觉，不会想得这么明白。实际上，你在瞬间中是有选择的：我怎么使用语言来讲一个故事，时间上要有延续性，空间上要有差异性。一个作家如何清晰准确地选择和使用语言，创作的难度就在这里。

现在我们来看一张图表。

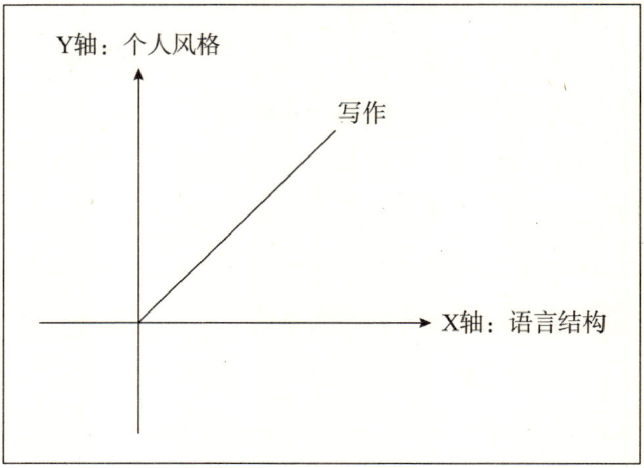

先看横坐标，叫作“语言结构”，也就是我们白话汉语的使用规范。语言需要让别人理解，这是有规定性的，比如你不能说“茶真好喝，这么苦”，这样说就不对，正常来说“真好喝”要么配“很香”，要么配“很甜”，你说“很苦”“很涩”，我们就不懂了。什么样的词语跟什么样的词语搭配构成一个完整的意思，这是规定好了的，你可以适当破坏一下，但总体来说，不可以违反语言结构的公共性和可理解性。这是文学创作在传播过程中的一个基本条件。

当代有个诗歌流派叫“死亡诗派”，他们写的诗大家就看不懂，因为破坏了我们可理解的语言结构。他们的词语搭配完全是个人化的，个人怎么理解就怎么写，意思就是说，我不跟你一样地使用汉语，我个人创造一种汉语语言使用的方法，他们认为有意义。如果你是一个人玩，那可以，但你要叫我去读，叫我去开研讨会，就有问题了。那种语言我称之为“变狼狂想症”语言，想变成狼，不想成为人。狼在森林里奔跑嚎叫的时候，可能是受惊了，也可能表示很高兴，也许猎人能破解一点点，总体来说狼的语言我们不懂，“死亡诗派”的语言就是这样。那么“变狼狂想”有没有意义？也可以讨论，因为他拒绝跟人在一起。人世间太肮脏、太糟糕，他想逃离，就要变成狼。但是对于语言内部的东西，我们没法讨论，没法对他的语言本身进行理解。在人类文化史上，这样的东西其实早就存在。比如佛教里面的六字真言我们也不懂，只要念就行了，没法解释它的意思。还有咒语，还有萨满巫师说的语言，都是离开了我们世俗生活话语和语言结构的东西，是人类语言结构的反叛者。它们对个人有意义，在语言的公共层面上却是没有意义的。文学创作要符合语言结构的公共层面的意思，当然不完全是说大白话，那样作家存在的合理性就没有了，因为菜市场里聊天的大白话比你更精彩，但文学创作确实需要让别人懂，至少是最大限度地让别人懂，这就是横坐标“语言结构”的意义。

再看纵坐标“个人风格”。我们刚才讲的“变狼狂想”是一个极端的例子，它无限靠近个人风格这条Y轴，甚至跟Y轴重合了，它完全是个人的，我们就没办法懂。个人风格就是你的身体对外部世界的反应，你看到了什么、听到了什么、闻到了什么、触摸到了什么，在语言中体现出来，就形成了个人风格。现在中小学生出去春游，到香山看红叶，回来写出作文都是一样的：一大早，我们坐上车，到了香山，香山鸟语花香，春光明媚，然后太阳快下山了，我们回到家，今天真是有意义的一天！作文千篇一律，问题出在哪里？他没有认真去看、去听，就不可能有个人风格。这些孩子春游回来以后，写的不是自己真实的见闻，而是写一次集体行动，这个集体行动年年都在重复，从孩子们的爷爷到爸爸妈妈，再到今天，都是“今天真是有意义的一天”，他们并没有真正忠实于所见所闻，或者说没有在个人风格这个层面上下功夫。

横坐标是语言结构，纵坐标是个人风格，中间最标准的那条平分线，我标示的是“写作”。它是对语言的公共性和作家的个人风格处理得比较好的情况，是一种理想状态，实际上就是儒家追求的中庸、中和之美。我们的实际创作不可能出现这样标准的情况。文学创作使用语言，要最大限度地发挥个人风格，同时又要让别人懂。懂不懂是个问题，今天不懂，也许明天就懂了。朦胧诗出现的时候所有人都说不懂，但是到了今天，读懂朦胧诗一点问题都没有。

一般来说，好的文学创作偏向个人风格，它不能完全服从于可理解性。我说一句话，用日常交际的语言，说给自己家人听，那么首要的就是可理解性。对文学创作来说就不仅如此，它要超出语言的使用功能。比如我说：“把杯子拿过来！”你听懂了，马上就拿过来，当我用“西皮流水”声腔来唱：“把杯子拿过来……”你会拿过来吗？你不会拿，你会去分辨那个唱腔和声音，会觉得很好听，你的注意力不再是这几个字的“所指”，而是集中在它的“能指”上。古人说“诗言志”“在心为志，发言为诗”，但是，一般的语言并不是诗，所以“言之不足，故嗟叹之；嗟叹之不足，故歌咏之”，说一般的话不能够表达我内心的情感，我要感叹，要唱，要变着花样地表达，这是诗学里面最基本的东西。文学创作怎样使用语言，在语言结构的公共性、可理解性和个人风格这个坐标系之中，有很多很多种选择，而我们强调文学创作的语言在满足可理解性的情况下，尽量偏向个人风格。偏向的底线就是你不能和Y轴完全重合，重合了别人就看不懂。有人说不懂没关系，再过五年十年就懂了。朦胧诗我们现在懂了，咒语我们将来也可能会懂，但鸟语我们还是不懂，其他语言我们还是不可能懂，它一定是有界限的。所以要在照顾可理解性的前提下才能尽量偏向个人风格。

刚才讲到，语言的个人风格，就是一个人的感官对外部世界的反应，以及用语言对这些独特反应的一种描述。这里所说的文学的语言，并不是狭义的汉语词汇，它的内涵非常丰富，既涉及历史的延续性问题和空间的多样性问题，又与我们的内在生命密切相关。那么作家的目标，就是让他所使用的语言构成一个独一无二的具有自足价值的世界。我们说“同一个世界，同一个梦想”，这是社会政治的术语，而在文学里边，面对同一个世界，每个作家都应该是不一样的。世界上没有完全相同的东西，如果每一个作家都认真地去观察它、感受它、忠实于它，文学也就不可能重复。50个作家创造出50个文学世界，都跟我们这个世界的本质相通。我们身处的世界本质就是多样的，瞬息万变的，古希腊哲学家赫拉克利特说：“一个人不可能两次踏进同一条河流。”作家总想捕捉到这种变化，把他所知道的、所想象的东西建构成一个世界，呈现给别人。所以说语言怎么使用，看起来好像是一个技术问题，实际上是语言跟世界本原和生命本原的关系问题，是文学的本原问题。

我们一开始写作，就要有语言意识，既了解语言的公共性，又尽可能满足个人风格，在这两者之间进行权衡。权衡的结果，直线是最理想的状态，但实际上不可能是直线，往往是曲线，也有可能是一团乱麻。比如我们要讲一个梦，它的内容非常混乱，我们要把它呈现出来，讲给别人听，让别人理解，就非常困难。我们需要把那一团乱麻拉直，理出一条一条的线索来把它讲明白，这时候你的内心是非常纠结的，因为它太复杂了，有很多丰富的、不确定的东西是讲不出来的，在强行“拉直”的过程中，复杂性和多样性被减弱了。一般人说我昨天晚上做了一个梦，我很怕，是不是有什么征兆，他会去解梦，作家则知道梦所包含的信息太复杂了，没办法条分缕析，所以他们会尽力把梦的内容叙述出来，语言更贴近梦本身，而不仅仅是把梦拉直。好的作家的语言，一定能够抵达并且呈现人性内部最复杂的东西，这就是语言能力。

语言是人们进入文学作品的第一座桥梁，因此显得格外重要。编辑筛选稿子，首先就是看语言。每天面对堆积如山的稿件，编辑当然不可能每一篇都细细地读，他就先看你的语言，根据语言来筛选。一个优秀的责任编辑一定是有极端丰富的阅读经验，有超出常人的敏感性，他一看你的语言，就能大致判断这篇小说的水准，是不是值得看。过了语言这一关，编辑才会进一步关注到你的小说的细节、情节和结构，最后回过头来，他会去想，作者为什么讲这个故事？这个故事有意义吗？或者说，读者为什么要看这个故事呢？想到意义问题的时候，他就会给你送审，送到编辑部主任那里去，大家开会讨论。我的意思就是说，语言是一个开头，它至关重要，但文学创作还不仅仅是语言问题。

下面我们讲细节，这是小说的第二个基本要素。

三、小说与细节

细节是什么？就是感官对外部世界的反应。世界如此丰富多样，你感受、捕捉、描写什么呢？取决于你对什么东西着迷，也显示了你的趣味。比如一个人在大街上行走，他的眼睛看到什么，他的耳朵听到什么？他的关注点落在什么东西上？这就产生了细节，是我作为读者或者编辑非常注重的内容。人在大街上走，左边有流浪艺人在弹吉他唱歌，右边是两条狗打架，你选择什么来写？短篇小说一万字，你花了三千字写狗打架，也许你的细节描写能力很强，你写狗打架写得很逼真、很细致，可是人家会问，你只写这样的细节有什么意思呢？你对狗的细节很敏感，对人不敏感，这就是你的趣味。

作家跟普通人不一样的地方就在于，他的感官非常敏感，能够发现别人发现不了的问题，当然不是说他的眼睛、鼻子、耳朵的功能比别人好，而是他的注意力，他会注意哪些东西。一个老板每天都很着急，他走在街上肯定是匆匆忙忙的，边走边在心里算账，你说他会关注周围的细节吗？他只关注他自己公司里面的事情。而作家关心这个世界，关心一切，不只关心钱，也不只关心单位里明天谁能提干，他看到世界上所有的东西都是亲切的，这是他面对世界的态度。

在“五四”新文学运动中，有个口号叫“个性解放”。“解放”

这两个字的意思就是，让你的五官恢复它们的初始功能。我们长耳朵是为了听见世界上所有的声音，不是为爸爸妈妈和某个家族长的，不是为领导长的。我用耳朵听到这个世界，用眼睛看到世界的丰富多样的色彩，用鼻子闻到世界上所有芳香的味道，听到了、看到了、闻到了，然后想到了，这就是“解放”。只有感官复活了，我们才感受到禁锢。“五四”时期那批作家为什么要反对封建时代的文化呢？因为在“五四”时期，人的感官被那些强大的文化的东西给压住了，基本上丧失了应有的功能，听不到、看不到，也闻不到。文学创作的细节就是要反抗这种功能的丧失，恢复人对外部世界的反应，对世界的惊奇能力，像儿童那样。

作家在细节面前会感到惊奇，他跟普通人的反应不同。我举个例子。有一部非常著名的电影叫《上帝也疯狂》，讲的是非洲原始部落里的故事。电影开头第一个场景就是从天上掉下来一只玻璃瓶，这就是一个细节。玻璃瓶掉下来了，如果是我们，会有什么反应呢？我们会说，是谁在砸我啊？然后捡个石头砸回去。或者我们会认出，这是装可乐的瓶子，我们会纳闷，这个地方哪来的可乐瓶呢？非洲部落的人跟我们不一样，他们看见玻璃瓶掉下来，第一反应是“惊奇”，由惊奇而惊喜。他们先是“噢”地惊叫一声，接着开始围着玻璃瓶跳舞。围着玻璃瓶跳舞这个场景给我留下的印象太深了。这种对陌生事物和世界的惊奇，包含着诗的精神。有时候我们会说“我写不了诗歌”，为什么写不了？因为你对外部世界没有惊奇、没有惊喜。原始人对玻璃瓶的第一反应是诗的，然后才是社会学的。大家觉得这个玻璃瓶子可以用，可以做乐器，可以做玩具，可以做容器，可以做工具，后来大家争夺玻璃瓶的使用权，争得打破头，它又变成武器。最后，一个原始人拎着玻璃瓶说，我们不要它了，让它回到天上去吧。他就一直走，往天边走，要把这个玻璃瓶扔离我们的地球。这个反应也是诗歌的。如果是物理学家，他肯定知道，地球引力太大了，普通人是不可能把玻璃瓶扔出地球的。原始人不知道，他就想着要走到天边去，要扔出地球，中间经历了很纠结的过程，最后扔到了悬崖下面，玻璃瓶不见了。这个将玻璃瓶变成玩具、乐器、容器、工具、武器，直至它的诗性精神消失而产生了悲剧效果的过程，是文明演变史，也是诗性消亡史。

我们说原始人对世界的第一反应是诗的反应，所谓“诗的反应”，实际上就是一种“婴儿”状态，是婴儿那样天真的状态，赤子童心。在婴儿眼里，这个世界太多样了，剥离了所有的功利主义。好的文学和艺术作品，当然可以容纳大量社会、政治、经济的内容，但无论它是社会的、政治的，还是经济的，它的心都应该是诗的。比如《好兵帅克》，写一个兵在第一次世界大战中的遭遇，里边包含了太多的社会历史内容，但这部小说的心是赤子的，是诗的。《红楼梦》也是这样。诗心是世界和文学最内部的东西。这里说的“诗”是广义的，不是指狭义的诗歌，像鲁迅评价《史记》所说的“无韵之离骚”，连史书都可以是诗。只要有诗心、诗性，小说同样是诗，尤其是短篇小说。长篇小说更接近历史，短篇小说则是最接近诗的一种体裁，它本质上就是诗。作家和诗人应该是诗的，他才可能在别人习焉不察的地方发现丰富多样的内容，才可能写出饱满的细节。有时候我们感觉没什么东西可写，为什么呢？这个世界丰富多彩，你为什么没得写？你睁开眼睛了没有？你的眼睛好像是明亮的，其实是盲的，你对世界没有反应。所以说，通过作品的细节，我们可以看出一个作者是否真的对世界有发现、有反应。

细节呈现出来的是文学作品诗性的部分，它最能够体现一个文本所承载的文学性。文学性是什么？就是文学之所以为文学的那个东西。这话好像等于没说。数学系的人说，你们文学系的人说话我们永远听不懂，你所说的“文学之所以为文学的东西”，那是什么？他希望你给出一个定义，但我们没有，我们只能描述：文学性就是对文学来说，无法被取代的那个东西。前面我们其实一直在讲这个，文学里面无法被取代的，那就是“诗”。道德可以替代它吗？经济可以替代它吗？唯一可能替代“诗”的就是儿童的游戏，但儿童游戏不是自觉的行为，也没有通过语言呈现出来。如果儿童长大了，依然怀着赤子童心，再通过语言把它呈现出来，那就是文学。

讲到这里，我们说文学呈现世界，第一个层面是语言，第二个层面是细节。语言是我们使用的材料，又不仅仅是材料，它与历史社会观念的形成有关，也与我们的生命本身有关。细节就是通过语言的运用，来呈现耳朵、眼睛、鼻子、手和心思共同见到的这个世界。语言是抽象的，非常难以捕捉，细节开始有了具体的形象，但也不容易捕捉，因为单个的细节没有走向。比如，举起手来，这就是一个细节，你不知道举起手来干什么。它可以有无数种走向，有可能是鼓掌，有可能是打人，也有可能就是随便挥一下手没有目标，都不确定，因为单是举起手来这个动作它不构成情节，没有指向性。应该说，细节是很重要的，但仅仅有细节也不够。我们讨论细节，讲的是文学作品的“心”，是人的感官对外部世界的反应，对于小说叙事来说，它的功能还不完全。所以接下来我们要谈谈情节。

四、小说与情节

情节有一个古老的定义，是古希腊文艺理论家亚里士多德提出来的，他说悲剧“是对一个严肃、完整、有一定长度的行动的模仿”。对人的行动的模仿，就是情节。刚才讲到细节是感官对外部世界的反应，这种反应是静态的，而情节是动态的，你要把一件事完成，要发出一个动作。细节没有走向，而情节在每个点上都有无数种走向，有无数条线索可以继续往前走，任何两条线索都不是平行线，也不会相交，你选择了这条就必须放弃那条，它们都是不归路。也许你顺着其中一条线索写过去，前面五千字还不错，后面就开始不对了，进行不下去了，那就是因为你在那一点上选择的走向有问题，你得把后面的删掉，退回起点重新开始。所以情节的设置总是有无数种可能性，同时也隐含着风险，在这个意义上看，叙事就是一种冒险！

一篇小说不可能全是细节，全是细节却没有情节可能是抒情散文。散文可以写人的行动，可以有完整的情节，也可以没有，可以只发感叹。诗歌更可以没有情节，我看见了一望无际的草地，看见了白云蓝天，看见了河水往前流淌，我发出“啊——”的一声感叹，这就没有情节，就是一种心理活动，或者是情绪，这是抒情文学。叙事文学要对行动进行模仿，就要有情节。那么情节是怎么展开的？

从情节展开模式的层面来说，我们可以把它描述为叙事动力、叙事阻力和叙事目的：一个行为具备了动力，发出了，然后遇到矛盾的、不和谐的因素，最后克服了这个矛盾，解决了问题，达到目的，终于稳定下来。这就是情节展开的最基本的模式。

叙事动力推动情节向前发展，如果说没有跟它相应的阻力，比如小熊找妈妈，一过河就找到了，那也不叫故事，更构不成小说。好的故事一定要有很多阻力，重要的是那个克服阻力的过程，所以叙事阻力不可以是绝对的，如果绝对无解，情节也没办法展开。精明的小说家一定是非常善于设置叙事动力和阻力的，比如曹雪芹写《红楼梦》，宝玉爱上林妹妹了，要与她结合，这是动力，中间经历的一切都是阻力，整个《红楼梦》就是写阻力，一会儿让林妹妹生气，一会儿让林妹妹生病，一会儿宝姐姐光彩照人，一会儿是朝廷抄家，一会儿又觉得人生没意义了要出家，等等，各种各样的阻力让他不能轻易地完成叙事目标。从更大的结构上来讲，女娲补天剩下的顽石，被废弃了，没有意义了，他如果只是绝望，终日哭号，那就慢慢哭去，构不成小说。曹雪芹给了他一个动力，他要到红尘去走一遭，到“花柳繁华地，温柔富贵乡”去。他觉得那个地方太好玩了，他要去。空空道人说，你不要去。实际上空空道人的意思就是说，你不要写小说，不要把经验展开，要浓缩，写诗就行了。顽石说，不，我就要去走一遭。那么好，你自己选择要去，我就让你去，去了以后完事之后你再回来。宝玉出家实际上就是回家了，最后还是回来了。在这中间，整部小说的叙事其实就是他要了却一段风流债，不管是“木石前盟”还是“金玉良缘”，要跟另外的个体了却这段缘分，这是叙事动力，他不断遇到阻力，最后没有办法了，还是回去吧，回青埂峰去，变成一块无情的石头。

设置叙事动力和叙事阻力，是小说情节展开最基本的模式。如果不会设置阻力，或者找不到克服阻力的办法，情节就展开不了，这是阻力的作用。动力也非常重要，一篇小说动力的设置应该是很高妙的东西。比如说你写一篇小说，写你想当科长，很多人不让你当，办公室政治搞来搞去，有送礼的、吵架的、搞阴谋诡计的，最后终于当上了科长，这也符合叙事动力、叙事阻力、叙事目标的基本模式，但有意义吗？我们觉得这篇小说没什么意思，它的动力仅仅是要“得到”，它在“得失”“成败”这样一个庸俗的生活逻辑里面转圈。这个东西我比你更懂，我为什么要看你的小说，我看我生活里面的那些事就够了。所以说，叙事动力的设置是决定小说品质的一个非常重要的因素。高妙的叙事动力应该涉及人生的重大问题，探讨人生的意义。我这块青埂峰下的顽石已经不在红尘之中，不在六界之内了，红尘那么有吸引力，我要去体会一番，于是真的去了，最后我们发现《红楼梦》里边的东西实际上是对红尘的否定。这里包含着“释道儒”的玄妙，有“大道”在里面。《红楼梦》的叙事动力设置高妙，它解决人生、生命的重大问题，而不仅是庸俗生活逻辑里的成败得失。成败得失，其实就是消耗和补给，消化完了饿了再吃，困了睡醒了然后又困，得到了失去了再得到再失去，这些都是世俗逻辑内部的东西，它的意义是有限的（俄国理论家巴赫金称之为“死亡逻辑”）。它可以进入小说，但要完全依托这个东西来结构一个小说，就太局限了。对现代小说来讲，叙事动力设置在对世界和人生的“谜”的疑问上，是比较好的。文学之所以不能被其他东西所替代，就是因为它对没有答案的“谜”一样的世界感兴趣。有答案的东西我们交给数学、物理、政治学、社会学去处理，文学关注的是人性或情感之“谜”等复杂而微妙的东西。作家之所以成为作家，是因为他对复杂的东西着迷，小说之所以成为小说，是因为它有一个猜谜、解谜的叙事动力。

再举个例子，我要写小说，写一个人在街上走，他看着这个世界，看见许多行人、许多事物。他走到拐弯的地方，立交桥底下，发现有个人坐在那里，是什么人呢？一般的小说可能会写那是个卖红薯的人，一个底层的劳动者，或者是个沿街乞讨的老太太，她很可怜很辛苦。“朱门酒肉臭，路有冻死骨”的话题当然值得关注，但它对文学创作而言，尤其对现代小说来讲，是不够的。这是个伦理的、政治的话题，社会分配不公，从古到今，早就有人写过了，你为什么还要写？你发现了别人没有发现的东西吗？你对别人已经发现的东西有什么不同的看法吗？这是你可以写的。比如你发现立交桥底下坐着一个漂亮的女孩，她在干什么你不知道，那你首先要描写她。描写女孩有很多种方法，其中一种是我遇见一位“丁香一样的姑娘”，那你到底是写姑娘还是写丁香呢？你爱一个姑娘，可你非要把她变成丁香，那你是爱丁香还是爱这个姑娘呢？你去跟丁香谈恋爱得了。所以最好的写法就是直接面对这个女孩，写她的眉毛是什么样的，鼻子、嘴唇是什么样的，“她的眼神里孕育着风暴”，她的辫子松散了、垂到肩膀上，她的衣襟在风中瑟瑟作响，这就是我前面讲到的，细节要具体，落实到一个具体的对象上去。这时你突然发现她的眼神里并不孕育着风暴，而是空无，她的眼神里什么都没有。凭经验我以为可以通过她的眼神判断出这个女孩是什么样的人、她出了什么问题、开心还是不开心，但我发现她的眼神是空的，我什么也读不出来，这不就是谜吗？我对这个“谜”感兴趣，我首先把这个人还原为一个“零”，然后再去破解这个空无。她到底想干什么？是在等人，还是走累了歇一会儿？还是无聊？还是对生活失去信心想自杀？一切都不确定。其实就算像我们刚才说的，写一个要饭的底层人，后面会发生什么我们也不确定，它可能比19世纪现实主义文学中描写的情形要复杂多了，也许你看到一个乞讨的人，觉得他太可怜了，扔钱给他，结果你刚走，他转身就打电话给同伙说：赶紧到这儿来，这里人傻钱多！这都是不确定的，都是谜。对世界之谜的兴趣，让我们“耽搁”在世俗逻辑的中途，这是文学最有魅力的地方。

有一次我在某大学演讲，主办方要求每位专家用5分钟时间，用比较通俗的语言介绍自己的专业，因为在座的研究生来自不同的专业，文史哲数理化天地生，等等，各专业都有。我说，从我们这个学校的南门走到北门，不同的人有不同的方法。第一个人以为他能最快抵达，因为他知道两点之间直线最短，所以他按照直线走，结果撞到墙上，掉到湖里面去了，这个人是数学系的。第二个人呢，他也知道两点之间直线的距离最短，但他知道走直线并不总是可行的，他知道该怎么衡量，怎么用最小的投入获得最大的回报，所以他是第一个到达的，这是经济系的。最后还有一个人，他走着走着，看到桃花这么美，停下来拍个照，看到两个人谈恋爱，真好，然后他又看到这个湖很漂亮，他对每个地方都感兴趣，每样东西都要看看，结果所有人都走到了北门，只有他还没到，他迷路了。这就是文学系的。这就是文学，它耽搁在中途、耽搁在这个世界上、耽搁在细节之中，它是审美的。所以叙事阻力既是一个具体的技术和方法问题，同时也是一种文学精神的体现。不断地设置阻力，也就是说你对这个世界的各种细节都有兴趣。

回到前面的例子上。克服了叙事阻力，当你终于抵达这个姑娘的时候，你了解到真实情况：她到底是在休息还是等人？还是无所事事，还是饿了？还是失恋了？对文学来说，这些又有什么关系呢？结果已经不重要了。一个目光空无的女孩子站在这个地方，最有意义的是你对她的关注，以及你解谜的过程，你如何抵达她。

写小说不是破案，抓住了凶手，在社会治安上有意义，在行政学习上有意义，对文学来说就不一定有意义。为什么我们把柯南道尔放在通俗文学里，而把爱伦·坡放到精英文学里面去呢？他们都写侦探小说，柯南道尔是以侦破案件为叙事目标的，警察对他的兴趣比文学阅读者更大，警察读了还会笑他，哪有这样破案的。所以说他是警察的方式，不是文学的方式。爱伦·坡上来就把结果告诉你，某某是凶手。你已经知道结果了，还有兴趣看吗？作为文学的读者，我们还是愿意看。A已经把B杀了，这个小说才开始，那么我们在读的时候，关注的就不是谁杀了谁这个结果，而是关注情节和细节铺开的过程。

怎么设置叙事动力和阻力，并没有一个固定的套路，没有绝对的规范，而是你的心要到位，要遵从自己的心意不断去探索，文学就是这样。你要关注世界之谜，从中生发出跟我们的生命、价值、意义相关的重要问题，把它们隐藏在小说里面，不可以直接议论，而是通过叙事阻力的设置以及克服阻力铺开情节的过程，来展现你写作的意图。让叙事耽搁在中途，最终抵达了叙事目标，也许倒不如中间的过程重要。

我们可以通过一部电影来学习怎么叙事。这是一部反映“二战”时期生活的电影，电影名字我忘记了。电影讲的是一位绅士的儿女要结婚，绅士把请柬都发出去了，请城里面的要人和亲戚朋友来参加婚礼。到了定好的日子，正要举行婚礼的时候，敌人的飞机来了，开始扔炸弹。那么很抱歉，今天的婚礼不能举行了，具体时间我们改日再通知。飞机轰炸使婚礼耽搁下来。过了一段时间，重新发请柬，请大家来，可是又发生了什么事情，又耽搁。整个电影的情节就是婚礼不断被组织又不断被阻止，通过对这个受阻的过程的设置，整个“二战”史全部融到了电影里面，融到这两个小时之内。所以说这部电影虽然时间不长，但具有了史诗的性质。史诗并不一定就是要从什么年代写起，一路写到什么年代，写一百年，这种结构方式是古老的19世纪的方式，像托尔斯泰写《战争与和平》的那种写法，我们现在并不主张这样。要通过巧妙地设置叙事动力和阻力来结构一部作品，动作怎么发出，怎么抵达，怎么受阻，怎么克服阻力，由此把历史的信息带进去。这种最基本的情节展开模式，在寻找“金羊毛”的故事里面就有，在《伊利亚特》等的史诗里面都有，它看似简单，实际上是非常精妙的，能够承载广博的人性和社会历史内容。

五、小说与结构

最后要讲的是叙事结构。关于结构的问题，我们在讲前面三个要素的时候，其实已经不同程度地涉及过，它们都是相关联的，共同构成小说这个整体。叙事结构有两层意思，第一是“情节或布局结构”，第二是“意义或总体结构”。我们先来讲情节布局结构。它指的是小说叙事先讲什么后讲什么，哪儿多讲哪儿少讲，是一个狭义的结构概念。小说先讲什么后讲什么是有讲究的，不能平铺直叙。我们来看结构图。

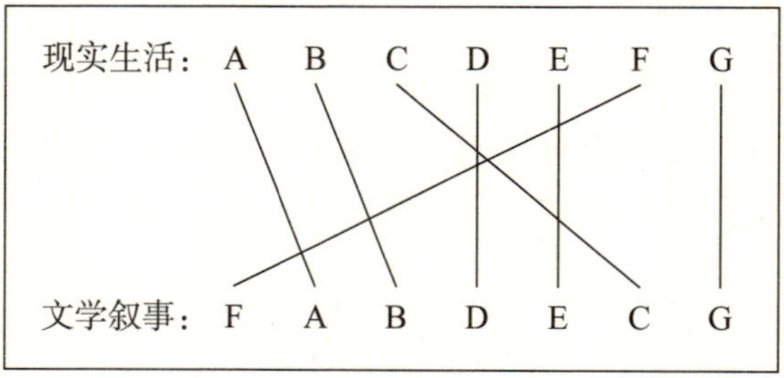

现实生活中，我们动作的顺序是A、B、C、D、E、F、G，但是在文学的讲述中，你可以打乱这个次序，重新来结构叙事。我们在中学写作文的时候就讲插叙和倒叙，比如说我从南门出去，往经贸大学走，在立交桥下面看见那个女孩子，我吃了一惊，她怎么这么面熟，她是我高中时的恋人，通过联想，高中时期的生活片段自然而然就插进来了。它打乱了A、B、C、D的时间结构，从现实生活的结构变成叙事的情节结构。在叙事里面，你可以自由地进行调整，先讲这个后讲那个，把已经发生完的事情拿到前面来讲，都是可以的。

怎样安排才最合理？第一，没有标准答案，对每个人来说不一样，甚至应该说怎么写都可以。第二，这就要靠你的阅读经验和创作经验。你要读遍世界文学的名著，你知道海明威是怎么设置的，你知道契诃夫是怎么设置的，你知道托尔斯泰怎么设置，你还知道鲁迅怎么设置，然后你可以模仿，也可以自己另搞一套。你要去摸索和调整，感觉怎样讲得顺畅就怎样讲，而不要像写新闻稿一样，按照现实的顺序记流水账。完全顺着来是不行的，容易让人厌倦，而且文本的容量很小。你打乱叙事的节奏，把时间颠倒过来，插叙一下，倒叙一下，它就可能产生许许多多的“奇异”。“奇异”对文学而言是好东西，它会生发出更多的意义。所以说结构设置是非常技术性的问题，靠每一个具体的写作者在写作的实践之中去摸索，找到自己喜欢的方式，或者说，为每一篇不同的小说找到适合它们的叙事模式。我跟我们学校里创作方向的研究生说，写作有时候没什么道理，多写就是道理，写得多了自然而然就成了。

布局结构第一是先写什么、后写什么，第二就是哪儿多写、哪儿少写。在最能够表现你的小说主题的地方要多讲，扯闲话不能太多，但是闲话也很重要。小说叙事如果没有闲话，我们会说它的叙事目标过于明确了，叙事太干巴，文本内部不丰富。就像你从南门出去，去对外经贸大学，你要破解人生之谜，你只顾一路往前走，撞在车上了都不知道。半路有人跟你打招呼，问“你去哪啊？”“你不上课了吗？”你说，噢，我要去一趟对外经贸大学。你会停下来跟他聊一会儿天，说我们山东最近发生了什么事，你知道吗？对方很好奇，你讲一讲，最后你告诉他说，对不起，我们今天就聊到这儿吧，我现在有事要走了，再见。然后你再往前走。这不是很正常吗？结果你非要跟人家说，别跟我聊天，我现在要去破解人生之谜，要到对外经贸大学去。那就显得很古板。这里需要有闲笔，但不能太多，否则我们就搞不清楚这个小说到底要写什么了。

闲笔不能太多，必须保持叙事的流畅性，到你最感兴趣的地方去。比如立交桥底下，那是一个“意象丛生的地带”，一个拐角，俄国理论家巴赫金叫它“危机地带”。巴赫金是对小说内行的人，他说那些立交桥底下，拐角的地方，路灯照不到的地方，也就是“意象丛生的地带”“危机地带”，就是小说的生长点。在这些地方你可以多写，这些地方是富有意义的。什么地方多写？什么地方少写？基本原则就是既要指向小说的叙事目标，又要兼顾丰富多样性。究竟怎样做才合适呢？还是要靠创作经验。你说莫言在写作的时候还会去想这个事情吗？他不会了，他张嘴就来。他离开了主题，过一会儿又回到主题上来，然后他再跑出去，再回来。他已经完全挥洒自如，根本用不着刻意地去想。他的思维方式就是小说家的思维方式，他知道什么样的东西是丰富多样的，什么样的东西是目标明确的，他能处理好这两者的关系。这不是来自理论，而是来自创作实践，时间长了，写得多，自己摸索出来。摸索到什么程度？你要能够很好地把握叙事节奏，让人读起来感觉舒服，当我们觉得你的叙事越来越干枯的时候，突然从旁边插进一个事情来，离开了主线，然后回来，再继续往前走。这种对叙事节奏和结构的把握，基本原则是有的，但没有标准答案，一定要靠你长期不断地写，不断地摸索。

接下来讲广义的结构，也就是叙事的总体结构或者意义结构。

为什么要特地讲呢？很多小说创作者对这个问题关注不够，导致我们今天的读者读一部长篇小说，读完了以后不知道为什么要读。你没有给读者一个阅读你的理由。五十万字的长篇小说，花一到两个礼拜时间才能够读完，你说你写了一个哥哥和几个妹妹的爱情故事，那要你写干什么，曹雪芹写得不是蛮好吗？或者你写一个人要为父亲复仇，复仇还是不复仇，犹豫不决，那也不一定要你写，莎士比亚写得不比你好吗？我平时有很多时间在阅读当代的作品，我经常会发出这样的感叹：我为什么要花时间读你啊？难道为了向你证明我是当代文学专家吗？其实我无所谓，我在学校里讲课也不一定整天讲当代文学，我可以讲现代作家，讲《红楼梦》，讲俄罗斯小说。我之所以要去了解正在发生的事情，要看当代的作品，是因为我有期待，我期待在我阅读的许多小说里面出现一部我不曾看到过的小说，不仅仅是语言、情节、细节、布局各方面都很好，更重要的是，它能够触动我，甚至解决了一些我很困惑的问题，这就是比较高的要求了。

我们说近一百年来中国文学没出现大作品，这在文学史的长河里面当然不算什么问题，一百年只出一个鲁迅那太正常了，清代也就出了一部《红楼梦》，其他全被“等等”给省略掉了。然而我们总还是有期待的，期待当下能够出现大作家，出现时代标志性的大作品。一个时代过去之后，人也死了，文物也找不着了，我们怎么了解历史和历史中的人性呢？就是通过文学作品：诗经楚辞，唐诗宋词，《金瓶梅》，《三言二拍》，《红楼梦》。当你基本解决了写作技术问题的时候，更高的要求就会凸显。到那时候你最大的问题是什么？

就是你自己都不知道为什么还要写下去。

这里面涉及我们现在要谈的叙事总体结构，“叙事总体性”问题，是一个哲学问题，很抽象，我们把它具体化，举几部大家都非常熟悉的作品来解释这个概念。《三国演义》的叙事布局结构很好，“花开两朵、各表一枝”，囊括了很多复杂的内容。这个小说的总体结构是什么？我们能够用一句话把它概括出来，就是三兄弟打架的结构。为什么叫“三兄弟”呢？因为中国传统社会的结构是“家国合一”的，家族的结构和国家的结构是一体的，在家里面要孝，对皇上要忠，在江湖上兄弟之间要义，这些东西无论在家庭层面还是在国家层面，对君臣、父子、夫妻都适用，它是一个高度整体的结构。家国的结构是中国传统社会的超稳定结构，而《三国演义》首先肯定了这个结构：汉献帝还在，魏、蜀、吴打架是可以的，但是不可以否定皇帝，社会的根基不可以动。所以曹操打赢了也不敢当皇帝，不敢否定这个家国合一的结构。在这个前提之下，《三国演义》讲述了汉下面三个所谓的“国”之间的争夺，因为家国结构没有破，所以下面再怎么分也还是兄弟，还是在传统封建社会“家国结构”的稳定性、完整性的前提下进行争斗。

接下来，《水浒传》是儿子造老子反的结构。“家国合一”的整体性的东西依然没有动摇，只不过那个儿子说你怎么总喜欢他不喜欢我，你老让他当厅长我当处长，我不干了，拉一拨人自己玩去了。这时候老子说，回来回来，你不是要当厅长吗，好吧就让你当，于是宋江来了，当了厅长，最后，造反的儿子全部被干掉了。儿子离家出走造反，就是这么一个总体结构。这些东西中国人一看都懂，觉得很有意思，里边有反常的东西，也有正常的东西，正常的东西就是“家国合一”的总体社会结构，这是不变的，反常的东西就是打架造反。

再继续，我本来要讲《红楼梦》，但是我在中间插进一个更反常的东西，就是《金瓶梅》。《金瓶梅》里面不存在“家国结构”这个东西，故事的核心是“家庭”。家庭的意义跟家族的意义完全不一样，在家族文化里面，个人的欲望、个人的诉求是不重要的，重要的是整个家族的和平稳定繁荣，所有个人欲望都要让步于家国的总体利益。可是西门庆一出场就父母双亡，整个故事以他一个人为中心展开，《金瓶梅》的总体结构就是欲望化的“家庭结构”。家庭结构支撑的是“欲望”，它有好多个层面，比如子孙繁衍、金钱、性欲，全部是《金瓶梅》展开的基本要素。这是带有一定现代意义的家庭的故事，也就是一个“欲望故事”，西门庆有药铺，有房产，有很多女人，他满足了封建社会晚期中国男人的最高理想，既当皇帝又当嫖客。西门庆先挣钱，在城市里他是商人，挣完钱以后搞女人，娶到家里来，然后在家里办宴会的时候，他就模仿皇帝上朝的座次，自己坐中间，妻妾都在两边排着。同时他又是嫖客，离开家庭的场景，他就到李桂姐那里去嫖，最后他烦了，干脆把妓女全部请到家里来。西门庆随时可以做皇帝又随时可以做嫖客，《金瓶梅》就是这么一个故事。

这个对“欲望”的叙述，在中国传统文化里边太突兀了，完全不符合传统文化的精神，所以它一直是禁书，到今天也属于“准禁书”，就是说里边的绝大部分内容可以看，但是有一部分不要看，性描写不要看，一万九千六百多字被删掉了。那么为什么会出现《金瓶梅》？因为晚明时代中国社会的城市化进程太快了，城市太发达了。城市文化兴起也标志着商人阶层的兴起，标志着社会政治经济化，那在世界上是很前沿的。传教士到中国来，太吃惊了，原来世界上还有这么伟大的城市，像南京、北京。《金瓶梅》反映了中国社会城市化转型过程中的家庭生活，它的意义非常大，我们要了解晚明文化，除了一些野史之外，《金瓶梅》是必须看的。《金瓶梅》呈现了一个以欲望为核心、将欲望作为叙事基本动力的小说结构，是特例。

现在我们回过头来，沿着《三国演义》《水浒传》这条线继续往下走，到了《红楼梦》，家国结构又出现了。除了最外层的神话结构，《红楼梦》的整个内部叙事就是家族崩溃的结构。它的进步意义在于跟“三国”和“水浒”相比，“三国”和“水浒”不否定“家国结构”，仅仅是反常化，造反打架，而《红楼梦》通过它的叙事，彻底摧毁了中国封建社会的“家国合一”结构的合理性，它的表征就是家族崩溃。我们可以形象化地描述：《红楼梦》像一根巨大的柱子，辉煌豪华，竖立在你面前，可你越看它，越觉得内心里隐隐约约有种不安，你知道危机已经出现了。你会发现，《红楼梦》的整个叙事就像白蚁在柱子里面掏，最后柱子还在，里面却被掏空了，只要有一点风吹过来，它就会倒塌。《红楼梦》的结束就是家族的结束，死的死，亡的亡，宝玉出走，结构解体。

明清长篇小说跟家国总体结构密切相关，一直到“五四”时期，很多长篇小说还是这样。其中最典型的就是巴金的《家》，它的结构也是否定家族的，写高老太爷跟他的孙子辈——“觉”字辈（觉新、觉慧、觉民）两辈人之间的矛盾，十六到十八岁的高中生全部离家出走，否定家族。但这里有一个疑问：高家日常生活的主导者，也就是高家的经济支柱，是“克”字辈（克明、克安、克定），他们是这个家里的主人，可是小说没有写。实际上“克”字辈的这几个人，在外边都有小公馆（家庭），他们一只脚踩在以高老太爷为象征的家族里面，另一只脚踩在家庭里面。他们有家庭生活，这其实是非常值得写的东西，但是巴金没有展开谈，没有写到现代家庭的萌芽。张爱玲大量地写这个，像《半生缘》之类的小说，写作为经济支柱的那辈人，写他们怎么在外边的小公馆里生活，这就是现代家庭的雏形。还有路翎的一部小说叫《财主底儿女们》，写蒋家，跟高家不一样，高家是封建地主，蒋家是城市的资产者兼地主。蒋家那个家族的崩溃，也跟高家不一样，高家是十六到十八岁的孩子离家出走，而蒋家是疯狂，蒋家的儿子全部神经病了，只有老三蒋纯祖没有疯，他离家出走了。蒋纯祖跟高觉慧一样，离家出走，去了哪里呢？当然是走上革命道路。贾府崩溃了、高家崩溃了、蒋家崩溃了以后，年轻的一代有两种可能：家族崩溃，家庭兴起，这是第一种可能，“五四”文学基本把这条线索省略掉了，除了张爱玲写过一些，其他人一般都不去写它。另外一条线索就是年轻一代离家出走，到别的地方去了，去革命，现代文学一直到40年代都在写这个东西。那么多离家出走的年轻人参加革命，到了50年代不再打游击了，他们怎么办？按道理说应该回到家庭里面来，可是你看新中国成立初期那些长篇小说，基本上是两类，一类写怎样地离家出走、怎么样地战斗，战争题材。还有一类是“重建家族”的小说，比如赵树理的《三里湾》，就是把所有在家庭里面生活的人赶进一个“新家”：合作社、人民公社。它的叙事就是把三里湾的人全部加入合作社，牛、犁、地契全部上缴给新家。一直到《艳阳天》《金光大道》，都是要重建“新家族”。20世纪70年代末以来，人们的思维终于回到现代家庭的意义上来。我们开始写现代意义上普通的日常生活，它的依托是什么？应该是家庭。可是80年代的小说叙事，还没有回到家庭里来，它主要写那一群被禁锢的人是怎么觉醒的，写“我”，而不是写家庭，以“我”为中心结构叙事。这个“我”，前面已经讲到了，就是人的感官的解放，把人恢复到感官觉醒的层面上去。

通过对小说的描述，从明清古典小说一直梳理到今天的小说，实际上我们谈论的就是总体结构的问题。长篇叙事文学除了语言、细节、情节和布局结构的设置之外，背后还需要有历史观念做支撑。我们说过，短篇小说这种文体更偏向诗，长篇小说则更偏向历史，在考虑叙事总体结构的时候，长篇小说要把问题放到整个历史演变的脉络里去。即使你写一个个体的成长史，也必须跟这个时代的历史风云结合在一起，与历史的整体性产生关联，它才有典型意义，这就是恩格斯说的“典型环境中的典型人物”。真正好的长篇小说需要考虑大问题，无论十五六世纪我们的古典长篇叙事作品，还是十八九世纪的西方经典，都承载了叙事总体性的问题。像曹雪芹、托尔斯泰这样的作家，历史风云尽在胸中，他才可以写出五百年、一千年之后我们还会反复阅读的作品。这就是我们讲的小说结构的第二个层面，广义上的结构，叙事的总体结构。今天很多的长篇小说作者，甚至是很有名气的作者，在这方面下的功夫都是不够的。

总体结构通向历史，属于叙事的高阶问题，我在这里提出来，跟大家一起讨论。当你们的写作到了一定程度，你会去考虑这些大问题。而前面我们讲到的，语言、细节、情节、布局结构，都是小说这个文体的基础。我们作为小说写作者，应该搞清楚这几个基本概念的含义，从构成小说的基本要素出发，再去思考创作的实际问题，在实践中去体会它。

此文为鲁迅文学院的讲座录音稿，由于文翰整理

006 |

叙事中的细节与情节

小　引

文学批评中的许多术语，似乎耳熟能详，细究起来却不甚了了。尤其是那些文学交流和传播中使用频率很高的基础术语，大家都在用，都在说，说得热火朝天，各说各的，言人人殊。比如："细节""情节""叙事""结构""布局""母题""原型""意象"，等等。本文将对"细节"及其相关概念，以及这些概念所涉及的文学和文化问题展开讨论。

一

在论及"细节"这个概念之前，请允许我先拿它的兄弟概念"情节"来做个引子。随手抽出书架上几种常用的文学术语词典，第一种是著名的瑞恰慈的徒弟、燕卜荪的师弟、《镜与灯》的作者M.H.艾布拉姆斯的《文学术语词典》，其中收有“情节”（plot）词条，篇幅很长，十六开大小的书页，占了整整八页（英文四页，中文四页）。[①]另一种是英国文学理论家罗吉·富勒主编的《现代西方文学批评术语词典》，收入了“情节”（plot）词条，篇幅也不小。[②]还有一种是翻译家林骧华，根据诺斯罗普·弗莱主编的《哈珀文学手册》、卡登主编的《文学术语辞典》、霍尔曼主编的《文学手册》等权威文学工具书，编译而成的《西方文学批评术语词典》，该书约76万字1800多个条目，没有收入“情节”（plot）词条。前面两种词典里，关于“情节”概念的阐释，总体上看是晦暗不明的，它不像词典的条目，像一篇对读者的专业理解力有更高要求的论文。查词典变成了读论文。产生这一现象的主要原因，是过于关注概念的复杂性，忽略了概念对明晰性的要求，或者说，对概念史中最古老的、最基础的阐释不信任，导致了概念阐释重心失调。面对一个历史久远的概念或者范畴，后来者经常会产生改写的冲动，试图不断地往其中塞进新增加的含义，于是，他们一头扎进了意义的迷宫，沉溺于对无关宏旨的细部做自我放任的琐碎考证，而不是在保证明晰性的前提下呈现“丰富性”。

著名的《不列颠百科全书》，在这里显示出它高超的专业性。其中的“情节”词条，陈述简明而清晰，既尊重了概念的古老内涵，显得重

---

① ［美］M.H.艾布拉姆斯：《文学术语词典》，北京大学出版社2009年版，第449—457页。

② ［英］罗吉·富勒：《现代西方文学批评术语词典》，四川人民出版社1987年版，第205—207页。

心很稳，又将概念演变史中不同的语义层次呈现出来，意义丰富多彩：

【情节plot】在小说中，作者有意识地挑选和安排的相互关联的行动的结构。情节所包含的叙事结构，比故事或者寓言中正常发生的过程层次要高得多。据E.M.福斯特在《小说面面观》(1927)中所说，故事对事件的叙述是按照时间顺序排列的，而情节是沿着因果关系的方向去组织事件的。在文艺批评史上，对情节有过形形色色的解说。亚里士多德在《诗学》中把情节（mythos）看作首要问题，认为它是悲剧的“灵魂”。后来的评论家趋向于把情节变作一种较为机械的功能。到浪漫主义时期，“情节”这个术语在理论上已降低为仅仅是小说内容的一个轮廓。一般认为，这种轮廓可以离开任何具体作品而存在，而且能重复使用和相互交换，可以因具体的作者通过对人物、对话或其他因素的发展而获得生命。“基本情节”之类书籍的出版，使情节遭到了极度的轻蔑。在20世纪，许多人把情节重新解释为作品内容的变化。有些评论家回到亚里士多德的立场，赋予情节在小说中的首要地位。这些新亚里士多德主义者（或称芝加哥评论派）在评论家R.克莱恩的领导下，将情节表述为作者对读者情感反映的控制手段，作者可以激起读者的兴趣和挂念之情，并在一段时间内彻底控制其挂念之情。这种说法只是多种试图恢复以前情节在小说中的重要性的尝试之一。①

---

①《不列颠百科全书》(国际中文版)，第13卷，中国大百科全书出版社2007年版，第373—374页。

该词条有几层意思：第一，情节的根基是“故事”。情节（事件的安排或者布局）是对人的行动的模仿。亚里士多德认为，悲剧艺术的六个成分中，最重要的就是“情节”。悲剧也是对人的行动的模仿，因此“情节”就是悲剧的“基础”和“灵魂”。

第二，现代人将“情节”和“故事”做了区分，认为情节（因果关系）比故事（时间顺序）要高级得多，现代小说对时间链条的连续性不大关注，而是对事物发展内在的或隐秘的原因更为关注。E.M.福斯特就认为，故事只回答“然后呢？”这一类能满足人类原始好奇心的问题，而不回答“为什么”这种包含因果关系和价值追问的问题。[①]

第三，关于“故事”或“情节”在文学作品中的地位的评价史，显示出褒贬态度的起伏交替。亚里士多德把“情节”（事件的安排和布局），视为一种“神话”（mythos），一个具有丰富多样性的传递美的“整一”。[②]（不是罗兰·巴特的“大众文化神话批判”意义上的虚构的“神话”myth）。而现代小说家，则把“情节”视为一种不包含人类理解能力的低级因素，是一种机械的东西，因而蔑视它。芝加哥大学“新亚里士多德派”的文评家们（比如《小说修辞学》的作

---

① ［英］E.M.福斯特：《小说面面观》，见《小说美学经典三种》，上海文艺出版社1990年版，第271页。张柠按：从人类心智发育的角度看，“为什么”的确比“然后呢”要高级。但福斯特主观地将“为什么？”归属于“情节”，将“然后呢？”归属于“故事”，显得过于武断。因为故事不只是回答“然后呢？”的问题，而且情节也未必能回答“为什么？”的问题。

② 参见戴维斯《哲学之思——亚里士多德〈诗学〉解诂》第二部分，华夏出版社2012年版，第7—8节。

者韦恩·布斯），则一直在致力于恢复亚里士多德意义上的古老“情节”概念，或者说革新旧概念，探求理论阐释新思路。

第一层意思是“肯定性”的，这是根基。第二层意思是“否定性”的，这是新变。第三层意思是“否定之否定”的，呈现问题的复杂性和阐释的丰富性。

关于“情节”概念，之所以出现那么多的争议和分歧，首先因为它是一个“复杂而又不确定的概念”。①但我认为，问题的焦点还在于，对“故事情节”的理解和评价的差异。“故事情节”到底是被动的，还是主动的？是有机的，还是机械的？毫无疑问，有人认为“故事情节”是机械的和被动的。文学创作的实践证明，被动而又机械的“故事情节”的确是存在的，但那是因为作者创作故事的艺术才华不足，而不是“故事情节”本身的问题。好的“故事情节”是具有“主观能动性”的，它既能够保证故事时间链条的清晰性和情节发展的明晰性（满足好奇心），又蕴含着更为丰富的精神秘密（需要理解力），从而产生更为多样的阐述的可能性。具有主动性的“故事情节”，应该是艺术性小说的题中应有之义，而不是需要删除的负面因素。正如亚里士多德所言：“悲剧艺术的目的在于组织情节（亦即布局），……悲剧中没有行动，则不成为悲剧，但没有‘性格’，仍然不失为悲剧。”②

---

① ［俄］弗·雅·普罗普：《故事形态学》，中华书局2006年版，第5页。

② ［古希腊］亚里士多德：《诗学》，《罗念生全集》第1卷，上海人民出版社2004年版，第37页。

如果按照亚里士多德的说法，情节是悲剧的基础和灵魂，那么我们也可以说，情节是故事的基础和灵魂。在分类学上，故事和悲剧属于同一纲目层次。因此我认为，故事是一个更大的概念，它包含了情节或者布局，一个故事之中，可能包含着十几个情节。故事是一种文学的文体，情节则是其中的要素。这个好理解。当我说，故事是一种形态学研究的对象，而情节则是形态之中的结构和布局要素，这不一定好理解了。普罗普指出："形态学一词意味着关于形式的学说。在植物学中，形态学指的是关于……植物结构的学说。"① 普罗普尝试将自然科学的方法用于人文学科分析。

所谓的"结构"，是指事物内部要素之间，部分与部分之间、部分与整体之间的相互关系。请允许我用容器为例来说明。容器的形态，可以是立方形的、圆柱形的、棱柱形的、锥台形的，或者其他形态，甚至是不规则的怪异形态。不同的形态，有不同的内在结构。但是所有的容器，都有一个最基本的功能，就是储存功能。因此，容器就有一个最基本的总体结构，那就是"一方开口，其他各方封闭"的结构形式。这种结构，就是容器之所以为容器的根本因素，也是产生容器纯功能（储存功能）的基本结构。其他各种复杂的、变形的、扭曲的形态，都是容器的附加形态，它产生的是容器的附加功能。容器的总体结构之下的其他结构，就只能是内部的布局结构（比如各种变形和装饰），而不是总体结构。叙事性的作品也是如

---

① ［俄］弗·雅·普罗普：《故事形态学·序言》，中华书局2006年版，第7页。

此，“故事情节”作为其基本意义的承载者，指向总体结构和基本功能，或者称之为纯功能，其他的要素，诸如细节、语言、风格，等等，都是指向文学作品的附加功能，比如教育功能、认识功能、游戏功能。这时候，我们已经开始把概念范畴的阐释，转移到了利用概念来分析作品的结构、功能、效果了。

再举一个文学上的例子，苏联作家伊萨克·巴别尔的短篇故事《我的第一只鹅》。从总体上看，这是一个“借助于暴力行为融入暴力集团”的故事；换一个角度，也可以说是一个“因杀戮（杀死那只无辜而端庄的鹅）引出忏悔”的故事。如果我们要获得更详细的审美功能的情况，那就必须对故事进行更细致的形态学分析。从形态学的角度看，《我的第一只鹅》是一个纯粹的情节性的故事，汉译字数不到三千，几乎全部都是“对行动的模仿”。仿照弗·雅·普罗普《故事形态学》的方法，可以将该故事中的骨干情节要素提炼出来：

1）自带禁忌的勇士出门冒险：书生被派往第六师某兵营，身份成为融入哥萨克的障碍。

2）知情者秘密传授解禁方法：放弃文雅行为，欺凌弱者显示残暴，换取哥萨克的认同。

3）勇士抵达遭到阻止和拒绝：书生得到的不是认同和接纳，而是嘲讽和粗暴，还有屁。

4）解除禁忌后成功化解险情：揍女房东，杀死无辜的鹅，得到肉食和认同，还有悲伤。

这些连贯的行动很单调，却很有力量感和节奏感。我说它是：骨骼坚固但缺少血肉，情节有力但细节匮乏。为什么？小说写于20世纪20年代苏联的内战时期。我们看到的是革命年代那些紧张而慌乱的情节，与紧张而慌乱的人一样，近乎神经质似的在跳跃着，强硬粗暴，还略带歇斯底里。情节将细节的地盘掠夺一空，以至于没有细节的容身之地。只有少数属于永恒事物的细节，也可以说是性命攸关的细节，还战战兢兢地坚守在被情节"宵禁"的现场，伴随着巴别尔自身具有的强烈悲剧感，合成最后一股力量，在情节压迫下挣扎着，猛地突围出来了："锯齿状山岗后面射出来的夕阳光亮""炊烟勾起的饥肠辘辘的乡愁""廉价耳环一样的月亮""单一而苍茫像慈母手掌一样的夜晚""被杀生染红了的心脏"，等等，再加上电报一样简洁的诗性语言，把一连串具有反讽性质的喜剧色彩的"故事情节"或"模仿行动"拉向了悲剧，同时拯救了"情节"。正如评论家詹姆斯·伍德所说的那样："我们在阅读巴别尔时，立刻能够感受到既现代又古老的氛围……这或许是他真正的新颖之处。"说巴别尔现代，是因为他的细节总是被打断，"接近于意识流的技巧"。说巴别尔古老，是因为情节紧凑又连贯，故事"如寓言一样"，其中那些冻结在日常习性之中的人物，如同永恒的景观，像落日和月亮一样，"像永远对着礼拜六的蜡烛抽泣的老祖母"一样。①

① ［英］詹姆斯·伍德：《伊萨克·巴别尔与危险的夸张》，《不负责任的自我：论笑与小说》，河南大学出版社2017年版，第86页。

二

情节和细节，原本就像一对难舍难分的双胞胎弟兄。它们本来应该是平等的、相辅相成的。但在创作实践中，却往往出现诸多的不平等。有时候情节占据强势地位，抢夺了细节的地盘；有时候细节占据了强势地位，抢夺了情节的地盘。一般而言，情节优先的模式更具古典叙事风格，细节优先的模式更具现代叙事的风格。或者也可以这么说，古代属于“情节时代”，是历史的和时间的，席勒称之为“素朴”的时代。现代属于“细节时代”，是现实的和空间的，席勒称之为“感伤”的时代。①对于“情节”和“细节”关系的评价，下文还将通过文学史的案例进一步分析。这里先来讨论一下“细节”这个概念。

20世纪以来，“情节”概念不断地遭到质疑和贬损，“细节”成了叙事文学的新宠。然而，“细节”这个出现频率极高的普通的文学术语，并没有出现在前面提到的那四种工具书之中。但也没关系，我们可以先从字面上来理解它。“细节”就是“细小的情节”，或者说是一个时间长度不够的动作或行为。亚里士多德在讨论悲剧情节对行动的模仿时指出，情节必须是“严肃、完整、有一定长度”的，②甚至认

---

① ［德］席勒：《论素朴的诗和感伤的诗》，《西方文艺理论名著选编》（上），北京大学出版社1985年版，第478—479页。

② ［古希腊］亚里士多德：《诗学》，《罗念生全集》第1卷，上海人民出版社2004年版，第36页。

为它“越长越美”。[①]动作持续时间太短，不符合“情节”必要充分条件，它就只能是“细小的情节”了，直接称之为“细节”。

这种“细节”，跟静止的“描写”又不相同，它属于动态的“叙述”。比如，“绿色的叶子”不是细节，它可能是一个“意象”。“花园的叶子发绿”则是细节，其中包含了动作。接下来可能发生的行为是：“棕熊入侵花园，棕熊不喜欢绿叶，棕熊用脚去踩踏绿叶”，这就属于“情节”。紧接着还可能出现这样的行为：“看护花园的田园犬，为保护绿叶，跟棕熊展开殊死搏斗，最后，田园犬跟棕熊同归于尽”，这就属于“故事”。在这个案例中，故事大于情节，情节大于细节，它们都属于“行动”或者“动作”的范畴。所以，“细节”还是处于与行动一样的动态之中。细节最典型的特征，就是动作的时间十分短暂。因此，这种短时间的行为，缺少线性的走向，缺少动作的方向，呈现在空间之中，丰富多彩，自由自在，但缺乏可理解的连续性，也缺少阐释的历史总体性。

叙事文学中的古典风格，无论中国的还是西方的，都注重“情节”完整性和连贯性，尽管它们偶尔也有倒叙或者插叙，但总体的叙事方向是明晰而连贯的。在中国古典小说中，如果作者要暂时中止当下叙事时间，开启另一叙事时间，就会提示读者：“花开两朵，各表一枝”，主角A做这件事情的同时，配角B正在做另一件事。讲完B的故事之后，再回来重启人为中止的时间和行动，而且也会给

① ［古希腊］亚里士多德：《诗学》，《罗念生全集》第1卷，上海人民出版社2004年版，第42页。

出明确的提示，以便让叙事时间和情节保持连贯，把读者从B情节拉回到A情节中来。古典叙事呈现出这样一种基本模式：故事主导情节，情节主导细节。或者说，细节是情节的仆人，情节是故事的仆人。这种等级秩序的稳定性，也导致了叙事的稳定性。

19世纪西方文学的古典叙事也是如此。福楼拜的《包法利夫人》在情节的完整性和连续性上，堪称古典叙事的典范之一。全书分为三部分，第一部分讲述包法利医生成长和恋爱的经历。第二部分叙述包法利和爱玛的婚姻及其微变。第三部分呈现爱玛出轨和小家庭毁灭的结局。每一部分中的十几个章节，总体上是按照时间顺序来的，结构完整而匀称，像一位手艺精湛的钟表匠制作的一块精致的手表。《安娜·卡列尼娜》的叙事特点与此相似。跟18世纪的成长小说相比，19世纪的成长变成了毁灭，人物性格的成形过程不再是学习和漫游的过程，而是自寻烦恼和学坏的衰变堕落过程，也就是自我毁灭的过程。长篇叙事文学不再是“市民社会的史诗”①，而是“成问题的个人走向自身的历史”②，是“被上帝遗弃的世界的史诗”③。

尽管事情已经濒临危险的边缘，但无论如何，长篇叙事文的“史诗感”还存在，情节的连续性还在，还没有彻底被“细节”取而代之。这是因为，那个时代（19世纪下半叶）还残存着确定性，残存着对世界和他人和自我理解的确定性，因此才有了对情节的完整

① ［德］黑格尔：《美学》第三卷，下册，商务印书馆1991年版，第167页。
② ［匈］卢卡奇：《小说理论》，商务印书馆2012年版，第71页。
③ 同②，第79页。

性和连续性。如果这种“确定性”消失了，那么，情节的完整性和连续性，还有结构的稳固性和明晰性，统统都要崩溃。

情节完整性的背后，包含着一种确信，一种素朴的信念。比如童话故事、初民的神话传说、思维稚嫩的民间传奇，等等，其“情节”都是连续、完整、简洁的。文明的成熟，导致了人类行为的复杂性，也就是情节的复杂性。宏大的情节，拆成了细小的情节，甚至逐渐被蜂拥而至的细节所淹没。问题并不出在“情节”本身，而是出在“情节”的源头，也就是“行动”。一般而言，人类的“行动”具有很大的盲目性，除非你给他指明一个方向，否则他们就只能像空气中的微粒一样，做自由任意的“布朗运动”。①

人类为了使自己的行为有秩序，便试图设定行动的总体方向。行动的总体方向大致分为两类：第一类指向过去的“黄金时代”，并渴望时间循环，以便转回到神圣的过去，这类人并不急着创新，而是怀揣着返回历史、返回泥土、返回子宫的梦想，一边等待一边叹息，像中国古典抒情诗一样。第二类指向未来的“乌托邦”，并设想时间是直线的和进化的，于是他们便急匆匆地朝着未来赶去，这一类人十分自信，认为自己能够创造天堂，他们关注社会实践和历史进化。后面这一种行为方向，成了近500年来世界范围内的主导叙事

① 英国植物学家罗伯特·布朗（1773—1858）在其专著《植物花粉的显微观察》中，记述了他所发现的物质微粒运动方式：悬浮在液体或气体中的微粒所做的永不停息的无规则运动，被称为“布朗运动”。（参见《不列颠百科全书》“布朗”词条）

模式和核心情节。支撑着这个核心情节的，是进化论观念支配下的历史观和社会观，也是“弥赛亚”思想在现实社会实践中的各种替代，其中包含着对进步神话的信念。

现代主义文学始于一场针对“情节”的“细节暴动”，或者说是一场针对“理性”的“感官革命”。“理性”和“情节”的权威性丧失，也就是人类总体行动的方向感丧失的征兆，它导致叙事总体性的丧失，情节完整性的丧失，支配情节的理性权威丧失。用陀思妥耶夫斯基的《地下室手记》为例就很清楚，尽管这个例证对于他个人而言，可能只是一次癫痫症发作在文本上的反应，短暂而强烈，但对于文学史而言，却有着标志性意义。[①]整部小说，看上去充满了动感，甚至躁动不安，但却不见真正意义上的“行动”和“情节”。其中，“情节”被蜂拥而至的“细节”所劫持，一个细小动作只要一出现，立即就被另一个细小动作所覆盖和打压；一种声音还没有完全表达出来，另一个声音紧接着就冲出来跟它吵架。米·巴赫金称之为“复调小说”。[②]其实就是细节的抽搐、情节的碎裂、声音的狂欢、非理性的舞蹈，以及对迷失的狂喜。陀思妥耶夫斯基还借助于主人公“地下室人”之口，顺带讽刺了代表着绝对理性的“二二得四”，和代表未来乌托邦的“水晶宫”，以及个体唯一可以自

---

① 张柠：《地下室人、漫游者与侦探——论陀思妥耶夫斯基小说的都市主题》，《白垩纪文学备忘录》，中国人民大学出版社2012年版，第226—230页。

② ［苏联］巴赫金：《陀思妥耶夫斯基诗学问题》，见《巴赫金全集》第五卷，河北教育出版社2009年版，第4页。

由而主动地选择的“以头撞墙”行为。这是开启后世存在主义思想的命题。[①]

在“理性”高昂着头颅和“情节”沾沾自喜的年代里，陀思妥耶夫斯基用“细节”做武器，在地下室里操练着现代主义小说技巧，引来了一大批学徒，卡夫卡、普鲁斯特、乔伊斯等人都是。卡夫卡假装很尊重“情节”，实际上他每时每刻都在将“情节”拖下水，带进迷宫，让它找不到出路，《城堡》和《诉讼》都是如此。短篇小说《乡村医生》则是利用“细节”的迷惑性，让“情节”瘫痪在夜半的乡村小路上。普鲁斯特的“情节”，则完全被“细节”所吞噬，他让诸多的细节乔装成历史，整整齐齐地排列在记忆之中，组成了一个悠长而壮大的时间链条，以弥补情节缺席的心理缺憾。后期的乔伊斯更是任性，他搅乱了叙事和描写的边界，如同梦魇一般呈现，直接将碎裂的情节断片拼贴成图案示人。

情节消亡，导致“小说”这种文体的合法性成为疑问。博尔赫斯为此感到忧心忡忡。他在评论爱伦·坡的侦探小说的时候说：“我们的文学在趋向取消人物，取消情节，一切都变得含混不清。在我们这个混乱不堪的年代里，还有某些东西在保持着经典著作的美德，那就是侦探小说；因为找不到一篇侦探小说是没头没脑，缺乏主要

---

① 对于陀思妥耶夫斯基而言，《地下室手记》这个实验文本，可以说是绝无仅有的。在此后的小说中，所有混乱多样、桀骜不驯的“细节”，都被他装进了“侦探小说”的情节框架之中，并进行了心灵化处理。比如《罪与罚》和《卡拉马佐夫兄弟》。

内容，没有结尾的。……这一文学体裁正在一个杂乱无章的时代拯救秩序。这是一场考验，我们应当感激侦探小说，这一文学体裁是大可赞许的。”①

通俗的类型文学，的确是“情节”遗产的继承者，但类型文学对现代文明的精神遗产反应迟缓。它们对秩序稳定性和情节连续性的兴趣，要远远大于对细节偏移、自由延宕、耽于迷宫的兴趣。左翼革命文学是另一种新的文学类型，它刚开始的时候主要是跟“未来主义”结伴而行，内心装着变革的狂喜。其实它跟启蒙文学的行动指向是一致的，即指向线性历史观和进化论支撑下的未来乌托邦。两者方向一致，但阶段不同。左翼文学以更为激进的方式处理时间、历史、实践问题。左翼文学将启蒙文学的“个人”替换成“集体”，社会实践上激进，叙事观念上保守。现代主义文学恰好相反，在社会实践上保守，在叙事观念上激进，也就是将“情节”替换为“细节”，用“细节”杀死“情节”。

细节和情节的关系，还可以从哲学的角度来理解。马克思在他的博士论文《德谟克利特的自然哲学与伊壁鸠鲁的自然哲学的差别》中，讨论了古希腊哲学家提出的原子三种运动方式：垂直的下坠运动，偏斜的自由运动，原子的相互碰撞运动。马克思指出，承认原子脱离直线下坠规律，做出排斥和对立的偏斜运动，是伊壁鸠鲁跟德谟克利特的重要区别，“伊壁鸠鲁以原子的直线运动表达了原子

① ［阿根廷］博尔赫斯：《侦探小说》，《博尔赫斯全集》散文卷（下），浙江文艺出版社1999年版，第46页。

的物质性，又以脱离直线的偏斜实现了原子的形式规定，……所以，卢克莱修正确地断言，偏斜打破了‘命运的束缚’”。正因为原子排斥垂直下坠的必然性，进而做不规则的偏斜运动，“才开始有自由这个对立面”①。通过将自由阐释为必然性的对立面，马克思将“自然哲学问题”（原子运动规律），成功地转化为“精神哲学问题”（自由和对抗），原子偏斜运动成了“自由意志”的注脚，物质内在结构和运动方式的分析，转化为精神现象的分析（由此可以推论，文学形式的内在结构要素分析，同样也可以通向精神现象的分析）。

原子垂直下坠运动所包含的必然性、规定性、秩序性，相当于“情节”。原子偏斜和碰撞运动所包含自由性、对立性、散漫性，相当于“细节”。“情节”就成了叙事的“物质规定性”，“细节”偏斜运动对“情节”秩序的不服从，完成了叙事的“形式规定性”。没有这个偏斜，叙事或者情节就没有完成。

三

如果说“情节”是必然的，那么“细节”就是自由的。如果说“情节”是秩序，那么“细节”就是无序。如果说“情节”是完整，那么“细节”就是破碎。我们到底怎么看待或者评价“细节”？如果

① ［德］马克思：《德谟克利特的自然哲学与伊壁鸠鲁的自然哲学的差别》（耶拿大学1841年博士论文），《马克思恩格斯全集》第1卷，人民出版社1995年版，第31—33页。

说“情节”是有方向性和目的性的“大动作”，那么“细节”就是没有方向性的自由自在的“小动作”。在日常生活之中，除了有目的有计划有预谋的行动和动作之外，存在大量的无目的无计划无预谋的行动和动作。甚至还可以说，我们的幸福感很大程度上都是寄托在那些细小的自由动作上。

接下来的问题是：**细节究竟意味着什么**？上文已经提到，“花园的叶子发绿”是细节，由此可以推论，“树叶变成金黄色”“树叶散发出臭味”“树叶在沙沙作响”“树叶轻柔地摇摆”“树叶有苦涩的味道”，这些都应该属于“细节”。归纳起来，我们是不是可以给“细节”概念下这样一个定义：“**细节是感官对外部世界的反映**。”这个定义是一个带动词性质的短句，与之相应的“情节”，就是这个短句涉及的动作的“定向性延长”。这个所谓的“定向性延长”，是“情节”本身的需要，“细节”并没有这个诉求，“细节”有它自身的自足性。

那些被我们看到、听到、闻到、尝到、触摸到的东西，都成了细节。眼睛看到这个世界的样貌和色彩，耳朵听到这个世界的动静和声响，鼻子闻到这个世界的气息和芳香，舌头尝到这个世界的甜酸苦辣，身体皮肤触摸到了这个世界的刚柔和冷暖，这些都是作为“人学”的现代文学中的重要细节，它伴随着日常生活及其变异形态，伴随着个人的成长和遭遇。因为这种眼耳鼻舌身的“受想行识”的行为，这些感官对外部世界的反映，是人之所以为人的根本所在，是我们经验、把握、理解、表达这个世界的通道，也是承载“情节”的基础，是个人欲望满足的中介和通道，更是人类知识和观念赖以产生的基础。用“人的真实性”取代“诗的乌托邦”，用日常生活取代神话传奇，是古典文学和现代文学的重要分歧之一。

启蒙思想家托马斯·霍布斯，将感官对外部世界的反应分为两类，一类是直接的，比如味觉和触觉；一类是间接的，比如视觉、听觉、嗅觉。这些感觉的诞生，是因为外部世界，给予不同感觉器官的压力，感觉器官对压力的回应，便产生所谓“感官经验”。“所谓的感觉，对眼睛说来就是光或成为形状的颜色，对于耳朵说来就是声音，对于鼻子说来就是气味，对舌和腭说来这就是滋味。对于身体的其他部位说来就是冷、热、软、硬……”①完善霍布斯“知识起源于感性”这一原则的，是英国的洛克。经验主义哲学家约翰·洛克，与当时哲学上另一著名的理性主义思潮之代表笛卡儿论辩，反对“天赋论”，倡导“白板说”，为感官回应外部世界的压力，而产生经验和知识，留下了地盘。约翰·洛克指出：“一切观念都是由感觉或反省来的——我们可以假定人心如白纸似的，没有一切标记，没有一切观念，那么它如何会又有了那些观念呢？……它们都是从‘经验’来的。我们底一切知识都是建立在经验上的，而且最后是导源于经验的。我们因为能观察所知觉到的外面的可感物，能观察所知觉、所反省到的内面的心理活动，所以我们的理解才能得到思想底一切材料。”②正如罗素所言，洛克是一个“少独断精神”的哲学

---

① ［英］托马斯·霍布斯：《利维坦》，商务印书馆1985年版，第4—5页。

② ［英］约翰·洛克：《人类理解论》第二卷第1章，商务印书馆1959年版，第68页。

家，这也是他留给自由主义的精神遗产。[①]但洛克并不认为感官对世界的反映所诞生的经验是唯一可靠的。他不但认为知识的来源具有二重性：经验的和内省的，而且还认为物质的性质也有二重性：物质的“第一性质”或者叫作“主性质”（物质自身的性质、形状、结构，是一种客观存在，与感官无关），以及物质的“第二性质”或者叫作“次性质”（存在于感官的反应之中，也就是感性经验）。[②]物质的第一性质，既然不属于个人经验，那么是不是“天赋的”呢？如果不是天赋的，那它就是属于后天的和经验的。如果是天赋的，那么就可以用洛克反驳笛卡儿的逻辑来反驳洛克自己。这就给“物性”“经验”“感官”的再评价留下了缝隙。

正因为如此，作为“感官对外部世界反应”的细节，就具有主观性和变异性，因此不是“真理”，而是对真理的遥望和期盼，“细节”跟“情节”一起，讲述着人类在“真理”附近兜圈的故事。18世纪英国文学研究专家伊恩·P.瓦特指出：近代以来文学的哲学基础，是由理性主义哲学家笛卡儿和经验主义哲学家洛克所奠定的——通过个人的感官知觉，可能找到通向真理的道路。追求真理作为一种个人的事业，无需上帝或者先贤这些中介。“哲学上的现实主义的总体特征是批判的、反传统的、革新的。”“小说最充分地反映了这种个人主义的、富于革新性的、重定方向的文学形式。”“自

---

① ［英］罗素：《西方哲学史》，商务印书馆1963年版，第136页。

② ［英］约翰·洛克：《人类理解论》第二卷第1章，商务印书馆1959年版，第100—101页。

文艺复兴以来，一种用个人经验取代集体的传统作为现实最权威的仲裁者的趋势也在日益增长。”[①]在这里，全新的现代小说精神及其相应叙事方式，成了启蒙运动关于个体自由和尊严之宏大叙事的有机组成部分。

东方哲学家对此有不同的看法，认为感官经验所得到的那些“色相”，都是“空无”：“色不异空，空不异色，色即是空，空即是色，受想行识亦复如是。”“空中无色，无受想行识，无眼耳鼻舌身意，无色声香味触法，无眼界乃至无意识界。”[②]或者认为“眼耳鼻舌身意”的所作所为并不是什么好事，因为“五色令人目盲，五音令人耳聋，五味令人口爽，驰骋畋猎令人心发狂，难得之货令人行妨。是以圣人为腹不为目，故去彼取此。”[③]与佛家相比，道家先贤还不算极端，至少他还承认“圣人为腹”，并且反对“过度”。但道家最想成就的理想，不是人，而是神仙。神仙也很麻烦，不能忍受饥渴，还得餐风饮露。如果能成为草木就最好了，就能免去吃喝拉撒睡的烦恼，人与植物相互变异，就成了精怪。这些故事成了民间文艺的重要内容。

20世纪初的“五四”新文化运动是一场针对传统的革命。新文化运动秉承欧洲的文艺复兴的文化方向，以及现代革命的反帝反封建的历史实践，提倡个性解放或者人的解放，其中就包含着“生命

---

① ［美］伊恩·P.瓦特：《小说的兴起》，生活·读书·新知三联书店1992年版，第4—7页。

② 参见《摩诃般若波罗蜜多心经》（唐玄奘译本）。

③ 参见《老子》第十二章（王弼本）。

觉醒”或者“感官解放”之义，而且这个层面上的“解放”，是更为根本的。所谓“感官解放”，其实就是恢复感觉器官的“初始功能”，或者也可以叫“纯功能”。如果人的感觉器官的“纯功能”被压制或者被禁锢，就会出现功能变异，出现“附加功能”。那些“附加功能”若不适当地得以夸大，人就会扭曲变态，就会出现狂人、孔乙己、祥林嫂、闰土、阿Q、王胡、华老栓、魏连殳、吕纬甫……耳闻、目睹、鼻嗅、舌尝、手触，等等，这是那些感觉器官之所以为感觉器官的根本所在。阿Q悲剧的根源之一，就是他有着顽固的遵循感官纯功能的愿望。他试图舂米便舂米、割麦便割麦、撑船便撑船、吃饭便吃饭、睡觉便睡觉、求爱便求爱，然而却不能够。阿Q的所有小动作（细节的根源）都不符合“克己复礼”的要求，不符合“非礼勿视，非礼勿听，非礼勿言，非礼勿动”[①]的伦理规定性，听觉、视觉、嗅觉、味觉、触觉，这些感官的纯功能，成了“礼教”仪式的组成部分，而不是生命展开的过程。阿Q所有的小动作（细节的偏斜运动）都遭到了打压，于是就刺激了他，以至于打算要搞大动作：进城或者革命。阿Q试图发起的这两个大动作，都是因感官的初始功能遭到打压所致。但都属于没有完成的“情节”和“故事”，它夭折在中途。韩愈和朱熹为代表的唐宋儒家更过分，他们大概认为，感官闭锁状态是最好的状态，认为“非礼勿视，非礼勿听”终

① 参见《论语·颜渊第十二》。“马（融）曰：克己约身。”“孔（安国）曰：身能返礼则为仁矣。”“郑（玄）曰：此四者克己复礼之目也。”（参见何晏注，邢昺疏：《论语注疏》，北京大学出版社2000年版，第177页）

止了人的动作，显示出木头的样子，这就是仁者应有的样子。[①]按照这个逻辑，鲁迅笔下那位站在一轮金黄的圆月下，项戴银圈，手持一柄钢叉的少年闰土，成年之后，因生活压力而变得样貌粗笨木讷，也算是求仁得仁了？！[②]

感觉器官纯功能的丧失，是对生命的打压和禁锢。感觉器官的存在成了疑问。感官在实践中无法充分展开，并不意味着感官“欲望”消失了，欲望还在，它需要另求出路。这就催生了感官功能的变异。一般而言，感官功能会朝着两个方向变异：方向一是精神失常、疯狂，变成《狂人日记》的主人公。方向二是精神升华，朝着文学艺术方向变异。这种变异产生的功能，可以称之为“附加功能”。有“社会性附加功能”（比如伦理道德功能、习俗礼仪功能等），还有“个人性附加功能”（比如审美功能、通感功能）。正如日本文艺理论家厨川白村所言：“生命力受了压抑而生的苦闷懊恼乃是文艺的根柢……”[③]“在内心燃烧着似的欲望，被压抑作用这一个监督所阻止，由此发生的冲突和纠葛，就成为人间苦。但是，如果说这欲望的力免去了监督的压抑，以绝对的自由而表现的唯一的时候就是梦，则在我们的生活的一切别的活动上，即社会生活、政治生活、经济

---

① 韩愈、李翱合撰：《论语笔解》：“李曰：今终之以动者，貌也，貌木为仁。”转自程树德《论语集释》，下卷，中华书局2013年版，第944页。

② 闰土为鲁迅短篇小说《故乡》中的主人公。见《呐喊》，《鲁迅全集》第1卷，人民文学出版社2005年版，第502—510页。

③ ［日］厨川白村：《苦闷的象征》，鲁迅译，江苏文艺出版社2008年版，第14页。

生活、家族生活上，我们能从常常受着的内底和外底的强制压抑解放，以绝对的自由，做纯粹创造的唯一的生活就是艺术。”①

这也是常言所说的，文学艺术是生命力受到压抑的苦闷的象征。文艺其实是一种想象和虚拟的感官解放，它跟实践意义上的细节展开相比，也只能说是聊胜于无。但我们不能小觑文艺这种想象和虚构的作用，它也是“启蒙”（唤醒）事业的重要组成部分。鲁迅所面临的问题——唤醒之后无路可走——其实并不奇怪，或许也是常态。可见，“唤醒”只不过是一个前奏，并不意味着实践意义上的感官解放或欲望满足。历史和现实，依然在寻找各种压抑感官或者规训“细节”的理由。常用的手法就是“延宕”，用拖延的手法给人以“未来”的承诺。可见，“解放”和“压抑”是同时存在的“雅努斯式”的两面神。然而，受到压抑和囚禁的感官功能（细节），往往会寻找另外的突围的渠道。文艺（白日梦）升华，就是常见的方式。抒情或者叙事，同时兼具了释放、压抑、整合、升华的多重功能。在文艺出口的内部，还可以分出两个子类：一类是诗，一类是文。

在“诗”的层面，主要指修辞意义上的“通感”。钱钟书在《通感》一文中，对此展开了深且广的分析，指出“通感”的修辞功能可以“在视觉里获得听觉的感受”，一种“通感”性质的词汇中可以包含“不同的官能感觉”，比如“春意闹”“聒湖山”“热闹”“冷静”“响亮”。从心理学和语言学的角度看，叫作“通感”或者“感

① ［日］厨川白村：《苦闷的象征》，鲁迅译，江苏文艺出版社2008年版，第24页。

觉挪移”。“在日常经验里，视觉、听觉、触觉、嗅觉、味觉往往可以彼此打通或交通，眼、耳、鼻、舌、身各个官能的领域可以不分界限。颜色似乎会有温度，声音似乎会有形象，冷暖似乎会有重量，气味似乎会有体质。”钱钟书还指出，东西方古代哲学家，以及近代哲学家笛卡儿和培根，都对“通感”现象有所涉猎。按照逻辑，“五官各有所司，不兼差也不越职”。可是，在文艺作品中五官感觉却常常是“有无相通、彼此相生”[①]。这种嗅觉听觉、触觉视觉打成一片、混作一团，六根互通的“通感”经验，经常出现在佛家和道家的著作中。当它以“细节”的形式进入想象虚构的审美领域的时候，就是一种重要的审美和修辞手法，音可观、色可闻、味可触。

在“文”的层面，这种“神秘经验”经常以“情节”的形式进入故事和传说。它既包含了感官的互通和挪移，也包含了感官的放大（千手千眼）和延长（千里眼和顺风耳），这也是人为了摆脱规律、规则、必然束缚而进入自由境地的想象性的“实践”行为。最典型的还是将分散状态的感官合而为一。在神话传说和传奇故事中，人的感官就成神奇的感官，人也就在想象中变成了神仙、妖精、精怪、鬼魂。“神”是创造者，人不可能自己变成自己的创造者，他最多也只能成“仙”。“仙”就是住在高山和云端的最接近神的人，是升华了的人，但他还是人，还得吃喝拉撒睡，餐风饮露，食用天地精华（“魔”可以视为“仙”的负数，充满负能量）。“仙”是不会死的永

① 钱钟书：《通感》，《七缀集》（修订本），上海古籍出版社1994年版，第63—78页。

生的精灵。人死了就是“鬼”（肉身之外那不死的部分就叫“魂魄”）。自然界的动物和植物是成不了“仙”的，只能升级为“精”（妖怪）。动物和植物，企慕那能够成“仙”的人类，于是想首先成为人，再伺机等待成“仙”的指标。具有人的感官的植物，叫“怪”。具有人的感官的动物叫“妖”。在传说故事中，不但不同感官能相互串通，甚至合而为一，不同的物种也逆向进化为混沌一片了。从此，再也不怕权势者的欺凌，再也不怕金木水火土的伤害。这是一种没有科学逻辑支撑却充满魅惑的虚幻想象。叙事和情节，于是一头栽进了“类型文学”的怀抱。

上述那种从禁锢中解放出来的恣意妄为的“细节”，留下许多的后遗症，比如“细节”的“无政府主义”状态，比如“细节暴动”导致“情节碎裂”遗留下来的“废墟景观”。有人将琐碎的词语构成的“废墟景观”，视为一种文学艺术新的“风格学”，并进行复杂的理论阐释，也只能算是“救赎的无望”或者“无望的救赎”。那些被“解放”宠坏了的“细节”，享受着“自由”的喜乐，同时它也必须承担起收拾“细节废墟”残局的任务。回归“情节整一性”的梦想和期盼，作为一种新的救赎力量，似乎正在远远来临。

结　　语

本文以“细节”这一文学基本概念为核心，对与之相关的基础概念展开了论述。细节的本义，是“细小的事情或情节”。情节的本义，是“事情的变化或经过”。细节和情节这两个名词，本质上都应该当作动词来理解。“细节”是感官对外部世界的反应。“情节”是人类对自身行动的方向感和秩序感诉求的外显。细节指向自由的行动。情节指向必然的规律。而“故事”，则是对情节和行动的进一步完形化和寓意化。试图承载意义的“故事”，不得不乞求于情节和细节，并往往使之狭隘化。情节试图管辖或规训细节，但细节自身的反叛力也不可小觑。细节是对情节及其既定秩序的叛乱。细节的丰富性，是对人的主观能动性和自由属性的尊重和张扬。情节的连续性和可理解性，则包含着对自我、他人和世界理解的确定性。故事所要求的叙事总体性，构成叙事的根本性结构。在文学形式演变史中，细节和情节和故事之间的复杂关系，包含着特定历史时段人类精神生活的演变史，以及认识观念的演变史。“细节”的核心内容，是目睹、耳闻、鼻嗅、舌尝、身触等感官经验。这些与“眼耳鼻舌身”相关的所谓“受想行识”行为及其效果，不是“空无”，不是“混沌”也不是“永恒”，而是构成动态生命存在的根本。这种“人文性”诉求，包含着人类自由意志和对幸福的期盼。古希腊哲学家认为，自由意志不只是一种精神状态，它在物质（原子）的运动之中也有表现。在原子的三种基本运动形式（下坠、偏移、碰撞）中，下坠就相当于“必然”或“情节”；偏移就相当于“自由”或“细节”；碰撞就相当于“创造”或“叙事”。原子的偏斜运动就是原子的自由意志。细节的丰富多样性，就是叙事的自由意志，其中包含对抗、革命、创造，同时也包含毁灭、混乱、迷失。在叙事文学中，“情节”和“细节”地位的变化，决定了文学形态的变化。支配这种变化的，不仅是作家个人风格意义上的变化，更是对人类对世界认知方式及其相应实践行为的变化。

在展开讨论的过程中，本文还兼顾了另一任务，就是捎带地讨论了“形式史和精神史互证”的研究方法。这一方法，是我多年来坚持的文学研究和文学教育重点方法之一。感谢《当代文坛》杂志，于2019年第六期《高端访谈》栏目刊发了我的访谈文章:《从形式史到精神史如何可能?》。准备稿件的时候，我正在外地参加文学活动，访谈是在宾馆里进行的。事后我也无暇对稿件进行细致地核对、修订和补充，有些问题没有，也难以充分展开。我愿意将这篇探讨“细节”和“情节”等文学概念的文章，看成是对“形式史和精神史互证”研究方法的进一步思考，权作对那篇访谈文章的不足之处做些补充，并期待方家的批评，以便有机会做进一步探讨时加以修订。

2021年5月26日写毕于北京西直门寓所

007 |

长篇小说的结构和意义

一

长篇小说作为文学创作中一个特殊的文类，它所使用的语言和诗歌以及短篇小说有着很大不同。诗歌和短篇小说在创作时特别讲究语言的风格，特别是诗歌，一定要净化它所使用的语言，让语言自身变得透明起来，这是特别困难的一步，一旦完成了这一步，后面的环节就会比较好处理。长篇小说没有这个要求，它所使用的语言非常复杂；它不是透明的，而是带着许多的历史重负出现在我们面前，是背负着沉重的历史包袱的。

长篇小说的世界是一个杂语世界，它一开始并不要求你处理语言，而是允许你用杂乱的语言去构成长篇小说整体世界里的一些基本材料，语言和材料相互交织。小说中的人物需要怎样说话，小说就使用相对应的语言，语言和人物形象、人物性格之间是配套的，流氓说流氓的语言，君子说君子的语言，泼妇就说泼妇的语言，淑女就说淑女的语言。因此在语言的直观应用方面，长篇小说要比诗歌更容易一些。

长篇小说的难度并不在于语言的使用，而在于这个杂语世界的结构以及这个结构所传递出来的作家总体的价值选择，这是长篇小说最难处理的地方。也就是说，长篇小说实际上是一个结构艺术。那些以为自己身体足够好就可以写出长篇小说来的人，他们其实并没有做好写一个长篇叙事作品的应有准备，他不知道怎么去用一个非常好的艺术结构来组织这些杂乱无章的语言，读者并没有理由浪费大量时间去读那些冗长的文字。一个好的小说家，他是要在一定的篇幅之内，使用所有人都在使用的语言去构建一个完整的艺术结构，这样我们读完它以后才会感觉到小说的分量，觉得自己没有白白浪费时间。因此，长篇小说的结构问题是一个非常专业的问题。

结构有两个层面的意思。第一个层面叫叙事布局。搞音乐的人肯定一说就明白，因为音乐的叙事也讲究布局。布局结构是技术问题，先讲什么后讲什么？哪里多讲哪里少讲？一个好的编辑需要有这样的判断能力，当他拿到一部小说时，要能够判断出它需要讲的地方是不是讲少了，不该讲的地方是不是讲太多了。这是长篇小说的作者首先要解决的一个问题，也就是叙事布局结构的问题。写一群流浪狗打架，提一下就可以了，不要洋洋洒洒写几十页；看见一个人在桥底下要饭，这个可以多写，“朱门酒肉臭，路有冻死骨”，是有人文关怀的。但是这个主题放在今天很难处理好，它是一个非常古老的主题，想写出新意是不容易的。你要写你是在一座立交桥底下碰见了这样一个人，你不知道他的身份，不知道他的目的，也不知道他在想些什么，他是一个谜。你把所有的篇幅都交付给这个谜，这就很有意思，我们也都愿意看下去。

所以布局结构本身尽管是一个技术问题，实际上也能够从细微的地方体现作者本人的艺术素养和分量。作为技术问题，它没有别的道理可讲，就是通过创作实践来解决，只要多写、多摸索，自然而然就能把握多写少写的尺度，有的时候还能做到“反常”，比如通过破坏习以为常的叙事布局结构来出新出奇，有些不该多写的地方我偏要多写，一般作者不敢写的我偏要尝试一下。我们在评选茅盾文学奖的时候，看到了四年来精选出的200多部长篇，这些作品的叙事布局结构基本上都是过关的，处理长篇叙事时没有什么技术性问题，都写得很好。

另一个层面是长篇叙事作品的总体结构。总体结构实际上就是长篇小说这个语言世界想要传递给我们的一个最重要的价值，如果这个东西没有了，小说就成了一堆碎片，可以永远地写下去。网络小说之所以可以无限期地连载，就是因为它缺乏对总体性问题的思考，作者可以不停地往下写，粉丝就跟着他不停地往下看，他们也不会考虑作者为什么要写这么多，只是睡觉之前上网看看新的章节是否上传了，大致翻看一下，很好，点赞，明天再来。它是一个日常生活的组成部分，不是一个特殊的艺术行为或者审美行为。我们作为老师，在向学生讲述一个经典文本的时候，一般很少提到它的叙事和技术问题，主要讲的还是价值和意义的问题，是小说叙事总体性的问题。

长篇小说如此大的体量，在涉及有关价值问题的讨论时，势必会比较复杂。我们先来看一下长篇小说的定义。古代文学中并没有这个定义，小说只是历史叙事和话本的衍生物，凭借一定的虚构性来区分于他者。西方理论家定义了长篇小说，长篇小说就是市民社会的史诗。史诗当然是歌颂英雄的，但主角被更换了，换成了市民社会里面的普通市民——这是黑格尔给出的命名。这个命名适用于文艺复兴以后到十八九世纪的长篇小说，它们多数是在描写一个普通人一生的成长和遭遇，处理的是众多个体的教育史、成长史、演变史和精神史，比如笛福《鲁滨孙漂流记》，写的是一个人流落荒岛的故事。从19世纪下半叶开始，情况发生了变化，那个确定无疑的“人”已经出现了问题，原先的写法不再能满足新的需求，所以在19世纪末20世纪初，一个新的长篇小说的命名出现了。长篇小说是“被上帝遗弃的世界的史诗”，呈现的是衰变时代的问题人物的遭遇——这是匈牙利理论家卢卡奇的命名。时代在衰变，不再是那个文艺复兴的时代；直到18世纪，我们的时代都还在向上攀升，资本主义上升的神话没有破灭，我们也不需要对所崇拜的价值问题进行思考，只需要写出身处在宏大历史中的个人如何成长、如何受教育、经受了何种遭遇以及他应对遭遇的方法就可以了。及至19世纪中叶，宏大的价值系统开始出现问题，资本主义上升的神话已经破灭了，所以卢卡奇会说这个时代是一个不断衰变的时代，会说长篇小说是写这个衰变的时代里面问题人物的遭遇。由此我们也就可以理解，为什么卡夫卡会写出《变形记》《诉讼》《城堡》，他的长篇并没有结尾，因为宏大的价值系统出了问题，而当事人还没有想清楚，所以他会患上“变虫狂想症”“变兽狂想症”，一会儿变成甲壳虫，一会儿变成老鼠，一会儿变成飞鸟——这是20世纪上半叶的命题。20世纪30年代以后，又有理论家给长篇小说定义了一个新的概念，称其为一个至今尚未完成的开放的文体（巴赫金）。这个概念有些意思，就是说作家不要老顺着文艺复兴的思路来，不要老顺着大写的“人”的概念来，世界上存在着多种多样的文化、多种多样的人，存在着多种多样的人生阅历和经验，我们完全有可能创造出一种无法为概念所包容的叙事方法。说它是一个未完成的开放的文体，意思是说我们还在等待一种想象中的，一种我们不知道它是什么模样却很期待它出现的长篇小说面世。以上这三个概念都是在追踪长篇小说这种长篇叙事文体跟历史演变总体性之间的关系；此时我们已经有些贴近“总体结构”这一概念了。

二

20世纪中国长篇小说有两个传统，第一个是西方近代以来的长篇叙事文学传统，比如《巨人传》《鲁滨孙漂流记》《包法利夫人》《卡拉马佐夫兄弟》《安娜·卡列尼娜》《追忆似水年华》《尤利西斯》等，且每部作品都在表明作家对一个时代总体价值的认知，比如《巨人传》，写一个巨大的个体，他从生下来就在不停地吃喝，世上所有人加在一起都吃不过他，他的肠胃和能量巨大，可以把整个世界都吃掉。这就是文艺复兴对人的主体性的狂想，“巨人”实际上就是文艺复兴对人主体性的一种夸大的、艺术性的表现。再比如《鲁滨孙漂流记》，写一个被抛弃在荒岛上的人，游离于世界之外，但他不需要借助任何外部力量，一个人就可以创造一个独立的世界。这实际上就是资本主义上升神话的一个寓言，不管你把我丢在哪儿，只要人的主体性和创造性没有消失，我就一定能够创造一个世界。这是现实主义文学和近代小说中最基本的一个理念，“我”就像生命力巨大的一颗种子，无论你把我丢在哪里，我都能够很快地生根发芽。

家庭是资本主义社会中最为微小的一个细胞和元素，如果说整个社会都是稳定的、上升的，这个神话没有破灭，那么它的细胞也就是健康的。在《包法利夫人》中，细胞开始被破坏，家庭出现问题，爱玛几度外遇然后自杀，这是19世纪50年代的小说。在这样一个衰变破碎的时代，个人应该怎么办？我们不再相信文艺复兴以来在18世纪达到巅峰的个人英雄主义叙事，我们开始面临的新问题，就是“怎么办？”《卡拉马佐夫兄弟》，三兄弟加上他们的父亲，四种声音在辩论，给出了四种解决方案。其中两种是欲望的声音，来自父亲和大儿子，另外两种是二儿子的虚无主义和小儿子的信仰与爱。辩论一直在持续，每一种声音都是强有力的，谁也说服不了谁：当我们读到虚无主义的时候，我们觉得虚无主义是世界上唯一的真理，我们自己几乎变成了虚无主义者；而当我们读到那些谈论爱及其价值的章节时，读到小儿子将爱作为拯救世界的唯一信仰时，我们又成为爱的信徒。小说写到最后，小儿子阿辽沙走到教堂外面，跪下来说我是无能为力的，但是这片肮脏的土地需要爱，他趴在地上亲吻肮脏的泥土。尽管如此，小说的叙事总体还是现实主义的，也就是说尽管作者对价值观念抱有疑问，但小说的叙事语言本身是清楚的，整体表达没有问题。虽然是四个人同时发声，但有逻辑、有道理。

20世纪的文学，连表达都成了问题，作家不知道还要不要写下去，比如前面提到的卡夫卡，他的长篇小说没有一部是完整的。一个艺术结构如果是完整的、有价值的，那么它一定能够结尾；反过来说，如果写作者对小说总体结构的价值怀有疑问，他就没有办法结尾。这是真正在用身心写作。文学对人的叙事经验的总体性的信念，历经文艺复兴之后两个世纪的建构，现在已经完全破灭。接着出现了两部小说来挽救它，一部是普鲁斯特的《追忆似水年华》，一部是乔伊斯的《尤利西斯》。在《追忆似水年华》中，普鲁斯特想利用主人公个人回忆的连续性来挽救这个时代的破碎，小说的每个细节都很美，每个细节的回忆也都跟身体相关，比如“我”的舌头碰上了那一块小玛德琳蛋糕，当“我”品尝到这种甜味的时候，突然想起某一个遥远的下午，我们也是这样在花园里吃着点心，姨妈从远方走过来，整个场景一下子都回忆起来了——我们后来管这种写法叫“意识流”。当“我”听到糊墙纸在干燥空气中的炸裂声时，总会想起过去那些睡前看见天花板就会害怕的夜晚，“我”听着墙纸炸裂的声音，等待妈妈来到“我”的身边，用她冰冷的嘴唇亲吻“我”的脸颊，然后“我”再安然睡去。每一份回忆都和当下相连，其媒介就是“我”的感官对此刻世界的反应，通过这种微妙的联系，重建回忆的连续性，也就是说通过回忆的方式，使过去的碎片和当下时代所有的文化碎片重新勾连。研究者认为它跟柏格森的生命哲学有关，但小说实在过于繁杂和琐碎，对一般读者而言有很大的阅读难度。尽管它是经典文本，但不做专业研究的人大可不必去读；纯粹因为享受小说的细节之美而去阅读它，这也是可以的。一般来说女孩子比较容易进入状态，男孩子可能会受不了。再看《尤利西斯》，它的文本没有什么结构，完全是一个空间形态下的东西。用一个形象的比喻来说，《尤利西斯》的结构就像是把一个漂亮的磁盘摔碎在地下，到处都是闪闪发光的碎片，每个地方都很迷人很漂亮。它为这种无结构的、破碎的世界提供了一个美学上的合法性。

看不懂现代主义小说没有关系，它们都只是文艺复兴以来西方传统长篇叙事文体的挽歌。好在还有拉丁美洲的魔幻现实主义文学，有这些西方主流文化之外的边缘文化；是它们叙事完整性的兴起，挽救了西方主流文学颓败的局势。这些年来诺贝尔文学奖很大概率都颁给了一些边缘文化中的作品。边缘文化对世界、对人、对人的情感有着更为完整的理解，它挽救了那个碎片化的世界。前段时间我阅读了很多边疆少数民族作家所写的文学作品，很完整，没有破碎的东西。比如他说“我爱你”，语气是没有疑问的，一个藏族人说“我爱你”，一定是在传达真实的爱意，它用的是感叹号、句号；而我们的汉族作家总是在写疑问号：“我爱你，你爱我吗？你昨天不是爱他吗？”这是不确定的。所以，在我们的主流文化特别是城市文化中，每一个符号都变得可疑，反而是边缘文化中一些朴素的东西更具备确定性和完整性，它们在表达和叙事过程中对自身的完整性是没有疑问的。这也是长篇叙事文体总体性的一个非常重要的支撑。

中国20世纪长篇小说的另一个传统就是中国古典长篇叙事文学的传统。我们有自己的长篇叙事传统，元代、明代有话本和说书，后来又出现了经过作家个人加工的长篇叙事文学作品，比如《三国演义》《水浒传》《儒林外史》《红楼梦》《金瓶梅》《海上花列传》等。我们要讨论这些作品的总体性。总体性是一个非常复杂的哲学概念，卢卡奇就是在反复讨论历史叙事总体性的问题——我们应该怎样找到一个长篇叙事文本的总体性？一个有效的方法就是，我让你在30分钟、10分钟、5分钟内介绍一部长篇小说，甚至只允许你用一句话来概括它；假如你的概括有效，那么这句话就是这部小说的总体性。《三国演义》是一部什么小说？一句话，就是三兄弟打架的故事。为什么是三兄弟？因为“家国合一”这个总体结构是确定的，家就是国，国就是家，中国古代社会中的所有价值体系都是在“家国合一”这一总体结构的基础之上完成建构的。《三国演义》就是三兄弟打架，没有人想当老子，曹操最后赢了，也没有当老子。《水浒传》就是儿子造老子的反，你喜欢老大不喜欢我，让他当厅长当处长，却只让我当科长，我不乐意，所以要造反。老子说，你不就是想当处长吗？给你当。于是招安了梁山好汉，然后尽数剪除。两部作品的共同之处，就在于它们都对家国合一的总体价值取向没有疑问。

至于《红楼梦》，它的特别之处就在于对这个“家国合一”结构的合法性的疑问。《红楼梦》的整个叙事有一个外围的大结构，一个神话的结构、梦的结构：补天遗漏的一块石头，想要到红尘里去走一遭，道人说，那你去吧，你后悔了再回来——这是它的外层结构。但它内部的叙事带有很强的现实主义色彩，是写贾宝玉和几个妹妹的故事。你可以发现整个《红楼梦》的叙事就像一根巨大的柱子竖在那里，看起来金碧辉煌，内里其实早已经被白蚁掏空了。实际上当我们读第二十一回，看到送给林妹妹和送给宝姐姐的礼物是不一样的，就应该隐约察觉到要出问题。我们跟着叙事走，到最后才蓦然发现，这个家族虽然还是一根屹立着的巨大的柱子，非常精致和奢华，可是突然一阵风来，柱子就轰然倒塌了。整个小说是一个家族崩溃的结构，它跟《三国演义》和《水浒传》是不一样的，作者意识到了家族的合法性有问题，所以才让它崩溃。高楼已经倒塌，宝玉也就回家去了，所以《红楼梦》外围是一个寓言，里面包含着现实主义的东西。中国古典文化中“家国合一”的总体结构在《红楼梦》里面实际已经崩溃了。另一个特例就是《金瓶梅》，一部“飞来峰”式的作品，它在中国古典文化里头实在太过于另类。它既不是讲家族的故事，也不是讲家族崩溃的故事，它讲的是一个家庭的故事。偌大一个清河县，只有一家姓西门的，而且西门庆出场时是孤零零的一个人，“有车有房父母双亡”。他没有《红楼梦》那样庞大的家族背景，仅仅是凭借个人魅力（特别是性魅力）和金钱的威力，勾引无数女人组建出一个家庭。家庭跟家族的一个非常重要的区别在于，家庭结构的原始动力是欲望，它是用欲望建构起来的一个社会的最小单元，而这个社会最小单元在明代的时候是不成立的，所以这部小说的出现特别反常。四大名著里没有《金瓶梅》，因为它太另类了，西门庆太另类了。西门庆在整个故事中没有扮演父亲的角色，他的儿子出生不久就去世了，同时他也不是一个像样的丈夫。他扮演的是皇帝和嫖客的角色，他的家庭既有皇宫的气派也有妓院的色彩，诸多达官贵人和烟花妓女都在他家中流水一般往来。中国男人最大的两个奢望，一是当皇帝，二是当嫖客，在他身上全都实现了。因此西门庆的家庭也不是现代意义上建立在爱情基础上的家庭，而是建立在欲望和占有基础上的家庭，背后支撑他的就是当皇帝的梦想和当嫖客的梦想，归根到底还是扭曲变态的欲望的体现。

再有就是《海上花列传》，一本沪语小说，讲述上海这样一个带有浓厚现代色彩的城市里面小市民的故事，它最大的问题就是没有结构，这在本质上就不符合长篇小说的要求。一条街上全都是妓院，你从A到B再到C，一家家地喝花酒，没完没了，转着圈地重复，完全是一个弥散的欲望的表征。尽管张爱玲很喜欢看《海上花列传》，喜欢它对细节的描写，但就长篇小说的本质而言它是没有结构的，没有结构就没有办法结尾，永远可以写下去，就像电视剧一样。支撑电视剧的价值观念实际上是收视率，而不是艺术的完整性。

三

再看中国20世纪的小说。首先举巴金《家》的例子。《家》的内容，用一句话来概括，就是讲孙子离家出走的故事。“觉”字辈离家出走，高老太爷的合法性受到挑战，依然是一个家族崩溃的结构，也是《红楼梦》传统在20世纪的一次延续。但《家》有一个非常幼稚的地方，就是巴金写造成家族崩溃的不是成人，而是一群没有长大的小孩，孙辈和祖辈发生矛盾。一般来说祖孙之间的矛盾不会太大，主要是儿辈，父子之间的矛盾会比较严重。“觉”字辈实际上并不是这个社会的主要支柱，高老太爷也不是，他只是一个躺在躺椅上的病人；高家真正的台柱子是克字辈，是高觉慧的父亲、高老太爷的儿子，可是《家》里面并没有进一步展开，这是很可惜的。家族崩溃以后应该有家庭生活的出现，“克”字辈的生活就很有意思，他一只脚踩在“家族”里面，另一只脚踩在“家庭”里面，每个人在外面都有小公馆。张爱玲小说里也写大小公馆，男人既是大家族的一员，在外又有隐秘的家庭生活。本应该让家庭生活成为新的社会主角，但巴金还是要写家族崩溃，也就是说他在整个叙事过程中，并不打算让一个现代资本主义家庭的雏形成长起来；他既不认可封建主义的家庭，也不认可资本主义的家庭，而是要塑造一个现代意义上的无产阶级的个人，走离家出走、参加革命的道路。路翎《财主底儿女们》也是20世纪非常优秀的小说，写蒋家家族的崩溃，它和《家》的区别在于蒋家的人是疯狂的，不是理性地出走，而是都变成了疯子，只有蒋纯祖辗转在南京、武汉、重庆之间，走上了革命的道路。欧阳山《三家巷》也是如此，从现代资本主义家庭里面冲杀出来，投入革命的怀抱。从中我们可以发现，20世纪上半叶的长篇小说生产出了一个非常重要的副产品，就是非资本主义时代的个人。我们说文艺复兴培养的是资本主义时代的个人，而20世纪中国的长篇小说则培养了一大批离家出走的、非资本主义社会的个人，是“革命家离家出走闹革命”的模式。

到了1949年以后，如何安顿这批离家出走的无产阶级个人，就成了作家们要面对的首要问题。当年那些被鼓动着从各种封建主义家族和资产阶级家庭中走出来的人，如今应该安置在何处？家庭这条路是行不通的，很多写家庭故事的小说都遭到了批判，因为家庭对中国人来说是一个陌生的概念，如果不把它和资本主义联系在一起，中国人是没有办法理解的。这些孤零零的个人只有两个去处，第一，永远当流浪汉，像托洛茨基一样继续革命，从俄罗斯流浪到土耳其、墨西哥，最后被暗杀掉；或者像格瓦拉一样，一生都在流浪中。然而大部分人还是想安顿下来，组建小家庭，那么还有另一条路，就是建立一个新的家族安顿他们。赵树理的《三里湾》在20世纪50年代具有非常重要的意义，就是因为它安顿了那一批离家出走的“孤魂野鬼”，他建立的新家就是合作社。三里湾所有的家庭和个人都要进社一起生活。当然也有很多人不同意，马家就不同意，我家里有四个儿子、两头黄牛，还有一大堆生产资料，为什么要加入合作社？叙事者采取的处理办法还是父子矛盾：小儿子马有翼恋爱失败，因为别人说你父亲太丢人了，合作社都不加入，你去跟你父亲做工作，如果他加入了合作社，我就和你谈恋爱。马有翼回到家里就跟马多寿吵架，强迫父亲加入合作社，不加入就分家，我跟你脱离关系。马多寿很生气，要狠狠收拾儿子一顿，结果妻子站出来替儿子说话，说你敢不听儿子的，我就跟你离婚，最后马多寿“投降”了，加入了合作社。这个小说的叙事很有意思，他改写了乡村里传统的人伦关系，通过改写来抵达他的叙事目标，让所有人都加入了崭新的大家庭。

我们知道，合作社和人民公社后来都失败了，这些“孤魂野鬼”依然无处安顿，唯一能做的就是等待。我们还正处于社会主义初级阶段，这个初级阶段将会持续很长一段时间，我们只能慢慢来，先要努力满足人民群众日益增长的物质文化需求。改革开放以后，文学史重新开始前进，作家们既写家族故事也写家庭故事，但这些新小说的背后不再是革命式的个人主义，而是一种全新的个人主义，它的定位基础不是计划经济而是市场经济，是中国特色社会主义市场经济。小说中肯定要写家庭故事，它原本是零散的、破裂的、碎片式的，需要借助小说的叙述，来把它变成一个完整的可被理解的叙事总体，用来给整个时代定位。我们20世纪80年代以来的长篇小说中尽管有一些歪打正着，但其中有意识地思考总体性问题的，实际上并不多。

格非的“江南三部曲”，就是在有意识地思考总体性的问题。“三部曲”是古希腊埃斯库罗斯创造出的一种文体，第一部提出问题，第二部解决旧问题、提出新问题，第三部总体上解决问题，形成了一个悲剧的三部曲结构。但索福克勒斯后来否定了它，认为一部作品就可以解决问题。到了但丁的《神曲》，写地狱、炼狱、天堂，也是三部解决问题。从16世纪开始，所有经典的长篇小说都是一部，也就是写一个人的漫漫长路，没有人动辄就写三部。到了19世纪，“三部曲”开始出现，不过并不是作家本人的命名，而是后人加上去的，比如托尔斯泰的《童年》《少年》《青年》，高尔基的《童年》《在人间》《我的大学》。最喜欢写“三部曲”的就是巴金。“三部曲”其实就是要通过三部作品来解决逻辑上的正反合结构，可是单独一部作品也可以在逻辑上解决正反合结构的问题，为什么一定要写三部？只能猜想是它比较时髦的缘故。如果说“三部曲”的结构是合法的，你依照逻辑上的正反合结构来进行创作也没有问题，但很多人都做不到，他只是先写一部试试看，大家反响不错，就再来一部，整个结构显得比较随意。随意的结果就是一部不如一部，《家》《春》《秋》是如此，《雾》《雨》《电》也是如此。第一部实际上已经完全树立了小说形象，后面两部都是多余的，之所以还没有解决宏大的叙事总体性的问题，就是因为它没有按照正反合的结构逻辑来进行叙事；很多三部曲都是假的三部曲。

至于格非的“江南三部曲”，我认为它是真正的三部曲。三部作品，按照历史发展的逻辑，每一部解决一个非常中肯的社会问题。第一部《人面桃花》，写的是乌托邦，20世纪初期的中国社会，其乌托邦的理想就是欲望和解放，小说写的全是有关欲望和解放的故事。那么解放了怎么办？难道大家都生活在这个一团乱麻的地球上吗？所以还是那个问题：被解放了的自由的个体该如何安顿？所以第二部《山河入梦》，写反面乌托邦，或者说“恶托邦”；第三部《春尽江南》，写反面乌托邦之后的一个新的解放，叫作“异托邦”。小说的叙事逻辑是和历史发展的总体逻辑相吻合的，从这一点来说，它解决了中国现当代文学长篇叙事里面一部不如一部的问题，也突破了中国20世纪文学叙事中刻板的老子、儿子、孙子的模式，每一部都是独立的，同时又有内在的逻辑关联性，每一个逻辑关联性指向的都是中国20世纪中华民族总体精神史的问题，这是“江南三部曲”的深刻之处。但小说也留下了一些遗憾：我们知道乌托邦、恶托邦、异托邦，这是福柯历史哲学中一组非常重要的概念，但它们仅仅是对历史变化的一种描述，并不具备救赎的意义，而文学艺术之所以不同于历史，一个非常重要的原因就是——它具有救赎的功能，这种救赎并不来自上帝，而是来自艺术想象。一个出乎你意料之外的东西突然出现了，逻辑无法解决它，理论家也无法解决它，只有作家、艺术家才有可能解决它。乌托邦、恶托邦、异托邦并不能解决问题，艺术之所以为艺术，文学之所以为文学，就是因为它有出人意料的东西，有超越的东西，有拯救的东西。

因此我认为，文学艺术之所以成为其本身，能够不被历史和其他学科门类所取代，一方面是因为它在逻辑上的严密性和完整性，另一方面是因为它带有拯救性质的“奇迹”色彩。文学艺术是依靠奇迹的，如果它不能通过想象来为读者展现奇迹的话，其自身的审美力度就会大大减弱。艺术家的地位之所以高于学者，就是因为奇迹的存在，作者和读者通过想象来和奇迹相遇，这不是仅凭逻辑推理、丰富的学养和历史思考就能做到的，其中一定需要审美的参与。所以中国当代小说的短处，就是缺少某种可以做救赎用的东西。这种救赎其实并不难做到，有的时候一个动作就可以，一个形象就可以，文学艺术最重要的一个特点就是人物形象的塑造。比如之前提到的《卡拉马佐夫兄弟》，三个人相互争论，谁也不能说服谁，最后作家收尾时让阿辽沙跪在土地上亲吻，这是一个动作；比如《罪与罚》，索尼娅劝拉斯柯尔尼科夫向上帝认罪，上帝就在干草市场上，小说的结尾就是他在干草市场上当众跪下来认罪——它是一个动作，一个形象，形象的力量在此时是非常强大的。再比如施蛰存的《黄心大师》，一个传奇故事，结尾处黄心大师纵身一跃跳到铜炉里面，铜钟铸成，你会感叹这个结尾太有力量了；还有《将军底头》，花惊定拎着少数民族将军的头来找心上人，本来因为自己的胜利而得意扬扬，结果女孩子说哈哈，无头人来了，你这也算赢了吗？花惊定痛苦万分，业已被割下的头颅上满是泪水。在小说《鸠摩罗什》的结尾，鸠摩罗什死后被火化，其他部分都成灰了，只有舌头变成了舍利，因为他的爱妻在临死之前亲吻他时，含过他的舌头。他在长安讲法的时候被一个妓女的眼神勾引，后来公开和女人同居，整个长安都不相信鸠摩罗什，他为了自证道行，于是决定表演奇迹，在大众面前吞下了整整一钵针，就像耶稣手指石头变成面包一样。吞针时他又看到了那个诱惑他的妓女，想起了妻子的幻象，一阵欲念升上心头，舌头被针扎伤了，再也吞不下去。就是这个被针扎伤的舌头，最后在烈火中变成了舍利，这是爱的舍利。最好的艺术家、文学家，在结尾的时候一定是用形象来定位，这个形象具有多解性，不可以再按照历史哲学的逻辑去对他进行过于严谨的推理，他一定是充满想象的，飞行在空中。我们的小说往往缺少一些这样的东西。

文学家想要超越一般意义上的技术问题，创作出一部真正的“大作品”，这就要求作品和整个民族的精神史演变之间一定要具有极高的关联性。我们期待我们的长篇小说里面能够出现更多这样的东西，能够解决这个时代所有的精神困惑。所以作家必须走在这个时代的最前沿，走在思想的最前沿，这样才有可能完成一个宏大的、总体的长篇叙事作品。这些对长篇小说的总体结构与价值取向的讨论，同样也适用于其他艺术门类，比如音乐创作，比如影视领域。想要创作出一部极具时代标识性的作品，一定会涉及上述这些重大的问题。

008 |

长篇“三部曲”的繁盛与终结

近期阅读“第九届茅盾文学奖”获奖作品“江南三部曲”，还有“第七十三届科幻文学雨果奖”获奖作品“地球往事三部曲”（“三体三部曲”），感触颇多，同时也引发了我对“三部曲”这个术语的关注。所谓的“三部曲”，究竟何时何地开始用于对多个小说、乐曲、电影的总命名，似不可考。但它已被广泛用于对各种题材的文艺作品、消费性读物的命名，却是事实，它甚至已渗入到其他生活领域。“三部”，厚重量多；“曲”，好听质高；“三部曲”，又多又好！但如果用法不当，则显得极其烂俗。一般而言，严谨的作家都是先学写短篇，再写中篇，然后试着写长篇，接着开始写“三部曲”，最后写五百万字的“长河小说”，就像当官提干、老板挣钱一样，循序渐进，慢慢上涨。今天，出手就写“三部曲”的作家，也不少见，就像一出生就有权有钱的人一样，然而，在文学中，这却是令人疑惑的。

据说“三部曲”不是中国的土产，是舶来品。根据古希腊文学专家罗念生先生介绍，“三部曲”用法源自古希腊悲剧（又叫“三联剧”)。著名悲剧家埃斯库罗斯，就创作过“俄瑞斯忒亚三部曲”(包括《阿伽门农》、《奠酒人》和《报仇神》)，还有那个三部失传了两部的“普罗米修斯三部曲”，等等。而且，“三部曲”不是随便将三部作品凑在一起就成了，而是有它严格的总体结构，每部作品都有它自身结构上的完整性，同时又要考虑到三部之间的内在连续性。第一部要解决自身的问题，进而提出问题；第二部要解决旧问题，提出新问题；第三部则要给出总的解决方案，像逻辑上的“正—反—合”结构。

于是，我们就有了疑问，为什么不在一部作品之内解决问题，而是要分三步走呢？为什么不在同一个作品结构中，呈现“正—反—合”的逻辑，而是要通过三部作品来呈现呢？果然，稍晚的另一位悲剧家出来纠偏，索福克勒斯就不再玩这种“三部曲”结构了，《俄狄浦斯王》不是“三部曲”中的一部，而是一部结构严谨完整、情节精细复杂的独立作品。在悲剧发展史上，摆脱“三部曲”形式的束缚，将“三部曲”的结构，变成一部独立作品的内部结构，被视为是一个进步。从单部作品来看，但丁的《神曲》更为明显。它是一部独立的作品，但其内部结构非常明晰：地狱—炼狱—天堂，也是一个“正—反—合”的结构，或者说，在单一作品结构中，提出了问题，解决了问题，并最终给出了价值选择的作品。我说的是“结构”意义上的情况，不排除人物性格、细节和情节的复杂性。

单部作品情节和意义的完整性，是近代以来西方长篇小说的结构基础。16世纪到18世纪的长篇小说经典，都是单独的，像一位孤独的英雄，如《巨人传》《鲁滨孙漂流记》《格列佛游记》《汤姆·琼斯》《堂吉诃德》，等等。18世纪后期出现的“漫游小说”“教育小说”“自传小说”所体现的社会内容和历史时间，似乎要胀破那个单部作品的自足结构。19世纪的小说越写越长，规模越来越大，如巴尔扎克的“社会风俗画卷”系列、左拉的“人性生理演变史”系列，但它们没有叫“三部曲”。托尔斯泰和高尔基，都写过自传体式的“三部曲”小说，但他们自己并没有采用这个称呼，是后人加上去的。进入20世纪，公开写长篇“三部曲”的多起来了，赛珍珠、福克纳、卡内蒂都写过。西方近现代以来的长篇小说，作为“市民社会的史诗”（黑格尔），既要考虑时间上的历史跨度，又要考虑空间上的社会容量，还要承担整合零散化的、个人经验的任务，所以到了20世纪，渐渐黔驴技穷。卢卡奇这才突然天眼洞开地说：长篇小说是“被上帝遗弃的世界的史诗”，它呈现的是衰变时代的问题人物的遭遇。依我看，卡夫卡的《城堡》和《诉讼》、乔伊斯的《尤利西斯》、普鲁斯特的《追忆似水年华》，都可以看作是长篇小说这一“文体”的挽歌，“三部曲”出来也救不了它。倒是俄罗斯理论家巴赫金的说法，给长篇小说文体留了一条后路：长篇小说是一个开放的、至今尚未完成的文体。他强调长篇小说这种文体，在“文学性”和“历史哲学”基础上的创造性和开拓性。但巴赫金并没有提到“三部曲”这个术语，看来它已经不重要了。

中国文学中出现“三部曲”，当然是学习西方的“新文学运动”之后的事情。20世纪中国小说史中，以“三部曲”命名的小说，简直是举不胜举。1924年，郭沫若就写过“漂流三部曲”（《歧路》《炼狱》《十字架》）。接着有茅盾的“蚀三部曲”“农村三部曲”。最喜欢写“三部曲”的作家是巴金，他的小说几乎可以全部归纳到不同的“三部曲”中去，如“爱情三部曲”“革命三部曲”“抗战三部曲”，最有名的当然是“激流三部曲”:《家》《春》《秋》。20世纪50年代以来，出现了梁斌的“红旗谱三部曲”:《红旗谱》《播火记》《烽烟图》，冯德英的“三花三部曲”:《苦菜花》《迎春花》《朝阳花》，杨沫的“青春三部曲”:《青春之歌》《芳菲之歌》《英华之歌》，欧阳山的“一代风流三部曲”:《三家巷》《苦斗》《柳暗花明》等。进入80年代，“三部曲”就更多了，恕不列举。这些小说尽管各有特色，但它们有一个十分重要的共通之处，就是三部之中，一部不如一部，就像鲁迅笔下的九斤老太的名言：“一代不如一代（老子九斤，儿子八斤，孙子七斤）。”于是，形成了20世纪中国小说“三部曲”的一个基本模式：“老子—儿子—孙子”模式，呈现一代不如一代的“衰变”趋势。巴金的“激流三部曲”的第一部《家》，写得很好，成了名著，后面两部无疑逊色不少。欧阳山的“一代风流三部曲”也是如此，《三家巷》写得最好，主人公周炳和少女们的形象跃然纸上，是一部标准的“成长小说”，后面两部就越来越观念化了。我甚至想说，第一部的结尾处就开始出问题了，周炳越来越不像“主人公”，像一个街垒战中的小跟班。梁斌的“红旗谱三部曲”，冯德英的“三花三部曲”，杨沫的“青春三部曲”，都呈现出“一部不如一部”的衰减趋势。看来这并非偶然，或许与中国人的历史观和生命感的特殊性相关。

上文提到“三部曲”的总体结构，不管是体现在三部作品之中，还是一部作品之中，都要符合所谓的“正—反—合”逻辑结构。这个结构，就好比辩证法中的“肯定—否定—否定之否定”，历史叙述中的“蒙昧社会—野蛮社会—文明社会”，政治哲学中的“独裁政体—寡头政体—民主政体”，这毫无疑问包含着“螺旋式上升”的进化历史观，也包含着一种积极乐观的救赎姿态。但我觉得，中国人的历史观念，且不用佛教的“悲观”的说法，至少可以说是“向后看”的视角，是一种“后视镜”文化，而不是“探照灯”文化。中国人对历史的评价，总是倾向于作“衰变”观，就是认为最好的时代是“远古”的黄金时代，此后便是“王道衰，礼义废，政教失，国异政，家殊俗”(《毛诗·周南》)，一路变坏，不值得关注。唯一的拯救方法就是返回去，回到远古所谓的“王道”时代，这相当于拒绝现世，隐含一种钻回母亲子宫里去的冲动。这就是我们的历史叙述中“老子—儿子—孙子”模式产生的根源。这与“三部曲”写作一部不如一部的规律，构成奇妙的呼应。

此外，驾驭“三部曲”的力量越来越弱（不考虑作家个人的身体和精神状况），还有一个重要原因需要讨论，就是对历史叙述的内在节奏的把握。上文提到，“三部曲”的逻辑结构是一个“正—反—合”的结构，包含“肯定—否定—扬弃”的辩证法。再仔细琢磨一下还可以发现，这个“正—反—合”结构中，包含着一种总体节奏，其实是一个“三拍子”节奏（比如华尔兹的节奏），是一个“奇数拍”节奏，或者可以称为“生—死—再生”的节奏。这个节奏中的“再生”，很有力量，也很神秘，仿佛天外来物。由此，我们想到了“普罗米修斯三部曲”中的普罗米修斯的形象，想到了《神曲》中的“天堂篇”，想到了超越的精神和救赎的力量。正如卢卡奇所云：文学“是对最高意义的惊鸿一瞥”。但丁的《神曲》结尾亦言：“你为自己所领悟，你领悟自己！……只是一阵闪光掠过我的心灵，我心中的意志就得到了实现。”这是文学与“奇迹”的相遇，是“合”的力量，是“再生”的力量。

西方音乐中的那个“三拍子”节奏，是中国本土音乐中所缺少的。中国古代音乐的节奏中，有“一板一眼”和“一板三眼”，似乎没有“一板两眼”，也就是说，只有两拍子的“偶数拍”节奏。这种“偶数拍”节奏，既是自然本身的节奏，即“地球引力—克服引力”的节奏，或者说“农耕文明节奏”（比如农民挑担时的身体节奏），也是作为自然一部分的生命节奏：“生—死”节奏，又是历史叙述中的“分—合”节奏（“分久必合—合久必分”节奏）。这个自然的“生—死”二拍子偶数节奏，与“生—死—再生”三拍子奇数节奏相比，少了一个十分重要的环节，就是“再生”环节，即“复活”环节，这令人沮丧。“生—死”节奏，包含着一种原始自然崇拜的宿命感，说得好听一点叫作“天人合一”“梵我一如”，说得难听一点就是“去死吧，早死早投胎”。“生—死”节奏，是一个自我满足的“圆”，像一条咬着自己的尾巴的蛇。它更适合写古典诗歌。中国古典诗歌的内在节奏，是一种源自农耕文明的“偶数拍”的节奏。关于抒情和叙述节奏与生命感受节奏之间关系的详细讨论，可以参见我的《中国节奏与精神秘密》一文，此处不再赘述。要补充的是，中国古典节奏中还有一种叫作“散板”的东西，与它相应的是道家生命哲学，它指向“无待于外”的绝对自由，像风一样。这种观念适合写散文化的长篇小说。比如废名的《桥》、沈从文的《长河》，它不受现代叙事结构的束缚，自由就是它的“结构”，历史不过是生命路途上的墓碑。

在长篇“三部曲”中，三部作品的全部力量，最后都集中指向第三部，因此只能是越来越好，而不是相反，否则后面就没有写的必要性。换句话说，在长篇“三部曲”的内在总体结构中，如果缺少“正—反—合”中的“合”，或者缺少“生—死—再生”中的“再生”，只有“生—死”自然节奏的重复，那就只能越写越弱，只能重复“老子—儿子—孙子”的退化模式，只能重现“衰变”历史观，只能弹奏那个“一代不如一代”的老调子，只能回到“祖先崇拜”“圣人崇拜”的老路上去。鲁迅读史，产生了“循代而下……如脱春温而入于秋肃”（鲁迅《摩罗诗力说》）的感受，但他从来就不认可“衰变”历史观念那个“老调子”，他甚至不惜用疯癫的力量，摧毁历史叙事稳固而均衡的链条。最近，赶时髦的学者又在用福柯的概念来解释文学，比如那个流行的“乌托邦—恶托邦—异托邦”（很像一个“三部曲”结构），还阐释得煞有介事。这个系列概念，更像是对历史事实和社会现实的描述，并没有包含真正的超越性。我不相信所谓“异托邦”具有“再生”“复活”“救赎”的力量。如果不能提供超越性的力量，为什么要花费那么多时间去读一个“三部曲”呢？对于长篇叙事作品的总体结构而言，或对于“三部曲”的叙事总体性而言，传统历史观中那个“老子—儿子—孙子”一路衰变的“老调子”，是一个巨大的障碍；盯着欲望化、碎片化的“现实”，玩各种概念花招，同样是巨大的障碍。

现实在历史的泥淖里挣扎，历史也在现实的泥淖里挣扎，就像

“生—死”“分—合”节奏那个两拍子咒语。或许只有“生—死—再生”的三拍子，才能激活它。文学的超越力量，来自对更高启示的领悟。由此，“再生”才有可能，“复活”才有可能，“奇迹”才有可能，诗歌如此，小说如此，长篇“三部曲”也不能例外。

2015年9月3日

009 丨 今天的长篇小说应该写多长？

这里打算谈谈长篇小说的长度问题：一是多长的篇幅才算是长篇小说，二是我们今天应该写多长的长篇小说。两个问题密切相关，所以放到一篇文章里来谈。

首先是第一个问题，到底多长才算是长篇小说？我们发现，不但没有人把这个问题说清楚，而且一些权威文学词典里连“长篇小说”词条都没有，只有“小说”（novel）词条，对于篇幅至少应该写多长，没有统一的说法。名不正言不顺，大家一起玩，总是需要共同遵守的游戏规则，跟打麻将要有规则一样，各地的“麻法”不一样，没有谁的规则是真理，约定俗成而已。中国大陆的“茅盾文学奖”设定的评选规则，是将版面字数13万字的小说，算作长篇小说。这个字数大约相当于Word文档的10万字。还有出版社，出版契诃夫的小说《游猎惨剧》单行本，广告语说是“契诃夫唯一的长篇小说”。按照我们今天约定的标准，版面字数15万字，自然是长篇小说。可是契诃夫自己明确说《游猎惨剧》是“中篇小说”。字数15万，是指现代汉语译文的字数，如果用古奥的文言文翻译，估计最多也只有一个中篇小说的长度。因此不同时代或者不同民族，标准似乎差别很大。

在古老的文学史里，并没有“中篇小说”或“长篇小说”这样一种文体，只有神话、史诗、传奇、抒情歌谣、悲剧喜剧、民间故事，后来又出现了一些新型文类，比如诗歌形式加传奇内容的“韵文体长篇叙事文”（弥尔顿的《失乐园》）；比如故事接（套）故事的“系列市井通俗故事”（乔叟的《坎特伯雷故事集》）。文艺复兴以后才有现代意义上的“小说”这个提法，美国文学批评家艾伯拉姆斯称之为一种“延伸的叙事文”，指的是篇幅比“故事”要长很多的叙事虚构文体。直到18世纪，“小说”才取代了“韵文体叙事文”。“中篇小说”的提法，据说是德国大文豪歌德的发明，《少年维特之烦恼》就是著名的“中篇小说”，歌德还有一个小说的名字就叫《中篇小说》（*Novelle*）。这是一种篇幅介于“短篇小说”和“长篇小说”之间的文体。但从来也没人讨论过“中篇小说”的篇幅问题，大概认为跟“人类如何才能得到拯救”的问题相比，这是小问题，不值一提。我向一些资深编辑咨询过这个问题，他们说版面字数2万就算“中篇小说”，官方规定的数字好像是2.5万。

俄罗斯批评家别林斯基，也特别关注“中篇小说”这种文体。别林斯基认为，中篇小说是一种新兴的“艺术文类”，是“人类命运的无穷长诗中的一个插曲”，是被“分解成许多部分的长篇小说”，是人类命运的“长篇小说中的一章”。别林斯基梳理了19世纪上半叶俄国中篇小说的发展史，认为到果戈理时期，“中篇小说”这种文体算是成熟了。让我们来了解一下19世纪俄罗斯“中篇小说”的篇幅（现代汉语字数）：果戈理的《塔拉斯·布尔巴》11万字。托尔斯泰的《哥萨克》15万字，《哈吉穆拉特》11万字。陀思妥耶夫斯基的《庄园风波》18万字，他的《孪生兄弟》《涅朵奇卡》《穷人》都是12万字。契诃夫的中篇小说《游猎惨剧》15万字，他的《不必要的胜利》《决斗》《农民》《草原》等小说都是8万字，这些8万到9万字篇幅的中篇小说，如果译者的语言松弛一点，出版商排版也松弛一点，今天都能算“小长篇”了。

艾伯拉姆斯认为，“长篇小说”的篇幅应该是“卷幅浩瀚”的。他认为“中篇小说”的篇幅，是介于卷幅浩瀚的小说（长篇）与结构紧凑的小说（短篇）之间。但他也闭嘴不谈具体的篇幅问题。19世纪初的美国作家爱伦·坡，对小说篇幅问题有过明确的说法。爱伦·坡说，短篇小说的篇幅应该是这种长度：能够在半个小时到两个小时之内，一口气把它读完。我们无法知道爱伦·坡的阅读速度，但按照爱伦·坡的这个时间标准，我们假定，严肃认真的文学阅读（纸质书阅读），平均阅读速度为每小时5千到6千字（手机上阅读约1万字），那么理想的短篇小说的长度，应该大约是3千到1万字。

按照这种阅读速度，并考虑到持续阅读的疲劳问题，8小时大概能读5万到6万字，这是不是可以视为理想的中篇小说的篇幅呢？按照这个标准，汉译19世纪俄罗斯中篇小说的篇幅就显得太长，11万字的《塔拉斯·布尔巴》，12万字的《穷人》，11万字的《哈吉穆拉特》，15万字的《哥萨克》，18万字的《庄园风波》，要花两三天才能读完。按照阅读时间来算，中篇小说最好是那种一天就能读完的篇幅。

为19世纪上半叶俄罗斯文学制定标准的大批评家别林斯基，他心目中的长篇小说，约等于“人类命运的无穷长诗”，而且还可能是漫长的寒冷冬季里的“长诗”。十几万字就只能是中篇小说，只能是人类命运长诗中的“一个插曲”而已。因此，我们读到俄罗斯文学中那些巨无霸式的长篇小说：《战争与和平》（124万字），《静静的顿河》（155万字），《古拉格群岛》（141万字），一点也不奇怪。我们中国的古典长篇小说篇幅也不小，《红楼梦》110万字，《金瓶梅》100万字，《水浒传》96万字。这种长度的小说意味着什么呢？如果不想太辛苦，按照一天5万字的阅读速度阅读，一个月30天连续作战，什么事也不干，吃饭叫外卖，那也得花整整一个月时间，才能把一部长篇小说读完。

现代意义上的长篇小说，其合法性来自两个方面：一是形式上的史诗性，二是内容上的现实感。“史诗性”的要求，使得长篇小说的叙事，既跟古老的文明传统和人类理想联系在一起，又同时满足了历史的悠长感和诗歌的抒情性。“现实感”的要求，使得现代意义上的长篇小说，既跟人文主义传统联系在一起，又能和人类世俗的实践活动密切相关，读一部新的小说，相当于跟着主人公一起度过了一段新生活。长篇小说这种文体，通过对特定环境中主人公奋斗和历险经历的模仿，显示出人类的命运感，同时，人物由古典英雄替换为现代市民，所以称之为“市民社会的史诗”（黑格尔）。要显示出人类的“命运感”，就需要一定的长度，太短了命运感就显示不出来。因此，空间上经验的致密感，时间上经历的漫长感，都是长篇小说的基本要求。

既然我们不再遵循传统长篇小说那种“卷幅浩瀚”的规则，而是把长篇小说篇幅的底线定在版面字数13万字，那么它的上限应该是多少呢？如果只谈文学经典，除上述中国古典长篇小说和俄罗斯长篇小说，字数在100万或150万之外，法国文学中也有许多鸿篇巨制，比如《悲惨世界》和《约翰·克利斯朵夫》，还有普鲁斯特的著名长篇小说《追忆似水年华》，翻译成现代汉语七大卷245万字。这是目前我读到的篇幅最长的经典长篇小说。一般而言，30万到50万就算是很长的篇幅了。

接下来是第二个问题：今天长篇小说应该写多长？这本来也是一个无法讨论的问题，创作自由，我想写多长就写多长。但做事总得有个底线，你写一部无限长的长篇小说，谁有时间看？出版社的仓库里怎么堆得下？书店和私人的书架怎么摆得下？

实际上我们遇到的限制，并不属于文学本身，而是时间和空间的限制。如果时间和空间的限制越来越多，那么我们就只能越写越少，很有可能从13万字退到10万字。我们要了解的事情太多，一部手机上有100个App，每一个App都是一个世界，全部点一遍得花多少时间？我们没有时间和精力去关心“人类命运的无穷长诗”，看个“抖音”都要忙里偷闲。这是时间。从空间上看，人类生活空间已经逼仄到要跟鸟兽抢地盘，还要跟外星人抢地盘，没有地方摆放“普鲁斯特”们的卷帙浩繁的长篇巨著。

网络时代情况发生了巨大变化。首先解决了信息储存空间受限的问题，文字不再受制于报刊书籍印刷成本、纸张数量、发表版面等“物理空间”，转变为几乎没有限制的“赛博空间”。因此网络小说的篇幅越来越长，500万字不算什么，两三千万字的长篇小说都有。那怎么读得完啊？这就涉及阅读变革。有两种阅读方法，第一种叫“电子泛读”，也叫“手指阅读”，就是手指滚轮子，让眼睛迅速捕捉屏幕上闪过的文字，像“打怪升级”一样，瞬间捕捉到的文字信息就是你的阅读所得，这跟“人类命运的无穷长诗”毫无关系，相当于打电子游戏的体验。

第二种阅读方法，叫“垃圾时间再利用”。随着科学技术的进步，人类求生不再需要将所有的生命时间全部搭进去，生活中就产生了大量的“碎片时间”“垃圾时间”。这些时间不属于古典政治经济学关注的“劳动时间”，也不属劳动之外的“休闲时间”。“垃圾时间”零星地分布在地铁和公共汽车上、沐浴和睡觉之间的空当、会议室的群众座席等处。它是一个暧昧不明的空间和意象丛生的地带，更是一个经济学中生机无限或者充满商机的领域。文化生产就是要占领和充填这个领域。所有的文化产品，短文字、短声音、短视频，都在抢占这个时间。网络小说也在抢占这个领域，对象是对阅读文字有兴趣的人。产品构成的零部件，是半小时之内能一口气读完的片段。片段与片段连缀在一起，构成一个新的长篇叙事文。这让我想起了童年在乡村听盲艺人说书，一部《薛刚反唐》，要连续唱好几天。那时候没有电视没有手机，只有听讲故事听唱曲。今天这种由盲艺人演唱的长篇韵文体叙事艺术基本上已经绝迹。没想到它转移到网络上去了。

就“媒介”性质而言，网络小说属于“热媒介”，并不要求深度介入和深度阅读。而传统文学则属于“冷媒介”，它的阅读，需要深度介入和深度阅读，所以不能滚着鼠标轮子快速阅读，只能慢慢地读。因此，印刷在纸质媒介上的文字，小说，长篇，它就有这么多的限制，它就是一种“慢”的事情，没有办法又快又长。所以，传统文学的编辑，一再提醒传统文学的作家：短些，短些，再短些，写一点“小长篇”“小中篇”“小短篇”吧，长篇缩成中篇，中篇缩成短篇，短篇缩成段子。网络上的要求则不同：一方面是越短越好，一百几十个字就够了，大家只需要“抖”一下，“爽”一下。另一方面是越长越好，长到你两三年都读不完，实际上就是试图无限制地延长某种肉身体验，让你一直“爽”，持续两三年。

说了半天，纸质媒介中的长篇小说，到底写多长比较合适呢？综上所述，我给出这样的意见：“短篇小说”最合适的长度，是半小时到两小时之内一口气读完的篇幅，3千到1万字。“中篇小说”最合适的长度，是一天能轻松读完的篇幅，3万到6万字。“长篇小说”最适合的长度，是一个黄金周就能轻松读完的篇幅，20万到25万之间。

这个长度，怎么能显示出别林斯基所说的“人类命运的无穷长诗”效果呢？这就要看你怎么写了。你写那么长，100万字，甚至更长，就能写出命运的长诗吗？不一定。写短就不能写出命运感吗？也未必。长度是唬不了人的。《哈吉穆拉特》和《塔拉斯·布尔巴》都只有12万字，它们都不缺命运感和波澜壮阔的历史画卷。那种细节堆砌，情节啰唆，语言唠叨，下笔不可自休的写法，是到了该深刻反思的时候了。

短篇幅容量大，从技术上说也不是不可能。芯片技术的发展也证实了这种可能性。今天的芯片技术，每平方毫米空间内可以安装一百多万个晶体管。它是不是采用了特殊的缩微技术？外面很小，里面像斯威夫特的小人国似的？我不懂这个，要问中国科学院的专家。我只知道，计算机和手机等各种高科技产品，体积越来越小，功能却越来越多样，性能越来越强大。制造芯片的技术人员能做到，我们为什么就不能做到呢？

其实也不能说文学界的人没有做到。我想起了墨西哥作家胡安·鲁尔福。他有一个叫《佩德罗·巴拉莫》的小说，据说对拉美文学的影响巨大，它的篇幅只有9万多字，容量却大得惊人。胡安·鲁尔福大概是用艺术"缩微技术"，将"波澜壮阔的历史画卷""人类命运的无穷长诗""变形错乱的潜意识梦境"，全部压缩在他那"文学芯片"之中，堪称20世纪文学史中尖端技术的范例。

第三辑

城市的馈赠

010 |

城市的形与神及其书写传统

现代文学写作，就是城市的馈赠。

——题记

一、有塔之城和无塔之城

本人曾经写过几篇跟城市文学相关的文章[①]，但都十分粗陋，除才疏学浅之外，城市及其文学和精神现象之无比复杂，也是重要原因。“城市”仿佛一个“咒语”，人们只能观其文、听其声而不解其意。到底是因为不得不造城，而疏离了“田园”，还是因对“田园”

① 关于城市文学的拙作：《地下室人、漫游者与侦探——论陀斯妥耶夫斯基小说的都市主题》(1994)；《当代中国的都市经验》(2003)；《城市与文学的恩怨》(2008)；《城市与城市文学略说》(2018)；《城市经验和城市研究》(2019) 等。

颓败的不满，而产生了造城的冲动？抑或是因人类自造“天堂”的僭越执念，而冒险去造城？

16世纪意大利的G.波特诺（Giovanni Botero，1544—1617）被视为第一个城市社会学家。[①]G.波特诺认为，城市因权力和利益而诞生。[②]雅克·勒戈夫却说城市是“哥利亚德”（浪荡子、求知者、贪吃鬼、吹牛大王）的天堂。[③]著名城市史学家刘易斯·芒福德认为，新石器文明为城市诞生创造了条件，“农业革命”产生的“剩余”，是“城市革命”的直接动因。可是，农耕“剩余”可能会导致城市诞生，也可能不会，因为“剩余”既可以进入城市那个超级容器，也可以在农耕社会内部通过馈赠、浪费、腐烂等方式消耗掉。可见，在城市至少生活了五千年之久，甚至长达六千年到八千年的人类[④]，

---

① 参见伊德翁·舍贝里（Gideon Sjöberg）《前工业城市：过去和现在》，社会科学文献出版社2013年版，第3—9页。他认为，城市除了面积和人口远大于乡村外，更重要的是它具有“异质性”，包含了“大量非农业的专业人员，其中大部分是文人学士”。

② ［意］G.波特诺：《论城市伟大至尊之因由》，华东师范大学出版社2006年版，第1页。

③ ［法］雅克·勒戈夫：《中世纪的知识分子》，商务印书馆1996年版，第19—21页。

④ 参见戈登·柴尔德《历史发生了什么》第五章《美索不达米亚的城市革命》（上海三联书店2012年版）；刘易斯·芒福德：《城市发展史》第二章的第一节和第二节（中国建筑工业出版社2005年版）；L.贝纳沃罗：《世界城市史》的第二节和第三节（科学出版社2000年版）。莫里斯认为，两河流域美索不达米亚苏美尔文化的乌尔城和阿贝拉城，有人类居住的历史可达6000年到8000年之久，它“可能是全世界当前城市中最古老的”。见《城市形态史》上卷，商务印书馆2011年版，第34—36页。

至今依然说不清楚城市究竟为何物。

按照基督教文献的解释，上帝原本已经为人类创造了一个水源充足、植被繁茂的居所，被称为“伊甸园”。[①]它既不是乡村，也不是城市，只能叫作“田园”或“天堂”。然而，自作聪明的人类，在“失乐园”之后再一次遭到驱逐，那是因为该隐的忌妒之心和杀人之行。种地的哥哥该隐，杀掉了牧羊的弟弟亚伯，上帝便惩罚该隐及其后裔，要他们四处分散在大地之上，流离飘荡，忍受劳作之苦。该隐在伊甸园东边一个叫“挪得”的地方，为他的妻儿们建造了一座城，就是名为“以诺”的该隐之城，那是一座普普通通的城，应该是传说中人类的第一座城市。[②]但该隐的后代并不满足，为了不至于分散各地，为了能够经天梯而直达天堂，也为了扬名立万，他们试图建造一座有巴别塔的通天之城。他们在两河流域巴比伦的美索不达米亚区域，遇到了一片平原，便打算不再离开，又是烧砖，又是准备泥灰，要在这个地方建设永久的居所。经文上说，上帝阻止了这件事情，让人类的口音和言语各不相通，于是“他们就停工不造那城了”[③]。我觉得，这里所说的“那城”（the city），不是指一般的城市，而是指带有“巴别塔”的通天之城。试图替代天堂的“有塔之城”建不成，那就只能建

---

① 学界认为伊甸园位于波斯湾北部两河流域美索不达米亚地区，参见《旧约圣经背景注释》，中央编译出版社2013年版，第12页。另见戈登·柴尔德《历史发生了什么》，上海三联书店2012年版，第68—69页。

② 见《旧约·创世记》第4章第16—17节。考古发现人类最早的城市乌尔城、阿贝拉城就在这个地区。

③ 见《旧约·创世记》第11章第4—9节。

造该隐式的“无塔之城”了。但凡不触怒上天大帝，便随你世俗“无塔之城”任意发展，不过一个临时栖居之地而已，非永恒的居所。但任何试图成为永恒神圣的“有塔之城”的，其下场都只能像“巴比伦”一样倾塌[①]，都只能像“索多玛”一样被焚毁[②]。

罗马帝国的城市，试图将希腊城邦的好处、皇帝称霸世界的野心、国际市场的好处这三者集于一身，以此实现“天国梦想”。尽管亚历山大需要“城邦”，但“城邦”却不需要亚历山大。以不合宪法的手段取得最高权力的僭主暴君（亚历山大、恺撒、尼禄），只能制造“罪恶之城”。当世俗的罗马之城或者“恺撒之城”遭到毁坏之后，人们不得不重新思考“上帝之城”与“世俗之城”的关系。[③]但再也没有人像古巴比伦人那样产生造塔的冲动，而只有观念之中的“理想国”和“乌托邦”，以及设计理念中的“田园城市”。[④]这是一种对“上帝之城”的想象和憧憬，而不是建造“有塔之城”。

---

① 见《旧约·启示录》第18章：“他大声喊着说，巴比伦大城倾倒了，倾倒了，成了鬼魔的住处，和各样污秽之灵的巢穴，并各样污秽可憎之雀鸟的巢穴。”

② 见《旧约·创世记》第19章：“耶和华将硫磺与火，从天上耶和华那里降与所多玛和蛾摩拉，把那些城和全平原，并城里所有的居民，连地上生长的，都毁灭了。”

③ 圣奥古斯丁的《上帝之城》作于罗马城被毁（410年）之后的413—426年。

④ 英国学者埃比尼泽·霍华德（1850—1928）于19世纪末提出的一个概念，主要观点是，建设一种能将城市和乡村的优点结合在一起的、城乡一体化的“田园城市”，总人口不超过25万有机和谐的城市群（中心母城人数6万左右，周边数个子城，每个人数为3万左右），参见埃比尼泽·霍华德《明日田园城市》，商务印书馆2000年版。

二、圣俗合体的双面城市

以中国城市为代表的远东古典城市则是另一番景象。根据《古本竹书纪年》记载："盘庚旬自奄迁于北蒙，曰殷。……自盘庚徙殷，至纣之灭，二百七十三年，更不徙都。纣时稍大其邑，南距朝歌，北据邯郸及沙丘，皆为离宫别馆。"[①]这个"殷墟"，就是考古学家张光直所说的"一座规模巨大的城市"，构成这座城市文明之特征的要素，"有文字、发达的青铜器和玉器艺术、雄伟的建筑、强大的王权、定期的祭祀、人祭以及在马拉战车率领下的战争机器"[②]。作为科学家的张光直似乎认可《古本竹书纪年》中的描述，他认为"殷墟"是一个以安阳王城为核心，南北延绵近200公里的繁荣兴旺的城市群：巨鹿—邢台—邯郸—磁县—安阳—朝歌。张光直进一步指出："考古工作所反映的，只是一个古代城市大大褪了色的景象。"[③]意思是说，实际情况应该比考古所见到的，更加繁荣昌盛。但是，这个繁荣城市群，依然没有逃脱毁灭的下场，还留下极坏的名声。[④]

殷墟城和朝歌城，既是"有塔之城"，又是"无塔之城"，是将神

---

① 《古本竹书纪年》《二十五别史》，刘晓东等点校，齐鲁书社2000年版，第8、9页。

② 张光直：《古代中国考古学》，辽宁教育出版社2002年版，第340页。

③ 张光直：《商文明》，辽宁教育出版社2002年版，第60—61、118—119页。

④ 《史记·殷本纪》："（帝纣）好酒淫乐，嬖于妇人。爱妲己，妲己之言是从。于是使师涓作新淫声，北里之舞，靡靡之乐。厚赋税以实鹿台之钱，而盈钜桥之粟。益收狗马奇物，充仞宫室。益广沙丘苑台，多取野兽蜚鸟置其中。慢于鬼神。大聚乐戏于沙丘，以酒为池，县肉为林，使男女倮相逐其间，为长夜之饮。"

圣和世俗合为一体的“双面城”。其合法性来自王权，这自然是强力征讨的结果。与此同时，王权又是上天赐予的结果，是天命赋予的特权（《诗经·商颂》：“天命玄鸟，降而生商。”《诗经·周颂》：“昊天有命，二后受之。”）。那些传递天命的文字，除了在大型的祭祀仪式上反复颂唱外，并且逐步地被经典化，还会通过谶纬之类的言辞神秘地传播。于是，暴力征讨成了“天命”的佐证。因此，它无须建造“通天塔”，它本身就是“通天塔”。周朝的文王和武王，按照这个逻辑重演一遍：说上天改主意了，命姬姓取子姓而代之，于是他们就堂而皇之将商代城市摧毁，自建洛邑。汉、唐、宋、明依样画葫芦，一代接一代地建城和毁城。俗人借神圣之名，在地面上建一种双面城：自己说自己是永久万代的“上天之城”，后继者却说它是亟须焚毁的“魔鬼之城”。结果是，“有塔之城”建不了，“无塔之城”也难保。

王国维的《殷周制度论》是一份篇幅不大、信息量超大的经典文献。王国维认为，夏代和商代的文化一脉相承，商代和周代的文化则差异很大。王国维说：“故夏、殷间政治与文物之变革，不似殷、周间之剧烈矣。殷、周间之大变革，自其表言之，不过一姓一家之兴亡与都邑之移转；自其里言之，则旧制度废而新制度兴，旧文化废而新文化兴……”[①]王国维指出了商取代夏，与周取代商，两者之间的根本区别，首先就是都城建设上的区别：五帝以来，包括夏和商，都城均在东方，唯独周的都城在西方，他们即使在东部建了洛

① 王国维：《殷周制度论》，《王国维全集》第八卷，浙江教育出版社、广东教育出版社2009年版，第303页。

邑，也没有急于搬迁，而是一直住在适合于放马牧牛的西北边的丰京和镐京。其次是城市制度建设上的区别：1.改殷商的“族内传贤制”（传给兄弟或者子侄辈）为周代的“立子立嫡制”；2.建立以王权和子嫡为基础的严密的道德体系（尊尊、亲亲、贤贤、男女有别），及其相应的礼俗规章（宗法、分封、丧服）。王国维所说的“制度之新旧更替”，的确是洞见不凡。但他接着说“文化之新旧废兴”，则是可以商榷的。窃以为，不如反过来说是“新文化废而旧文化兴”。所谓新文化，是指城邦文化或者工商文化（如殷商的文化）；所谓旧文化，是指游牧文化或者农耕文化（如周朝的文化）。在武力征伐面前，城邦文化是不可能战胜农耕文化的，就像农耕文化斗不过游牧文化（宋之于元，明之于清）。英国著名的史前考古学家戈登·柴尔德就认为，“农业革命”在先，“城市革命”在后，犹如“新石器文明”在先，而“青铜文明”在后；野蛮时代在先，文明时代在后。先者为旧，后者为新，理所当然。[①]因此，商周文化的差异还在于，一个是放马、牧牛、耕种的游牧文化加农耕文化，一个是制造交换消费的城邦文化加工商文化。殷周朝代更迭，就是农耕文化取代了城邦文化，这也是上古文化中的“农村包围城市”模式。

毁灭商代都城的武王姬发，收拾战场，分封诸侯，又派弟弟管叔和蔡叔，监督纣王之子武庚（禄父）管理殷商故地，还将东边离天帝居所不远（“毋远天室”）的洛邑，选定为周朝的新都城址，自

---

① ［英］戈登·柴尔德：《城市革命》，《人类创造了自身》，上海三联书店2012年版。

己“罢兵西归”回了镐京。周武王的理想却是“纵马于华山之阳，放牛于桃林之虚”[①]。武王之子成王，大概也不习惯新的都市生活，死活不愿意住进洛邑。辅佐他的周公姬旦，却在不断地劝说：我的侄儿啊，你振奋精神吧，到洛邑去吧，领着你的百官。（“孺子其朋，其往。”“惟以在周工往新邑。”）成王还是推脱：叔叔啊，我要回镐京去啊，还是您留下来吧。（“公定，予往已。”）[②]周公姬旦只好留下来，在军营（洛师）里住下，一边到洛邑的工地上去监工，修造城市的人是商朝遗民和周朝军队。可见，周人修建城市，不像朝歌的殷人那样贪图享乐，其主要目的大概有三：一是为了安顿殷商遗民，防止殷商贵族领头叛乱。二是保存殷商财富，殷墟为中心的城市群，那么多车马兵器，青铜铸件（包括国之重器九鼎）、玉石宝贝、龟甲兽骨、书册典籍，全部集中到洛邑。[③]三是继续做屯兵之用。[④]可见“周朝的城市不是由自然村演化而成，而是为了执行周王室武装殖民政策而特地建筑的（政治军事城堡）”[⑤]。

通过《尚书》的《召诰》《洛诰》《多士》等文献可知，武王姬发、召公姬奭、周公姬旦三人（主要是周公姬旦），通过古代的“科

---

① 参见《史记·周本纪》（一），中华书局2014年版，第162—166页。

② 参见《尚书·洛诰》。

③ 参见《尚书·多士》。

④ 西周有三支大军，一支留守镐京（宗周），一支在殷商故都牧（朝歌），一支驻扎在东都洛邑（成周），见杨宽《中国古代都城制度史》，上海人民出版社2006年版，第38—39页。

⑤ 赵冈：《中国城市发展史论集》，新星出版社2006年版，第43页。

学方法”（堪舆和占卜），对洛邑周边的环境和基础，进行了多次勘察、规划、设计。洛邑（洛阳）跟丰京、镐京一样，无疑是东方军事城堡型城市的典范之一。它逐步建立起了一种兼具神圣功能和世俗功能的中国式的城市，并从观念上符合“中国城市宇宙论”模式：“城市”是暂时的手段，“乡村”才是永恒的目的。儒家是手段，道家是目的。地上（俗世和权威）的等级和布局，跟天上（神圣和自然）是和谐一体的。

就古典城市的神圣功能而言，城市是与天地神祇和自然力相联系的“象征体系”，城市的布局有地理（方位、山水、地形）和天文（星天象、星座、气流）上的特殊要求，城市的主要功能，是在天地人之间建立联系（对宗庙、社稷、天神的祭祀）。就古典城市的世俗功能而言，城市尽管建有王宫（城）、辟雍（学）、市场（郭），但它依然是一个临时的居所，不值得留恋，用不着建造得很坚固（更重视墓地）。永久的居所在自然（乡村）之中。乡村农耕生活可以培养美德，城市则是一个罪恶和腐败的渊薮。[①]可见，东方古典城市的建造，同时也包含着对农耕之外的世俗生活的否定。

三、半有机半规划城市

上述中国古典城市，无疑可以归入城市学界所说的“规划城

---

① 参见芮沃寿的论文《中国城市的宇宙论》，施坚雅：《中华帝国晚期的城市》，中华书局2000年版，第38—46页。

市”，而不是在乡村中自然而然地发展起来的“有机生长城市”。尽管古代的“规划”跟现代的“规划”有着巨大的差别，一个是神意的表达，一个是人类的理性，但总归是“规划”。

马克斯·韦伯城市类型学研究专著中的分类学依据杂乱无章，经济学（工商业和生产消费）、社会学（成员的身份）、政治学（帝王、君侯、领主、匠人）、地理学（东方、西方、要塞、镇戍），多个标准轮番密集出场，导致诸多歧义。因为他所说的生产型城市和消费型城市、东方型城市和西方型城市、商人城市和君侯城市，还有城堡和市场、要塞和屯军，这些功能和要素，在不同的城市中，可以交叉出现。所以，他一边下定义，一边自我否定。有一点是有启发的，他认为东方型的古典城市，没有产生出“城市共同体”或者“市民社会”，有的只是君臣、主奴的权力形态。[①]

芝加哥大学城市学家凯文·林奇，将世界城市分为三类：[②]第一，神圣城市（宇宙论模式），比如以中国城市为代表的东亚古典城市（长安和北京及其模仿者京都）。第二，机器城市（实用性模式），它是一个功能性的系统装置，冷静而没有感情，稳定而追求实用，能快速高效实现既定目标。这似乎是一种特殊的城市，林奇列举的例证，是埃及为安置建造金字塔的工人、古罗马为安置退伍军人、印度为安置穷人而建造的那一类城市。斯皮罗·科斯托夫把它归纳为

① 参见马克斯·韦伯《非正当性的支配——城市的类型学》第一章《城市的概念与类型》，《韦伯作品集》Ⅵ，广西师范大学出版社2005年版。

② 参见凯文·林奇《城市形态》第四章，华夏出版社2001年版。

“殖民地城市”和“企业城市”。[①]第三，生物城市（有机论模式）。这是对“理想城市”的描述，它是来自生物学的比喻性的说法，跟乌托邦思想、浪漫主义设计、社会改革相关。他举的例子是美国伊利诺伊州和马里兰州的现代城市。芒福德和霍华德等著名的城市学家，也支持这种产生于19世纪的“有机论”观念。

其实可以将林奇的“三分法”改为“二分法”，即去掉“机器城市”（实用性模式）这一项。因为无论“神圣城市”（宇宙论模式）还是“生物城市”（有机论模式），它们都有其自身的系统性（机器）和实用性（目的），没有必要单列出来。莫里斯《城市形态史——工业革命以前》一书的叙述，更加严谨、科学、明晰。他以“城市发生学”为依据，将城市分成两大类型：“有机生长城市”和“规划城市”。我们可以从文字（概念）和图像（形态）两个角度，来理解莫里斯的这两个术语。

从文字（概念）角度看：“一座村庄，自然的、未经规划的发展为一座城市的过程，被定义为有机生长。”“‘有机生长’这一术语，也经常用来描述那种没有经过预先规划的干涉而形成的城市形态类型。”“‘规划的’城市形态则完全相反，是预先确定目的的结果。”[②]也就是人为规划设计的结果。所谓“规划城市”，就是为了某种目的（宗教、政治、军事、经济）而设计的城市，设计者可能是一个人

① ［美］斯皮罗·科斯托夫：《城市的形成：历史进程中的城市模式和城市意义》，中国建筑工业出版社2005年版，第15页。

② ［英］A.E.L.莫里斯：《城市形态史——工业革命以前》（上卷），商务印书馆2011年版，第34—36页。

（独裁政治），也可能是少数几个人（寡头政治）。所谓“有机生长城市”可以理解为没有规划的、自由生长的城市。或者换一种说法，就是所有的人都参与了规划的城市（等于没有规划），每一个城市居民都是规划者（民主政治）。因此，学界把“有机生长城市”及其对自由和福祉的诉求，视为理想形态。

再从图像（形态）角度来看。“规划城市”，其形态呈现为对称的几何型图案，最标准的就是“棋盘格”（网格）型，也有其他几何形状（如圆形或六角形）。长安和北京是最具代表性的“棋盘格”型街道布局；古罗马城也属于此类。而“有机生长城市”，其形态呈现为不规则几何图案，或者蜘蛛网状布局，甚至密集的蜂窝状图案（如伊拉克的埃尔比勒古城、古城阿贝拉）。具体的城市形态和街道布局，则因城市起源之处的地形地貌（河岸、海滨、河谷、山脊、平原）差异的不同而形态各异。苏美尔城市类型中的乌尔城，还有古希腊的雅典城，都被视为“有机生长城市”的代表。①

在历史和现实的实际情况中，上述两种标准形态的城市都不存在，存在的只是这两者的叠加物：一类是先有“规划城市”的网格，“有机生长城市”的自由街道叠加于其上；另一类是反过来，先有“有机生长城市”，“规划城市”叠加其上。②这种叠加城市，远远多

---

① 见莫里斯《城市形态史》（上卷），商务印书馆2011年版，第35—40页、第131页。

② 见莫里斯《城市形态史》（上卷），商务印书馆2011年版，图表1.11所示六种基本形态，第37页。

于单纯的“有机生长城市”和“规划城市”。我建议将这类叠加城市命名为“半有机半规划城市”。“有机生长城市”是一，“规划城市”是二，“半有机半规划城市”是三，“一生二,二生三”之后的“三”也就是“多”。可以说几乎所有的城市都是“半有机半规划”类型。一座城市的生机，大抵就包含在这种“叠加”之中。

让我们以“北上广深”为例做简要说明。起源于平原的北京，无疑属于标准的古典“规划城市”，其实，它也属于叠加的“半规划半有机城市”。在北京规整的棋盘格街道布局之中，叠加了大量“有机生长”的空间：绿地公园、深宅大院、地下会所、酒吧歌厅。比如元大都城垣遗址公园，它的南延自西直门北大街开始，沿河转向北，经蓟门桥到北土城路，再折向东，一直延长至芍药居桥，河道两边道路盘根错节，山水之间楼台参差、亭阁错落，像一个近10公里长几百米宽的带状“山水城市”，迥异于二环内的棋盘格街道。起源于江河之滨的上海和广州，老城区街道呈现为不规则的蜘蛛网状布局，似乎属于“有机生长城市”，其实它们也属于叠加的“半有机半规划城市”。上海更接近“有机生长城市”，老城区的街道更像蜘蛛网状，但五角场地区的放射状对称几何图案，虹桥地区和浦东地区的棋盘格街道，都是后来规划叠加上去的。广州城的整体布局，是随珠江及其分支岔道自然生长起来的，西关和东山一带的街道，更是像杂乱无章的珠江分支河涌。20世纪80年代之后，才有珠江新城这种类型的规整棋盘格街道叠加其上。后起的深圳叠加痕迹更明显。它将北京的“规划”部分和香港的“有机生长”部分叠加在一起，海滨街道像香港，沿莲花山经市府广场到海滨的“中轴线”及其周边街区，则是北京的低仿版。[①]

四、城乡演化和观念剩余物

形态学或类型学研究，其实是不充分的，因为形态不会透露自身的全部秘密。就一种理想形态的城市模式而言，刘易斯·芒福德也讨论“有机生长模式”，但是他采用的不是“形式主义”的尺度，而是“人文主义”的尺度。

芒福德对历史演化的描述颇具文学性，充满想象且善于使用比喻。他认为旧石器时代是一个“武器”的时代，人类制造了大量的向外投掷的石器用于狩猎（是攻击而不是藏纳），并且跟动物一样四处“移动”（游牧），这是一个“男性世界”。“在所谓的农业革命之先，很可能先有过一场性别革命”（他没有涉及“采集时代”和“母系社会”这些概念），接着是新石器时代的“农业革命”。新石器时代是一个“器皿”的时代，人类制造各种藏纳容器，用于农耕生活，并且跟植物一样“定居”（房屋）下来。[②]芒福德采用了戈登·柴尔德“农业革命”概念，但他似乎不完全赞成“城市革命”的提法。他认为，“所谓革命，必定含有将事物整个儿颠倒过来的涵义，而且

---

① 张柠：《城市之光：北上广深的文化个性》，见2017年9月第二周深圳电视台“市民文化大讲堂”。

② ［美］刘易斯·芒福德：《城市发展史》，中国建筑工业出版社2005年版，第11—16页。

还包含从陈旧落伍的社会体制中摆脱出来的渐进运动过程”。但历史演变的结果却是：“城市的兴起非但没有消灭古代文化遗产”，“也几乎不排斥古代的生活秩序”①。芒福德是在强调历史和事物的“连续性”和“继承性”。“农业革命”的“剩余物”需要的是容器，农村就是一个容器，城市是一个更大的容器。他提到了“管理革命”这个否定性的概念，用于批评现代社会和城市文化。

芒福德不认为古希腊城邦属于最理想的城市形态，既不富裕，也算不上巨大，无非是一些“村庄的联合体”。他这样评价古希腊城邦的城市：第一，它与乡村有着千丝万缕的联系，“3/4的雅典自由民在阿蒂卡拥有土地”，市民们会季节性地参加农耕生产。乡村和城市之间是开放的，没有城墙（城墙是后来加的），能保持和谐一致。第二，它跟贫穷是一对孪生子，即使在最繁荣的时代也没有十分丰富的产品。但是，“贫穷并非什么使人窘迫的东西，富有倒会引起怀疑”。也没有明显的阶级和职业差别。第三，“他们拥有的是充足的时间，也就是：闲暇、自由、无拘无束，不羁身于铺张的物质消费……却能从事交流谈话，发展性爱，进行智力思考和追求审美享受”②。

芒福德不赞同温克尔曼（《拉奥孔》的作者）把古希腊城市说成“一片光华灿烂”的观点。城市并不富裕，外形甚至是寒碜的，但具

① ［美］刘易斯·芒福德：《城市发展史》，中国建筑工业出版社2005年版，第33页。

② 同①，第132—138页。

有“某种更为有机的、同人类生存的活的内核更为贴近的东西”。希腊城邦与其说催生了一种新型的“理想城市”，不如说是培养出雅典的一种“新人”，即“自由市民”——他们在物质享受方面是贫穷的，但在经验的广阔与丰富方面却是富有的；他们削减了自己的纯物质需求，以便让精神世界得到扩展；他们没看见污秽，是因为眼睛被更美好的事物吸引，诗神缪斯在这里找到了庇护所；他们掌握着城市的管理权，“在公共生活和个人私人生活之间建立起一种可贵的中庸之道”；全体市民都参与的生产劳动、城市管理、艺术创造、体育竞技，浑然一体，个性得以自由地张扬。更重要的还在于，那里诞生了苏格拉底、柏拉图、亚里士多德这些思想家，还有以索福克勒斯和阿里斯托芬为代表的艺术家。与此相反，“希腊化”时期的建筑更高大了，城市更完整了，但在培养人的创造性活动方面，却极其低能。[①]

芒福德的评价标准是“人文主义”的，其证据是城市文明产生的结果，而不是它的发生学问题。其中有一点值得注意，芒福德一直在强调城市与乡村之间的连续性或继承性。“农业革命”的结果就是产生“剩余物”，农耕革命及其成果，包括容器、房屋和定居、家畜驯化等，都是为容纳“剩余物”而产生的。“城市”不过是一个更先进的超级容器，但它却催生了“管理革命”这个悲剧性的概念。

---

① ［美］刘易斯·芒福德：《城市发展史》，中国建筑工业出版社2005年版，第176—183页。顺便提议城市社会学界，统计一下北京、上海、台北、香港、广州、深圳、南京、武汉，这些城市的思想和人文成果。

面对城市这个容易衰败腐化的巨型容器，需要的不是“管理革命”，而是继承乡村社会节俭和劳动的美德以及“中庸之道”的思想方法。芒福德不喜欢罗马帝国的国际化大都市，他称赞古希腊和中世纪的小城市。这跟霍华德的“田园城市”理想是相通的。这是一种“改良主义”的观念，也具有“历史决定论”的色彩。这跟本文第一节所描述的，与城市起源相关的流血、惩罚、毁灭，有天壤之别。

所谓“规划城市”，的确是用于处理人类更紧急的状态。但“有机生长城市”的诞生也不一定是自然而然的。城市学家一直在强调农业革命的“剩余”。但“剩余”本身并不能催生戈登·柴尔德所说的“城市革命”。只有对待“剩余”的不同态度发生冲突、对抗甚至决裂的时候，才有可能出现所谓的“城市革命”。也就是说，“城市革命”观念不来自农业的“剩余”，而是来自农民对“剩余”的观念对立面。我将这种观念对立面，称为“观念的剩余”，它催生了城市，城市也收纳了它——作为市民价值的“观念的剩余”。

面对农业革命的“物质剩余”的基本态度，存在多种矛盾。我们列举以下几种来讨论：礼物馈赠/商品消费；耗散夸富/收藏保存；业余浪费/专业利用。

第一，礼物馈赠/商品消费。其实，没有什么聚落比乡村更“有机”，也没有什么群体比农民更“自由”。但他们却遇到一个难题，那就是“物质的剩余”。在处理“匮乏”方面，他们似乎胸有成竹，在处理“剩余”方面，他们却捉襟见肘。而且这种“物质的剩余”，还催生了他们的“观念的剩余”，也就是价值观的反对派。面对“物质的剩余”，如果不想浪费的话，农民的第一个念头就是把它变成礼物送给别人。如果这个礼物是真正的“剩余”，那他们就是发动接受馈赠的人来替代他们消费。如果这个礼物是节俭的结果，“物质的剩余”就被道德化了。如果定期实行礼物馈赠行为，那么“馈赠的道德”就被制度化了：在个体生命的不同节点上（诞生、婚配、死亡、生日、晋升等），或者在群体生活的不同节点上（诸多的节日庆典），都要赠送和接受礼物。将“物质的剩余”道德化和制度化，并同时产生一起吞食某种食物的庆典场景，是农耕文明（至少是东方）的伟大发明。[①]农民唯一不能接受的，就是将“物质的剩余”商品化，不能接受将“礼物”变成“货物”。被排斥、拒绝、批判的恰恰是市民、市场、城市的行为：在具备了运送和保存的技术的前提下，将“物质的剩余”变成商品，运送到另一个“匮乏之所”出售。这是一种市民的“观念的剩余”。

第二，耗散夸富/节约收藏。这是礼物馈赠行为的延伸。在日常生活中，农民十分节俭，一是对付匮乏，二是积攒礼物。但在特定的时间节点（各种庆典和节日仪式）上，他们会突然变得奢侈起来，比如暴食暴饮、大手大脚花费、燃烧和毁坏、祭祀等方式，将“物质的剩余”耗散殆尽。这是一种对日常生活理性和节俭的违反，也是对物品“使用价值”的消解，还是对物品的展示价值的夸大，也是对物品的“献祭”价值的激活。整个过程，充满令人惊愕的效果，

---

① 马塞尔·莫斯的专著《礼物》（上海人民出版社2002年版），通过民族志文献，研究了古代社会或“后进社会”（毛利人、美拉尼西亚和波利尼西亚等）的礼物交换关系。

或者产生一种死亡般的肃穆之感。这种报复性消耗产生的自由和解放，最终达到以年度为单位的总能量平衡。这种农耕文明的年度抽搐和季节性自然轮回，跟市民社会和城市文化的永恒时间和无限增长的追求大相径庭。法国哲学家巴塔耶说："人类活动并不完全归纳为生产和保存的过程，消费应该分为两个不同的部分，第一个是简约部分，它的最低要求表现为对生命的保存，以及在一个既定社会中个人的持续生产活动。""第二部分表现为所谓的非生产性的耗费：奢侈、哀悼、战争、宗教膜拜、豪华墓碑的建造、游戏、奇观、艺术、反常性行为……"[①]乡村的节日将奢侈、耗散、贬损视为光荣；城市社会将收藏、增值、节约视为光荣。这也是一种市民的"观念的剩余"。

第三，业余浪费/专业利用。并不是农民更深刻、更超越，而是市民更有专业能力和创新精神。面对"物质的剩余"，农民束手无策。他们对"物质的剩余"的保存，最多只能到第二年夏粮收割季节。[②]在处理"物质的剩余"的时候，他们只有三种办法：一是脱水晒干（炒米、菜干），二是用食盐腌渍（咸鸭蛋、"老干妈"），三是任其腐烂（臭豆腐、臭鳜鱼）。作为专业人士和流浪者聚居的城市，他们有的是办法。通过技术革命和智力游戏，城市能将"物质的剩余"变

① ［法］乔治·巴塔耶：《耗费的观念》，《色情、耗费与普遍经济》，吉林人民出版社2003年版，第27页。

② 张柠：《土地的黄昏》第五章《农民与食物》，中国人民大学出版社2013年版。

成"货物""财物""礼物",进而成为"宝物""收藏物",最后成为"圣物"。[①]可见,"物质的剩余"是通过"观念的剩余"演化为城市有机组成部分的。农民的市民化过程,是一种价值观念和专业技能上的反抗、抵御、叛离、超越。它不是自然而然的,而是一个"革命化"的过程。这个神奇的变化过程,首先伴随着人类的技术革命和进步,当然也伴随着"物化"或"异化"的过程。

但无论如何,城市这个"人造物"已经诞生,住进了大量被农耕价值排斥在外的人,或者排斥农耕价值的人。人类的动机是自造天堂,结果却仿佛造出了自己的对立面。我曾经在一篇文章中提道:"城市不是一个静止的概念,它也随着历史的变化而变化。任何一次社会的变革,也都伴随着城市的变革。古希腊城市繁荣,是古代民主社会繁荣的标志。欧洲11世纪前后城市的再度繁荣,是文艺复兴运动的标志。20世纪上半叶现代化城市的繁荣出现在美国,这种巨型城市更加体现了人类的能力和野心,当然也埋下了城市危机的种子。21世纪,随着交通、通信的高度发达,随着诸多卫星城的迅速崛起,中心城市的危机四伏,有人称之为'病态的城市',并推论出'城市终结'的结论,认为巨型城市中心地带正在缓慢死亡,剩下来的只是一些收入很低、过于依赖公共性服务的人群。"[②]

---

① [美]阿尔君·阿帕杜莱:《商品与价值的政治》,见《物质文化读本》,北京大学出版社2008年版。

② 张柠:《中国当代文学与文化研究》,北京师范大学出版社2009年版,第145—146页。

五、现实之城与梦幻之城

目光不可穷尽的空间，街道广场和市场上摩肩接踵的互不相识的陌生人群，日益细分的工种和职业，高贵与卑贱、富有与贫困、忙碌与悠闲奇妙地并置在一起。与乡村相比，城市的地理空间、人口数量、财富资源、社会关系、社会分工，都要复杂得多。历史学家、考古学家、人文学者、文艺家，都试图书写和讲述城市故事。如果说“城市文学”就是对“现实之城”的再现或者表现，那么，自城市诞生以来就应该有城市文学。为什么欧洲文学史关于“城市文学”的讨论是从中世纪中期（10—13世纪）开始？

这里还要提及中国城市。尽管10世纪前后它在规模上就不可小觑。①但正如前文所论，它属于“政治军事城堡”型城市，没有“市民阶级”这个说法。有学者谈到宋代市民文艺的状况，②单纯就其形态学特征而言（比如，与农民为敌、违背封建礼教、商业气息浓厚、风格艳俗等）的确属于“市民文学”，但它具有局部性和偶然性的特点。在布局规整的都城格局上，也“叠加”了一些“有机生长”的要素，包括市场自由交易和文化消费。这种文艺，与其说是市民的，不如说是“臣民”的，是作为皇都的臣民的执行“替代性消费”和“替代性表演”的任务，是政治军事城堡内部的有限的

① 张柠:《中国当代文学与文化研究》，北京师范大学出版社2009年版，第152—154页。

② 程民生:《略论宋代市民文艺的特点》,《史学月刊》1998年第6期。

自由表演。但无疑没有出现芒福德所说的“身份等级制向社会契约制过渡”的“自治性城市”。[①]此外，还有一个写作者的身份和写作所使用的语言问题，在此不展开讨论。因此，真正的“城市文学”，应该是新文化运动之后的事情，尤其值得注意的是上海现代文学的城市传统，[②]还有相应的作家：刘呐鸥、穆时英、施蛰存、徐訏、叶灵凤、张爱玲、苏青等。从某种意义上看，他们也是薄伽丘、乔叟、笛福、理查逊和奥斯汀的传人，但很难有维庸和波德莱尔的传人。

欧洲中世纪历史学家，在提到“市民文学”的时候，用的是“fabliaux”（粗俗幽默故事诗）这个词，并解释说是“充满活力、纯朴幽默且篇幅短小的讽刺诗”[③]。王佐良译为“中古欧洲大陆市井故事”[④]。俄国理论家巴赫金认为，直到中世纪中期（13世纪前后），城市才具有了真正意义上的“独立性”“城市获得发展，并且在城市里形成了自己的文学”[⑤]。巴赫金所说的“Фабльо”（fabliaux，故事短诗），就是新兴城市文学中的一种，它以滑稽、讽刺、戏仿的方

① ［美］刘易斯·芒福德:《城市文化》，中国建筑工业出版社2009年版，第28页。

② 张柠:《民国作家的观念与艺术》第二章和第三章，山东文艺出版社2015年版。

③ 朱迪斯·M.本内特、C.沃伦·霍利斯特:《欧洲中世纪史》，上海社会科学院出版社2007年版，第325页。

④ 王佐良:《王佐良全集》第一卷，外语教学与研究出版社2016年版，第23页。

⑤ ［苏联］巴赫金:《巴赫金全集》第七卷，河北教育出版社1998年版，第421—425页。

式“对付一切陋习和虚伪”。它的主角就是中世纪城市底层文学中三个最重要的人物：傻瓜、小丑、骗子。[①]他们活动的背景，不是宫廷和城堡，不是乡村的田野，也不是教堂和墓地，而是街道、广场、工场、剧场。他们不是英雄，而是普通市民，甚至比普通市民还要“低”一点，属于加拿大文论家弗莱所说的“低模仿人物”和“讽刺性人物”。弗莱指出，是城市的市民新文化，把“低模仿人物”引进了文学，使得欧洲虚构文学的重心不断下移（从神移向英雄再移向普通市民），经过文艺复兴直到今天，这些人物形象一直主宰着文学。[②]

中世纪晚期城市新兴阶层（低模仿人物）的构成，可以通过中世纪末期德国画家丢勒的眼睛看到，他在游行队伍中见到：“金匠、油工、教堂执事、刺绣工、雕刻工、细木工、粗木工、水手、渔民、屠宰商、皮革商、织布工、面包商、裁缝、皮毛商”，“外地来此地谋生的工匠、商人和他们的帮工……也有本地店铺的老板、行商和伙计们”，“还有一大群寡妇也参加了游行，她们都是自食其力的人……服装是从头到脚一色白麻布长裙”[③]。

莫里斯借伊德翁·舍贝里（Gideon Sjöberg）的观点说：城市是“一个具有特定规模和人口密度的聚居地，保护了大量从事非农业劳

---

① ［苏联］巴赫金：《巴赫金全集》第三卷，河北教育出版社1998年版，第351—352页。

② ［加］诺思罗普·弗莱：《批评的解剖》，百花文艺出版社2006年版，第46—48页。

③ 转引自刘易斯·芒福德《城市文化》，中国建筑工业出版社2009年版，第71—72页。

动的各色人等，包括精英文化群体”[①]。“保护”这个词意味深长，也可以用“培养”这个词。从乡村社会的排斥和拒绝的角度看，城市保护了市民。从乡村和城市都成为批判对象的角度看，城市培养了一批专业人士和精英群体，也就是批判者。市民阶层分为两个部分，一个是参与者和生产者的工商阶层，一个是观察家和批评家，也就是一些以思想和语言为业的人，他们的社会身份极不稳定，有时候可能就是一个流浪汉、拾垃圾者、“波希米亚人”。[②]他们不仅跟市民一样批评贵族、僧侣、农民，他们也批评市民的贪婪和唯利是图。他们是一群理想主义者，在现实之城中想象梦幻之城。

勒戈夫说：“真理不仅是时代的儿女，而且是地理空间的产物。城市是把思想如同货物一样运载的人员周转的转运台，是精神贸易的市场与通衢。”[③]巴黎就是这类城市的代表，它同时兼具“精神生活之源”和“罪恶渊薮”的双重性。[④]巴黎这类城市，“保护”和“培养”了一个特殊的人群，勒戈夫称之为“哥利亚德”——“背井离乡的人，时代的典型代表”，脱离了封建社会结构而又没能融入城市结构的“破落户、冒险家和倒霉蛋”和“从中挣脱出来的野马”，“贫困的离经叛道者”。批评者称他们为流浪汉、浪子、小丑、花花

① ［英］莫里斯：《城市形态史》，商务印书馆2011年版，第25页。

② ［德］本雅明：《发达资本主义时代的抒情诗人》，生活·读书·新知三联书店1989年版，第29页。

③ ［法］雅克·勒戈夫：《中世纪的知识分子》，商务印书馆1996年版，第11页。

④ 同③，第17页。

公子。赞同者则把他们看成是"城市知识分子的一种类型，一个反对封建主义一切形式的革命开放阶层"。他们创作的诗歌被称为"哥利亚德诗歌"，主题包含着对社会的抨击，反对僧侣、贵族和农民，歌颂醇酒美人和享乐以及想要在城市范围内促进世俗文化勃兴。[①]

中世纪晚期的城市化运动催生的世俗城市文学，是"文艺复兴"的先声，并奠定了此后几个世纪文学的基调。其主要类型是城市戏剧表演、传奇故事和民间谣曲。其中有人们耳熟能详的《列那狐故事》《玫瑰传奇》《农人皮尔斯》，还有最早的"女性主义"诗人皮桑，以及维庸。法国中世纪末期的诗人弗朗索瓦·维庸（1431—1462？）及其诗作，跟这里所描述的中世纪城市文学最为切合。其代表作《遗嘱集》，包含《小遗嘱集》（写于1456年，40节300多行）和《大遗嘱集》（写于1461年，180多节2000多行），还有一些杂诗歌谣。[②]让我们来讨论维庸的第一个作品《小遗嘱集》：

公元1456年寒冷的冬季，野狼在风中长嚎，一位名叫维庸的、穷困潦倒身无分文的年轻诗人，自称"精神饱满，身体强健，满怀善意，满怀热情"，还是一位愿在"爱河里殉难的情人"。但女人却移情别恋，不顾他的"痛苦呻吟"，要砍断他"活命的纽带"，还诅咒他"赶快去死"。于是他决定逃离，却没有目标，等待他的可能真的是死亡。所以他要提前写"遗嘱"。他在短暂的一生中，似乎一直在写"遗嘱"，从

① ［法］雅克·勒戈夫：《中世纪的知识分子》，商务印书馆1996年版，第20—27页。

② ［法］弗朗索瓦·维庸：《遗嘱集》，华东师范大学出版社2010年版。

25岁到30岁的五年间，写了两份“遗嘱”，长达两三千行。托尔斯泰写过五份遗嘱，那是因为他有很多遗产要处理。流浪汉维庸为什么要写遗嘱？毫无疑问，他也必须遵循“遗嘱”最基本的要求：馈赠。身无分文，却要给所有的人以“馈赠”。初始效果是滑稽，进而令人哀伤。

在四十个章节中，维庸对巴黎所有的市民予以了馈赠，其中有名有姓的就有30人（家人、恋人、友人、同学、合伙者），还有神职人员、医院护士、理发匠、鞋匠、估衣商、香料商，等等。馈赠的财物有公馆和帐篷（给养父）；装心灵的石盒（给恋人）；衣物、饰品和宝剑（有些已经低价典当出去了，受赠者要自己去赎回）；现金、酒馆、杂货铺、能装硬币的蛋壳、宠物狗、各种食品、苍蝇拍、手提灯盏、台球棍、租赁权、脚镣、城堡。我们可以想象，这里面几乎没有一样东西是他的，全部是这位穷光蛋经验中有过的想象物。但馈赠的心却是真诚的。

35

最后，今夜我写遗嘱，
心情很好，独享安静；
先打好腹稿，然后写出；
忽然听见了索邦钟楼的钟声，
大钟总在晚上九点长鸣，
送来天使预告的永福；
我打住文思，写作暂停，
随此时心愿做出祷告。

39

思绪平静下来之后，
我的心智又开始澄明，
我想要写完这篇诗作，
但墨水已经冷冻成冰，
蜡烛也成灰失去光明，
既然无处可再得灯光，
便戴着手套安然入梦。
因此作品没有能够完成。

40

上文作于上述的年月，
作者是大名鼎鼎的维庸，
他不吃不喝不用大小解，
又干又黑像烂棉花一样轻；
他把帐篷和几处凉亭
都送给真挚的友人，
自己只留下零用钱可用，
很快会花完，一文不剩。[①]

---

① ［法］弗朗索瓦·维庸：《小遗嘱集》，《遗嘱集》，华东师范大学出版社2010年版，第18—20页。

有人称维庸的两个“遗嘱集”，是巴黎这座城市的“琐碎小史诗”。[①]它记载了一大批新兴市民阶层的人物，他们粗俗而失败的爱情、糟糕的处境和积极的行动。维庸那么坦荡地谈自己和友人，谈爱情和背叛，谈苟活和死亡，像在说别人。维庸诗歌的句子，那么亲切自然而又平静，夹杂着粗话、讽刺、插科打诨、怪异表情，还有天真无邪。有人准确地总结了维庸诗歌的三个主题：1.城市本身；2.漂泊流浪；3.原谅宽恕。[②]我觉得这也是城市文学的三个主题。第一，城市（巴黎的街道、酒馆、市场、教堂、学校、妓院）就是他和所有市民的全部世界。他们没有土地，更没有退路，只能在城市里终老。第二，漂泊和流浪。这是市民们内心深处的一头奔跑的“野兽”。城市是家，也是牢笼，生活本身也未尝不是牢笼。这个主题在后继者爱伦·坡和波德莱尔那里得以继续。第三，原谅和宽恕。这是跟自己、他人和世界的和解方式。维庸的方式，就是立遗嘱，将一切都馈赠给世界，包括写作本身。反过来说，城市也对我们予以了馈赠，现代文学写作，就是城市的馈赠。

2020年3月18日写于北京寓所

① ［法］雅克·夏毕耶：《法兰西诗歌的奠基人：维庸》，《遗嘱集》，华东师范大学出版社2010年版，第168—169页。

② ［法］罗歇·贝迪让：《维庸诗歌的主题》，《遗嘱集》，华东师范大学出版社2010年版，第289—290页。

011 |

城市与城市文学略说

一、现代城市的意义

城市是从乡土母体分离出来的一种特殊社会类型。与乡土社会的自然形态不同，城市是一个人造的世界，是人类再造天堂的梦想的产物。在近代以来的文化中，城市是人类文明风暴的中心，也是人类摆脱自然束缚而产生的成果的集中体现，其中包含着人类重建自己幸福生活的野心。城市结束了人类的自然分散状态，通过各种有效的组织方式、契约规则、分工形式，将人们聚集在一起。无论什么民族、什么地域，城市发展的趋势具有一定的普遍性。有的城市学家认为，城市的主要功能有三个：一是拥有一个交换、消费的商业市场，为市民的劳作和生计提供空间，这是城市凝聚力的世俗和欲望层面；二是拥有安全的保障，世俗权力机构不仅要为城市的统治者，更要为聚集在这里的普通市民提供安全保障；三是建构神圣空间，包括庙宇、教堂，解决的是城市凝聚力量的终极关怀。[1]文艺复兴时期的思想家G.波特诺也认为，城市将人们聚集到一起的原因是多种多样的，其中主要是：神圣权威、战争或者政治的强力，世俗生活的快乐和利益，因此，他称城市是伟大而至尊的。[2]无论城市生活内部存在怎样的不足，它依然是人们所向往的一种生存形式。无论如何，市场应该是现代城市的一个必不可少的条件，而且是基本条件，不是附属条件。

马克思在《德意志意识形态》中指出：“物质劳动和精神劳动的最大的一次分工，就是城市和乡村的分离。城乡之间的对立是随着野蛮向文明的过渡、部落制度向国家的过渡、地域局限性向民族的过渡而开始的，它贯穿着文明的全部历史直至现在……随着城市的出现，必然要有行政机关、警察、赋税，等等，一句话，必然要有公共的政治机构，从而也就必然要有一般政治。在这里，居民第一次划分为两大阶级，这种划分直接以分工和生产工具为基础。城市已经表明了人口、生产工具、资本、享受和需求的集中这个事实；而在乡村则是完全相反的情况：隔绝和分散。城乡之间的对立只有在私有制的范围内才能存在。城乡之间的对立是个人屈从于分工、屈从于他被迫从事的某种活动的最鲜明的反映，这种屈从把一部分人变为受局限的城市动物，把另一部分人变为受局限的乡村动

---

① ［美］乔尔·科特金:《全球城市史》，王旭等译，社会科学文献出版社2006年版，第3—6页。

② ［意］G.波特诺:《论城市伟大至尊之因由》，刘晨光译，华东师范大学出版社2006年版，第1—15页。

物，并且每天都重新产生二者利益之间的对立。在这里，劳动仍然是最主要的，是凌驾于个人之上的力量；只要这种力量还存在，私有制也就必然会存在下去。消灭城乡之间的对立，是共同体的首要条件之一，这个条件又取决于许多物质前提，而且任何人一看就知道，这个条件单靠意志是不能实现的（这些条件还须详加探讨）。城市和乡村的分离还可以看作是资本和地产的分离，看作是资本不依赖于地产而存在和发展的开始，也就是仅仅以劳动和交换为基础的所有制的开始。”①

马克思一方面肯定了城市出现相对于古代社会的进步意义，一方面也发现了社会分工、资本和地产分离、建立在劳动交换基础上的城市的异化现实，由此他提出了“消灭城乡对立”的乌托邦理想。事实上，城市不是一个静止的概念，它也随着历史的变化而变化。任何一次社会的变革，也都伴随着城市的变革。古希腊城市繁荣，是古代民主社会繁荣的标志。欧洲11世纪前后，城市的再度繁荣，是文艺复兴运动的标志。20世纪上半叶现代化城市的繁荣出现在美国，这种巨型城市更加体现了人类的能力和野心，当然也埋下了城市危机的种子。21世纪，随着交通、通信的高度发达，随着诸多卫星城的迅速崛起，中心城市危机四伏，有人称之为“病态的城市”，并推论出“城市终结”的结论，认为巨型城市中心地带正在缓慢死亡，剩下来的只是一些收入很低、过于依赖公共性服务的人

① ［德］马克思：《德意志意识形态》，《马克思恩格斯选集》第一卷，人民出版社1972年版，第56—57页。

群。[①]关于后面这一观点我们必须谨慎对待。对于西方发达国家而言，现代城市或许正在“终结”。但当代中国正处在现代城市兴起的阶段，城市化刚刚起步。其巨型城市发展正方兴未艾，市中心的地租正在兴奋阶段。它存在很多问题，但它是具有中国特色的问题。

二、中国的城市

8世纪长安人口约为100万，金人入侵前的开封人口为85万，蒙古人入侵前的杭州人口为120万，位于世界城市最前列。明代的南京和北京也是世界城市之首。德国学者施坚雅在其著作中，根据相关统计数据分析，认为“南京在明太祖改建后的十年左右，赶上开罗成为世界最大城市，至十五世纪某一时候为北京所接替。除了十七世纪短时间内亚格拉、君士坦丁堡和德里曾向它的居首地位挑战外，北京一直是世界最大的城市，直到1800年前后才被伦敦超过”[②]。不过，这一类史料考据的结果，有可能会掩盖问题的本质。中国城市究竟是一种什么样的状况？为什么它会衰落并从世界前列跌落下来？

中国古代都城中，宫城之外的居民主要是朝廷官员和军人的家属，还有一些为他们服务的手工业者和商人。他们居住的房屋就是

① ［美］莫什·萨夫迪：《后汽车时代的城市》，人民文学出版社2001年版，第27页。

② ［德］施坚雅：《中华帝国的城市发展》，《中华帝国晚期的城市》，中华书局2000年版，第30—32页。

所谓的民居。这些民居的布局是严格按宫城总体布局或者风水而设计出来的，是皇宫的陪衬。直到宋代，民居才开始有较大的发展。通过《清明上河图》，我们可以看到北宋汴梁（开封）城的民居和街道的状况，以及相应的商业交换的繁荣。特别是南宋的临安（杭州）城，更是街市繁荣，勾栏、瓦子、书肆、庙会、寺观的发展，大有压倒宫城的势头。只有街道、市场和民居的繁荣，或者说民间商业交换的繁荣，才是近代城市发展的基本前提。随着历史的变迁，中国古代城市中“城”的部分渐渐萎缩，“市”的部分渐渐壮大，使得街道、市场和民居的地位越来越重要。尽管明代北京和南京的城市布局，依然是按照中国古代权力结构（城堡）模式来规划的，但更多其他的城市布局，都是按照自由的城市（城市）结构发展起来的，比如上海和香港。那种将“市”（市场和街道等公共空间）当作宫城、太庙和社稷附属品的城市时代一去不复返了。

中国城市体系由两部分构成，一是建立在政治和军事需求之上的行政区划治所系列（皇都、府、州、县所在地），或者称为“城郡”。二是行政区之外的城镇系列，也就是以经济因素为主的“市镇”。但是，中国的市镇尽管数量繁多，但一直受制于行政治所，而得不到进一步的发展，我们所知道的著名城市，基本上是行政治所的城市。与此同时，行政治所城市（特别是皇城）的变化极大，不断遭受不同朝代统治者的毁坏，随着朝代的更替，中国古代城市在一个“毁坏——重建——再毁坏——再重建”过程中循环（比如咸阳和洛阳）。一些城市学者惊奇地发现，同一座城市，中世纪的规模和人口超过近代的规模和人口。可见中国城市受到政治军事的影响太大，没有自主性和自律性，更没有自己的法律体系。

中国城市的产生和发展，跟欧洲城市发展的道路相比，有着很大的差异。中国经济史学家赵冈认为："中国的城郡自古以来就是以政治和军事为主要功能。先秦的城郡是侯国的都城，是独立的地方政治中心；秦以降，城郡改为地方政府的治所，是全国行政系统的网点，或是重兵驻守的战略要地。总之，都负有政治使命。"[①]赵冈将中国城市发展史分为三个阶段：第一阶段是先秦到南宋，城市人口上升，并且向大都市集中；第二阶段是南宋到近代，城市发展进入停滞阶段，城市人口下降，从南宋的22%下降到19世纪中叶的6%；第三阶段是19世纪中叶开始的近代化以来，城市发展进入一个新的阶段，在五口通商和工业化进程的推动下，城市人口重新开始回升。[②]到第三阶段，中国城市发展已经落后于西方国家的城市发展了。

晚明史研究成果表明，当时南都（南京）完全具备了现代化城市的基本要素。研究者通过对《南都繁绘图卷》《应天京城图》《上元彩灯图卷》等的比较研究，重现了当时南京城的消费图景，特别是现代城市感觉，比如观看的欲望、休闲而非劳作的市民、发达的娱乐业等，绘画中显示出来与吴派绘画抒情性相对应的叙事性风格（这种叙事性正是市民社会兴起的一种表征）。[③]晚明以南京为代表

① 赵冈：《中国城市发展史论集》，新星出版社2006年版，第12—13页。

② 同①，第29—30页。

③ 王正华：《过眼繁华——晚明城市图、城市观与文化消费的研究》，李孝悌编《中国的城市生活》，新星出版社2006年版。

的现代商业消费城市的终结，是战乱，特别是清兵入关导致的结果。这就是中国城市发展之所以不断受阻的原因——每一次都被一个更为落后的民族所打断。

三、乡下人和城里人

冯友兰认为，自周秦以来，中国人就是城里人，周边的人都是乡下人；中国向来就是城里，周边都是乡下，乡下是城里的殖民地。同时，中国这个城里，又不断地被乡下的牧民、农民所占领，占据了衙门和城池，但那些人终究是乡下人，他们不能把城里人降为乡下人，只能够将自己升为城里人。他们变成城里人，也就是变成中国人，这就是同化。中国人对异族的同化能力之强大，不是因为中国人能够同化异族人，而是城里人能够同化乡下人的缘故。所谓的“夏夷之别”，除了民族本性之间的差别之外，另一个重要的方面就是“城乡之别”。[①]

无论是元代的意大利旅行家马可·波罗，还是明代的意大利传教士利马窦，或是清代的西班牙和葡萄牙人伯来拉、克路士、拉达等，在中国城市面前都露出了惊诧的目光。见多识广的威尼斯人马可·波罗，在谈到元大都时惊奇不已，他说，“汗八里新城”（皇城）的“整个设计的精巧与美丽，非语言所能形容”。[②]皇城之外的物产

① 冯友兰：《新事论》，《贞元六书》（上），中华书局2014年版，第247页。

② ［意］马可·波罗：《马可·波罗游记》，梁生智译，中国文史出版社1998年版，第112页。

之丰富、商业之繁华的景象“是世人想象不到的”。[①]利马窦在谈到明代南京城的时候说：“论秀丽和雄伟，这座城市超过世上所有其他的城市……很少有其他城市可以与它匹敌或胜过它。它真正到处都是殿、庙、塔、桥，欧洲简直没有超过它的类似建筑……百姓精神愉快，他们彬彬有礼，谈吐文雅……两个人从城的相反两方骑马相对而行，花了一整天时间才遇到一起。”[②]利马窦还谈到了北京城，尽管不如南京，但他预言，由于朝廷北迁，北京变得“越来越有吸引力”。[③]伯来拉的《中国报道》中提到南方一些次级城市也是惊诧不已：“城市极壮丽，特别靠近城门，大得出奇……泉州的街道，及我们在别的城市看到的街道，都相当平坦，又大又直，使人看来惊羡。”[④]

中国人的“城里人”资格，保持了一两千年，到了清朝末年，“中国人遇见了一个空前底变局……忽然成为乡下人了”，欧美人成了新的“城里人”，他们在全球范围内取得“城里人”的地位，“是因为在经济上他们先有了一个大改革。这个大改革即所谓的产业革命。这个革命使他们舍弃了以家为本位的生产方法，脱离了以家为本位的经济制度。经过了这个革命以后，他们用了以社会为本位的

① ［意］马可·波罗：《马可·波罗游记》，梁生智译，中国文史出版社1998年版，第127页。

② ［意］利马窦、［比］金尼阁：《利马窦中国札记》，中华书局1983年版，第286—287页。

③ 同②，第329页。

④ ［英］C.R.博克舍编注：《十六世纪中国南部行纪》，何高济译，中华书局1990年版，第5页。

生产方法，行了以社会为本位的经济制度。这个革命引起了政治革命，以及社会革命”[①]。产业革命就是资产阶级革命。对于欧洲来说，这次革命是其历史自身的进步，对于东方国家（中国）来说，这一变局却是毁灭性的。

自给自足的自然经济或者农业经济，转化世界市场交换中的商品经济或市场经济，也就是农业文明向工业文明的转型，东方中心向西方中心的转型，或者说是乡土社会向市民社会的转型。在这一历史唯物主义的判断基础上，马克思认为，资产阶级社会在物质文明高度发展的基础上，同时培育了自己的掘墓人——无产阶级，无产阶级（工人阶级）通过城市革命推翻资产阶级，最终实现共产主义社会的理想。

中国历史迈进近代，从本质上说，就是一个向现代城市文明转型的过程。但在传统价值观念中，中国人之所以向往和依赖城市中的“城”，是因为它是权力中心，它与府、州、县等小城镇权力中心的上司，是城乡一体化的价值核心。中国人怀疑和鄙视城市中“市”的部分，古代城市规划中没有“市”的地位。顾炎武的说法比较有代表性：“人聚于乡而治，聚于城而乱。聚于乡则土地辟、田野治，欲民之无恒心，不可得也；聚于城则徭役繁、狱讼多，欲民之有恒心，不可得也。”这种观念到20世纪初，遭到了强烈的冲击，现代化、工业化、商业化，也就是现代城市化的价值观，开始压倒农耕文明的生产价值。

---

① 冯友兰：《新事论》，《贞元六书》（上），中华书局2014年版，第249页。

中国城市的这一次变化与历次不同。历次城市变化，都带有政治和军事性质，也就是军事征服的胜利者，将前朝的城市作为其权力象征予以毁灭，然后重建。而近代这一次，是一种全新的现代文明对中国传统城市形态在价值上予以彻底否定。这种否定是从两个方面展开的。一方面是大量现代文明器物的引进（机器、工业品、煤油、肥皂、自行车、摄影机，等等），对传统农业文明器物（手工制品），包括它的精华（宫廷宝物）予以否定，并且从世俗的日常生活的实用性角度，引诱、吸引普通市民对其产生依赖感。与此相应的是第二方面，新型繁华的欧化样板城市的兴起，特别是近代上海的崛起。当时的上海，没有任何行政地位或政治意义，它仅仅是一个具有“殖民”色彩的商业城市。但它确实成了20世纪上半叶中国的另一个中心——商业中心乃至新文化中心。上海城市的这一中心地位，在20世纪下半叶基本上处于停滞状态，直到90年代中后期才开始重新腾飞。

四、城市与文学

正如在前面讨论过中国古代城市一样，我们也要涉及与古代城市相关的文学。由于对城市的定义不同，因此对城市文学的理解也不相同。城市史研究者考察了中国城市演变史后认为，从北宋开始，中国城市发生了巨大的变化，出现了城市结构和城市化的革命，其主要表现为放松了每县一市，市须设在县城的限制；官市组织衰替，终至瓦解；坊市分隔制度消灭，而代之以“自由得多的街道规划，可在城内或四郊各处进行买卖交易”；有的城市在迅速扩大，城外商业郊区蓬勃发展；出现具有重要经济职能的大批中小市镇。[①]

与此相应的是“城市化”过程，也就是农民大量地向城市集中，并逐步转化为市民（以手工业者和小商贩为主）。北宋京城汴梁（开封）在当时非常繁华：

太平日久，人物繁阜，垂髫之童，但习鼓舞，班白之老，不识干戈，时节相次，各有观赏。灯宵月夕，雪际花时，乞巧登高，教池游苑。举目则青楼画阁，绣户珠帘，雕车竞驻于天街，宝马争驰于御路，金翠耀目，罗绮飘香。新声巧笑于柳陌花衢，按管调弦于茶坊酒肆。八荒争凑，万国咸通。集四海之珍奇，皆归市易，会寰区之异味，悉在庖厨。花光满路，何限春游，箫鼓喧空，几家夜宴。伎巧则惊人耳目，侈奢则长人精神。瞻天表则元夕教池，拜郊孟享。频观公主下降，皇子纳妃。修造则创建明堂，冶铸则立成鼎鼐。观妓籍则府曹衙罢，内省宴回；看变化则举子唱名，武人换授。仆数十年烂赏叠游，莫知厌足。[②]

北宋时期，城市的种种传统制度上的限制开始废除，“居民的生

---

① ［德］施坚雅：《中华帝国的城市发展》，《中华帝国晚期的城市》，中华书局2000年版，第24页。

② 孟元老：《梦华录序》，《东京梦华录全译》，贵州人民出版社2008年版，第1页。

活已经颇为自由、放纵，过着享乐的日子。不用说，这种变化，都是由于都市人口的增加，它的交通商业的繁盛，它的财富的增大，居民的种种欲望强烈起来的缘故”。①这种自由、放纵、享乐、欲望化的生活，正是一种市民阶层的生活，它导致一种新的都市生活方式、都市风俗、都市娱乐生产的兴起，进而引起一种新的城市意识的生成。

宋代小说或话本，是典型的市民文学。它主要是“在瓦子里讲唱的，是真正出于民间为广大市民所喜欢的东西，不同于唐朝的传奇。瓦子好像是现在的庙会，是一个易聚易散的地方，以讲史、小说为主要演唱的东西”②。当时的话本小说演出的场所，主要集中在“瓦子勾栏”“茶肆酒楼”“露天空地与街道”“私人府第”（当然也包括宫廷和乡村）。与此相应的，还有演出的“招子”（节目单和广告）、收钱的规则，等等。可见，那时的市民文学已经在摆脱对朝廷政治的依附，由御用文人或艺人，转化为依附市场的生产者。③尽管那时的文艺内容与封建时代的历史和意识形态关系密切，但承载它的空间形式已经发生重大变化，形成了一种独具特色的“市民空间”。除话本小说之外，通俗歌词也是当时城市文学的重要的形式，主要作者有柳永、周邦彦等人，他们的歌词

---

① ［日］加藤繁：《中国经济史考证》第一卷，吴杰译，商务印书馆1959年版，第277页。

② 郑振铎：《中国古典文学中的小说传统》，见《郑振铎古典文学论文集》，上海古籍出版社1984年版，第292页。

③ 胡士莹：《话本小说概论》，中华书局1980年版，第45—55页。

主要表现都市繁华、羁旅烦恼、男欢女爱、离情别绪、歌妓色艺、底层女性。

明代是古代城市文学的另一个高潮期，出现了以《金瓶梅》、“三言”等为代表的所谓“市人小说”。与同期其他小说相比，《金瓶梅》几乎摆脱了“土地—家族—国家”这一传统社会意识形态结构的纠缠，而直接叙述了一个“市民”和“家庭”的日常生活故事、欲望故事、经济活动、消费行为。尽管其中也有宫廷政治的影子，也有家族文化的阴霾，但毕竟是最早的广泛地描写城市居民日常世俗故事的小说。当然，与18世纪的近代西方的个人主义小说还是不能同日而语，其中“个人主义”的影子很淡，但是“家族主义”的影子也很淡。因为它有城市背景，但没有城市精神，与近代意义上的城市文学所关注的个人经验并不相干。因此，当它无奈地变成了一个浪荡子赤裸裸的欲望故事的时候，难免落入“劝善惩恶”的俗套。

中国现代城市文学的兴起，既与现代意义上的城市的兴起相关，又是一个与全球接轨的现代化过程。首先要提到的是“鸳鸯蝴蝶派”或“礼拜六”派。这是一个清末民初时出现在中国现代大都会上海（后来也转移到北京和天津等城市）的通俗文学流派。它一方面考虑到中国受众的接受传统而继承了古典小说的表达手法（以长篇章回体和短篇传奇为主），另一方面又是大都市现代传播媒介兴起的产物，作品主要刊登在《民权报》《申报》等报纸上，以及《小说丛报》《礼拜六》等杂志上。其主要作者为徐枕亚、包天笑、秦瘦鸥、张恨水、范烟桥、恽铁樵、周瘦鹃等。其内容也是五花八门，但以才子佳人、婚姻恋爱为主，“佳人已是良家女子了，和才子相悦相恋，分拆不开，柳荫花下，像一对蝴蝶，一双鸳鸯一样”[①]。所以被称之为“鸳鸯蝴蝶派”。其实这一流派并不限于恋爱小说，还有武侠小说、问题小说、讽刺小说、黑幕小说等。简单采用这一命名是为了快速解决掉他们，在文学评价的意义上是无效的。

这一流派曾遭到新文学运动的激烈批判，认为它是封建阶级和买办阶级趣味在文学上的反映，是封建遗老遗少的文学，是十里洋场这一殖民地租界的畸形胎儿，是帮闲的、消遣的、游戏的、金钱的文学。近年来，研究者对这一流派进行了重新评价，认为“说这一流派反映了封建地主和洋奴买办阶级的文学集团是缺乏依据的……他们对劳工和劳农的悲惨生活充满了同情”，并认为“这一流派是以都市通俗小说为其主要特色。它继承了中国小说……的衣钵，而又以反映都市生活为主，说它是一个中国传统风格的都市通俗小说流派是符合它的创作概貌的”。[②]现代中国城市化（工业化、人口集中）过程是这一流派产生的背景，大众传播和文化消费的兴起是这一流派产生的动力。任何一个国家在现代化城市兴起之初，特别是伴随着大众传播媒介的勃兴，以及市民休闲娱乐生活的丰富，都会出现通俗市民文学。文学的社会功能、审美功能固然重要，但它

① 鲁迅：《上海文艺之一瞥》，《二心集》，《鲁迅全集》第四卷，人民文学出版社1973年版，第280页。

② 范伯群：《鸳鸯蝴蝶—礼拜六派新论》，《鸳鸯蝴蝶—礼拜六派作品选》，人民文学出版社1991年版，第8页。

的娱乐功能也是不可或缺的，尤其是对普通市民而言。这种情形与20世纪90年代中期的市民通俗文学的兴起很相似，但总是遭到一些人的简单否定。鸳鸯蝴蝶派的问题当然很多，比如，它没有找到一种当时的语言和形式，而是像“蟹寄生”一样寄宿在传统文学的形式之中。创造一种新的形式，正是“五四”新文学运动，特别是鲁迅的短篇小说的功绩。

20世纪20—40年代的上海出现了又一次城市文学的高潮，其主要作家是叶灵凤、张资平、曾今可、章克标、刘呐鸥、穆时英、茅盾、丁玲、张爱玲、苏青、徐讦、无名氏等。这一批城市作家的小说，与京派的“乡土小说”和“乡土文化中的城市小说”构成了鲜明的对比。城市类型不同，造成了其创作风格的巨大反差。活动在古都北京的京派小说的文化依据，是历史、传统或文化人类学的，其主题多为传统市井风俗，底层劳动者的遭遇。像《骆驼祥子》那样的小说，其主人公的核心价值就是传统的农民价值，以身体能量换取生活资料。他身上没有觉醒的城市意识，更无法进入官僚城市的上层，因此只能是一个“个人主义的末路鬼”。而沈从文则基本上对都市视而不见，而是以想象中的乡土精神来抵御城市精神。

20世纪20—40年代的海派文学，无论是早期的张资平、叶灵凤等，还是中期的刘呐鸥、穆时英等，抑或后期的徐讦、无名氏等，甚至茅盾、丁玲或者张爱玲、苏青，其作品都充分表现了现代都市主题。这些主题主要是建立在现代市民欲望基础上的“诱惑—女性”主题、“利益—商业”主题，“暴力—革命”主题；还有建立在个人感官基础上的“观看—流浪”主题，“休闲—消费”主题等。茅盾的

《子夜》集中表现了这些主题。小说一开篇，就展示了东方大都市夜晚的霓虹灯、“巨大的怪兽”一样的洋房、“闪着千百只小眼睛似的灯火”。在一位中国乡绅吴老太爷眼中的大都市就是“孽障”：

汽车发疯似的向前飞跑。吴老太爷向前看。天哪！几百个亮着灯光的窗洞像几百只怪眼睛，高耸碧霄的摩天建筑，排山倒海般的扑到吴老太爷的眼前，忽地又没有了；光秃秃的平地拔立的路灯杆，无穷无尽地，一杆接一杆地，向吴老太爷脸前打来，忽地又没有了；长蛇阵似的一串黑怪物，头上都有一对大眼睛放射出叫人目眩的强光……闪电似的冲将过来，准对着吴老太爷坐的小箱子冲将过来！近了！近了！吴老太爷闭了眼睛，全身都抖了。他觉得他的头颅仿佛是在颈脖子上旋转；他眼前是红的，黄的，绿的，黑的，发光的，立方体的，圆锥形的，——混杂的一团，在那里跳，在那里转……猛烈嘈杂的声浪会叫人心跳出腔子似的。①

此外还有“公共汽车的罢工额”“工厂的暴动”“共产党的标语”“女人裸露的手臂”“丰满的乳房”。吴老太爷就这样被蜂拥而至的都市的速度、色彩、人群、女性、高楼窒息而死。这死，无疑象征着乡土文明之死。在穆时英的《黑旋风》中，上海则成了一个“造在地狱上面的天堂”。穆时英还写了些不同风格的小说，表现了大都

① 茅盾：《子夜》，《茅盾全集》第三卷，人民文学出版社1984年版，第10—11页。

市的虚幻色彩、畸形文化。最虚幻和畸形的，当然是徐讦的人鬼恋故事《鬼恋》，细节那么真实，情节那么感人，情感那么真挚，但偏偏就不是真实的，它是一个阴间的故事，是一个梦幻。这或许正是大都市的精神写照。

新中国是20世纪“农村包围城市”革命的成果，这是中国的具体国情所决定的。世界范围内的“城市革命”不过是一个诱因而已。与此相配套的是一种农民意识形态，包括革命和建设中的“民粹主义”倾向，文艺创作中的“工农兵方向”等。尽管中国革命的方向与近代以来的“现代化”目标相一致，但它拒绝资产阶级，拒绝城市文化。或者说它建立了一种以“生产”为主导价值的中国式的城市。在文学中，我们看到的主要是农民形象、田野风光、草鞋和锄头、动物等。城市生活在文艺作品中基本是销声匿迹了。

1958年的《收获》杂志曾经刊登了一部描写城市的长篇小说——周而复的《上海的早晨》。这部小说主要描写上海的民族资本家接受改造、放弃抵抗、悄悄退出历史舞台的过程。从此，文学与城市基本绝缘。有一些小说的故事也是城市，比如50年代几篇遭到批判的小说：萧也牧的《我们夫妇之间》、宗璞的《红豆》、王蒙的《组织部新来的青年人》。但城市，没有成为这些小说的主题。萧也牧的小说是一个革命者进城之后，“有文化的”和“没文化的”之间的冲突；宗璞的是一个爱情故事（这些故事也可以发生在乡下）；王蒙的是一个“单位”的故事，办公室的故事，与城市也没有关系。在这些小说中，既没有现代城市的外形，更不可能有现代城市精神。改革开放的前十年，一批曾经生活在城市里的著名作家，比如张承志、史铁生、阿城、韩少功、梁晓声等，包括上海的作家王安忆、陈村、叶辛等人，并没有将自己生长于斯的城市当作描写的对象。

这种情形一直延续到20世纪80年代中期，一批带有现代派色彩的“新潮小说”的出现。首先是北京的作家。刘索拉的《你别无选择》《蓝天绿海》《寻找歌王》等；徐星的《无主题变奏》《城市的故事》《剩下的都属于你》等。广州作家刘西鸿的《你无法改变我》，更是一个典型的现代城市小说。接下来就是北京作家王朔，他的《空中小姐》《橡皮人》《一半是火焰，一半是海水》。当时，这些小说因为被称为“现代派”而遭到批判。其实不过是一些中国农民不大熟悉的现代城市文学而已。当然，现代派文学与城市本来就具有千丝万缕的关联。有很多农民住在一起制造肥皂和饼干，到处都是冒黑烟的大烟囱，以及钳工车间一样的“工人新村”，不一定是城市，它的本质还是村子。没有现代城市就没有现代派文学。没有现代表达的技巧也没有城市文学。上海作家再也没有20世纪30年代前后对城市的敏感了。

我们国家“十三五”规划中明确提出了“城镇化道路”的构想。城市的建设和发展，已经成了当代中国的重要命题。这无疑为当代中国城市文学的发展提供了动力。我们期待真正意义上的当代城市文学的出现。

012 丨

雅典城邦里的“会饮”

上海《文学报·新批评》编辑约稿，让我谈谈与“文学批评”或者“文学创作”相关的问题。这么大的话题，两种文学活动的思维方式又是反的，我一时不知从何谈起。原本有机会去上海参加《文学报》打算举办的一项活动，大家可以面对面把酒言欢聊文学，无奈活动因“新冠”疫情改为“线上”交流，我也就只能跟他们隔空“会饮”了。

手边正翻阅柏拉图的《会饮篇》，这是朱光潜先生翻译的《文艺对话集》中我最喜欢的一篇，被列入文艺理论必读经典之一。我把它当一个情景剧的剧本来读，其中的台词，既包含了文学创作（无中生有），也有不少的文学批评（化有为无）。正翻到苏格拉底的“老师”第俄提玛出场的那个章节。苏格拉底说，具有真知灼见的第俄提玛，预知将有瘟疫发生，就劝雅典人去祭神禳疫，于是便把那次瘟疫延迟了十年。我差一点惊呼起来，第俄提玛，伟大的女巫啊，你还在吗？为什么不出现在我们身边呢？不过，这一次“会饮”，第俄提玛不是以女巫的身份出场，而是以爱情哲学先知的身份出场，而且又是通过苏格拉底之口间接出场的。她所说的话都查无对证，只能暂时算在苏格拉底名下。

柏拉图《会饮篇》记载的那次聚会，谈论的主题自然不是瘟疫，而是文艺，以及相应的爱情哲学问题。但古希腊的诗人和哲人不是教授，不会上来就讨论文艺理论或者哲学范畴，而是从身边的现实生活聊起：嘉宾的衣着、长相、脾气、习惯、嗜好，等等。他们谈笑风生、相互挑衅、眉来眼去、醋意盎然，场面生动活泼，接着便自然而然地引出了要讨论的话题。正因为如此，“会饮”依然是正题，讨论问题，不过是“会饮”中诸多项目的一种，于是保全了“会饮”的清誉，没有把“会饮”搞成呆傻型“研讨会”。

换个角度看，这一次古希腊先哲们聚会引出的话题，尽管不是瘟疫，却也说得上是另一种“瘟疫”——爱情。因为爱情跟“病毒”有相似性，它也会在生物活细胞中复制、繁衍、增殖，也会在人与人之间流行传染，而且爱情首选的传播渠道，不是鼻子（气息），也不是舌头（味道），而是眼睛（光波），乃至通过心灵感应传递。跟爱情相伴随的症候，是歌唱、舞蹈、诉说、哭泣，或者沉默。所以，爱情这种从古至今伴随着人类宿主的心灵“病毒”，困扰着苏格拉底以来的许多人。“会饮”现场也被“爱情”所困扰。

参加聚会的，不算侍从和歌女，会饮嘉宾七八个，都是男子，哲学家和诗人、诡辩派学者、悲剧和喜剧作家、科学家，都齐了。最知名的就是哲学家苏格拉底，还有诗人喜剧家阿里斯托芬。地点是在得了官方文学奖却名不见经传的剧作家阿伽通的家里。备的酒不是酱香型，是兑水的色雷斯烧酒，估计味道好不到哪里去。为了庆贺阿伽通的得奖和粉丝超过三万人，几位老友凑到一起，打算边喝边聊，聊人生、聊爱情、聊文学、聊哲学，有的正襟危坐，有的插科打诨，大家或即兴创作颂诗，或相互挑刺攻讦，心直口快，言无不尽，自由自在，而且还没有伤和气。这才是谈论文学和批评应有的样子啊！

奇怪的是，这次聚餐会饮，诗人喜剧家阿里斯托芬没有迟到，哲学家苏格拉底却迟到了。我的经验是，无论什么聚会，迟到的总是诗人，尤其是天蝎座诗人。学者一般都很守时，尤其是处女座学者，一般都会提前几分钟到十几分钟到场。我有一位诗人朋友宋琳，估计也是天蝎座，聚会没有一次不迟到，迟到一小时算正常。苏格拉底这一次参加会饮，自然又迟到了，但时间不算长，估计一两个小时，因为酒席进行到一半的时候他就赶到了。苏格拉底迟到最长时间的一次，是二十四个小时，因一个思想难题没有解决，一天一夜站在路边发呆，不敢乱动，生怕思想会流产。发呆不动，就相当于女人在保胎。脑子把双脚锁住了，脑子通了，双脚也就动了，他这才出现在众人面前。

苏格拉底特别善于提问，是思想史上著名的“提问之王”。他经常佯装无知地向对手请教，提一些看似简单的问题，接二连三地问上几问，就把对手问死了。这把全雅典的人都惹怒了，恨不得将他处死。这一次“会饮”他要把谁问死呢？由于头一天的酒还没醒，大家决定不再闹酒，喝与不喝，喝多喝少，都不勉强。苏格拉底很能喝酒，但他从来都不贪杯，没人见过他喝醉。三斤装的大酒瓶，苏格拉底端起来就一饮而尽，那些喝下去的酒，都变成了智慧和词句，源源不断地从嘴巴里冒出来。苏格拉底是个慢性子，或者说他有很好的节制力，能很好地控制自己的情绪，总体风格比较沉稳。他喜欢让别人先说，等那些人的蠢话说得差不多了再开口。他不开口则已，一开口就要把前面的蠢话全部清零。这是一种“斩草除根式”的批评。

在“会饮”现场，讨论爱情及其哲学和美学的话题，本来是一个很好的选择，但斐德若却出了个馊主意，要求每个人都作一首颂诗，来歌颂伟大“爱神”的丰功伟绩，跟歌颂宙斯和波塞冬一样。讨论爱情的美学和哲学问题，需要智慧和才能。“歌颂”则不然，只需要修辞术和激情，比如排比、比喻、虚词、呼语。这无疑有很大的盲目性，甚至是对智慧的亵渎。苏格拉底一听就犯了愁。他说，我不知道“爱神”，我只知道“爱情”。他的言下之意是说，你们为什么不讨论“爱情哲学和美学”，却要去对“爱神”大唱赞歌，我有言在先，这个我可不会！

苏格拉底本来想退场，但转念一想，看看这些蠢家伙到底怎么唱颂歌，于是便决定引蛇出洞，提议让斐德若先来。喜欢玩修辞术的、思想又浅薄的诡辩学派的粉丝斐德若，果然上了钩。他一出场，就将一大堆似是而非的形容词，往“爱神”身上堆：伟大的、光荣的、神奇的、古老的、最高的、勇敢的，等等。他又害怕别人不信，便不断地援引弹唱歌手荷马、诗人赫西俄德、哲学家巴门尼德等人的话来助威，大家依然不信。

另一位诡辩派学者，思维水平略高于斐德若的泡赛尼阿斯，认为斐德若的颂诗观念有问题，他说斐德若把“爱神”绝对化，而忽略了爱情的不同类型。爱情的类型包括：天上的/人间的、高尚的/凡俗的、心灵的/肉体的、美的/丑的。要歌颂的应该是前者，而不是后者，后者那种类型的凡俗爱情只是限于“下等人”。斐德若的确没有仔细甄别对象，更谈不上分类，而是直奔他想象中的高大上的“爱神”，思维简陋、言辞粗浅。泡赛尼阿斯分类之后，并没有批评凡俗的爱情，也还是在歌颂高大上的“爱神”，他拐了个弯跟斐德若会合了。此外，泡赛尼阿斯跟阿伽通的恋情，属于哪一种类型呢？果然，泡赛尼阿斯就开始论证男子之间的爱，要高于男女之间的爱，更接近高尚的、心灵的、天上的、美的类型。他还有一个观点，认为不管哪种类型的爱，如果形式很丑，那也等于零，形式美的爱才值得歌颂，雅典“男风”形式就比其他城邦“男风”形式要美一些。这位诡辩派学者的逻辑也够严谨！而且废话很多，篇幅仅次于苏格拉底。越是不自信的人，越喜欢多说，妄想用数量来抵消质量的缺陷。

科学家讨论问题有其特点。首先是对现象敏感，其次是善于发现规律。医生厄里什马克就是这样，通过对现象的观察，进而在物质和精神、爱情和文艺之间找到了关联性。厄里什马克同意泡赛尼阿斯的二分法，但不同意他的二元对立观念。厄里什马克认为，爱情跟人体（疾病健康）、气候（冷热湿燥）、祭祀（凶吉逆顺）一样，都是要让“相反相仇的东西和谐一致”。文艺（诗歌音乐）最终要呈现的，就是那种最高的和谐之美。爱的哲学（爱情现象的科学），就是“在相反的因素中引出相亲相爱”。他的这种发现，也算不上有什么新意，脑子好使些的人，谁没有点朴素唯物主义呢？同时代的古中国的老子、古印度“奥义”“顺世”哲学家，不都知道这些吗？不过从厄里什马克的叙述中可以看出，他是个心肠软的哲学（科学）家，而不像东方智者那么冷硬。

诗人喜剧家阿里斯托芬，一直想说话，又一直在压抑自己，结果表现出来的症状就是打嗝。医生让他找一个东西捅一下鼻孔，打一个喷嚏，发出一声巨响，就能中止那种欲言又止、欲说还休的打嗝状态。所以，打嗝不只是食道收缩反常产生的生理性痉挛，也是“发声”和“抑制”意念反常产生的精神性痉挛。中止打嗝的阿里斯托芬说他觉得很奇怪，为什么打个喷嚏才能让身体恢复正常和谐状态呢？由此开始了他的发言。我一直在期待看到阿里斯托芬的高论。我对喜剧诗人比对悲剧诗人更感兴趣。我不太喜欢悲剧那种凄凄惨惨掏心窝子的表达方式，而是喜欢喜剧那种高妙明晰又令人忍俊不禁的表达方式。黑格尔就对阿里斯托芬大加赞赏，并认为喜剧是将悲剧的终点作为自己的起点。柏拉图给阿里斯托芬写的墓志铭说：女神想寻求一座不朽的宫殿，在这位喜剧诗人灵府里寻着了。

阿里斯托芬用小说家的方式讨论问题，上来就讲了一个寓言故事。我觉得他的故事很有趣，在这里简述一下。阿里斯托芬说，从前的人有三种类型：太阳生的男人、大地生的女人、月亮生的阴阳人（雌雄同体）。这三种类型的人跟今天的人不一样，他们长着两套四肢和两套身体器官：四条腿、两双手、两副面孔、两套生殖系统。他们身强力壮、精力旺盛，还包藏着向天神造反的祸心。宙斯下令惩罚他们，把他们劈成两半，于是，双体男劈成两个男人，双体女劈成两个女人，双体阴阳人劈成一男一女。那些被分离开来的男女，都在寻找自己原来的那一半：男找男，女找女，或者男女相互追寻，只要见到曾经的另一半，就死死抱住不放，试图再度结为一体永不分离。前面两种属于同性爱情，后面一种是异性爱情。不管哪一种爱情，都是在对曾经有过的圆满状态的寻求。

阿里斯托芬认为，“爱情就是对完整的希冀和追求”。那种曾经有过、后来失去的圆满状态，就是人与人之间交流、沟通、团结的最原始动力。它就是阴阳合一、天人合一、梵我一如。它就是混沌和太极，就是精神乌托邦。它也是永恒的原型和母题，是诗歌“灵魂回忆”最重要的内容，是叙事作品最终意义的旨归。阿里斯托芬跟厄里什马克的观点是相通的，只不过厄里什马克所说的“和谐”状态接近客观实现，而阿里斯托芬的“完整”状态却像一个缥缈的梦幻。

读到这里，我感到有些蹊跷——喜欢点评和提问的苏格拉底，却对阿里斯托芬的说法不置一词。更奇怪的是，整个“会饮”过程，他们俩好像没有对过一次话。只有一次，苏格拉底提到阿里斯托芬的名字，说他好酒好色，不是对阿里斯托芬说，是对大家说。早在七八年前，阿里斯托芬把“苏格拉底”这个名字写进了喜剧《云》里面，还是剧中的主角。那是一个诡辩派修辞学家，自己开办了一个叫“思想屋”的学校，相当于今天的中考和高考收费补习班，专门教人诡辩术，把歪说成正、白说成黑的那种诡辩术，跟真知和真理毫不相干。这无疑不是现实生活中迷恋于真理的那个苏格拉底。苏格拉底当时无疑不能预知，多年之后，剧本《云》成了他“渎神”罪名的一条佐证材料（另一罪名是“腐蚀青年”）。据说剧本上演的时候，苏格拉底并不介意，还特地去观看了《云》演出。

我猜测，苏格拉底放过阿里斯托芬的原因在于，阿里斯托芬讲的是一个寓言故事，或者叫神话故事，是虚构想象出来的文学作品，不存在真伪问题，要评价的话只能作美学批评。而苏格拉底的兴奋点在于，捕获“颂神”中的谬误。所以，阿里斯托芬一讲完，他就怂恿阿伽通发言，要找这个新晋获奖戏剧家的毛病。果然，阿伽通长篇大论说了半天，也还是诡辩术士斐德若和泡赛尼阿斯那一套。

阿伽通作为这次“会饮”的主场，苏格拉底跟他说话时温和又客气，但采用的批评方法依然是“斩草除根式”的。结果没几个回合，阿伽通的结论（爱神是最高的美和最高的善）就土崩瓦解，彻底归零，说了半天相当于白说了。那么“爱神”是什么呢？苏格拉底没有直接回答，而是让他的“导师”通灵的女巫第俄提玛出面来说话。第俄提玛说，爱神既不美也不善，既不丑也不恶；正因为缺少美和善，所以“爱神”不是神，因为神不缺什么，它当然也不是人，而是一种介于人和神之间的特殊介质：精灵。精灵的功用，是在人与神之间传递信息，是人神的信使。神，属于超自然的世界；人和动物、植物、矿物，属于自然的世界，两个世界看似隔绝，其实也有沟通的渠道，就是存在鬼怪和精灵这种特殊的介质，“爱神”就是诸多特殊介质中的一种，往来于人和神之间。

这种介于人神之间的“爱神”，究竟有何特性？据说，它是丰饶神波若与匮乏神贝妮娅秘密交媾生下的儿子。所以它的第一个特性，是既不穷也不富，物质生活很贫乏，智力生活却非常富裕，是丰富和贫乏的统一体。它的第二个特性，是介于无知和有知之间，因为有知的神是不会去从事哲学活动的，万能的神根本不需要什么哲学；而无知的人也不会去学习哲学，他们也不需要哲学。只有“爱神”

才爱智慧、爱哲学，它以“美”和“善”为钟爱的目标。这就是最高的“爱的科学”和哲学。由此看来，“爱神”很像哲学家和诗人。

说到这里，苏格拉底突然让他的“导师”第俄提玛转过话头，把矛头指向了阿里斯托芬的观点。原以为阿里斯托芬躲过了一劫，没想到还是在劫难逃。阿里斯托芬的“爱情就是对完整的希冀和追求”这一命题，遭到了批评和否定。苏格拉底的“导师”第俄提玛认为，爱情的对象，既不是什么“另一半”，也不是什么“完整全体”，而是“美”本身，爱情就是想把好的永远归自己所有的欲望。男女结合，就是凭着美来孕育和生殖。人的旺盛生殖力是物种延绵不朽的根本保证，它超越了个体的局限性，因此是美的和善的。同时，人的生殖力又分为“肉体生殖力”和“心灵生殖力”两种。“心灵生殖力”所孕育和生殖的，就是思想、智慧、美。各行技艺中的发明者和创造者，都属于这种“心灵生殖者”。最具代表性的就是大诗人荷马和赫西俄德。

原本以为话题到这里就结束了，可是苏格拉底的“导师”第俄提玛却说，这不过是爱情“深密教义”和“玄密宗教”的一个粗浅门径。第俄提玛希望苏格拉底能继续做深入的探索，从具体的个别的美，最终抵达一种普遍的永恒的美。那是美的种子，美的本体，它“无始无终，不生不灭，不增不减”，“不垢不净”，“诸法空相”，“受想行识，亦复如是，舍利子……”此刻我终于忍不住要哈哈大笑了。面对这种“无中生有”“有复归无”“非无非有”，擅长“斩草除根式”批评的苏格拉底，恐怕也无能为力了，更别谈什么批评的“化有为无”。

阿里斯托芬对苏格拉底的批评表示不服，正想出来跟他辩论一番，却被另一位迟到者打断。来者是一位酒闹子，醉醺醺、吵嚷嚷地出场了。他叫亚尔西巴德，是苏格拉底的好友，两人一起上过战场。亚尔西巴德把“歌颂爱神”的主题，改成“歌颂苏格拉底”的主题。这大概也是柏拉图的本意。按照亚尔西巴德的描述，跟他一起出生入死的莫逆之交苏格拉底，在日常生活中、在战场上，有诸多的稀奇事迹（勇敢无畏，节制力极强，忍饥挨饿、抵御寒热、饮酒作乐的能力都超出常人），难以尽言。

亚尔西巴德说，苏格拉底像工艺品店铺里的林神西勒诺斯雕像，外表好像很丑，打开机关，肚子里却装着很多其他小神像。这就像他辩论的时候那样，表面上说些不登大雅之堂的话，列举些引车卖浆之流。但剖开他的言论往深处看，里面全是品质优美的意象、旨意崇高的比喻，都是求美求善求真的人应该懂得的道理。那追寻美之本体或最高“共相”“理式”的苏格拉底对话体，就成了人类智慧宝库中最耀眼的明珠。

辩才无碍的高士苏格拉底，他的语言优美如同牧神的笛声，亦似仙女的歌唱。他那言辞的“歌唱”仿佛来自女妖塞壬，让听者痴迷到不顾死活。可就是这样一个人，却被人安上了莫须有罪名而处死，想来就令人悲愤！苏格拉底最后说：我去死，你们去活，究竟谁更好，只有神知道。

为2019年度文学批评奖而作，2020年6月15日

第四辑

数字时代的文学

013 |

世界的轻重缓急和想象方式

——论“二次元”与“三次元”异同

引　言

这是我最近关注的新话题，今天是第三次讲。第一次是在“腾讯社会文化研究院”的一个关于“二次元”的研讨会上。第二次是在兰州西北师范大学文学院的讲座上。今天要与鲁迅文学院作家班的朋友分享。

这里的“二次元”一词，来源于日本，原意指二维空间或二维世界，既可以指动画（Animation）、动漫（Comic）、游戏（Game）、轻小说（Novel）爱好者族群（ACGN，“御宅族”），也可以指与之相关的网络文化。二次元的世界是一个平面的世界、一个幻想的世界，非常灵动和轻盈，它的几个关键词是架空、虚构和幻想。与之相对立的词语是“三次元”，也就是人类所身处的现实世界。我们所有人都身处这个现实世界中，也就是说，人是三次元的，但我们的价值取向不尽相同，可以进一步区分为“二次元”的价值观和“三次元”的价值观。通过比较这两套不同的价值系统，我们可以从中精简出几组相关的词语：轻重，大小，快慢，变化和世界；我们后续的讨论将围绕这几个话题展开。

次元和次元之间是有壁垒的，这个壁垒被称作“次元壁”。壁那边的人和壁这边的人，因为价值观的不同，在精神层面上是很难进行沟通的。北大的邵燕君教授编著了一本《破壁书》，可以称之为一部“网络用语辞典”，介绍了许多与二次元文化相关的概念，其中的“壁”就是指这个次元壁。她希望次元壁能够被打破，所以编写了这部书。然而次元壁破了以后要怎么办？是二次元的人到三次元来，还是三次元的人到二次元去？这种破壁后的沟通实际上是困难的，两种可能性都很渺茫。

从文学的角度来看，日本人对动画、漫画、游戏和轻小说的喜欢，实际上是对一种轻松的阅读状态的喜欢。它们的叙事相较于传统文学，往往没有那么沉重，不会过多涉及“世界怎么办”“我们怎么办”之类的大问题。套用一个时髦词，就是一种“养生阅读”。二次元的人抗拒沉重的世界。

按照佛家的观点来看，三次元世界，或者说现实世界，本身是一个无边的苦海，人们需要直面真实的历史和现实，在真实中赞美和批判，感受生老病死、爱恨别离，在沉重的泥沼中奋力挣扎。但这里同时也有一个补偿机制存在，我们在直面真实的过程中所经受的苦，未来都会有一定的“乐”来作为补偿，因为有这种苦尽甘来的希望，所以我们有苦中作乐的动力。这是大多数人的想法。二次元的人就不能承受这种苦，他们讨厌苦涩的人生，又不能做出改变，索性就逃离到二次元的幻想世界去。

进入二次元，实际上就是背对现实和历史，在二维世界的幻觉中自我安慰，独自沉思和微笑。他们在想象中遇到了幸福和愉快，有选择地忽视了现实中的遍地垃圾。比如一些人喜欢戴耳机，想要隔绝外界的声音，然而我们的耳朵不只是用来戴耳机的，不只是用来听流行音乐的，我们还要去听这世界上其他的声音，风的声音、鸟的声音、吵架的声音、歌唱的声音。二维世界的人拒绝这些声音，他们戴上耳机听流行歌曲，把自己隔离在现实之外。

二次元的主体大多是一些受过良好教育的年轻人。如果他们没有受到良好的教育，只是一个底层人家的孩子，他也会看动漫、听音乐，和二次元们欣赏一样的东西，但他并不会认可这种价值观念，因为他们的生活告诉他们，钱才是世上最好的东西，二次元世界中的虚拟情形在这里是不适用的。所以只有受过一定教育的、家境条件比较好的人，不用过分为生存和经济发愁的人，才有可能成为二次元的一分子。

二次元的封闭性，直接影响到了他们在进行自我表述时的客观性，许多二次元在谈论自己的世界时都带有一种强烈的情绪，实际上是一种质问，一种主权的宣示：我们是这个世界里的人，你们又是从哪里来的？你们探头进来，是真心还是假意？这里边有一种强烈的价值判断，它缺乏冷静中立的客观陈述，说得夸张一点，二次元想要吃掉三次元，这种表述方式和左翼革命的思维如出一辙。

二次元始终沉浸在一种自我想象中，既不在乎现实世界，关心的问题也与现实世界无关。他们思考的是地球毁灭的时候我应该带谁离开，是带爸爸妈妈，还是我的同学，还是女朋友，还是我的猫、我的狗？当我们在太空中遇到外星人的时候，我们怎么对付他？他们的最高梦想就是能直接用化学元素合成食物，两种原料一勾兑，就可以变出面包来，这样他们就再也不用出门去面对外部世界了。我可以变大，也可以变小，不想见你们的时候就藏在鞋跟里、袜子里，需要进食的时候再突然出现；需要战斗的时候我又可以变得很大，拥有巨大的力量，可以突破人类的限制，达到一切我想要达到的目的。

如前所述，我们已经得到了这些关键词：轻重、大小、快慢、变化、世界；从这些关键词引申开去，我们可以进一步探查到两种截然不同的对待世界的方式。而当我们把这些词汇移植到文学比较上时，我们就会发现，这种对世界认知截然不同的差异和对立，在文学史的发展进程中也同样存在。

一、轻重

二次元的世界是轻的。但现实世界是沉重的，它给我们带来了很多的苦难。我们需要直面这些历史和现实的苦难，它们是客观存在的，我们没有办法逃避。然而我们又很弱小，无法完全肩负起这些沉重的负担。没有人是为了受苦而来到这个世界上的，所有人都希望幸福快乐，而不愿意受苦，只有一个人是到这世上来受苦的，那就是耶稣基督，他被钉上十字架，替人受苦，受人崇拜。除此之外，我们可以说，人的本能其实还是要追求快乐。所以我们呼唤着英雄，希望能有伟大人物出现，来为我们分担世界的沉重。

从世界范围来看，古代文化里面首先出现的都是英雄形象，古希腊的英雄史诗中描绘了无数英雄，比如盗火的普罗米修斯。这些英雄人物替弱小的我们和沉重的世界抗争，我们则负责为他们摇旗呐喊，支持他们、鼓励他们。正是这样一种对历史和现实的表达和想象，贯穿了整个文学艺术史。所以文学艺术史实际上是以沉重为美的。但在作品中表现一些沉重的东西，其实是比较容易的，而要把一件很开心、很欢乐的事情写得很好，反而不容易成功。我们不妨比较一下李白和杜甫。套用前面的概念，杜甫就是个标准的“三次元”，而李白具有很多“二次元”的色彩。李白那样的轻灵俊逸的作品，在我们的文学史中是比较少的。

事实上，我们的文学艺术、我们的历史和对历史的描述，向来都是在否认快乐的存在。文学和历史的价值在于疑问，只有展现出苦难和沉重，它们才有存在的意义。一边是生活和历史的沉重，一边是对明快作品的理想追求，二者之间横亘着一道不可逾越的鸿沟。世界是沉重的，它在作品中也往往凝结为沉重的形象，像石头一样压抑着我们。那么面对这样一个沉重的、石化了的世界，我们到底应该怎样去面对？如何处理“轻”与“重”之间的关系？

卡尔维诺在《未来千年文学备忘录》一书中很详细地讨论了“轻与重”的问题，他在书中把“轻”作为一种新的文学理想加以确立。这一观点是和我们的文学史背道而驰的：文学史一直是对厚重的、波澜壮阔的历史画卷进行描绘，追求的是历史厚重感。卡尔维诺却说，他的写作一直在致力于减少沉重感，包括人的沉重感、天地的沉重感、城市的沉重感、语言和故事结构的沉重感……他要采用一种“轻”的方式来取代传统的价值追求。“轻”不是一种缺陷，而是一种理想。我们要在文学形式史中找到一个属于它的位置，重新来安顿它，并且要让这种理想能够投射于未来，这也是卡尔维诺试图讨论和解决的问题。

卡尔维诺在《未来千年文学备忘录》中转述了一个古希腊神话故事，就是美杜莎的故事。蛇发女妖美杜莎的目光拥有极强的诱惑力，谁也无法躲避开她的目光，你只要一看到她的眼睛，就会立刻变成一块石头。这是非常可怕的一件事情，世界会在她的目光之中丧失生命力。英雄柏修斯想要把她除掉，但在战斗过程中又不能直视她的眼睛，否则就会变成石像，从而丧失消灭她的机会。为了让他成功，神话的讲述者给他安排了诸多道具：一双有翅膀的飞鞋、一柄利剑，以及一面可以反光的盾牌。当他和美杜莎战斗时，并不直视美杜莎的眼睛，而是借用盾牌的反光来判断蛇妖的位置，高高飞翔在空中，用手中的利剑将其斩首。在这场战斗中，柏修斯要飞翔，必须要借助于云和风的力量，是轻盈的云和风把他的翅膀托举了起来。

这个故事实际上是在表述一种轻重间的关系，它也孕育着一种新的文学与世界的关系。轻改变了重，战胜了重，柏修斯不是依靠沉重的特洛伊木马，而是飞翔起来，借助云和风的托举、光和盾的反射，摆脱了石化的危险。盗火的普罗米修斯，因为替人类盗取了火种，被饥饿的老鹰啄食肝脏，这是一个沉重主题的表述。但柏修斯不是，他要飞翔起来，甚至有一些游戏的性质，这很像金庸小说里那个叫段誉的人走的“凌波微步”，步态轻盈，变化无穷，不可捉摸。

柏修斯和美杜莎的故事还有后续，也就是对美杜莎尸身的处理：她的头被砍了下来，血液流进大海，长有翅膀的白色飞马佩加索斯从中一跃而出。飞马在赫里肯山上踩踏出了一个泉眼（希波克瑞涅泉），而这个泉后来成为文艺女神饮水之地，也成了诗人们的灵感来源。佩加索斯的飞翔是轻的，是重的对立物，它引出了清泉，引出了文艺女神。神话在这里体现出了一种超凡的想象力，这是神话与文学之间的隐秘联系。文学艺术在神话这个源头上，是有“轻”之血统的。

这就是卡尔维诺所讨论的第一个话题：轻与重。有两种不同的处理方式：通过重的方式，指向重的结局；或者是用轻的方式，指向轻的结局。这在文学中都应该是被允许的。纵观整个世界文学的发展历程，悲剧和喜剧这两种传统也都是同时存在的。黑格尔说喜剧是在悲剧止步的地方重新起步，它比悲剧更难写，这是他做出的一个判断。

两种不同的处理方式，背后隐藏着对待世界的不同态度，喜剧其实是对生活中不可逃避的沉重表示了苦涩的认可，将个人的命运和人类、民族的命运结合在一起思考，并且发出笑声，这是有点邪恶的一件事情。写作者经常会用肉体的不可预知性来消解人类的沉重和神圣，比如在《不能承受的生命之轻》中，男主人公托马斯有一个怪癖，就是不能跟陌生人一起睡觉，除了小时候和他妈妈在一起睡以外，不可以跟别的人同时睡一张床，否则就会失眠。所以每次和女人欢愉过后，他都会在凌晨离开，回到他自己的住处去。另一个情节就是特丽莎打饱嗝，只要和托马斯接吻，特丽莎就会打饱嗝。米兰·昆德拉就是这样用不可预知的肉体的动作消解了爱情的神圣和生命的隐私性，使得一切都喜剧化，或者说“轻”化了。

带有喜剧色彩的作品其实也有不短的历史，比如《巨人传》《格列佛游记》《好兵帅克》，它们都可以说是从属于“轻”的传统，只不过它们是写“含泪的微笑”，归根到底还是一个古典的笑。而米兰·昆德拉的微笑是邪恶的笑，这种邪恶的力量、对严肃性的消解，是不能被古典理想主义者所接受的。所以诺贝尔文学奖不会颁发给昆德拉，同样也不会颁发给博尔赫斯，博尔赫斯所做的，也是对世界沉重性的一种消解。然而古典理想主义者们固执追求的这种严肃性，到了20世纪，很不幸地被世界和历史自身给瓦解掉了。只要人类还在承受沉重的奴役，人类就有权利采用柏修斯的方法，飞翔到另一个空间，手持闪亮的盾牌和利剑，在反光中砍斫美杜莎的头颅，骑着飞马在天空中翱翔，啜饮文艺泉水。换句话说，我们的文学史一直是“重”的，但并不代表它只能是“重”的，它也可以轻盈起来。

二、大小

科学在世界舞台中出场，一开始就是在处理大小的问题。

科学需要去认识世界，发现世界的规律，利用这种规律去造福人类。除此之外还有一个特别的功用，就是和文学艺术一样，消解沉重的石头般的世界。有关它的论述不是抽象的轻重问题，而是更为具象的大小问题。

现代科学在牛顿力学的基础上，一方面向更宏观的宇宙迈进，发现了更多维、更多元的空间，比如爱因斯坦的四维空间；另一方面向微观世界探求，将世间万物一层一层分解，世界被分解成118个元素，被拆分成分子、原子、质子、中子、电子、夸克，完全超出了人类过去已有的认知范畴。人们发现世界原来并不只是牛顿力学的世界，还有更广阔的无边的世界和肉眼所不能见的更小的世界。牛顿力学和万有引力在这两个世界中不再起作用，人类得以摆脱传统力学对我们的限制。所以很多二次元中的人对科幻小说特别感兴趣，因为它就是在描述一个全新的宏观和微观世界。除此之外还有网络世界：网络重新改写了工具的概念，我们只要手指轻轻点击鼠标，奇异的世界就呈现在了我们眼前。多少人被网络所吸引，惊异于一个人可以如此轻易地与广阔的世界相联。

这些“新世界”的诞生和发现，改变了传统力学影响下对世界的想象。如果要追溯它的源头，我们会看到古罗马的卢克莱修在《物性论》中已然提出，世界上的物质由不可见的粒子构成，我们要防止沉重的物质将人类压垮，实际上就是通过这种对微观世界物质的诗性的想象，来达到克服“沉重感”的目的。在今天，让人物变得巨大或是变得微小不可见，这是电子游戏、动漫和轻小说中经常使用的叙事处理方法。

三次元的传统叙事方法就是革命战斗、流血牺牲、直面惨淡的现实和淋漓的鲜血；二次元世界却是要改变自己，让自己变大或变小，通过一种神奇的文学想象，用更“轻”的方式来和外部世界对抗，而不是再依赖火与剑的方式。至于这个方式好还是不好，那是另外一回事，首先还是要描述它。

三、变化

在二次元的想象中，人可以随意变换外形，一个人可以变成植物，变成动物，甚至变成矿物，物种之间的界限消失了。此外，人跟神、仙、精、怪之间的边界也消失了，普通人也可以成神成仙。当然很多中国人不愿意成仙，因为神仙是不吃饭的，他们能“餐风饮露”，要“辟谷”，这对于追求口腹之欲的中国人来说是难以接受的。中国人更愿意成精成怪。

中国古典文学中有很多动物成精、植物成怪的故事，《聊斋》里的蛇精、狐精数不胜数。成精需要修炼，要有“道行”，几百年几千年，这个过程非常艰难。但在二次元的世界中，变异的过程是迅速的，不是古典叙事那样慢慢改变，而是眨眼间就能完成。

还有一种变化，就是克服外部世界对人的限制。一是气体对人的限制，人飞起来需要借助于气，比如孙悟空、猪八戒、沙僧、白龙马都是可以飞的，只有唐僧不能飞。不过《西游记》中还存在着三维世界对二维世界的限制，三次元对二次元的限制，能飞但是不准飞，必须跟在唐僧后面，在三次元中一步一个脚印地走。第二个是液体对人的限制，比如《西游记》里水下的龙族；比如武侠中的“铁掌水上漂”；比如柳毅传书，他一下水，水就会自动分开一条道路。还有就是固体对人的限制。泥土、石头都会对我们造成伤害，可是会遁地的土行孙，一跺脚就消失在了地下，他克服了固体对他的限制和伤害。

这种变化很神奇，很多动漫里都有涉及，比如神奇宝贝、数码宝贝、变形金刚，都是克服了各种液、固、气态的物质对自己的阻挠和限制。也正因为如此，二次元中的场景是很难被三次元的人还原和表演出来的，外界物质对二次元没有限制，但在三次元中，限制依然存在。顺便引申一点，真人表演的三次元电影不为二次元所接受，还有一个原因是二维动画中人物的面部表情是平面的、简单的，喜怒哀乐很明显，没有什么复杂的含义，而真人演员的表情是有多种变化的，其中包含了很多人性的复杂性，这也是“重”的一种体现，二次元的人不喜欢这种复杂。这种对简单的偏爱、对复杂的抗拒，实际上就是把幼儿园小朋友的欣赏模式带进了成人世界。

以上就是关于“变化”的一点讨论。总而言之，“变化”的主题虽然也存在于古典的艺术表达之中，但是在二次元世界里面，它有一些更为特殊的要求。

四、快慢

快慢这个主题是跟大小、轻重配套的。在传统文学叙事中，一个人从A点移动到B点，需要漫长的时间。他慢慢地移动，许多故事会因为这种“慢”而产生，其间会有奇遇和成长，也会有友谊和相思。它可以慢到什么程度呢？比如梁山伯与祝英台，两个人同窗三载，朝夕相处，慢到祝英台是女人，梁山伯竟然全然不知。这是古典世界的呈现方式，都是慢镜头、慢动作。

古典世界的写法就是人在漫长的时间中发生转变，人到长安去赶考，一走三个月，时间一长，任何可能性都会随之出现，你可能会陷入一场恋爱，可能会在江心被人劫持，可能会生一场大病，滞留在异地，回到家已经妻离子散、物是人非。如果故事中的时间太快，复杂性就会大打折扣，也就不会产生那么多故事，说是去长安赶考，坐上高铁几个小时，长安就到了，什么意外都没有了。再说相思，故乡的恋人互相想念，想得人比黄花瘦，才有可能相会一面，今天不是这样，直接打“飞的”，想见马上就能见到，哪里还有“家书抵万金”的说法？

“快”削减了这个世界上许多事情的复杂性，也削减了现代人的耐心，我们不再有一个成长的过程，也无暇去写一部成长小说。比如歌德写的《威廉·迈斯特的学习时代》《威廉·迈斯特的漫游时代》，福楼拜写的《情感教育》，这种作品在今天是很难再现的。我们身处这样一个加速的时代，成长小说主人公的生命节奏和我们的生命节奏已经迥然不同。

在这样一个飞速发展的时代，所有人的性格，由于移动速度的提升，也会发生很大变化，所以这个时代才会产生二次元文化。老年人的生活节奏很慢，他们每天散散步、遛遛弯、打打太极拳，这在年轻人看来是可笑的，他们要锻炼身体，直接去健身房就好了。这是自然节奏和人工节奏的冲突，也是快和慢的冲突。

五、世界

综上，我们对这个世界的想象方式已经发生了变化，我们打破了牛顿力学笼罩下的世界边界，也打破了原先想象世界的方式。牛顿力学的世界是静止的，是现实主义的。现在的年轻作家之所以写不好现实主义，就是因为他的节奏、他的速度、他对轻重和大小的理解，已经不同于过去的时代。你写不好现实主义，是因为你并不关注牛顿力学的世界，你知道它的存在，但你并不在意。你在意的是另外一种世界：轻的、快的、小的或者大的、变化过的世界。所以今天网络文学、类型文学特别发达，这是有一定道理的。当我们改变对世界的看法和理解，开始追求变异的世界时，奇幻文学就诞生了。

奇幻文学是一种新的文学类型，它不是想象是幻想，这两者之间是有差别的。想象是对零星的世界、破碎的世界进行总体性的理解，构建在一定的理性基础上，三维世界强调的是想象力，而不是幻想。而幻想是一种刺激，是一种感性的心理慰藉，幻想再向前一步就是幻觉，就成了“狂人日记”的非理性。

幻想的出现有它的缘由，即世界出现另外一种状况，导致我们对世界的想象方式和叙述方式发生了变化，我们不再能说清世界是什么，谁也不知道世界是什么，世界只是一堆垃圾和碎片，随便我们怎样去拼贴和建构。在这个新建构出的世界中，我们不想经历、不想目击的事情被忽略了，被选择性地遗忘掉了。

一维世界是线性的世界，二维世界是平面的世界，三维世界是空间的世界。我们现实中的日常生活实际上是四维的，三维空间再加一个时间的维度（从这个角度看，“二次元”“三次元”的概念实际上是不科学的），更高维度的空间也有可能存在，但我们目前还没有办法想象和描述。人之所以为人而不是为神，就是因为人只能感受得到二次元和三次元，感受二维和三维，无法向更多维的世界更进一步。在这里我要提出一个“零维”的概念：“零维”实际上就是没有，是无，或者说它是一个原点，它没有维度，是终点也是起点。人类一个最大的梦想就是回到起点、回到原点；所有的平面世界也好，立体世界也好，它们所带来的困扰、压迫、沉重，在零维的原点这里全部都消失了。

我们一直在说二维是在摆脱限制，但二维世界还是不可能完全摆脱所有限制。只有最初的混沌才是没有限制的，它是空白，是空无，是无中生有的，连概念都没有。有人说“雌雄同体”，雌雄同体其实就是回到人类最初的原点，那个阴阳未分的胚胎状态。道教在这个问题上有它自己的看法，就是人本来就是雌雄同体的，体内同时存在着雌性激素和雄性激素，只不过是随着年龄的增长，其中一种被压抑而另一种得以生发，这是可以通过服用药物来进行调整的，你吃某一种药，可以改变你体内雌雄激素的比例。在这个基础上，道教的理论认为，要通过自我对气的运行进行一定控制，让它返回去，逆向而行，从而达到雌雄同体的状态，气在丹田里面调节阴阳、融合阴阳，人便可童颜鹤发、返老还童。这就超越了现实世界的生命规律。而人之所以达不到那个境界，是因为欲望太多、想法太多，所以老是打不通“任督二脉”，体内的气不能融会贯通。至于人的死亡，就是因为阴阳在不断分离而不互通，最后分无可分，生命也就到了尽头。道生一，一生二，二生三，三生万物，阴阳生四象、四象生八卦，这就是一个分离、耗散的状态，也就是一种由生向死的死亡状态；而如果通过练气的方式让气逆向而行，让它成为一个圆融的系统，死亡过程也就被中止了——宇宙是圆的，地球是圆的，太阳系是圆的，你的气也是圆的。

另外，道教说气的运行重点是落在丹田，丹田其实就是炼丹时使用的丹炉的内化，有长生不老的寓意。丹炉一般是放置在深山密林这些与自然融为一体的地方，采天地之精华炼出仙丹，以期服用以后长生不死；炼丹的尝试失败了，就把丹炉从山中移到了体内，外丹变成了内丹，试图把你体内的所有的能量重新激活。这是道教的逻辑，它很完满，也很有诱惑力，通过这种对不朽不死的叙述和想象来克服牛顿力学和三维世界对人的限制。

因此，我们可以看到，中国人喜欢以小见大，用微观的方式来想象和思维；而在印度，他们采用的方式是放大。《薄伽梵歌》里写一个英雄叫克里希那，他在睡梦中梦到了这个世界的结构，他梦见了非常多的他自己，每个他自己都被盛在一个球里面，或躺或斜地睡着，这些大大小小的球一个套一个，一环扣一环，遍布在宇宙之中。这是印度教幻想出来的宇宙结构，实际上跟爱因斯坦的球面空间相吻合，它是没有中心的，或者说有无限多的中心，万有引力和牛顿力学对它来说毫无意义，它是绝对自由的。所以这些变大变小的想象，这些对自由限制的逃离，在古代文化之中大量存在。

实际上，我们当下现实中的所有意义，包括道德、审美、历史，都建立在人的局限性的基础之上，这种局限性最为典型的表现方式就是死亡。人都是要死的。如果人是不死和永生的，那么，所有的价值和意义系统都会崩溃。人如果不死，爱情还有什么意义呢？忠贞还有什么意义呢？现在我们谈到忠贞，之所以会感动，是因为它有期限；那些我们经常提到的价值和意义的范畴，之所以还成立，就是因为有时间限制，有死亡和终结。对不朽和永生的想象，就是建立在死亡和末日基础上的。这个话题比较“重”，对它的叙述若干年来一直在占上风，整个历史叙事和人文传统，都是以“重”为基础的。而年轻一代总认为“重”的东西太多，被生活压得喘不过气来，听到手表嘀嗒嘀嗒响，就觉得是在说“死了，死了，死了”，脑袋里总在想“人总是要死的”“生命是悲苦的”，所以才会有反对“重”而主张“轻”的新追求。

老子要返老还童，要赤子之心；庄子的鲲鹏要直上九万里；列子御风而行，要飘起来——这些都是对“重”的传统的反拨。返老还童、扶摇直上、逆风而行，都是针对地球吸引的重力、针对衰老和死亡，反其道而行之，这都是自由的追求。“轻”的东西，就是要摆脱地球引力，飞起来，它的主要方式就是遗忘，忘掉时间的重负，飞翔进入快乐的境界。而二次元文化，特别是电子游戏，也是一种“轻”的文化，但它是在有意地逃避和反对“重”的意义。其实就是不想长大，想要留在青春期，留在儿童阶段，最好钻回母腹，回到那个无重力无时间的“零维空间”。三次元的人在忍耐和承担，二次元的人在忽视和躲避。

最后我们拿一种鸟类来做个比喻：麻雀。麻雀的生活是什么样的？早晨可以起得早一点，也可以起得晚一点；起床就可以吃到早餐，这个早餐是上帝赐给它的，它自己不需要劳动；吃饭可以在地面上吃，也可以飞到树上去吃，这些都无所谓，它想怎么样就怎么样，没有压力也没有阻力。麻雀的生活，某种程度上就是“零维”世界的生活。变成鲲鹏，扶摇九万里，在现下这个社会中已经过于困难，那么不妨变成麻雀吧，少一些压力，多一些余裕，不伤害他人，自己心中有爱。我们期待一个“麻雀时代”的来临。

根据在“北京师范大学—鲁迅文学院研究生班”课堂讲课的录音整理而成，整理者：罗森

014 |

网络小说及其评价方法

网络文学的勃兴，已经成为当代文学中的一个无法忽略的重要现象。我自己在2000年写了第一篇关于网络文学的评论。2004年我参加新浪网主办的网络文学大赛评审，算是接触过一些网络文学，积累了一些印象和经验。网络文学兴起之初，主要是因阅读市场需求的刺激而发生的。但当它面临质量评价的时候，仅仅靠网络传播效果产生的数据是不够的，建立起新的评价标准是当务之急。本文从网络小说个案分析入手，对网络文学的“文学性”要素进行了分析，讨论了其“文学性”元素中，哪些符合传统文学评价标准，哪些不符合传统文学评价标准。值得注意的是，特别是那些不符合之处，或许恰恰是网络文学的特点。面对它，是站在传统立场上予以否定，还是重新反思传统文学评价体系和标准的局限性问题？本文对建立网络文学评价标准的问题，提出了自己的看法。

一、从一部网络小说谈起

有种说法是，中国文学已经走向世界了，全世界都在看中国的网络文学，许多网络小说都被翻译成了多种语言在世界范围内传播。可是网络小说的阅读受众是哪些人呢？是美国、西班牙、意大利等世界各地的蓝领、普通读者，而不是专业的文学研究者。你在中国的网站上更新，美国那边立刻有人翻译成英文同步上传，美国的蓝领们一看更新了，也和中国人一样，乐呵呵地打开来看，西班牙、意大利也是如此。网络文学的确是从中国走向了世界，但你并不能因此就说中国文学走向了世界。试问，网络文学可以代表中国文学吗？

我们不能无底线地去否定网络文学，它有它自己的消费群体和受众，有它自己的叙事模式。我们不用过分去强调它的故事指向什么价值和意义，网络文学的读者并不在乎。你只要告诉他好人要抓坏人，坏人被抓到了，就可以了。一部网络文学小说，如果写得像纯文学作品——比如卡夫卡的《城堡》——那样，来来回回在城堡外边打转，就是不说结果，读者是要急得跳脚的。

网络文学与通俗文学有差别，也有共性。和张恨水、金庸的作品比起来，大多数网络文学在语言文字上就差得太远了，金庸和张恨水的语言是非常好的。但是他们的小说依然是类型文学，是属于通俗文学的范畴。通俗文学里面当然也有好作品，比如J.K.罗琳、柯南·道尔、史蒂文森、沃尔特·司各特等人的作品。所以说，通俗文学也可以写得很讲究（至少在语言上），但它在叙事模式上还是属于类型文学。鲁迅写出来二十几部小说，叙述模式完全不会重复，独特的形式、结构、主题和类型人物，构成了无数个独特的艺术世界。而金庸的15部小说，实际上都差不多，它的叙事模式是重复的，就是输赢，赢一半，输一半。同样是武功，这一部里叫“凌波微步”，那一部里叫“降龙十八掌”，打来打去，没有什么变动，没有再发展出其他新鲜的东西，但是它很吸引人，就是因为它重复。这一点网络文学与通俗文学是共通的，重复对于网络文学而言，也是性命攸关的问题。

我以“打眼”（网名）的长篇小说《黄金瞳》为例。这部小说一共有1314章，大约450万字，连续写了18个月，平均每一个月写24万多字，每天更新8000多字。整个上传过程的点击率都很高（总点击量过千万），推荐票是150万张，个人订购2万户。跟纸质媒体上的文学作品的传播相比，这是非常惊人的数据。这是一种全新的文学生产、传播和阅读模式。网络文学的阅读，不同于传统文学。传统文学的阅读，可以集中一个礼拜的业余时间，把一部几十万字的长篇小说读完，印象也比较集中。网络文学的阅读方式不是这样，你必须跟着作者上传频率追踪阅读。作者写了18个月，读者必须在18个月之中，每天都去读几千字，晚上睡觉前花一个小时将上传的作品读完，跟个帖说写得不错再睡觉。阅读就变成了日常生活的一部分，不再是教育和研究的对象。像我这样用传统阅读法集中时间阅读，而且没有纸质版，眼睛的确很受罪。

这部巨长无比的小说《黄金瞳》，主人公是一位叫庄睿的年轻人，在典当行做职员，也是业余鉴宝师。他由于一次意外事件而受了伤，受伤的眼睛产生了一种叫“灵光”的特异功能。这种“灵光”

可以识别珠宝，也可以治病，比如他妈妈摔伤了腰，庄睿就用眼睛盯着妈妈受伤的腰部，妈妈的腰部有一种凉飕飕的感觉，腰伤便好了。比如一件珠宝，他瞅一眼就可以通过“灵光”反应识别真假。整部小说就写庄睿在全国各地游走，并伴随着有“灵光”的眼睛识别珠宝的过程。全国每一个城市都有古玩珠宝市场，比如北京的琉璃厂和潘家园、上海的云洲古玩城、广州西关长寿路一带、西安的朱雀街，以及拉萨等少数民族地区的诸多寺庙等，几乎每一座城市都有古玩市场，而且每一个地方的古玩都不一样。主人公以旅行者的身份四处游走，把每一个地方识别古玩和古玩交易过程中出现的故事全部串联在一起。每一个地方都会遇到奇人奇事，也够你写、够你读的，加上一般人不熟悉的古玩交易行业的知识性和趣味性，还有珠宝交易中的各种惊险情节，读起来也很有吸引力，而且只要“生产—流通—分配”的链条不断，就将情节和主题不断重复，没完没了写下去。

重复为什么会吸引人，产生爽感？因为重复会让人忘记时间，而忘记时间是一件很爽的事情。时间对我们构成了巨大的压力。过去火车走得慢，我们坐趟火车要跑30个小时，痛苦得不得了。为了打发时间，拿一本金庸小说来看，看着看着，火车到站了，你还跟着主人公在输赢之间来回摇摆。琼瑶的小说也是一样，写私奔，女孩子哭哭啼啼，非要跟男主人公走，好不容易跟着男方回了家，家里人又都不同意，处处设置阻力。爸爸妈妈不同意，爷爷奶奶不同意，你就要努力克服阻力。最后终于结婚了，女方又查出来是白血病，又是哭哭啼啼，生离死别。眼看悲剧结尾了，笔锋一转，误诊了。通俗小说就是这样，不断地给自己设计一个障碍，永远都是同一套模式。网络小说也是如此，《甄嬛传》《芈月传》，全都是这种模式。要抵达一个目标，就先设置一个阻力，然后加以克服；再设置一个，再克服，无休止地进行下去。但是这种阻力的设置没有体现任何想象力，而是刻板的模式化。你把场景或背景换一下，现代换成古代，夏天换成冬天，江南换成大漠，都是可以的。精英文学不是不考虑叙事障碍的问题，它也会设置叙事障碍，但它最主要的不是叙事本身，它叙事的动力是“意义”。

但是，网络小说也是小说，网络文学也是文学，要符合小说或文学的基本要求。特别是现代意义上的“小说”，不仅仅是指偏重情节的“故事”。故事是一个古老的概念，故事讲得怎么样，需要分析它的语言、细节、情节、布局、意义等问题。现代意义上的“小说”更为复杂。下面我从文学专业角度谈谈网络小说的“文学性”。

二、网络小说的“文学性”

所谓“文学性”，是文学内部研究的基本问题，它研究文学的元素及其构成方式。首先是语言问题。《黄金瞳》这部小说的语言很好，按传统文学的要求，语言也没问题，叙事流畅，没有阅读障碍，细节描写和叙事控制都做得不错，符合很多受众的阅读期待。小说，尤其是长篇小说，其语言标准跟诗歌语言的标准差别很大。长篇小说是一个“杂语世界”（巴赫金）。作家使用的“语言”，也是所有的人都在使用的“语言”，“好人”和“坏人”都在用它，普通人在用，作家也在用，每一个人的用法不一样。小说人物以不同的身份出现在小说里面，比如一个啰唆的人在小说里说话就很啰唆；一个教养很好、语言使用很精辟的人，在小说里说话就很精辟。所以面对这种作为“杂语世界”的小说语言，我们无法根据局部语言风格，来判别小说语言的好坏，关键是你怎么把这些“杂语”结构在小说里面，它是否符合整体结构和意义的要求。也就是说，语言和细节描写是为情节设置服务的。所以，情节设置也很重要。可是，小说《黄金瞳》的情节设置很好，情节转换能力也很强。问题是，既然语言很好，情节设置能力很强，故事很吸引人，我是不是可以用传统文学标准去衡量，认为这是当代传统文学中的第一流作家和作品呢？无疑没有这么简单。因为小说还有“叙事布局”和“整体布局”的结构要求，前者可以称为“小结构”（叙事结构），后者可以称为“大结构”（意义结构）。①

先讲“叙事结构”这个“小结构”概念。传统作家非常讲究叙事布局，也就是“先写什么”“后写什么”“哪里多写”“哪里少写”的问题。布局结构所指向的深层价值，符合人类文明进化和社会管理的基本原则，就是“节约原则”，也就是以最少的篇幅，传递最大的价值，“以少胜多”“以点带面”“借比起兴”“互文见义”，都指向这一总体原则，而不是我想到哪儿就写到哪儿、大家喜欢怎么写我就怎么写，更不能写成平均分配时间和篇幅的“流水账”。在15万字到100多万字的限制下，作家一定会把他最感兴趣的，同时又与小说

---

① 张柠：《感伤时代的文学》，新星出版社2013年版，第24—30页。

的“总体性”价值密切相关的地方多写，并且会尽量控制“闲笔”。在网络文学的生产和传播中，传统“布局”这个重要的结构问题，变得不是问题了。首先是作品发布的篇幅在空间上没有限制，它利用的是无边无际的“赛博空间”（cyberspace），也包括新兴的“云空间”。其次是读者在时间上的自由度，读者所利用的，是古典“劳动时间”之外的、被当代社会生产力解放出来的“剩余时间”或者叫“游戏时间”。因此，叙事布局结构上的“节约原则”，在这里近于无效，写作和阅读可以是一种“耗散”的行为。

与此同时，上述“剩余时间”或“游戏时间”的零散性，与网络文学叙事的断片性和任意性之间的高度吻合，消解了传统文学对叙事总体性的要求，于是就引出了下面的问题：如何看待叙事作品的“意义结构”？我们认为这是呈现作家对自我和他人、社会和世界的总体看法的重要尺度，否则，叙事布局的小结构就会变得杂乱无章，甚至不可理解。网络小说家对“叙事总体性”这个大结构概念不大在意。这个总体性是什么？比如，《红楼梦》讲了一个什么故事？我们要有三言两语把这个小说的叙事总体性问题说出来的能力，然后再讲它是如何实现叙事目标、如何呈现叙事主旨的方法，包括语言风格、细节描写、情节设置、人物塑造与总体结构之间的关系。尽管不同的读者对作品“叙事总体性”的理解、发现、归纳有差别，但那种使作品具有“可理解总体”的要求没有改变，都要求细节和情节在时间流变中具有统一的因果关联性。假如没有这种“叙事总体性”，而是一种松散且随意跳跃式的写作和阅读，就会导致结构的弥散性，也就是叙事意义指向上的无中心和不确定。这种叙事上经验碎片的任意拼贴，从传统思维方式和价值追求角度看，就变得不可理解。如果我们这样要求网络文学创作，那么他们的写作就会崩溃，于是他们就只能向网络读者求助。这种局面只会加大文学评价和文学传播之间的裂痕。是不是必须用上述那种大结构的标准来要求网络文学？不解决这个问题，对于如何“建立网络文学评价体系”的讨论将难以继续。

“小结构”和“大结构”是衡量网络小说文学性的一个标准。除此之外，人物形象的塑造也是一个标准。我们的20世纪，整整一百年来，特别是纯文学作品当中，找不出几个形象鲜明的典型环境中的典型人物，多数都是概念化的人物，没有鲜明的特色。陈忠实笔下的白嘉轩算一个；路遥笔下的孙少平、孙少安也算。“十七年文学”里倒有不少，那一批红色经典的人物形象塑造还是比较成功的，只不过它们的利益和价值观存在一些问题，就是把暴力革命作为一个牺牲的基本指向。这一点也能理解，毕竟一个新兴国家政权的成立，需要历史叙事和文学叙事在不同的角度给它的合法性提供支持。我的意思并不是说只有典型人物才有价值；一个人物即便不够典型，也可以有特别的价值。我提典型人物，是想讨论这样一个问题：普通的百姓读者，他读文学作品时不看语言、不看结构、不看气势，就看人物，比如人民大众喜闻乐见的《平凡的世界》。读者想要在小说人物身上找到自己的影子，在这个方面，通俗文学比如今的纯文学做得要好。比如金庸的小说，就塑造了非常多令人印象深刻的人物形象：郭靖、黄蓉、周伯通、欧阳锋等。

我认为，长篇叙事文学，无论是传统小说，还是通俗小说、网络小说，都应该创造能够代表一个时代的文学形象，他身上浓缩有我们整个时代的精神气息，这叫典型人物。这也是衡量网络小说文学性的重要标准。我们现在很缺这种优秀的长篇。我们可以估算一下，国内每年有五千部长篇小说出版，其中能在公开发行的刊物上发表的可能也就五六十部，只占出版总数的1%。其他那些发表不了的小说，都是写得很差的小说。而在这五六十部正式发表的小说中，还有很多只是勉强合格。很多作家花费三年、四年甚至更长的时间来创作一部长篇，他就应该要求自己达到一部长篇应该达到的高度。写完发表其实并不难，就像马拉松长跑，只要熬下来就行；而一个作家要塑造一个人物，让这个人物承载一个时代的精神能量、精神信息，这是一件非常困难的事情。所以说俄罗斯作家很厉害，每个作家出来，都带着典型的人物形象，这个人物形象会成为一个时代的标志。作家写小说，一定要带人出来，这是很有诱惑力的一件事情。

三、新标准面临的理论难题

按照传统文学的标准，网络小说的疑问，不出在一般的语言和情节设置等要素上，而是出在“整体布局”或“意义结构”上。如果我们不打算将这个疑问绝对化，那么就需要重新讨论传统文学的“整体布局”或者“意义结构”在理论上的合法性问题。

长篇小说叙事结构的总体性，实际上是“人类中心说”（还可以包括“地心说”和“日心说”）在叙事文体上的一种表现形式。单一中心的世界结构模式产生了一系列问题，比如地缘政治上的西方中心、语言和意义结构上的“逻各斯中心”、道德实践意义上的“人类中心”，此外还有“男权中心”“城市中心”等。这些标准的建构，来自西方文艺复兴对希腊和希伯来传统的重新阐释，认为这个世界有一个唯一的中心，围绕这个中心形成了完美的结构，世界才成为人类可把握、可理解的对象。这一观念从自然科学向人文科学领域的转换，直到18世纪（康德、笛卡儿、洛克）才完成。现代小说概念也是18世纪才出现的，将独特的个人经验聚合在一起，成了现代小说的核心内容。对个人经验的叙述，必须在时间中形成统一的因果关联性，进而将它们编织到“中心—边缘”的完满结构之中。由此，古典文学对“完美文化”的模仿，被现代文学对“完美生活”的模仿所取代；古典小说中无时间性的“诗性理想”，被现代小说中“人性真实”的历史演变（进化时间）所取代。叙事布局实际上是“时间”要素的体现，整体布局实际上是“意义结构”的体现。18世纪的教育小说、成长小说或漫游小说，就是这种现代形式的代表。中国“五四”的启蒙文学，正是借鉴和继承了这一种文学标准，巴金、茅盾、叶圣陶、老舍、路翎等人的小说都与此相符。

事实上，无论是对世界的认知方式，还是对事物的描述方法，上述那种现代意义或者现代小说的叙事结构（历史叙述及其总体性），都只能说是诸多类型中的一类而已。我们可列举出许多相反的例证，比如，阿拉伯《一千零一夜》的箱型框架结构、日本《源氏物语》的串珠状结构、印度《五卷书》的东方套盒结构、中国《红楼梦》的圆形蛛网结构等。再比如，来源于佛教寓言故事的《阳羡书生》（《续齐谐志》）的叙事结构，就是一个东方式幻想世界的完满结构。此外还有民间叙事中的“生命树”模式、“克里希纳幻化宇宙”的结构（《薄伽梵歌》）、现代物理学全新的时空观、福柯对快感中心唯一性的批判、罗兰·巴特《恋人的絮语》的叙事模式、废名的《莫须有先生传》和《莫须有先生坐飞机以后》、沈从文的《长河》和《边城》等。东方神秘主义的直觉离我们的生活已经很遥远，现代科学前沿成果离我们的生活同样遥远。人文学科对世界的解释原则还是“古典力学”式的。我们能不能打破结构上的“地心说”和“日心说”？能不能打破传统思维对世界认知和意义叙述的模式？如果可以，那么，经典文学评价体系，包括我们对长篇小说叙事结构的理解，也可以被颠覆。首先需要颠覆的，就是那种单一中心的精英话语模式，以及其在文学评价体系中的一套规则。

上面所列举的模式中，那些偏离近500年来西方中心话语的“意义结构”模式，其实都是反对单一中心而提倡多中心的。表现在小说叙事结构中，就是叙事的多中心、文体的开放性。由此我们才开始理解，为什么说长篇小说是一种“未完成的开放性的文体”（巴赫金），而不仅仅是一个“市民社会的史诗”（黑格尔），或者“成问题的社会中问题人物寻找意义的旅程”（卢卡奇）？带有民间叙事色彩的、优秀的网络小说，或许正是这样一种开放的、尚未完成的新文体。它叙事的每一个局部都很精细，每一个故事的片段都是叙事重心，每上传一个断片都可以掀起一个小高潮，每一部作品都可以高潮迭起，也就是多中心、多高潮、多主题、多人物、多重文本和多重意义，就像一棵蓬勃生长的大树，无论这棵“生命树”的根部是扎在土地上（现实的），还是扎在天空中（幻想的），都可以视为民众对神秘而多样世界的一种艺术直觉式的捕捉。正如民间文学专家刘魁立先生所说的那样，民间叙事的生命树，有着“伟大的生命力”和“神秘性”，是世界的“无穷丰富性、复杂性、内部机制的规律性和隐蔽性的一种象征”。[①]

至此，我们已经提到了网络文学对传统文学的两种偏离趋向：第一，在作品的生产和传播上，具有时间和空间双重的无限制，因而无须遵循传统叙事上的“节约原则”。第二，叙事的整体意义结构上，偏离近现代以来西方文学建立的总体叙事结构的要求，而呈现出多元化、多中心的弥散结构。不过，在这种新的模式和特征的价值判断上，笔者并不十分确定，需要多方面的专业人士介入和进一步研究评价。

四、评价体系和研究的专业化

网络文学的生产和传播是一个客观存在的事实。网络文学研究首先要面对这一事实，而不应该先入为主地要去改变这一事实。正如一些网络作家所说的那样，网络文学是建立在“读者选择机制”基础上的（同时它的淘汰机制也非常残酷）。网络文学整个生产和传播过程有自己的特殊性，跟传统文学不一样。但是，在这种生产和传播过程的表象之下，作家的叙事动力除了点击率之外还有其他深层因素吗？怎样的叙事模式才具有广泛的吸引力？一个庞大的“生

① 参见《民俗研究》2001年第2期。

产—传播—感受”共同体是如何建立起来的？它的文化价值或意义是什么？这些问题都是需要重新研究的。网络文学目前的基本状况，可以称之为“资本原始积累”阶段，还有许多值得探讨和规范的空间，这是笔者呼吁“建立网络文学评价体系”的基本动因。

此外，任何一种新兴的文艺形式（包括长篇小说、流行音乐、电影电视等），都有一个从通俗化走向经典化的自然发育过程。所谓“经典化”是把新的东西（刚开始还没有人谈论的东西），变成可以谈论的东西，也就是要发明一套基本的术语去概括它和评价它，使之纳入整个人类文明进化史的话语评论体系中。要进入文学史，就要用文学史那一套语言来言说它，而不是简单地依赖起印数、点击率等数字化的东西。研究的基本思路，就是以“事实判断”为基础，逐步转向“价值判断”。这也是“网络文学评价体系建立”的重要目标。

目前的网络文学研究者的规模，与网络文学的生产和传播规模极不相称，研究的专业水准也有待提高。一定要改变两种极端的研究姿态：不是极度贬低和置之不理，就是钻进研究对象之中着迷而不可自拔。这两种姿态，前者是不愿意直面事实，后者是将未经研究的事实直接价值化。网络文学研究者首先面临的难题，是术语的过多或者匮乏，导致了语言无法抵达和捕捉研究对象。

理论术语的使用要遵循两条原则：第一，筛选和化用原则。为了保持文学评价体系自身的历史连续性，传统文学研究和批评术语是无法拒绝的。如何将它们运用到网络文学评价里面来？不是每一个传统文学术语都可以直接移植到网络文学评价中，有的管用，有的不管用，需要仔细甄别。面对网络上那种带有“浮世绘”色彩的小说，“典型环境中的典型人物”就不怎么管用；面对重在表现女性情感的网络小说，“波澜壮阔的历史画卷”就不怎么管用；面对玄幻小说，“接地气的作品”就不怎么管用。有一些术语，比如文学内部研究的语言风格、情节模式、叙事布局、整体结构，完全可以使用。这就是传统文学术语的“筛选和化用”原则。第二，术语创新的准确有效性原则。面对新的文学对象，除了筛选和化用传统的文学术语之外，还要有新术语的发明创新，这些新术语多是从网络文学里面出来的，虽然很有针对性，但也杂而多，在选用的时候需要甄别，使之准确有效。首先要进行事实判断，它是什么？这个阶段很多文学评论家在做，之后要进入价值判断，它有什么意义？新术语的发明要准确有效，笔者称其为术语创新的有效性原则。

如何研究网络文学这一新的复杂事实，并最终建立起科学的评价体系，是一个复杂的系统工程，需要多学科、跨学科的协作才能够完成。跨学科结构中应该包含三个主要学术领域的专家：第一是传统文学专家，包括中国古典文学、中国现代文学和外国文学。一方面是因为它是“文学家族”中的一员，需要进行文学性的研究，另一方面是因为网络文学经常“穿越”，而这些专家的组合，能够更准确地把握网络小说中的“时空穿越”特征。第二是民间文学、民俗学、文学人类学社会学的专家。因为网络文学跟传统文学不一样，它在结构方式上对“现代性”话语（人类中心）的偏离，小说中的“人”是多义的，包括“自然人”“种的人”“群的人”“神的人”，还经常出现“返祖冲动”。在叙事方式上经常带有浓郁的民间文学和民俗学色彩。第三是传播学、媒介文化、符号经济学专家。网络文学跟通俗的流行畅销的纸质书不一样，它首先是以一种文字符号在网络虚拟空间传播，再加上整个生产和传播过程跟资本运营有着密切关联。这三个知识领域要交融和整合。网络文学研究的专业过程中，将这三个领域的专家和知识整合在一起，是非常重要的。由此我们才能让网络文学研究由事实判断进入价值判断。

根据在“北京师范大学—鲁迅文学院研究生班”的讲座录音整理修订而成。整理者：贾想

015 |

“小清新”的文艺生活

——在北京师范大学2012读书节闭幕式上的演讲

我不是“小清新”，我也不是你们，我怎么知道你们的生活呢？对自我的想象是自我的一部分，还有另一部分，来自一个他者的眼光对你们的观察以及你们对这种观察和表达的回应，这两部分相加，才能构成一个总体的自我。因此，也希望你们能够听听，一个局外人对“小清新”文艺生活的一些看法。

身为“小清新”的你们来自哪？

中国当代青年亚文化的出现，是“青年”这个概念分化的结果。在传统社会里，“青年”的概念没有分化，因此也不可能出现青年亚文化，就更不可能出现对青年群体的诸多命名以及代际的替换。

在传统的青年分类里面，有理想青年和问题青年两种。所谓理想青年，是指与官方主流价值观相符合的青年类型。比如说官方提倡“劳动最光荣”，那么理想青年非常重要的内核，就是“劳动”；当“革命”成为主流话语的时候，那么理想青年的关键词，就是“革命”；当“建设四个现代化”成为这个社会主流的时候，那么理想青年的关键词，就是“建设”。在主流青年的分类里面，通过批评、教育、改造等各种各样的微观意识形态的方式，将一些青年类型剔除掉了，比如问题青年。这些问题青年，就是对主流价值观存在疑问的人，或者说是在主流价值观边缘游走、徘徊的一些人。他们最重要的一个特点，就是对社会心存质疑。

而现代社会分类出现了“亚文化”的概念。所有青年亚文化类型的出现，都是在二元对立的思维模式消除之后，对跟主流价值观有距离的问题青年的宽容。这种二元对立思维模式的终结和全社会的宽容，才导致了青年文化分化成多元化。于是在主流价值体系之外，出现了大量不同的群体，他们根据自己价值观念、审美趣味乃至行为方式的不同，分化成了一个个小群体，形成青年亚文化。

20世纪80年代中后期以来，中国的青年群体，由于文化术语的出现，导致了小群体的出现。“愤青”“小资”“小清新”，就是在青年文化分化之后出现的三个代际关系。在文化形态上，它们存在连续性。“小清新”是近两年青年亚文化群体里非常重要的一脉。

社会多元思维的产生，主流的理想青年不再是对青年命名的唯一方式，对青年的判断标准不再采用二元对抗的价值观，而是对不同群体所给予的一定宽容，问题有正反两个方面，不管以什么形式出现，它都是我们这个时代的问题和精神现象的承载者。

“愤青”一词，现在越来越变成一个贬义词，当年它出现的时候，并不是一个贬义词。他们是在理想青年和问题青年这样一个二元对抗的模式消解之后，青年亚文化开始越来越分化的时候，出现的一群非常“奇怪的人”。“愤青”，是“愤怒的青年”的简称，但是，我们说“愤怒的青年”没有问题，可如果称呼他们“愤青”就有问题了，因为“愤青”是省略的说法，凡是一个术语被简单省略成一个符号后，就等于被符号化了。所以，一开始“愤青”一词并没有贬义，后来慢慢有贬义了，这是因为“愤青”有这样的特点：他们关注“历史”，试图在现在和未来的时间维度上，解决现实的意义问题，他们的出发点是善良的，但是他们的思维被现在和未来所撕裂，可能会表现得特别激进，具有批判性，鲁迅往往成为他们话语方式的第一资源。

而“小资”则不同，他们厌倦了不关注自我，只关注历史的思维方式，转而关注现实，开始把自己放入现实之中，并且试图通过现实的物质生活实现自我确认，在精神和物质的矛盾中，获得一种带有虚假性的小资产阶级价值满足。他们讲究生活细节，但是这些生活细节具有虚假性，因为它是在现实和历史之中游荡的。

“小清新”是从“愤青”到“小资”的延续。特点是他们关注瞬间的感受，将过去与未来、现在与未来，浓缩在一种碎片式的意象之中，属于“纯粹的文艺范儿”。

以上就是三种青年亚文化的演变关系。值得注意的是，这三种文化有交叉的情况，一个群体、一个人本身都有交叉情况，在不同的时空之中，一个人可以特愤青、特小资、特清新。虽然在一个人身上三种症候都有可能出现，但是不同的历史时段，总有某一种症候占了主导。如今研究“小清新”的文化变成研究这个时代精神现象的诸多问题的载体、符号。

我们可以通过三个倒置三角形来解释“小清新”与社会结构之间的关系。第一个是权力三角形：顶层是权力资本，第二层是富二代，第三层在网络上被称为“Pi民”——“Pi民”不管年龄大小，都以愤怒为特征。接下来，是货币资本三角形：顶层是商人，第二层是富二代，最底层是穷人，也包括“小资”。“小资”也是穷人，尽管他们的趣味很高，知道世界上各种各样的顶级名牌，处在顶层的富人都不一定认得，他们是被“小资”瞧不起的暴发户。最后一个是文化资本三角形：它呈现出自上而下的流动关系，处在最高层的是文人，“愤青”“小资”“小清新”这些文艺青年占据了上游位置，只有“屌丝”还在下面。如果追根溯源的话，拉斯蒂涅、于连、拉斯科尔尼科夫都是“屌丝”的祖先，但他们是“逆袭”的成功的范例，所以“屌丝”也有可能变成文艺青年。

没有情节，只有细节；没有情感，只有情愫；没有性格，只有性情；没有全景，只有碎片

“小清新”喜欢看什么类型的电影？我们也可以借此梳理青年亚文化不同时段的人喜欢什么电影。

“愤青”，尤其是“老愤青”，喜欢看《列宁在1918》《地雷战》《牛虻》《瓦尔特保卫萨拉热窝》《流浪者》，随着年龄的年轻化，新一代“愤青”喜欢看杨德昌的《牯岭街少年杀人事件》、张婉婷的《北京乐与路》，还有最新的《贫民窟里的百万富翁》，这些都是为

“愤青”提供思想资源的电影，带有一定的左翼色彩。

“小资”必看的电影有反映自我意识觉醒的《死亡诗社》《毕业生》《本能》《爱情故事》《情人》《感官的王国》《罗生门》，还有布努埃尔、昆汀·塔伦蒂诺、波兰斯基、基耶斯洛夫斯基、阿巴斯等导演的作品。这些影片的共同特点是意象复杂繁乱，叙事线索跳跃，不会平铺直叙。“愤青”电影中，叙事线索是跟随着历史时间推移的平直单线发展，而“小资”电影比较讲究意象的复杂性和叙事线索的错乱性。他们不喜欢好莱坞电影，认为它们是拍给智商中等偏下的蓝领看的，他们喜欢法国电影，还有伊朗电影。比如阿巴斯的电影，往往一个镜头十几分钟，一个台球迟迟不送出去，一直摆在那里。

“小清新”喜欢看日本、中国台湾的电影，比如《四月物语》《关于莉莉周的一切》《情书》《风柜来的人》《冬冬的假期》《海角七号》《那些年，我们一起追过的女孩》。电影主人公的情感不甚明朗，这种属于青春的、青涩的、朦胧的美感，正迎合了在读高中或大学的年轻观众的心理和趣味，它没有任何理解障碍，情节简单情绪却很饱满，只需要跟着镜头走，静静地感受。

在这样一些作品中，细节非常丰富，情节比较淡化，结构不够清晰明确。在我看来，细节、情节、结构，是一个连续性的叙事作品应该要抵达的目标。细节本身没有问题，所有人都可以写细节，情节则是要把细节集合在一起往前推动，最后形成结构。对于个体生命和艺术感知而言，它是从“本我”“自我”到“超我”的一个过程，结构是“超我”的，如果没有结构，就没有“超我”。如果只有细节，那就只有“本我”，“本我”也分为两块，一块属于原始生命力，还有一块是属于对生命自身的感悟。所以，细节过多的东西是在“本我”层面游移不定，虽然属于“自我”层面的情节也有，但终不能抵达“超我”的结构。在生命意义的层面上，“小清新”电影意义显得单薄且不明晰，导致这类文艺作品在细节的弥散状态之中，在犹豫不决的细节堆砌之中，出现了一种非常纠结的状态，这种东西在日本文学里非常典型，那就是——物语。

因此，“小清新”文艺作品的特点可以总结为：没有情节，只有细节；没有情感，只有情愫；没有性格，只有性情；没有全景，只有碎片。也就是细节很迷人，情节走向不明朗，情愫很浓郁，情感状态不明确。没有性格，只有不稳定的性情，如同十六七岁女孩子的精神状态。没有全景，只有碎片，全景化是一种呈现世界的野心，碎片化是一种“指小表爱”的表达方式，所谓的“指小表爱”，就是把世界缩微化，变成一个很小的、可以掌握的东西，小到可以化为包上的挂饰，而不是变成历史的、宏大壮美的东西，实际上这都是物语的特点。

青春期与物语文化

“物语”一般翻译成“故事”或“传奇”。“物语”是故事，但不是中国的故事，是日本的故事。中国故事和日本故事的区别就在于，日本人爱追根究底，格物致知，就像《论语·子张》中所说的，“虽小道，必有可观者焉”，但中国人更关注紧跟的下一句“致远恐泥，是以君子不为也”。我们说“君子所不为”，中国的文人要追求一种“大道”“道统”，认为“小道”不可以太迷恋它。但在日本人看来，每一个事物都有它自身的结构、历史和命运，他们所着迷的正是在别的文化里微不足道的事物，这些都成了大学问，说来无不头头是道。花道、茶道、柔道、香道、剑道，每一个“道”的内里，都自成一套有组织、有系统的知识体系，外显出来，则是一个个充满魅力的故事和传奇，也就是“物语”，每个事物都有自身的生和死，有历史和命名。对日本人而言，“道”的世界或许太深远辽阔了，但“物语”的世界却是无处不在，迷恋物语，也就构成了日本文化最独特迷人的部分。

日本文化通过小物件把自身呈现出一种“道”的特点，跟它的岛国地理以及民族性格有关。中国人的“大”是指青藏高原，日本人的大是指“富士山”。日本哲学家和辻哲郎在他的《风土》一书中曾谈道，日本的民族性格与它独特的东亚季风性气候相关，“大自然给予他们的恩赐，是通过极端的方式给予的，比如雨水是通过台风和暴雪。感受性是突发性和季节性的合一。感知的恢复，不是通过静心养神，而是通过新的刺激和心情的转换。在突发性和季节性之间转换。感知的多样性和隐忍的持久性的结合，产生一种新的心态和性格。日本人的情感激昂常常是在这种猛烈的突发性中迸发，不是在执着和持久中迸发。他们十分崇尚感情激昂却忌讳执着不已。拿樱花来象征这一气质十分贴切，樱花开得匆忙、灿烂、竞相怒放，但不是一直开下去，落得也匆忙、恬淡，这是瞬间性。另外就是隐忍性：既不是热带的不抵抗的达观，也不是寒带的那种不懈的忍耐，而是通过变化来替代忍耐。既不征服自然，也不与自然为敌”[①]。换句

① ［日］和辻哲郎：《风土》，商务印书馆2006年版，第119页。

话说，就是瞬间、细节的东西在他们的民族性格里非常重要。比起美国人本尼迪克特的《菊与刀》，和辻哲郎作为日本学者，对自己本民族的性格研究还是比较到位的。

日本人有时特别悲观，这源于对细节的深层理解。我觉得这种细节也不仅仅是民族性格的差别，在一个人不同的年龄阶段也有不同的倾向性。在青春期时，可能更加迷恋日本文化，随着年龄的增长，到中年时期，可能会更迷恋中原、西北高原的“熬”文化。日本是绚烂开放瞬间死去，是充满激情的，通过细节把生死的东西全部凝聚在一个意象之中，更符合年轻人的心理和生命体验，而我们这一代人却觉得太细太小了，更喜欢俄罗斯、法国文化中气势磅礴的东西。

生命中不可承受之重

“愤青”拥护的是19世纪的批判现实主义文学，喜欢读陀思妥耶夫斯基、波德莱尔、巴尔扎克的作品，还有东欧弱小民族的反抗文学，以及鲁迅、《1984》、《动物农庄》、《拉丁美洲被切开的血管》、《格瓦拉日记》等。年轻“愤青”喜欢看切·格瓦拉的东西，切与格瓦拉之间要拖得很长——“切”。

“小资”爱好20世纪以来的现代主义文学，卡夫卡、卡尔维诺、博尔赫斯、玛格丽特·杜拉斯、昆德拉、金斯堡、克鲁亚克、张爱玲，最近80年代热了一阵的雷蒙德·卡佛又卷土重来，村上春树则是最年轻的一拨“小资”看的，已经不符合现在“小清新”的口味了。

我理解的"小清新"，喜欢读张爱玲的一部分，不是全部，喜欢读朱天文、朱天心以及三毛的散文和安妮宝贝的游记。

张爱玲，既是"小资"的"祖师奶奶"，又是"小清新"的"鼻祖"，其中的深度意象，在阅读中被删除，一些典型的美学风格和句法则被继承，比如迷恋细节的自由扩散，对物的审视既依恋又怀疑，略带悲凉的风格，渲染一种不过是孤单的小孤独。还有常见的"无主句"，所谓"无主句"，就是感受性的主体不明朗的句子，比如"我看到了一束花"，"我"就是感受的主体，而"无主句"就是将这个"我"去掉了。"无主句"的主要特点就是将个人经验普泛化，变成一代人的经验，甚至是永恒的经验。"小资"比较迷恋张爱玲的物质主题，比如她的服饰，她穿着一件晚清的棉袄，却有着一张40年代的现代化的脸和眼神，她照片的拍摄角度，照片中的物件是怎样摆设的，如何将古朴的物象和现代的物象并置在一起，产生一种陌生化的经验；学者关注的是她的文学批判主题，"小清新"则迷恋她对人生、对爱情等突如其来的感悟，比如说"三十年前的月亮"就是瞬间对人生和情感捕捉的语法和句式。因此，不同时代的群体和经验者，从张爱玲作品中所汲取的东西不一样，所以她无愧"祖师奶奶"的称号。

安妮宝贝为什么会受到那么多人的喜爱？我们来分析安妮宝贝的《清醒纪》中《第一日 栀子》的开头："在街边老农的箩筐里，看到白棉线捆起一小把一小把的花。绿叶硬朗青翠，花瓣洁白芬芳，浓郁如丝缎……"这段话没有任何时代背景和历史场景的交代，直奔花而去。一个作家写作，一般都会先有个交代，但是她没有，这也成为她的风格——直奔主题。

安妮宝贝笔下的人物一会儿面对黑暗死亡思考，一会儿玩失踪，一会儿看到老农箩筐里的花就笑，一会儿看到花儿谢了就哭。她的取景器永远是近距离的，所取的景直接占据整个画框，就是将细节夸大，将很小的事物放大，这些都可以看作是“物语”，没有大空间感和时间感，不关注所感受对象的前世今生，而只将细节无限夸大。这是安妮宝贝的风格：把时间变成时段，把历史变成日历，作品的结构是靠日历撑起来的，把环境变成场景，把场景变成梦境，不需要你对历史、时间、时空这些我们生命生长的背景因素有深刻理解，而直奔主题，使读者觉得原来每一个物都可以引发感叹，把审美的意境、历史、时间都集中在一束小花、一个被赋予生命的茶杯上面，迅速地抵达了文艺青年的至高境界。这种风格有它存在的理由，一代又一代人一直思考宏大的历史主题，思考宽广的历史场景，但他们思索的问题得不到解决，于是变得无法承受太多的历史重负，所谓“生命中不可承受之重”。

身姿学研究以及对待世界的态度

在人类学中，有专门的身姿学研究，研究人类与动物的身姿区别。身姿学发展到今天，它的研究对象有行为、身姿、服饰等。

从服饰来看，“小清新”穿的衣服叫作“森女系”。大概在20世纪90年代后期，苏格兰碎花裙和意大利的田园风成为一种风潮。这种时尚的流行惹怒了当时非常前卫的服装设计大师麦克奎恩，他声称要设计一款服装，将带有浪漫主义的田园风摧毁，于是一款非常漂亮的长款蓝底碎花裙诞生了。虽然长裙是浪漫的，但是模特脸上的妆容和身上的配饰却是狰狞的，头顶插了一根羽毛，带有一种“堕落天使”的风格，这实际上是对浪漫的恶性模仿，目的是要摧毁浪漫。“小清新”也追求质朴的田园风格，他们崇尚低碳生活，不穿皮草，穿亚麻布长裙、纯白衬衫，不穿皮鞋而穿布鞋。但是，他们会通过表情来减弱单纯的田园风所彰显的浪漫主义风格。

“宅”也是他们的特点，他们习惯在淘宝网上买东西，信用卡经常透支。旅行是他们共同的爱好，主要是国境线内，资深者会去西藏雪山，在他们看来，不看西藏的雪山是没办法写游记的。还要看看藏民“高原红”的脸蛋，因为与城市人追求的“晒伤妆”相比，藏民的“高原红”是自然的，而“小清新”崇尚自然。在他们与自然亲近时，千万不能称呼他们是去“旅游”，而要叫“旅行”，听上去像马可·波罗、三毛一样。他们还要带上像LOMO和尼康D90这样的相机与装备上路。

刚才提到，“小清新”会通过一些方法减弱田园风的浪漫主义风格，比如拍照时的构图法、取景法、表现法以及说话时的言语等。他们的取景法讲究人与物分离，例如在沙滩上把鞋子脱下来，让鞋子和自己的脚合影，让身体与物成为兄弟。“小资”迷恋物，通过脚占有物，通过物来衬托“我”。“小清新”则认为，鞋子很漂亮是因为它自己有自足的美。这个小符号表现了“小清新”对物的态度和“小资”不同，他们对物的诉求很淡，占有欲不强。

“小清新”的语言非常简单，他们经常说“好吧”。“好吧”就是终止对话，拒绝对话，而问题照样摆在眼前；“愤青”则会说“来吧”，他们一定要辩论出谁对谁错、谁输谁赢，辩论出重大问题的合理性。“小清新”把重大的国际问题、哲学问题、生死问题简化成一句——“好吧”。这是他们的句式，也是他们处理人际关系的一种方式。这种处理方式的好处是，不会像“愤青”一样兄弟反目，坏处是任何问题都不能得到深入讨论，他们也拒绝讨论，宁可一个人琢磨，这也就决定了其不可能在讨论中实现彼此的获益。因此，这种独特的句法和句式揭示了他们这一代的人际关系、对话关系中特殊的身姿学。

如果是在一个令人非常满意的文化环境里和社会制度下，“小清新”文化是一种不错的青年亚文化形态。但是，当我们的文化环境、社会制度还有许多地方需要改进的时候，一味地沉浸在美好的细节之中，靠自我疗伤的方法来度过自己的生活，还是有一些问题。就像“愤青”文化和“小资”文化一样，它们自身都存在着问题。在开始的时候，我就提到，一个时代的青年文化形态，是这个时代问题的载体。因此，我们去了解它、研究它、反思它，对于我们了解这个时代的症候，是非常必要的。

录音整理：李冉

016 | 纯文学的优势在哪里？

标题所示的这个重要问题，即使用五万字也不一定说得清楚，我要在五千字之内的篇幅中讨论它，就像一次无意义的冒险，那么就让我们开始吧。2015年的文学界有两件事值得关注，一是白俄罗斯作家S.A.阿列克谢耶维奇获得“诺贝尔文学奖”，原因是她的纪实性作品“记录了我们这个时代人的苦难和勇气”；二是中国科幻作家刘慈欣获得美国第73届科幻文学“雨果奖”。阿列克谢耶维奇长于写实记录，旨在披露历史真相，她似乎对“虚构”或“想象”这些文学的重要特征不感兴趣；刘慈欣长于纯粹的幻想，天马行空，并不打算“接地气”，而且跟“现实主义”也没有什么关系。两项大奖青睐于纪实文学和科幻文学，再加上近几年来的类型文学、“非虚构”文学、网络文学来势凶猛，都给所谓“纯文学”带来了强烈的刺激。当然，这里所说的“纯文学”究竟指什么？“纯”和“不纯”的标准在哪里？对于这些问题人们也是各执一词，并没有确定的答案，但也不是不可以讨论。

史家讲述“已经发生的事情”，诗人讲述“可能发生的事情”，这是古希腊文论家亚里士多德给出的一个粗略标准。按这个标准衡量，阿列克谢耶维奇的作品就属于“历史叙事”，因为它讲述了苏联时期某些“已经发生的事情”（如战争、核泄漏、“肃反”扩大化等），它们都属于人类历史中值得记住的重要个案，如果再考虑其叙事语言的修辞性因素，那就称之为“纪实文学”吧。相反，刘慈欣的作品则属于“诗”或“文学”，因为它虚构了太空战争这种“可能发生的事情”，并将这些事情作为虚构的“宇宙社会学”体系中的因子。可是，科幻文学往往被归入“类型文学”的范畴。问题在于，按照文学界惯常观念，“纪实文学”也罢，“类型文学”也罢，大致都可以归入“通俗文学”。换句话说，2015年有两个文学奖颁给了“通俗文学”。那么“纯文学”的位置到底在哪儿？其合法性是不是有疑问？

就“讲述已经发生的事情”“直面历史”“模仿世界”这些功能而言，“纯文学”的确不如“纪实文学”更加直接有效；就“讲述可能发生的事情”“奇思异想”“创造世界”这个角度而言，它似乎又不如“科幻文学”那么自由。是不是有这么一种文学形式，它是“模仿世界”和“创造世界”之间的折中，既有强烈的现实关怀和历史使命感，又有奇异的想象力和创造力，它，就叫“纯文学”？我脑子里顿时出现了一些奇异的形象，它既不是天上飞的鸟，也不是地面爬的兽，它就像兼具鸟兽特征的蝙蝠；它既不是生活在地面的用肺呼吸的动物，也不是生活在水下的用鳃呼吸的动物，它就像两栖动物中的蝾螈。相比而言，纪实文学就像一只离不开地面的兽，科幻文学则像一只无法着陆的鸟。

所以，“纯文学”可能正是这样一种充满矛盾的、折中的产物。它既不是纯想象的，也不是纯写实的。它双脚无奈地站立在地面，一只眼睛看着过去的“黄金时代”，一只眼睛盯着未来的“乌托邦”，就像古罗马神话中的门神“雅努斯”一样。纯文学在想象世界与现实世界、虚幻与真实的边界上来回穿梭。它在历史与未来、现实与超越、匍匐与飞翔、善的与恶的、人性与兽性等各种力量综合作用下，带着强烈撕裂感，悲喜交加、苦乐兼具。它需要“现实感”，但又不能局限于纯模仿性的纪实，比如历史叙事对个别特殊事件的客观记载。它更需要“想象力”，但又不能是漫无边际的胡思乱想，而是必须遵从于人类社会或者人类文明相关的“可然律”和“必然律”，文学因而更具有“普遍性”。所以，亚里士多德认为，文学创作活动要高于历史叙事，因而比历史“更富有哲学意味”，因为文学所记述的不是“个别的事物”，而是“普遍的事物”。这是就文学对历史和现实的表达而言。

关于文学的另一特征“想象力”，也需要做进一步的解释。在《文学生涯》中，英国大诗人柯勒律治对“想象”进行了分类，认为想象可分为“第一位”的（“幻想”）和“第二位”的（“想象”）两种，并认为“机械幻想”低于“有机想象”。“幻想”，是通过感官对外部世界现成的、“死”的物象的接受，并将物象组成一个统一的系列，但并没有改变物象的性质。所以，幻想只不过是“摆脱了时间和空间秩序拘束的一种回忆”，因而容易天马行空、不着边际。“想象”，作为一种更高级的心理功能，它不是面对固定、有限物象的感官反应，而是创造性地把僵死的物象激活为一个有机整体。柯勒律治认为，它的最高表现形式就是诗（文学）。

作为表现“复杂人性”和“复杂社会”有机体的文学，我们还可以引用著名思想史家以赛亚·伯林的观点来进一步印证。伯林在讨论俄罗斯文学家赫尔岑的时候指出，人不是由一堆器官的碎片随便堆砌在一起的，“他们是自具独特与复杂法则的灵魂与精神”。人类社会也一样，它不只是由单独个体堆砌在一起的，它同样是“拥有与个体灵魂的精神组织相类似的内在结构”。这些观点，与亚里士多德所言想象的“普遍性”中，应该包含“可然律”和“必然律”之观点，与柯勒律治所言想象是“有机整体”的观点，构成呼应，都是纯文学所追求的目标。托尔斯泰在写《战争与和平》的时候，写着写着，突然对世俗惯常的文学观念和历史学家的偏见，发起了攻击，他开始大段地议论文学与历史的关系。他认为，历史问题或许可以用“代数学”来解决，而艺术问题必须用“微积分”来解决。人的个人倾向，属于“历史的微分”，而艺术处理的法则，就是“积分的方法”。所以，我用一个比喻性的说法：历史或新闻叙事的语言与意义之间的关系，就像“一元一次方程”，文学叙事或者诗歌语言与意义之间的关系，则是“一元N次方程”。

上面的这番话，对于要求结论简洁明了的“一次方程”思维而言，无疑显得过于缠绕和复杂，尽管这种缠绕和复杂，正是属于文学自身的特点。因此，让我们换一个角度来讨论，将“纯文学的优势在哪里”的问题，换成“真正的文学艺术的重要标准”问题。列夫·托尔斯泰多次（比如1890年、1894年、1895年、1901年）提到真正艺术（文学）的三个重要标准，但在阐释这三个标准时，托尔斯泰的表述比较复杂，我们可以采用以赛亚·伯林在《艺术的责任》一文中的简洁准确的归纳：1.内容的重要性（人类或社会责任）；2.情感的真诚性（道德或情感态度）；3.表达的艺术性（个人艺术才华）。托尔斯泰在针对不同的评论对象和问题域时，也提到上述三个标准，但其重要性和排列顺序略有差别，但是，他越到晚年越接近伯林的排列顺序，也就是将“形式美”或“艺术性”摆在相对次要的位置，将问题的重要性和态度的真诚性摆在重要的位置。这个排列顺序，需要做一些说明。首先，才华对于托尔斯泰而言，根本就不是问题，所以他比较轻视。其次，没有前面两点作支撑，所谓的艺术才华就近于高级谎言，这是托尔斯泰最痛恨的。但也不能说艺术性不重要，否则我们就无法解释，为什么托尔斯泰一提到陀思妥耶夫斯基，就愤怒不已，说他的作品中问题那么重要，写得那么真诚，就是缺乏节制，不知所云，没有艺术性（陀思妥耶夫斯基的艺术性，带有托尔斯泰反感的现代派特征）。因此，上面所说的三个标准不是孤立的，而是有内在关联的有机体。

现在，我们要用托尔斯泰评价“纯文学”的三个重要标准，来讨论本文开篇提到的两个文学个案，即“纪实文学”和“科幻文学”。先看阿列克谢耶维奇的创作。第一，她记录了核泄漏事件给人类带来的灾难及其后遗症，还有战争和“大清洗”给人类带来的恐惧和心灵创伤，问题十分重要，需要记录而不应该遗忘。第二，她一生都在执着地记录这些事件，立场坚定，情感真挚。第三，艺术性存在疑问，她不是用文学的方式，而是用历史或新闻叙述的方式，她应该去领“普利策奖”，而不是“诺贝尔奖”。这让我想起了《日瓦戈医生》和《古拉格群岛》的区别，前者是三条标准兼具，后者是缺少第三条，它很重要，也很诚挚，但不艺术。关于这一问题的评价，涉及“为人生而艺术”还是“为艺术而艺术”这一文学史上古老的争论话题，对此，别林斯基和托尔斯泰都一直在纠结万分，来回摇摆，难以抉择。只有大脑像开关（OFF/ON）的车尔尼雪夫斯基，迅速选择了前者。在社会历史中，“人生派”总是一时获胜，掌握权力后，他们总是要让“艺术派”丧失“人生”。

接下来是刘慈欣的写作。第一，他想象力丰富，有艺术才华，他的艺术想象，从地球开始遥望太阳系，最后直奔银河之外。第二，从他的人物塑造中可以看出，作者有悲悯和同情之心，情感态度也是真诚的。第三，问题重要吗？地球快要毁灭了！看上去似乎很重要，其实并不重要。我们所说的文艺的“重要性”，是心理学、社会学、人类学意义上的，而不是化学、物理学、太空学意义上的。在这个基础上，“重要性”有一定的时空限制，这是文学想象的边界。从空间上看，个体—群体—人类，空间涵盖面越大越重要，但一光年之外的问题不重要。从时间上看，它应该有一定的可度量性，人类对历史和命运的思考，一般都是以千年为单位，史前文明属于神话学、考古学、第四纪地质学范畴。三叶虫和始祖鸟的命运重要吗？以亿万年为思考对象，是古生物学或地质学的事情。这就是为什么亚里士多德在讨论“情节”时要给出限定，他认为，美的对象在空间体积上和时间长度上都有一定的限制，否则我们就看不到情节的连贯性和事物的整一性。文学的独特位置在于，它既要遵从“时空”的限制，又有突破这种限制的冲动，文学的想象力就从这里起飞。

但它绝不是“嗖”的一声就飞到银河系之外、钻到地层之中去那么简单轻松。类型文学通过任性的幻想，总是能够超越人类文明的“时空”局限性，出现出人意料的结果，因而也有一定意义，但它的“重要性”需要斟酌。

上述三项标准都符合的，就是“纯文学”的标准或者优势。文学史给我们留下了许多符合上述三个标准的纯文学的标本。再强调一遍，这些标准是建立在心理学、社会学、人类学基础上，时空（体积和长度）上都有一定限制的：问题的重要性、情感的真诚性、表达的艺术性。让我们将最符合“纯文学”标准的第一流作家来列举一下，外国文学的代表有荷马、但丁、歌德、莎士比亚、塞万提斯、托尔斯泰、陀思妥耶夫斯基等。至于20世纪文学，本来想列举出卡夫卡、乔伊斯、普鲁斯特，但他们的艺术性或重要性是有争议的，特别是卡夫卡和后期的乔伊斯。中国文学的代表有屈原、陶渊明、曹雪芹等。李白和杜甫，前者空间面积太大，后者匍匐在地上太紧，两人加在一起就符合了。20世纪中国文学的代表，只能是鲁迅了。第一，鲁迅的文学作品的艺术性很高，比如《呐喊》《彷徨》中的部分篇章，以及《野草》和《朝花夕拾》。第二，情感的真挚性更不用说了，这似乎是他的强项，尽管有时用力过猛。第三，问题的重要性，重要吗？历史阴影中的人性扭曲，立意在反抗旨归在动作的社会变革冲动[1]，妇女解放和恋爱自由，国民性批判的启蒙效果，这些

① 鲁迅：《摩罗诗力说》，《鲁迅全集》第1卷，人民文学出版社2005年版，第68页。

都很重要。但其重要性更多属于心理学和社会学，而非人类学。鲁迅一直试图“肩住黑暗的闸门”，跑也跑不动，走也走不远，飞翔就更不用说了，他只能一边扛着，一边跺脚，大声诅咒那沉重而黑暗的历史闸门，最后自己都快要跟闸门合为一体了。

最后，请让我用半严肃半玩笑的声音来结尾吧。什么是“纯文学”呢？“纯文学”就是“纯洁的人的文学”的简称。它最重要的功能，就是让人类变得更纯洁，让地球变得更干净。至于太空垃圾和一万光年之外的攻击性武器，还是先放一放吧。

2015年11月8日

017 |

现代叙事的困境

一、总体性的幽灵

丧失了“古老魅力”的现代世界，被黑格尔视为“散文世界”而不是“诗的世界”，“叙事世界”而不是“抒情世界”。精神和价值问题转化为叙事问题。社会的总体性问题转化为小说叙事的总体性问题，实践问题转化为语言问题，日常生活经验的遭遇，通过小说叙事建构，变成了抽象的精神现象学问题。卢卡奇的《小说理论》（写于20世纪初）就是这样一种努力的结果。40多年之后的1962年，卢卡奇从总体上否定了《小说理论》的方法，并且认为，它只是在了解20世纪二三十年代的意识形态斗争的思想史前史这一点上还有意义。《小说理论》的方法来源于狄尔泰的“人文科学”（精神科学）方法和马克斯·韦伯的宗教类型学方法，但它骨子里还是带有浓郁的黑格尔整体主义色彩。卢卡奇认为这本书同样属于黑格尔的遗产，“从历史哲学的观点来看，发展导致对决定当下的艺术演化的诸美学原则的取消。在黑格尔那里，作为这种观念的一个理论结果，只有艺术被认为是个悬而未决的问题；当他从美学的角度界定这个情状时，'散文世界'就是精神在思想和社会国家实践中都得到实现的领域。既然现实已经变得不成问题，那么艺术就变得问题重重了。《小说理论》提出的观念，虽然形式（与黑格尔）相似但事实上正相反：小说形式问题不过是已经破碎的世界的镜像。这就是为什么和其他种种文学形式相比，'生活散文'仅仅象征着现实不再为艺术的发展提供有利的条件；这就是为什么小说的中心问题就是必须扣除源于存在的完整性的总体的封闭的形式——艺术与生来完整的形式世界毫无关系。这不是因为艺术而是因为历史哲学的理由：因为'不再有自发的存在总体'了，《小说理论》的作者讲述的就是今天的现实"①。尽管卢卡奇将自己的理论视为颠覆性的，并强调背后的世界观——把"左"的伦理和"右"的认识论融合在一起的世界观，但他依然在试图将丰富的艺术经验捏合成一块泥巴雕塑般的整体，而且是在对现实生活的总体性完全绝望的前提下所玩的乌托邦游戏。

如果说纯粹"理性"导向"一神论"，那么纯粹"经验"就导向"多神论"。马克斯·韦伯似乎是支持经验的"多神论"观点的，尽管他在社会学层面强调了"祛魅"之后的"目的合理性"与"价值合理性"的重要意义，但在文化层面上对"祛魅"的判断还是留有余地的。韦伯认为：一件事物正因为不美，甚至可以说唯其不美才

① ［匈］卢卡奇：《卢卡奇早期文选·序言》，张亮译，南京大学出版社2004年版，第Ⅸ页。

成为神圣的。一件事物正因为不善，甚至可以说唯其不善方见其美。一件事物正因为不美、不善、不神圣，甚至可以说唯其不美、不善、不神圣，才成为真。“各个领域、各种价值的主宰神互相斗争；以上所言，都不过是这种斗争最原本的形式……不同的神祇在互相争斗，毫无疑问地永远在争斗。这种情形，和古代尚未祛除其神祇与邪魔之迷魅的世界中的情形并无二致，惟其意义已不同……但是在我们的仪式里，迷魅已祛散，属于神话，但就精神意义而言完全真实的象征力量，已经剥落。”① 昔日的众神从坟墓中再度走出来，但由于已遭除魅，他们不再表现为拟人的力量。他们企图再一次主宰我们人类的命运，并再一次展开争斗。“多神的争斗”已经不是理性和知识的对象，它就是命运自身；已经不是神圣生活，而是日常生活；已经不是宗教的秩序，而是神话般的混乱；已经不是“象征世界”，而是一个“寓言世界”。韦伯总结说：“我们将再度清楚地意识到多神才是日常生活的现实。”②

从社会层面看，现代资本主义社会是一个新的“总体性”社会，在商品和货币交换规则以及官僚制度管理两个层面上，我们都是被现代理性所操控的。从精神价值层面看，现代社会的经验总体性已经溃败，“主体的个人”变成了“孤独的个人”，社会理性在个人身上转化为一种魔鬼式的“欲望”，“大获全胜的资本主义……已不再

---

① ［德］马克斯·韦伯：《学术与政治》，《韦伯作品集》Ⅰ，钱永祥等译，广西师范大学出版社2004年版，第179—180页。

② 同①，第181页。

需要这种精神的支持了。启蒙主义……脸上的玫瑰色红晕似乎也在无可挽回地褪去”。天职责任的观念，在我们的生活中也像死去的宗教一样，只是幽灵般地徘徊着。当天职观念不再与精神的和文化的最高价值发生直接联系的时候……已经转化为经济冲动，趋于和纯粹世俗情欲相关联。传统观念中，身外之物不过是“披在他们肩上的一件随时可甩掉的轻飘飘的斗篷”，命运却将斗篷变成了铁笼！而那些生活在这个现代铁笼里的人，那些“专家没有灵魂，纵欲者没有心肝”，却在幻想着自己已经达到了前所未有的文明程度。①

从社会的表面上看，现代社会是一个“一神教”社会，它通过高度的社会分工整合为一个严密的整体，整合为一个与传统共同体相对立的现代社会。这是涂尔干的观点，他将传统社会命名为“机械团结”的相似性社会，这种社会的成员之间没有分工上的和经济上的关联性，共同的血缘、地域、语言、信仰、趣味使他们连接在一起。他将现代社会命名为“有机团结”的差异性社会，这种社会的成员之间依赖分工、交换等经济活动连接在一起。②

从经验的角度看，共同体成员的经验是同一的、相似的、重复的；现代社会成员的经验是碎裂的、差异的、独特的。现代社会是一个多神教社会，灵魂已经四分五裂。解除了道德束缚的魂魄在大

---

① ［德］马克斯·韦伯：《新教伦理与资本主义精神》，于晓译，生活·读书·新知三联书店1987年版，第142—143页。

② ［法］涂尔干：《社会分工论》，渠东译，生活·读书·新知三联书店2000年版，第89—92页。

街上狂舞，迎接各种欲望之神的诱惑，最终目标当然是要奔向一个物质的天堂。今天这个“神话”般的多神世界，是一个经验总体碎裂的世界，是一个破碎的废墟世界，是一个感官欲望的世界，是一个潜意识的世界。经验研究由此开始了现代意义上的真正的历程。对碎片式的经验的关注和梳理，成了现代人对意义的无望的救赎。

现代文化的解放承诺，就是从经验的抽象总体性退回到了纯粹的感官层面，再退回到赤裸的欲望层面。作为欲望或解放经验——现代社会的通行证——持有者的现代人，搭上了“世界贸易市场”这艘大船，正一起驶向梦幻般的潜意识的天堂。占有的欲望和成功的冲动，就是他们的通用货币，回报物就是这艘大船本身提供的“餐饮”。在这艘大船上，航行本身就是快乐，“我们将要驶向何方”这种本质主义和形而上学的问题遭到批判并被搁置起来。相反，这艘大船本身的问题越来越尖锐起来：谁有权做船长和水手？有人高喊：选举！选举！轮流坐庄！水手职责！改善伙食！增加娱乐！热闹的政治争论和文化批判，消除了他们灵魂的孤独，他们彼此之间从此一刻也不能分离，公共领域越来越热闹，私人领域趋于消亡。现代主义文学，是这个私人领域的最后的守护者，他们以一种怪诞的形而上的方式表达经验的遭遇，并以此来标明身份、拒绝公众、维护私人领域最后的地盘，哪怕最终退守到潜意识领域。

二、欲望和经验的结构

面对“现代性”体验，面对“解放”和“破碎”交织的现代经验世界，最初的现代主义者多数都处于一种犹豫不决、暧昧不明、惶恐不安的状态之中，因为感官世界的确具有解放的意义，艺术所包含的真理话语也由此变得暧昧不明。现代主义鼻祖波德莱尔是犹豫不决的，他把“现代性”称为艺术的一半，指的是与一个时代的风尚相关的现代经验；还有另一半指向“永恒”，也就是艺术的终极价值。没有“现代性”的艺术是僵死的艺术。当他在“永恒”与“现代性”之间举棋不定的时候，他选择了一种带有强烈孤独色彩的“忧郁”和“漫游”经验作为其诗歌的核心体验——“人群之中的孤独”而不是乡土文明中的孤单，是一种处于“现代性”包围之中的特殊经验，因此波德莱尔成了一个大街上的梦游者。他甚至用葡萄酒和大麻的体验来形容这种梦游体验，现代性经验由此变成了一种只有形式（骨头）而没有内容（肉）的黑色骷髅。陀思妥耶夫斯基也是犹豫不决的，尽管他大骂欧洲资本主义社会，尽管他也发现了现代化大都市街道上那些忧心忡忡的、恶狠狠的、忧郁的眼神，但当他面对理性和非理性的冲突而无法抉择的时候，特别是流放岁月弄丢了他的“宗教药罐”的时候，他和他的主人公一起生病了，他以癫狂的形式表达了一种“震惊”和“危机”的经验。这种经验成了其小说的内在形式：用危机时刻的震惊体验导致的空间叙事结构，阻止叙事时间的线性流动，瞬间的癫狂症一直镶嵌在历史理性的线性时间之中，使得小说叙事结构破碎不堪。

如果说波德莱尔和陀思妥耶夫斯基的艺术经验还有一定的具体可感性，那么20世纪现代主义的艺术经验就越来越具有形而上学的色彩，我们已经无法简单地通过“形式—内容”“文本—社会”的方法来解读，必须要采用诗歌阅读法去读小说了。典型的现代主义者卡夫卡同样是犹豫不决的，他发明了一种新的“变形经验”来应对这种现代性体验。这种变形经验同时在两个方向展开，一是向内收缩的“惊恐”，一种是向外发散的“迷失”，在社会的迷宫和精神的迷宫里迷路而惊恐不安，将空间经验和时间经验，通过动作描写，同时变成一种扭曲的心理经验直接表现出来。本雅明认为，卡夫卡的叙事由一系列变形的“动作”构成，动作成为情节的关键和核心。“卡夫卡的全部作品是动作之大全……在不断变换的关联和尝试性布置中，才被赋予意义的。”[①] 每一个人都在做动作，好像实现了或者解放了欲望，实际上是一些受制于外在因素的变形动作，它们构成一个现代社会相关联的链条。只有那些不机灵的、迟缓的人还存在希望，他们逃脱了变形动作的追捕。卡夫卡就这样将小说变成了一个“现代寓言”。

普鲁斯特试图采用感官经验触发的记忆形式，来重构经验或时间整体，实际上不过是梦幻形式的再现。这种梦幻形式，使普鲁斯特整合经验的记忆，区别于传统文学的一般意义上的“回忆”。后期的乔伊斯是一位野心勃勃的人，他试图摆脱现代性时间焦虑症，他要用玩七巧板的方式，将破碎的现代都市经验拼贴成一个整体，一边是现代社会经验不断破裂的声音，一边是一位手忙脚乱的拼贴组

---

① ［德］本雅明：《弗兰茨·卡夫卡》，见《经验与贫乏》，王炳钧、杨劲译，百花文艺出版社 1999 年版，第 356 页。

装者。“乔伊斯在《尤利西斯》中最为明显的意图，在于给读者一幅被视为一个整体的都柏林的图画——在于重造出典型的都柏林一天中的景色和声音、人物和地点。”[①]但是，文字叙事的时间性如何与整体的空间结构吻合，是乔伊斯的难题。乔伊斯随时采用叙事终止的手法，让不同的时间（叙事）碎片并置在一起，将时间镶嵌在空间之中（与陀思妥耶夫斯基恰恰相反），将事故、情欲、希望的故事通通纳入一幅整体的都柏林的图画之中。这个想象中的整体结构，正是意识流的结构或者潜意识结构，也就是梦的结构和欲望的结构。让梦的整体结构去拯救破碎的现实图像，是现代主义小说对意义的救赎的重要方式之一。

外部世界的急剧变化，不仅仅是在战争史、经济史、革命史层面上留下了印记，更在人的心灵上留下了印记。文学正是这一印记的记载。面对现代社会的压抑，特别是资本主义社会整体形式作为意义的替代物，压抑和扭曲个人经验的状况，文学做出的反应再也不是以往的乌托邦式的幻想，而是出现一种奇怪的反讽状态，对各类理性法则的屈从，对这种屈从的焦虑和反抗，以及潜意识满足的冲动。这里出现了一个关键的转变，那就是“经验”概念，被迫让位于本能的“欲望”概念。

弗洛伊德的学说，是对现代性背景下的文明状况最睿智的剖析学说之一。弗洛伊德认为，人的历史就是人性遭受压抑的历史。

---

① ［美］弗兰克：《现代小说中的空间形式》，秦林芳译，北京大学出版社1991年版，第5页。

文化不但压抑了人的社会性生存，还压抑了人的生物性生存和本能结构。但是，文明的发展正是以这样的压抑为基本前提的。文明的发展要求个体放弃“快乐原则”（本我欲望），屈从“现实原则”（自我意识），并最终实现“升华”（自我超越）。因此，文明史也可以看作是一个本我的压抑史、禁忌史、遮蔽史。精神分析学所做的，正是对这样一种特殊的历史的解密工作。弗洛伊德将“释梦”作为通往解密工作的特殊渠道。快乐原则被现实原则所替代，是一个创伤性的事件，文明的发展并没有解决这一事件，而是将它压抑到了“潜意识”领域，潜意识中、梦境中、语言遗传中，保存着受挫的快乐原则的种子，随时有一种生长出来的冲动。欲望的结构就是梦的结构，梦的结构就是潜意识的结构。分析梦，就是分析潜意识的工作方式，并发现它所隐含的欲望满足方式。同时，弗洛伊德将作家的工作视为“白日梦”者的工作，文学是一种“替代性的满足”，文学作品的结构因此与梦的结构具有相似性。文学作品结构的整体性在这里并没有指向一种形而上学的整体性，而是一种建立在梦的生物学基础上的幻觉的整体性，也就是想象的乌托邦结构。

作为欲望满足替代物的不同形式，梦的状况与文学的状况不是没有区别的，因为文学是醒着的梦，是可以被主体控制的梦。它们的共同之处属于叙事学。弗洛伊德用一个十分典型的例子表达了欲望（梦、故事）的基本结构。例子讲的是一个孩子的游戏，他一直在重复一种配套的声音和动作：“噢”（玩具不见了）——“嗒”（玩具回来了）。这个“噢—嗒”的故事，就是欲望客体（母亲）离开孩子这一创伤性记忆的替代，一个失而复得的梦幻结构。[①]这是一个典型的故事叙事结构。但艺术与纯粹的游戏并不相同。艺术的意义在“潜意识”和“意识”的张力之中。艺术将人们引入反压抑求解放的斗争之中；艺术反抗行使压抑功能的理性和现实原则，以便重新获得失去的自由，由此成为文明的颠覆者。游戏和梦境是对焦虑的缓释，而艺术中包含着对解放的积极和整体性的探求。无论是文学结构还是梦的结构，无论是回忆还是与感官经验相关的记忆，都隐含着一种回归总体的冲动。诺尔曼·布朗说：“人的终极指归究竟是现实原则还是快乐原则……并不是一个技术或事实问题，即不是这两大原则在人的精神动力学中孰重孰轻的问题……这是一个末世学的问题。这个问题就是：人应该怎样才能获救？”[②]

三、象征和寓言

本雅明奇异的思维和表达，总是能够将最现代的感觉和最古老的观念连接在一起，乃至将现实的经验碎片与历史拯救计划结合在一起。他既是一位先锋批评家，又是一位古老的犹太神秘主义者；既是一位严谨的思辨家，又是一位感性的诗人。由于他心接古今，

① ［奥］弗洛伊德：《超越唯乐原则》，《弗洛伊德后期著作选》，林尘等译，上海译文出版社1986年版，第12—13页。

② ［美］诺尔曼·布朗：《生与死的对抗》，冯川、伍厚恺译，贵州人民出版社1994年版，第67—68页。

所以他的洞见总是能够出人意料地发现历史和个体灵魂的秘密。他无疑是20世纪这个经验破碎时代，或者“颓败寓言”般的时代最有效的解说者之一。詹姆逊认为：“本雅明的著作仿佛镌刻着一种痛苦的勉强，他力图达致某种心灵的整体性或经验的统一性，而历史的境况却处处都有可能把这种整体性或统一性粉碎。一种对由于废墟和碎片构成的世界的幻象，一种在即将淹没意识时的古老混乱……都是可能重现的一些意象，或者在本雅明本人身上重现，或者当你阅读他时在你自己的心灵里重现。”[①] 本雅明总是力图从历史阐释和当代批评两个领域，同时展开对破碎的“废墟意象”的论述，并一直有一种历史救赎的冲动。

对“废墟意象”的历史描述，是《德国悲剧的起源》一书的核心议题之一。本雅明通过对“象征”概念的批判引出了“寓言”的概念。本雅明认为，“象征观念”是一百多年来艺术哲学中的一位暴虐的“篡位者”，是一种热情洋溢的不担任何责任的认识论。象征这一术语的“通俗用法的最非凡之处在于，仿佛在范畴上坚持形式与内容不可分化的统一性的一个概念，反而却起着为那种无能进行哲学辩解的作用。这种无能由于缺乏严格的辩证法而既不能在形式分析中公正地对待内容，也不能在关于内容的美学中公正地对待形式。在艺术作品中，只要‘思想’的‘展示’被宣布是一种象征时，这种滥用便发生了。构成了这种神学象征之悖论的物质与超验客体的

① ［美］詹姆逊：《马克思主义与形式》，李自修译，中国人民大学出版社2018年版，第50页。

统一被歪曲为表象与本质的关系。把这种歪曲的象征概念引入美学是一种浪漫的和破坏性的放纵，导致了现代艺术批评的荒芜……随着象征概念的世俗化，古典主义发展了与象征相对应的一个思辨概念，即寓言的概念。”①

本雅明认为，把时间范畴引入符号学分析的领域，使得“象征”与“寓言”之间的关系有了深刻而规范的定义。“在象征中，自然被改变了的面貌在救赎之光闪现的瞬间得以揭示出来，而在寓言中，观察者所面对的是历史弥留之际的面容，是僵死的原始的大地景象。关于历史的一切，从一开始就是不适时宜的、悲哀的、不成功的一切，都在那面容上——或骷髅头上表现出来……正是这种形式才最明显地表明了人对自然的屈服，而重要的是，它不仅提出了人类生存的本质这个谜一样的问题，而且还指出了个人的生物历史性。这是寓言式地看待事物的方法的核心……正是由于自然与历史奇怪的结合，寓言的表达方式才得以诞生。”②

本雅明看上去在讨论17世纪巴洛克悲悼剧，或者在讨论一些美学概念，实际上每一句话都好像在直指当下的问题。他指出，寓言在思想领域里如同物质在废墟之中。“‘历史’一词以瞬息万变的字体书写在自然的面孔之上。悲悼剧舞台上自然—历史的寓言式面相在现实中是以废墟的形式出现的。在废墟中，历史物质地融入了背景之中。

① ［德］本雅明：《德国悲剧的起源》，陈永国译，文化艺术出版社2001年版，第131页。

② 同①，第136—137页。

在这种伪装之下，历史呈现的与其说是永久生命进程的形式，毋宁说是不可抗拒的衰落形式。寓言据此宣称它自身超越了美。”[①]通过对“寓言”方法的阐释和对“碎片”经验的凝视，本雅明将作为时间观念的历史与作为空间观念的“废墟”安顿在一起，意义的碎片就在寓言之中，好比真理的内容就在废墟之中。并且，他坚信，与保存较好的小建筑相比，伟大建筑的废墟具有更为深刻的意义。小建筑或许在一瞬间会灿烂辉煌，伟大的废墟将会使其形象保存到最终那一刻。对这种历史废墟之中包含的经验碎片和真理内容的发掘，用一种非抽象的表征形式呈现出来，是本雅明最迷恋的写作方式。

采用寓言的方法，由历史进入晚近的现实“废墟”，是本雅明未完成的、伟大的、全面研究巴黎拱廊街的《拱廊计划》的动机。本雅明说：“论巴洛克悲悼剧的那本书向现代人揭示了17世纪，在此，将以同样的方式，并且更加清晰地展现19世纪。”[②]本雅明试图对“将时间世俗化到空间中”这样一种寓言的表征模式进行辩证的形象学研究，也就是将形象化（蒙太奇）方法与马克思主义方法结合在一起，既恢复历史的直观性，又能发现当下废墟和碎片经验中的“总体性”的结晶。[③]上面就是本雅明的寓言、废墟、救赎理论的简略面貌。

---

① ［德］本雅明：《德国悲剧的起源》，陈永国译，文化艺术出版社2001年版，第146页。

② ［德］本雅明：《“拱廊计划”之N：知识论，进步论》，郭军译，见汪民安主编《生产》第一辑，广西师范大学出版社2004年版，第311页。

③ 同②，第313页。

四、故事和小说

“象征”与“寓言”的分野，正如“故事”与“小说”的分野。本雅明以19世纪俄罗斯作家列斯科夫为例，来讨论故事和小说的本质，以及讲故事的艺术衰落的历史根源。本雅明指出：“活生生的、其声可闻其容可睹的讲故事的人无论如何是踪影难觅了。他早已成为某种离我们遥远——而且是越来越远的东西了。”[①] 导致这种结果的原因，是人与人之间经验交流能力的丧失，还有现代信息传播产业发达产生的经验的贬值。本雅明以第一次世界大战后，战争经验的表述遇到潮水般涌来的报刊和书籍的挑战为例指出，报刊和书籍传播的，不是口口相传的经验，而是文字中的“经验”，战场上归来的人于是沉默了。“从来没有任何经验遇到过如此根本性的挑战：战略经验遇到战术性战争的挑战；经济经验遇到通货膨胀的挑战；血肉之躯的经验遇到机械化战争的挑战；道德经验遇到当权者的挑战。”[②] 本雅明还在另一篇与此论题相关的文章中指出：“我们变得贫乏了。人类遗产被我们一件件交了出去，常常只以百分之一的价值押在当铺，只是为了换取‘现实’这一小铜板。”这不过是问题的一个方面。另一方面，“他们试图从经验中解放出来，他们渴望一种能够纯

① ［德］本雅明：《讲故事的人——尼古拉·列斯科夫作品随想录》，张耀平译，见陈永国、马海良编《本雅明文选》，中国社会科学出版社1999年版，第291页。

② 同①，第292页。

洁明确表现他们的外在以及内在的贫乏环境，以便从中产生出真正的事物。”①

故事，依赖口口相传的经验。在众多无名的、利用口传方式讲述故事的人中有两类，一类是“从远方归来的人”，比如远航归来的水手；还有一类是“守在家里、安安分分过日子，了解当地掌故传说的人”，比如农夫。本雅明说，为了抵达讲故事艺术王国的实际疆域，必须打通上述两个古老的讲故事的类型。中世纪国际贸易市场为这一“打通”创造了条件：“本地的工匠师傅和外地雇工在同一房间里干活；而每一个工匠在家乡或别处定居之前都曾做过雇工。如果说农民和水手是过去讲故事的好手，那么，学徒班就是其大学。在这里，那种见多识广的人带回的远方的传说和那种当地人了解最深的过去的传说融会到一起。”②

讲故事的艺术，并不关注形而上学的问题，“实用关怀是天才的讲故事的人所特有的倾向……每一篇真正的故事，都会包含某种有用的东西”。或者道德教训，或者实用建议，或者警句谚语，也就是说它能够给听众提出“忠告”。而今天，“忠告”之所以有过时的味道，是因为“经验的可交流性降低了……我们既无法对自己提出忠告，也无法向别人提出忠告，而忠告终究不是回答一个问题，而是

① ［德］本雅明：《经验与贫乏》，王炳钧、杨劲译，百花文艺出版社1999年版，第257—258页。

② ［德］本雅明：《讲故事的人——尼古拉·列斯科夫作品随想录》，张耀平译，见陈永国、马海良编《本雅明文选》，中国社会科学出版社1999年版，第292—293页。

关于一个刚刚展开的故事如何继续的建议……编织到实际生活中的忠告就是智慧。智慧是真理的一个壮丽侧面。由于智慧渐趋式微，讲故事的艺术便行将终结了”。[①]

讲故事的艺术的衰落的最初征兆，就是近代小说的兴起。我们在第二章中曾经谈到近代小说兴起的原因，以及个人经验与近代小说的关系。要强调的是，那种“经验”不是讲故事的艺术中的口口相传的经验，而是一种交流并非十分畅通的个人经验。更重要的是，它没有口口相传的特点，不是对现场倾听的依赖，而是对书本的依赖、对印刷术的依赖、对阅读识字的依赖。讲故事人所讲述的内容，一些是亲身的经验，一些是对别人经验的转述，更重要的是，它可以迅速成为听故事的人的经验。经验在这里具有一种流动性，空气就是它流动的媒介。“小说家把自己孤立于别人。小说的诞生地是孤独的个人。”[②]这种孤立的个人，“人群中的人”的经验，最初出现在美国作家爱伦·坡的作品中。这是一种典型的现代性征候，也是一种现代都市的征候，而与乡村和手工作坊不相干。或者也可以反过来这么说，正是经验的衰落、经验的贬值、经验的不可交流，才导致了写小说的艺术的诞生，才培养了一大批孤独的阅读者和幻想家。关于小说的问题，本雅明有过较多的精彩评论，比如关于卡夫卡的

---

① ［德］本雅明：《讲故事的人——尼古拉·列斯科夫作品随想录》，张耀平译，见陈永国、马海良编《本雅明文选》，中国社会科学出版社1999年版，第294页。

② 同①，第295页。

小说、歌德的小说的评论。同时，我们在上文对小说的问题也已经有过充分的讨论，这里不再展开。

从故事到小说的演变，是一种从声音到文字的演变、从经验到孤独体验的演变。与这种诉诸文字和印刷相伴随的，还有另一种全新的交流形式，那就是报纸和新闻报道。故事是无须解释的，一听就明白，因此它可以成为听者的“经验”。小说却往往需要解释，这就导致了从更为广泛的角度看的交流障碍。新闻的兴起，首先就是佯装“故事”而出场的，它也无须解释，一看就明白。但是，它叙述的是身边的“信息”，而不是“故事”中来自远方的“经验”（这个远方既是空间上的远方，由远航归来的人传达；又是时间上的远方，是很久很久以前的事情，由上了年纪的有经验的长者讲述）。因此，它不包含经验，更多的是一种引起惊奇的材料，导致震惊的叙述。新闻“它与讲故事在本质上是格格不入的”，尽管它经常以“故事”的假象出现，并将真正的故事挤到边缘。当然，它更不喜欢小说。

五、经验与历史

故事（经验）—小说（经验的退隐）—新闻（经验的碎片），似乎走过了一条耗散的历史之路。在经验的碎片中重新发掘“经验”的整体，就是对现在和历史的救赎。在《讲故事的人》一文中，本雅明反复讨论了死亡与经验的关系，濒临死亡的人的经验权威性，并不是来自世俗的道德和权力，而是屈从于“末日审判”的威严。“只有被赎救的人才能保有一个完整的、可以援引的过去，也就是说，只有获救的人才能使过去的每一瞬间都成为‘今天法庭上的证词’——而这一天就是末日审判。”[①]

本雅明将自己主张的历史观念称之为辩证的“历史唯物主义”，并认为，“辩证体验的内在倾向就是祛除历史永久同一，甚或永远重复的表象……历史唯物主义必须放弃历史中的诗史成分。它必须把一个时代从物化的历史‘连续性’中爆破出来，但同时它也炸开一个时代的同质性，将废墟——即当下——介入进去……唯物主义史学方法的解构和批判的动力的标志，在于其对历史连续体的爆破”[②]。

本雅明认为，文明的丰碑同时也是野蛮暴力的记录，历史唯物主义者总是尽可能切断自己同它们的联系，把同历史保持一种格格不入的关系视为自己的使命。历史天使的“脸朝着过去。在我们认为是一连串事件的地方，他看到的是一场灾难。这场灾难堆积着尸骸，将它们抛弃在他的面前。天使想停下来唤醒死者，把破碎的世界修补完整。可是从天堂吹来了一阵风暴，它猛烈地吹击着天使的翅膀，以至于他再也无法把它们收拢。这风暴无可抗拒地把天使刮向他背对着的未来，而他面前的残垣断壁却越堆越高直逼天际。这场风暴就是我们所称的进步”[③]。我们可以看出本雅明对世界和历史的绝望，以及对拯救的热切心态。的确，有人对人自身充满信心，却

---

① ［德］本雅明：《历史哲学论纲》，张旭东译，《文艺理论研究》1997年第4期。

② ［德］本雅明：《“拱廊计划”之N：知识论，进步论》，郭军译，见汪民安主编《生产》第一辑，广西师范大学出版社2004年版，第329—331页。

③ 同①。

对世界绝望；相反，有人对世界充满信心，而对人绝望。后面这种价值观念导向保守主义，并将历史和经验视为连续的整体；前面那种价值观念导向激进主义，并将历史和经验视为碎片和废墟。

“被压迫者的传统告诉我们，我们生活在其中的所谓‘紧急状态’并非什么例外，而是一种常规。我们必须具有一个同这一观察相一致的历史概念。这样我们就会清楚地意识到，我们的任务是带来一种真正的紧急状态。”[①] 这种紧急状态，就是一种震惊的经验，就是一种危机时刻的辩证意象，就是对历史连续性爆破而获得的全新词汇，就是一种寓言式看待历史的革命视角。没有一次革命实践或者观念革命不是“寓言式的”。

鲁迅就是一位将连续整体的历史寓言化的思想家。他在建构历史整体性的典籍的字里行间读出了两个字：“吃人”。吃人，于是成了一种对连续体进行爆破，以及对当下个体引入解放希望的、全新的、具有救赎意义的“经验”。可见，新的经验的获得，既是一种启示性的发现，也是一次对事物的重新命名，更是一次将堕落在历史废墟之中的语言拯救出来的努力，一个绝望的主体在新的语言和新的经验中诞生了。我们仿佛看到“寓言”与“象征”在谈判桌边重新开始中断多年的会晤。

当下的现实经验碎裂的状况更为触目惊心，经验获得的可能性更为渺茫，当代现实的遥控器并不仅仅是历史，还有现代性支配

① ［德］本雅明：《历史哲学论纲》，张旭东译，载《文艺理论研究》1997年第4期。

下的进步观念。这种观念由各类貌似整体的“经验模式”结构而成：全球化经验、后殖民经验、第三世界经验、乡村经验、城市经验、迁移经验、肉欲经验、激进的“右翼”经验、保守的“左翼”经验……这些“经验模式”各自操持着一套语言，互相牵扯和抵消，导致了经验命名遇到前所未有的困难。因此在经验的废墟之中搜集经验碎片，并将它拯救出来，特别是在表面上看不相干的“经验”断片之间建立起关联性，是一项值得我们期待的工作。

018 |

批评和介入的有效性

一

文学的存在方式与历史和现实之间具有一种紧张关系。这种紧张关系，可能促使人们对历史线形逻辑和现实功利思维的质疑，但仅仅是“可能”，而不是“必然”。批评的介入，一直在试图使这种“可能”趋向于“必然”。因为批评的一个重要任务，就是维护“文学”这种特殊存在方式、思维方式、表达方式，相对于其他方式的合法性。完成这一任务的方法不是像文学那样“呈现”，而是话语交锋式的“介入”。

文学与历史和现实之间的紧张关系，不是直接通过“意义”系统来呈现的，而首先是通过独特的“形式”来呈现的。文学形式，它的词语、节奏、母体、主题、形象、修辞技巧、叙事方式、结构模式等，有它自身的逻辑。这种逻辑与历史和现实的逻辑有冲突。冲突的根本原因在于，文学的主体是具体的个人，而不是抽象的历史和现实关系。

比如讲故事，一般的听众都有一种急于知道“后来怎么啦”的原始好奇心和直奔结局的欲望，实际上就是希望了解故事的“现实关系”中人物的下场，或者故事的“历史演变”中对那些人物和角色的最后审判。如果单纯满足那种原始好奇心和窥视结局的欲望，那么，它就仅仅是一个“故事”而已。“小说”叙事不是这样，它既不想急于告诉你“后来怎么啦”那个结局，也不急于给出最后的判断，而是试图无限“耽搁”在叙事的中途，让线形的历史事件变成一个叙事的迷宫，让感官世界的经验在事件和行动中充分展开。随便举一些例子就可以发现这一特点。比如《一千零一夜》中的讲故事者山鲁佐德，她或者让结局缺席，或者让结局引出另一个结局，以便阻止最后的审判。比如在陀思妥耶夫斯基的小说《白痴》中，叙事者（梅什金）在面对绞刑架的时候，流动的叙事时间突然停顿，讲述者在震惊事件面前踯躅不前，从而破坏均衡的叙事分布。比如卡夫卡的长篇小说，几乎都是没有结局的故事，《审判》中的“审判”和《城堡》中的“城堡”，都像是一个无法抵达的梦魇，他甚至干脆让自己所有的长篇小说都变成“未完稿”。比如张爱玲的小说《色戒》，其叙事一直耽搁在日常生活的细节中，延迟谋杀事件结局的来临，甚至让理性的计划和抽象的目标，迷失在具体的肉体和情感行为的迷宫之中。这无疑符合一般的文学叙事要求。这种“耽搁”，有它自身的“叙事伦理”，那就是超越目的论的、抛弃简单的价值判断的叙事实践。毫无疑问，但有人忽略文学叙事本身的逻辑，强行地将社会政治或者道德审判逻辑插入其中的时候，这种叙事结构就变成了审判的对象——这种叙事时间上的耽搁，在道德逻辑和政治逻辑面前，变成了“汉奸”的辩护词。

即使在叙事结局不可避免的情况下，文学叙事也只能建构一个与线形“历史结构”，或者直接冲突、对抗的“社会结构”相悖的“反常化”的结构。此刻，许多读者都会埋怨说：“都是假的！”“不可信的！”因为他们需要的是“真的”“可信的”，而不是“美的”“可爱的”。他们所期待的叙事走向及其效果是：审美—道德—科学；也就是希望叙事者用一种形象化的语言，说出他们所期待的“好的”和“真的”；或者反过来：科学—道德—审美，也就是希望叙事者将“好的”和“真的”翻译成“美的”。毫无疑问，在这里，“美”只是“真”和“善”的手段，叙事的过程变成了“结局”（事实陈述和价值判断）的手段，文学形式自身的自足性遭到忽略，它苦心孤诣地经营的结构意义上的“对抗”，被历史逻辑和现实逻辑所湮没。湮没意味着一方的存在和另一方消失。在一种急于消灭矛盾、删除差异、趋向同质化的思维逻辑支配下，科学、伦理、美学三者构成的结构性对话关系消失了。

文学批评正是在这种局势下开始介入的，它所面对的问题，与其说在鉴定一部作品的好坏程度（像编辑和出版商那样），不如说在寻求一种正确的阐释方法。这种阐释方法，首先必须不断地清理混乱的阐释逻辑，阻止其他方法的粗暴和僭越。批评介入的有效性，也就是这种“清理”和“阻止”的有效性及其过程。因此，有效的批评介入，就是在对文学独特的形式史的把握的前提下，充分阐明文学的存在方式与其他存在方式之间的对话关系。由此，文学批评才能够和文学创作一起，合力抵御外部强势逻辑的入侵，进而成为一种新的结构性的力量。就此而言，文学批评就是一种话语较量式的批评，因而也就是一种介入性的社会批评。与此相应的是另外两种批评形式，一种是专注于自身的学术化的形式演变史批评，它包含着一种批评科学化的诉求。另一种是道德批判的极端形式，也就是文明批判式的批评，它包含着一种极端理想主义的乌托邦激情，因此具有一种毁灭性。

二

我们首先讨论“文明批判式的批评”。这种批评要解决的最主要的问题，不是单纯的历史问题或者现实问题，或者某一类表达的方式和技术问题，而是对历史和现实的双重审判。在这种批评面前，文学形式，作为一种特殊的人类实践形式，实际上不过是文明形式和道德形式的一种外显。它的矛头直指人类文明形式本身，文学不过是其中的一个类型而已。因此，这种批评常常会产生毁灭性的效果。

我们内心一直有一种隐秘的矛盾和冲动，即，渴望天才那种毁灭式的批评，但又隐约地惧怕它的到来，因为它们的出现摧毁了我们可怜的智力和想象力。这种批评，能够在一瞬间摧毁我们小心经营了多年的、漏洞百出的逻辑。它在一个高不可攀的山头上，另筑起一个辉煌的巢穴，借此否定我们在山下泥淖中正在建构的、不堪一击的房舍。这是毁灭，同时也包含救赎的意思。这是一切天才的批评家的共有特点。我想到了尼采，他无疑是现代最有代表性的人物。“重估一切价值”，宣布“上帝”的死亡和世俗“道德”的死亡，并且期待一种“快乐的科学”（笑的天赋和智慧）的降临。他取代“上帝”，提前对文明和道德进行了“末日审判”，尽管他自己已经过世了，但他那严厉的审判的词语，至今在我们耳边回响。

良心，名誉，地狱，有时甚至还有警察，过去和现在都与“费厄泼赖”不能相容；在道德面前，正如在任何权威面前，人是不许思考的，更不允许议论……只要这个世界存在一天，就不会有权威愿意自己变成批评的箭垛；把批评的刀斧加诸道德……这不就是过去的所谓不道德吗？这不就是今天（的）所谓不道德吗？①

腐败的时代是苹果从树上掉下来的时代，苹果，我指的是个人、未来的播种者、精神拓殖的始作俑者、重建国家与社会联合构架的首创者。腐败只是一个民族秋收时节的骂名。

……欧洲是个病人，它应深深感谢它的无可救药，感谢疾病的不断变化。持续的新形势、新危机、新痛苦、新解救办法最终将产生一种过敏的理智，这敏感差不多就是天才，不管怎样总可以称之为天才之母吧。②

尼采式的批评，内心包裹着一种毁灭和救赎的激情，因此，他

---

① ［德］尼采：《朝霞》，田立年译，华东师范大学出版社2007年版，第31页。

② ［德］尼采：《快乐的科学》，黄明嘉译，华东师范大学出版社2007年版，第102—103页。

们总是要将某一个时代的道德状况和精神状态，普遍化为道德和精神本身，进而用一种新的话语秩序将旧的道德和精神（包括它赖以存在的所有旧的“话语秩序”）摧毁，并期待从中“涅槃”出一种新的人格、精神和道德。由此，批评话语成了激情的产物，道德和理性成了天才意志的产物，折中和驯服，都是奴隶的意志。只有“贱民”苏格拉底，才会去玩那种折中的“辩证法”把戏。“辩证法是黔驴技穷的人手中的权宜之计”，“贱民凭辩证法占了上风”，“辩证法家是一个丑角”，犹太人、列那狐（中世纪民间故事的主角，比喻平庸的市民）、苏格拉底都是辩证法家。①

尼采式的批评，的确伤害了18世纪以来的“启蒙计划”，伤害了理性和道德自律的梦想，伤害了现实中正在建构的所谓“话语秩序”，并且为恶人提供了可乘之机，但我想他不是故意的，如果尼采仅仅是为了与自己那个时代的“启蒙理想”较劲儿，他就不会成为我们今天所见到的“尼采”。尼采的答案或许有荒谬之处，但他对问题不懈地、严肃地、自毁式地追求，使得他成了一位极其重要的文明和道德批判者，一位先知般的非理性主义哲学家，一位傲视众生的天才批评家。

三

尼采的中国传人，当推鲁迅先生。鲁迅早年批评的基本冲动，

① ［德］尼采:《偶像的黄昏》，周国平译，湖南人民出版社1987年版，第15—18页。

同样是源于对文明（特别是古国文明）的绝望。“人有读古国文化史者，循代而下，至于卷末，必凄以有所觉，如脱春温而入于秋肃，勾萌绝朕，枯槁在前，吾无以名，姑谓之萧条而止。”“所谓古文明国者，悲凉之语耳，嘲讽之辞耳！”[①]和尼采将其身处其中的德国状况普遍化为文明状况一样，鲁迅也是将他所见到的和读到的普遍化：

> 任凭你爱排场的学者们怎样铺张，修史时候设些什么“汉族发祥时代”“汉族发达时代”“汉族中兴时代”的好题目，好意诚然是可感的，但措辞太绕湾（按，原文如此）子了。有更其直截了当的说法在这里——
>
> 一，想做奴隶而不得的时代；
>
> 二，暂时做稳了奴隶的时代。
>
> 这一种循环，也就是“先儒”之所谓“一治一乱”；那些作乱人物，从后日的“臣民”看来，是给“主子”清道辟路的。[②]

> 凡事总须研究，才会明白。古来时常吃人，我也还记得，可是不甚清楚。我翻开历史一查，这历史没有年代，歪歪斜斜的每叶（页）上都写着“仁义道德”几个字。我横竖睡不着，仔细看了半夜，

① 鲁迅：《坟·摩罗诗力说》，《鲁迅全集》第一卷，人民文学出版社1973年版，第55—57页。

② 鲁迅：《坟·灯下漫笔》，《鲁迅全集》第一卷，人民文学出版社1973年版，第196—197页。

才从字缝里看出字来，满本都写着两个字是“吃人”！[①]

鲁迅曾经对《语丝》杂志日渐“费厄泼赖”不满，于是创办《莽原》杂志。他说：“中国现今文坛的状况，实在不佳，但究竟作诗及小说者尚有人。最缺少的是‘文明批评’和‘社会批评’，我之以《莽原》起哄，大半也就为了想由此引些新的这一种批评者来，虽在割去敝舌之后，也还有人说话，继续撕去旧社会的假面。”[②]鲁迅在这里所说的“文明批评”和“社会批评”，像是同语反复，意在强调。因此，鲁迅没有像尼采那样，去建构一个完整的“文明批判”的体系（王国维的批评，倒是带有一些“文明批判”的色彩，遗憾的是他没有在这个领域继续开拓）。鲁迅走向了他自己所理解的那种“社会批评”。如果说“文明批判”是一种带有“毁灭”和“救赎”双重性质的天才式的批评，那么，“社会批评”则属于世俗生活范畴之内的批评，需要商谈、对话和交流，对文明中不可通约的多元性的认可，实际上也就是包含一定的“折中”和“妥协”性质。鲁迅将“文明批评”式的批评，直接移入了“社会批评”，于是，批评就成了针对文明之中的社会文化，以及社会文化之中的具体人事的评判。让具体的人承担我们对文明和社会的不满的责任，或者在个人

---

① 鲁迅：《呐喊·狂人日记》，《鲁迅全集》第一卷，人民文学出版社1973年版，第281页。

② 鲁迅：《两地书》，《鲁迅全集》第七卷，人民文学出版社1973年版，第81页。

身上发现文明和社会的病灶，的确是对权势者进行批判的有效途径，但也非常残酷。这种“残酷的批评”简称“酷评”。鲁迅后期的杂文，基本上属于这一类针对具体人事的“社会批评”。如果说借批评具体的人事，来指向社会批评乃至文明批判，这种方式可以理解的话，那么，为批评人事而批评人事就让人难以接受了，这是“酷评”走向堕落的征兆，由此，“酷评”变成了“骂人”。鲁迅之所以遭到诟病，原因也在这里。但从总体上看，鲁迅的批评还是一种与“文明批判”相关的“社会批评”。

让我们回到尼采。美国学者麦金太尔认为，尼采和马克斯·韦伯一起，“为我们提供对于当代社会秩序的关键理论表达”①。麦金太尔认为，“当代世界观主要是韦伯式的世界观”，并坚信，当代各种理论都包容在韦伯的理论构架之中。比如，以赛亚·柏林等人所主张的“存在的是从不可归约的多元价值中衍生出来的多种多样的世界观”，“本身就是韦伯思想中显著而又核心的观点”。比如，“当马克思主义者组织起来向权力进军时，他们总是已经在实质上成为韦伯主义者……有组织地趋向权力的运动无一不是采取了科层制的和管理性的模式”②。麦金太尔认为，当代的主流观念是韦伯式的，而韦伯对价值的理解，主要受惠于尼采，并且把尼采和韦伯的价值选择视为互为表里的关系。

---

① ［美］麦金太尔：《追寻美德：伦理理论研究》，宋继杰译，译林出版社2003年版，第144页。

② 同①，第137页。

> 韦伯的核心思想范畴预设了尼采的核心论点。因此，尼采先知般的非理性主义……依旧内在于我们文化的韦伯式管理方式之中。无论何时，每当那些沉浸在当代科层制文化中的人试图透彻了解其所是所为的道德基础时，就会发现那深受压抑的尼采式前提。从而，我们有可能自信地预言，在这个表面上未必真实、由科层制管理的现代社会语境中，将会周期性地爆发恰恰由那种先知式的非理性主义所激发起来的社会运动……我们也能够预期左翼的先知式非理性主义。①

麦金太尔断言，韦伯本质上也是一位“情感主义者”。“韦伯思想所体现的恰恰是情感主义所包含的那些两歧性，所抹杀的恰恰也是情感主义必须视而不见的那些区别。目的问题就是价值问题，而在价值问题上理性是缄默不语的，各种互竞的价值之间的冲突不可能合乎理性地得到解决。相反，人们只能在不同的……理想之间进行选择。”②在理性面前，价值问题同样也会缄默不语。这或许是韦伯退而求其次的选择？这种“价值中立”的选择，对当代学术和当代批评产生了重大的影响。与艺术的创造相比，学术和批评是进步阶梯中的一个环节，也是历史链条中的一环，是一种需要责任心的学术伦理支撑的“志业”。韦伯认为，那种试图超越历史，声

---

① ［美］麦金太尔：《追寻美德：伦理理论研究》，宋继杰译，译林出版社2003年版，第144页。

② 同①，第32—33页。

称“发现了幸福”的“终极的人”，已经遭到了尼采的“毁灭性的批判”。[①]

四

让我们回到文学批评上来。科学理性的权威性一直在压迫着文学批评。形式主义批评正是对文学批评科学化的一种被动回应。严格的“学院派”专业批评是这一方法的代表，但它主要面对的是一群反驳能力欠缺的听众，以及在圈子里传来传去的杂志。批评“科学化”的最大愿望就是试图与数学、逻辑学等学科平起平坐。它用文学形式分析的方法进行“客观陈述”，借此显现其科学性，同时摈弃情感主义（赞成和反对）和道德评判（善的和恶的）。这种批评，通过文献研究，试图描述一个科学的文学形式演变史（包括形象史、主题史、结构形态史、修辞史、格律史等），并试图通过“史”的形式使自身合法化。其实，它的合法性一直在遭受质疑。质疑来自两个不同的方向，首先来自一种“人尽可夫”式的随意曲解，把文学变成其他学科的奴仆，偶尔也会成为政客和商贾演说时的兴奋剂。但最大的质疑还是来自完全忽略。

这种批评一直在试图通过“史”的形式客观呈现自身，对遭受的曲解和忽略三缄其口。它在寄希望于“潜移默化”的影响而导致

① ［德］马克斯·韦伯：《学术作为一种志业》，《韦伯作品集》Ⅰ，钱永祥等译，广西师范大学出版社2004年版，第173页。

的个人觉悟，尽管这个希望一而再、再而三地落空。在这一点上，它和文学创作没有区别，都以为自己的客观“呈现”会产生某种改变的力量。文学创作还有借口，因为它在等待有效的阐释，那么批评呢？那种客观呈现式的姿态靠什么来阐释呢？它起先是要对抗历史，随之便开始试图收留历史，接着要和历史平起平坐，最终结局是被历史收容站所收留，在“合目的性”的摇篮曲中昏昏欲睡。由此，它俨然成了一种公允的“历史批评”。看上去它与历史有着千丝万缕的联系，仿佛有着介入的姿态，实际上它不是介入的批评，而是一种彻底融化在历史之中从而消失无踪的批评。

我之所以要特别将这样一种被视为正统的研究性的批评单独提出来讨论，不是没有现实目标的泛泛而论。“科学”的文学批评的兴起，首先针对的是上面提到的“随意曲解”式的批评而发的，是对将文学批评变成其他领域批评的奴仆，这样一种状况的“拨乱反正”。随意曲解式的批评（或“棍子批评”）在中国当代文学的“前27年”中非常盛行，20世纪80年代依然阴魂不散。于是，文学批评的“科学化”成了一个重要问题。1985年的所谓“方法年”，就是批评界对批评科学化的一次暧昧不明的、理论上的吁请，但缺少批评实践。而真正的科学化批评发生在20世纪90年代中期，讲究学术规范、强调学科特点的“学院化”批评一时兴起。只有充分肯定这一“学院化”批评实践的功绩，将它视为一个基本前提，才能谈到我们今天所说的批评的“介入性”。但是，当代中国的“学院化”文学批评的问题也很多，在强调“学术规范”（注释、文献等技术性问题）的同时，“学科特点”不足，也就是，对学科的基本前提（文学的特殊存在方式的价值和意义）强调得不够。由此产生了一个很严重的后遗症，那就是对一个新的问题——“完全忽略”——缺乏回应能力。

这种“完全忽略”的局面，是文学和批评一起曾经热情参与的“启蒙筹划”，在当代大众文化和商品市场逻辑中惨遭失败的结果。面对这种“失败”，“学院化”批评常常采用“掩耳盗铃”的招数来应对，主动放出一个“不予理会”的烟幕将自己罩起来。于是，“学院化”批评偏安一隅，躲在书房里闭门造“科学”之车（以适应内部游戏规则），或者为需要文凭的学生秘密面授机宜。如果说这种“偏安一隅”的孤立姿态还能够被理解和尊重的话，那么最让人难以接受的，是那些盲目从书斋和学院走出来的人。他们身背一套“科学”和“历史”的阴阳双剑，在大街上四处寻找目标，随时准备像商人一样“介入”。他们将对“历史”的敬畏，变成对“现实”的盲从。他们拿“科学”的牛刀，去解剖文学商品这只丑陋的“麻雀”。这是一种对“学院化”批评的庸俗化、功利化的“表扬家式的批评”。它自以为所做的是一种“介入的批评”，实际上它不过是介入了文学商品的生产和销售链条。

五

将批评变成“文学”和“思想”本身，或者将批评变成“科学”，始终不能解决经验与经验之间的可交流性，也不能解释当代精神在社会之中的情状，尤其是不能解释这些内容在世俗日常生活中的情状。两种批评都有“介入的冲动”，但缺乏“介入的有效性”。

在天才想象的天空和学者书斋之间有一个广阔的空间，那就是汉娜·阿伦特所说的“世界”“中间物”“公共领域”。“能够起程前往我们想去的地方，乃是作为所有自由之原型的动作，正如对自由活动的限制从远古时代起就是奴役的前提。活动的自由也是行动必不可少的条件，而且正是在行动中，人才第一次经验到了在世界之中的自由。当人们被剥夺了公共空间时……他们就撤离到思想的自由中……人们希望通过它来维护自己独立于外部世界的主权。”①“莱辛所说的思想，并不是（柏拉图意义上的）在我和我自身之间的沉默的对话，而是一种有他人参与的对话，正是出于这一原因，它本质上是辩论式的……在这里，那出了问题的东西，那对话和独立思考都无法使之变得妥善的东西，乃是世界本身——也就是说，出了问题的是人们之间的这个世界。”②

目前这个领域一片狼藉，我们嬉戏在一片废墟之中。现代生活所面临的局面是，一方面是古典遗产已经破碎为一堆残骸；另一方面，现代社会将每一个人分解为不同的部分，个人与集体相分离，私人生活与公共生活相分离，社会的整体性、人的整体性、思想的整体性、语言的整体性都业已破碎。甚至连我们的身体的整体性和经验的整体性都全部碎裂了，它已经被高度的、琐碎的社会分工分解成器官的碎片，分解成明星文化的各个部分（嗓子、肌肉、线条

---

① ［美］汉娜·阿伦特:《黑暗时代的人们》，王凌云译，江苏教育出版社2006年版，第7页。

② 同①，第8页。

等)。我们已经进入了一个“符号”和“物质”的双重世界，这两者之间的“相互指涉”导致一种虚假的“游戏”状态，诱惑我们忽略“符号”的意义和“生活”的意义，并合力掩盖生存的真相。在一个以大都市为传播中心的“嬉戏”文化中，传统的、宏大的“意识形态”已经乔装打扮、“男扮女装”、化整为零，隐藏在“符号”之中，飘散在日常生活的每一个角落。

因此，介入的批评第一个任务，就是要解释经验碎片诞生的社会根源，以及文化生产和符号生产中“形式”的骗局，将它的假面撕开，使它现出原来的宏大性、坚硬性。介入的批评另一个任务是，在一大堆新的彼此割裂的经验之中，寻找可供交流的新的逻辑链条。它就像一位怀着“整体性”梦想的拾垃圾者，忙不迭地收集着形式的零件、词语的碎屑和意义的碎片。这是一种积极而绝望的介入姿态。它在辛勤地工作，仿佛在织补一张永远也无法修复的破网。在“文学性”的尸体面前，它试图说出与“美的”“真的”“善的”东西相关的话语，但吐出的却是一堆碎屑。

无论如何，这也还算是一种“社会批评”，并试图借助符号分析的方法有效地介入。它完全不同于传统的“文学社会学”批评。后面这种批评我们很熟悉，它将“文学”视为一个整体，将“社会”也视为一个整体，通过想象，在两个整体之间寻找比喻的灵感。今天的“社会批评”，是在一种收拾碎片的冲动中展开的。它面对的是一个“符号”世界。它与其说是“介入的社会批评”，不如说是“介入符号世界”的批评。在不同的符号体系之中，发现符号的“最小公倍数”——文化碎片深层的可相通性，或者“最大公约数”——

符号碎片之间的相似性，借此在不可通约的符号体系之间展开对话、争辩、交流、沟通、共识。

这种全新的介入姿态，被今天的人称为“文化批评”，并且有越来越恶俗的倾向。一些人试图通过审判让它消失，另一些人通过劣质模仿让它丧失意义。但它的意义不言自明。它试图钻进“社会互动关系”内部，关注微观社会学问题，解决经验细节问题。它与传统批评的相似之处在于关注文本形式，并且对“形式”的发生学问题感兴趣。它与传统的文学批评不同之处在于，它既不乐观也不悲观。它用一种理性的方式显示出非理性的姿态。它用严谨的思维讨论不严谨的现象。它用一种喜乐的情绪掩盖悲观的情绪。我们所看到的，与其说是一个“没有世界”的悲剧，毋宁说已经开始出现一个“世界疯狂扩展”的喜剧。这是自由符号的“灾难性”所决定的。无论是尼采式批评的毁灭性，或者理性批评的科学性，都不过是它那难以擦拭掉的深重底色。

我们讨论了几种批评模式及其变种，它们不同的介入方式，以及介入的有效性。我们讨论了“文明批判式的”批评，“酷评”是它的变种，“谩骂”是它的堕落形式。我们讨论了学院派的科学批评形式，“历史批评”是它的变种，“表扬家”是它的堕落形式。我们最后涉及一种新的社会批评，即建立在“科学的符号学分析”和“意识形态批判”基础上的文化批评。这种批评尽管困难重重，但它正在踟蹰前行。

019 |

当代艺术中的叙事性

跨界对话：文学与美术

各位朋友下午好。很荣幸有这样一个机会跟大家交流。我不懂美术，很少参加美术界的活动。策展人胡斌跟我说，是讨论青年画家与当代“叙事性”的问题，我觉得这个话题跟文学有关，所以就答应参加。我想就这个话题讲一些自己粗浅的看法。

第一个问题，我们会面对“叙事”这个概念。叙事是一个人表达（理解）世界（自我）的一种方式，甚至是一种必不可少的方式。叙事主要针对“时间”而言，相应的描写主要针对“空间”而言。你要向别人解释（描述）你所理解的世界，就可能要采用“叙事”的方式来讲述。今天的话题中还有一个关键词：“青年叙事”。是否存在一种叫“青年叙事”的东西？如果存在的话，那是不是有一种“老年叙事”呢？按照逻辑，如果有“青年叙事”，那么就应该有“老年叙事”。按照我们的经验，“老年叙事”比较有效，也比较保守，主要是针对人生的经验教训而言。它可能对于这个世界丝毫也不惊奇，“日头底下无新事”。它可能会将这个世界的丰富、多样、复杂的经验，浓缩成一句格言、一个教训。格言和教训可能会挺管用，但是它会把我们对生活感受的丰富性和多样性删除，把对世界的感受的复杂性和多变性简化掉。

打个比方，有人做了一个梦，去跟一位年长的人说。按照常规，长者一般会说：日有所思、夜有所梦。实际上，梦很复杂，很多梦的内容与你白天是否想过并没有关系。你梦过的内容，有很多是想过的，也有很多是从来都不曾想过的，它为什么在我的梦里面出现？这是一个谜，不是一句格言可以解释的。这里面就出现许多复杂的歧义。老年人可能不大愿意去深究这些事情，他愿意把世界变成一个简洁有效的、放之四海皆准的教训。年轻人恰恰相反，当你要把梦讲给他听的时候，他们会说，你讲你讲，然后呢？讲详细一点。他对这个梦本身的兴趣，远远超过对梦的经验教训的兴趣。你给他讲你的梦的时候，他丝毫也不会用逻辑去推论，说你这个不对，你那个不成立，他会沉浸在你对梦境的描述之中，他对超出我们理解的反常化的世界非常好奇，对所见到的世界的多样性和复杂性非常好奇。这恰恰是文学艺术所关注的。我们所说的叙事中的许许多多的细节，恰恰来自我们对反常化的逻辑和陌生化的经验的关注。对世界的复杂多样性及其相应的特殊表达方式的着迷，正是文学艺术的一个重要起点。因此，我对“青年叙事”特别感兴趣。如果说我对“青年叙事”不感兴趣，那么，有许许多多的现代文学作品、现代诗歌，是没有办法读懂的，我就只能去读“一言以蔽之，曰：‘思无邪'"的《诗经》或《论语》了。又或者说我只能去读老人的经验教训，读《颜氏家训》了。这就造成了对于现代文学和艺术感知的巨大盲区和障碍。这也是我们讨论"青年叙事"的当代意义。

第二个问题，是"叙事的可理解性"问题。这也是当代文学艺术创造中经常遭到质疑的问题。从专业的角度看，艺术的目标并非完全指向"理解"，但也无法摆脱它。既然你在"叙事"，一定会渴望有听众。当然，你可能采用独白的形式，你也可能会写成日记锁在自己的抽屉里，你也可以沉默，这也是一种方式。但是，既然在一个公共领域里面讨论"叙事"，就不能不面对"听众"。这个听众可能是一个非常具体的听众，也可能是一个潜在的听众。无论哪一种听众，都存在"可理解性"的问题。可是如果仅限于"理解"，那么艺术就只能屈从于人生经验教训。因此，对艺术表达的理解，是一个"激活"的过程，或者说是一个"反遗忘"的过程。这就是文学艺术教育的重要目标。比如，面对中国古典文学艺术，我们可以说是耳熟能详，非常理解，对于那些不理解的，通过教育也可以达到好的理解效果。又比如，相对于中国古典文学艺术而言，无论是19世纪西方现实主义小说，还是20世纪上半叶的白话汉语文学，都不好理解。后来通过传播、教育、讲述，现在也理解了。

可是，文学艺术的发展，总是会走在一般读者和观众的"理解"前面，因为世俗日常生活的目标是求生存和安稳的，并非求发明创造的。所以，文学艺术家对新的生存经验的发现，对新的艺术经验表达上的创新，并非一般人立刻就能理解的。或者说他原本就能够理解，可是因忙于生存而忘记了。艺术教育是让你能够理解，文学艺术的“感官刺激”，就是要让你的被遗忘的存在经验重新复活，触发你那些被传统（经验教训）所压抑、所掩埋的真实的经验。所以在理解性这方面我们不可以简单地说“我不懂的就不是好东西，我懂的才是好东西”。你要知道你的“懂”是一个滞后性的东西，那么有许多真实的知识经验，已经被更敏锐、更敏感的年轻一代的艺术家、文学家、诗人发现，然而你不一定理解，除非你去接受它，如此你才会慢慢地理解。因此理解性也不意味着就一定是向我们已经理解的传统低头，而恰恰是我们在对生活、对自己的理解的过程中不断地发掘我们身上陌生性的东西，把陌生性的东西变成我们的经验结构里面的一个有机的组成部分，那么我觉得这样艺术的叙述、艺术的传播和艺术的接受，才能够变成一个有机的整体。

第三个问题，是我对这次画展的观感，尽管很业余，也不妨说一说。刚才胡斌带我看了一些年轻画家的作品，看了以后感到特别新奇、特别震惊。我看文学作品看得比较多，绘画作品，特别是先锋艺术家的作品看得比较少，所以刚才看画的时候，每一幅画的艺术构思和构图，都对我产生了“陌生化”冲击，特别有新鲜感。看多了的人可能不觉得，会说“欧洲某一个画家也这样画过”“我国某个美术大师也这样画过”，没有惊奇感，但像我这种很少涉及当代美术的人，第一感觉就是特别吃惊。这些画的“叙事方式”多种多样，对世界的诠释方式出人意料，通过艺术创造，破坏了那种对世界理解的“简单的完整性”。年轻一代艺术家，将自己对自我、他人和世界的理解，通过色彩、线条和图像进行独特的诠释。我不时地看到许多不见容于惯常习俗的艺术要素，从生活的“完整世界”假象、艺术的“完整构型”假象、语法的“完整逻辑”假象的缝隙中穿透出来，带着年轻人特有的粗粝感，出人意表又在情理之中。从这个角度看，先锋美术家和先锋诗人有非常相通的地方。我刚才看到一个青年艺术家的作品，将日常的生活场景和生活器物，装置成一个作品，这个时候日常生活器物本身陌生化了，而艺术本身，就是我们传统理解的艺术本身也陌生化了，这样一种生活器物的陌生化跟艺术理解本身的陌生化之间所产生的一种冲击和撕裂，这种感觉我觉得是非常棒的一种感觉。

我在教学中也经常接触年轻学生，他们都是1990年以后出生的。这一代人的价值观和审美趣味，特别是人际交往方式，有自己的特点。他们被命名为“小清新”。“清新”没什么不好，“小清新”似乎带点贬义色彩。我觉得对一个新事物，不要急着给价值判断，先要事实判断，也就是先要了解“是什么”的问题。我不久前主持编写的一本书就是关于“小清新”的，即将由中国人民大学出版社出版。

我想以“母女关系”为例做简单的说明。比如说，妈妈到学校来了，陪妈妈在校园里散步。妈妈要跟女儿在桃花丛中合影。如果是年龄稍微大一点的，也就是姐姐那一辈，往往会拒绝那种“人面桃花相映红”式的构图，因而会拒绝合影。世纪之交年间在大学读书的女孩，也就是20世纪70年代中后期到20世纪80年代初期出生的那一批人，她们喜欢玩“酷”，崇尚黑色，迷恋“死亡意象”，装扮成“堕落天使”范儿，穿黑色衣裙，喜欢在废墟、废弃的钢轨等工业制品、几何图案前照相，不喜欢在桃花丛中照相。“1990后”一代，也就是现在正在读书的，她们流行“森女系”和自然色系亚麻布，她们不会拒绝跟她妈妈一起到桃花丛中照相。桃花这种农耕文明意象，她们不一定不接受。她们可能会跟她妈妈一起站在桃花丛中。但在按动快门的瞬间，她会吐舌头、做鬼脸。于是出现了一个这样的构图：桃花丛中一张笑脸加一张“鬼脸”，一个古典的表情加一个反古典的表情，合作和拒绝两种姿态同构在一个图像中。也就是说，她们不会激烈地抵抗，而是用一种所谓的“微抵抗”来处理权力关系。在艺术符号层面，也可能会出现一些细微断裂。如果我们把母亲形象视为一种绝对的负面权力的时候，那么我们认为他（她）必须要去抵抗；当它不一定是绝对负面东西的时候，他（她）可能不会去完全跟它直接地对抗，反而可能会去放弃一些自己坚持的东西去迁就她，但是在迁就的瞬间他（她）会破坏掉这个东西，这是他们的一个特点。但是，我不知道如何评定它的对错，我所描述的只是这样一个现象。此外，他们这一代人对待“物”的态度也很有特点。他们既不会成为“物”的奴隶，也不会成为“物”的激烈的批判者，而是试图成为“物”的朋友。这双鞋子很漂亮，要不要炫耀一下？他们经常是将鞋子脱下来，让自己的脚跟鞋子并肩合影。上面举的例子，都是一些日常生活细节里面的。从文学艺术作品的阅读和观看角度，他们这一代人的审美趣味和标准也发生了很大的变化，与传统的、教科书中所推崇的，差别很大。这里不再详说。从这个角度来看，我对这一代年轻人的审美趣味和生活态度，会持保留和宽容的态度。我会从他们细微的生活细节里，发现他们的特殊性，或者说他自身是怎么样地坚持自己，同时在对话层面他是怎样跟别人合作。我想是这样的一种矛盾。

其实，我觉得这背后还是有问题的，并不是像我刚才描述的那么轻松。我想到的还是跟文学史、艺术史本身有关的一些问题，没有过多地思考社会政治问题。20世纪的中国白话文学史发展了一百年，现代小说和诗歌的受众有限，除了我们这些在大学讲授现代文学的老师。我们讲鲁迅、郭沫若、茅盾、巴金、老舍、曹禺等，不断地讲，还要考他们。学生呢？参加考试而且还考得不错，但你私下问他们是否喜欢，他们会说根本就不喜欢。他们喜欢张爱玲甚于鲁迅。因为张爱玲他们可以自己读懂，鲁迅则需要讲解和灌输。此外，20世纪中国文学的表达方法过于西化，汉语自身之美的丧失，导致了学生不愿意读新文学，新诗的读者也越来越少。原因不在于作家的才华，而在于表达方式的超前，跟中国人所欣赏的那种汉字之美本身的距离越来越大。他为什么会喜欢废名早期的短篇小说？为什么会喜欢张爱玲的小说？为什么会喜欢汪曾祺、杨绛、白先勇、朱天文等作家的作品，而不是鲁迅等人的作品？因为鲁迅那种从价值观念到表达方式、语法句法，多是西方引进的。这种引进好不好，是另外一个问题。但是从表达形式上，很多人是不接受的。

画家丰子恺1947年写过一篇文章，叫《我的漫画》，大意是这样：佛菩萨说法，有“显正”和“斥妄”两途。但是，“恶岁诗人无好语”，漫画就是要“以笑语叱咤人间”，所以要斥妄，要揭露黑暗。后来自己突然悟到，斥妄之道，不宜多用，多用了感觉麻木，反而失效。“我的眼也应该从恶岁转入永劫，我的笔也不妨从人生转向自然。”

艺术表达跟菩萨说法一样，也有两种方式，一种叫“显正”（呈现美的和善的），一种叫“斥妄”（批判丑的和恶的）。“显正”有时候的确需要“斥妄”，但“斥妄”的目的在于“显正”。鲁迅的作品多为“斥妄”(《朝花夕拾》除外)，这是他的迷人之处，也是他的问题所在。我们今天的文学艺术表达也存在这样的问题，显正不足，斥妄过度。斥妄，虚妄，假的，斥责人生的东西过多。为什么废名、张爱玲、汪曾祺、杨绛等人的作品，有很多年轻的读者主动地选择，主动地去读？他们的作品中，也有很多“斥妄”的东西，但旨归是在“显正”上面。与此同时，他们的语言很中国化。

白话汉语文学，应该要将现代生活经验与中国文章意境打通。今天我们处在一个所谓的“全球化”时代。中国一些大城市的生活跟巴黎、纽约的生活没有太大区别，就是在世俗生活层面是一样的，也就说，生活经验是现代性全球化的。但是，传递这种生活经验本身的文章、意境和逻辑，还有使用的符号系统是可以中国化的，也就是说中国文章的意境、中国符号的意境和现在的社会经验是可以打通的，我觉得这是艺术家、文学家、诗人应该努力的地方。这些问题不仅仅是对白话汉语诗歌和小说而言的，美术、音乐等其他艺术门类，跟这些问题也有相关性。

接下来我们还是要从“叙事”这个概念出发。在古典理论里，叙事是对一个有一定长度的行为或动作的模仿，指的是“情节”。比如有这样一个短语：“手举起来”，这不是“叙事情节”，因为长度不够，或者说情节不完整，就是一个动作、一个“pose”，只能算是“细节描写”。看这个句子：“我把拳头举起，砸向桌子，把桌子打碎了。所有人都围过来看我，我的手已经骨折。我被他们送到医院去。医生问，他为什么要捶碎桌子呢？……”这个叫叙事。叙事是对一个相对完整的动作及其结果的关注，它满足古老的好奇心、原始好奇心。在现代白话汉语文学里，像茅盾、巴金、老舍等人的小说，都符合西方“叙事”这个概念。废名就不一样。二三十年代的时候，他一出道就是反叙事的。为什么说他“反叙事”？可以举废名长篇小说《桥》中关于爱情和欲望的描写来说明。

比如，看见一个美丽的女孩，一般的叙事可能是这样：她很漂亮，我要认识她，跟她约会、谈恋爱、结婚、生孩子。叙事目标非常明确，叙事过程也就是欲望展开的过程——这叫“欲望叙事”。废名可能这样叙述：“长长的秀发披下来，我很想去抚摩她美丽的发。秀发像河边的那株柳树上的枝条一样，柔柔地垂下，拖在清澈的水面；水向东流去，流过了岳家湾，岳家湾就是冯止慈的外婆家，流水，见到冯止慈的外婆了吗？请代我向她问好……”叙事不指向头发，用联想的弥散化的细节，化解了叙事的欲望化，产生了一种“诗意”。这无疑是一种“显正”的叙事。

诗歌也是同样的，诗歌探索比小说和其他艺术门类更早，走得更远。刚才在你们展出的美术作品里，的确看到很多“反常化”的艺术要素，包括你讲到的拼贴、并置等。文学叙事中的拼贴、并置、反叙事，像蒙太奇一样的各种画面并置在一起，这种手法在现代小说叙事里面，其实已成常识。诗歌更是如此，诗歌就是拆散既定的句法，诗歌不是阻止叙事，它是阻止一个句法的完整性。比如说“旋构塔——2014年中国青年艺术推介展”，“旋构塔”在这里的意思很明确。按照诗歌思维，为什么“旋构塔”连在一起读，“旋”难道只能被“构塔”绑架吗？为什么一定要搭配“构塔”这两个字它才有意义呢，那是你的意思，你一定要把它跟“构塔”两个字搭在一起，为什么不把“旋”和“构塔”拆开呢？我现在告诉你把它拆开，“旋”本身就具备独立自主的意义和价值，这在诗歌界它变成一个常识。这种文学思维和美术思维、音乐思维其他艺术门类的思维之间的沟通和碰撞，我觉得是非常有意思的一个话题。

我觉得，在社会政治领域里可称之为“权力”，在生活和经济领域叫“资本”，在精神生活或者文学艺术领域就是“欲望”。实际上我们最大的敌人是欲望，那么在艺术表达里边，当我们扪心自问、反观自身的时候，最大的敌人应该是欲望。对待欲望，中国人跟西方人差别很大。中国人比较欣赏“老庄”，崇尚自然和无为，希望像一根木头、一棵草那样融到自然之中，隐居、遁世、沉默。西方人推崇“西西弗斯”。在希腊神话中，西西弗斯把石头推到山顶上去，石头滚下来，再推上去，再滚下来，周而复始，令人绝望。但西西弗斯不着急，而是面带微笑走下山，继续把石头推上去，石头滚下来再微笑地走下来推上去，并享受这个推的过程。其实西方是以一种英雄式的处理方式，而中国人的方式则是无为，其最高境界就是消失在自然之中。我觉得在今天的中国人里边，不论是文学界还是艺术界，这些人都有，有些人喜欢“隐”，学“老庄”，也有些人学西西弗斯，不断地推上去，再下来，再推上去。西西弗斯那种方式，更适合年轻人，或者有巨大的生命能量的人。前面那种老庄的方式，更适合老年人，你让一个老年人把一个石头推上去，又下来，又上去，他跑不动，老年人更适合练气功这类“老庄”的方式，年轻人更适合选择西西弗斯的方式，因为他生命力旺盛。上去下来、上去下来，所谓的“天行健，君子以自强不息”，也就是西西弗斯的方式，我觉得很美，比“老庄”的方式要美得多。按今天的价值观、审美观来说，老庄方式不大美，但是它有一种大美。这种所谓的大美，其实也是一种乌托邦式的幻觉。我觉得年轻人的西西弗斯方式挺好的，它是一种力量，属于年龄和力量的美。

所以我觉得处理欲望的方式，在艺术表达里边、在文学表达里面，实际是一个潜在的“幽灵”，欲望是艺术内部或者精神深层的一个幽灵，它会左右着你的艺术要素，包括语言叙事和各种各样的信息要素，实际上我们一生都在和这些幽灵搏斗，这些幽灵的外显形式才出现在政治领域、资本领域、经济领域，实际在艺术精神表达、精神生活里边，我觉得最大的一个幽灵就是欲望。

此文根据2014年7月12日在北京时代美术馆“旋构塔”跨界对话上的录音整理而成

第五辑

叙事文学的未来

020 |

理想是不同类型文学的公约数

一、不同类型文学的“理想”

会议指南中有一个“文学与理想”之关系的议题，我很好奇，就选这个议题来谈谈自己的看法。其实我觉得，这几乎是一个不需要讨论的议题。任何一种类型的文学，不管它写了什么，也不管它是如何写的，它都必须具有“理想性”的特征。也就是说，现实主义文学有它的理想性，浪漫主义文学也有它的理想性，现代主义文学同样也必须具有它的理想性。我把“理想性”作为不同类型的文学的公约数。如果没有这个公约数，没有这个共同的特性，就很难说它属于我们所实践的、所研究的“文学”的范畴，它可能不在我们所说的所谓“纯文学”的范畴之内。那么它是什么呢？我不知道啊。你们可以将它单独划为一个类别，再单独成立一个研究中心去研究它。我们所说的“文学”（Literature），不同于公文、新闻或其他文献，它就是一种必须具备“理想性”的文类，或者说它就是带有“理想性”特质的文体。如果不是，那么我们就可以说它的“文学性”有疑问。肯定有人问，既然都是理想的，那你刚才列举了那么多不同类型的文学，它的区别在哪里？区别就在于它们的表现形态不同。其中的“理想性”只是它们内在的共性，是“公约数”。

现实主义文学、浪漫主义文学、现代主义文学，它们的“理想”形态到底有什么差别或异同呢？我想用一种比喻性的说法来描述它们：现实主义的理想是“地面上的理想”，浪漫主义的理想是“天空中的理想”，现代主义的理想是“梦幻中的理想”。地面上的理想，是在地球引力作用下的，是牛顿力学世界的理想，是社会现实之中的理想；天空中的理想，是试图脱离地球引力的、超越牛顿力学世界的飞翔的理想，也是试图超越社会现实的另一种理想；梦幻中的理想，是对自由极度向往而产生的变异形态，是对“社会性理想”的偏离，是一种非理性的理想，或者说是“潜意识”中的理想。前面两种文学类型，它的社会性更强一些，现实的色彩更浓些。后一种类型的文学，非社会性的、个人主义的色彩更浓一些。前两种文学类型的研究方法，可以是实证主义的和一般意义上的逻辑学和分类学的。后一种文学类型，它的研究方法，必须首先经过“精神分析学”“符号学”等现代理论方法的分析，然后才能进入实证和逻辑方法分析。但不管它们的差异如何，它们都具有“理想性”这个公约数。特别需要说明的是，“梦中的理想”这种形态，是对群体、秩序、规则、时空、重力等各种限制人身自由和超越的一种梦幻式的反叛，因而更加放肆而大胆，更加独特而隐晦。它甚至是一般的人和社会理性极力想遗忘的内容，因此它成了一种唤醒或者冒犯，从而显得具有特殊审美效果。

由于大会的总主题是“新中国文学70年”，我的话题自然也应该切题。你看，当代中国文学在不同的历史时期，同样也表现为不同类型的理想形态的交替。比如说，“前二十七年”的文学，其理想形态是“革命现实主义”和“革命浪漫主义”相结合的理想。两种理想形态，即地面上的理想和天空中的理想，它们之间或重叠，或交叉，或融合，或冲突。革命浪漫主义的理想，试图把人从大地上推托到天空中去。革命现实主义的理想，又想把天上的理想落实到地面上来。因此，这两种形态的审美理想，往往会表现出一种强烈的撕裂感。又比如，新时期以来的文学，从七八十年代之交开始，同时开辟出了两条道路：第一条路始于新时期初期，其文学的理想形态，绕开了“天上的理想”这个维度，而直接跟地面和现实接轨，呈现出传统现实主义文学意义上的“地上的理想”维度；第二条路始于80年代中期，出现了一种带有现代主义色彩的文学，它所显现出来的是我们所说的“梦中的理想”形态，而且有时候它仅仅是一种通过语言结构折射出的“梦幻”。这两条齐头并进发展的道路，脉络清晰，在今天依然有不同的表现形式。

“理想”是文学之魂，是不同类型文学的“公约数”。这是我多年来从事文学研究、教学、创作的心得。随着年龄的增长，我越来越充分肯定这个判断，并且越来越认可这样一种观念：人类古老的信念，就是理想在文学之中的不同表现形态。

上面是我要说的第一层意思。下面是我要说的第二层意思，就是理想的文学的写作问题。这也是我想表达的重点。

二、传奇性与日常性

文学创作怎么表达上面所说的“理想”？它的方法是复杂而多样的，每个作家都有他自己的方法。下面我要从形式和内容的角度，来举例说明我对文学，或者叙事性文学写作的看法。这些例证，看上去是形式分析，实际上也是内容和价值分析。

先说内容。文学中的内容，同样是名目繁多而且复杂多样的。我想举“传奇性”和“日常性”这一对举的概念，来加以说明。我们的文学创作，到底要书写什么内容？是书写超越现实的“传奇性”，还是书写贴近现实的“日常性”？这是近现代以来的文学的一个基本选项，也是一个非常重要的选项。很多人喜欢读“传奇性”的作品，觉得很过瘾，现实中做不到的，故事里都做到了。这是通俗文学或者类型文学具有广阔市场的原因。在所谓的严肃文学中，也有不少人喜欢写“传奇性”的作家。比如《白鹿原》的开头就是一个“传奇”：白嘉轩一生娶过七房女人，前面六房都离奇死亡，不是嘴巴吐血就是下面出血，一个个都离奇死亡，有的好像还跟一个什么“白鹿”有关，很传奇，很刺激。

文学中的这种“传奇性”，我们应该怎么看待？为什么要提到“日常性”？我认为，现代文化或人文主义文化，其基本的起点，就是关注与普通人的生活相关的“日常性”，而不是与“神、怪、精、英”相关的“传奇性”。全球范围内的现代文学的基本特征，就是把个人的日常经验（成长、学习、漫游、遭遇等）作为基本书写对象，使生活经验转化为审美经验，使“日常性”产生美学价值。这是人类文学史的一个重大节点。它是人文主义精神的审美呈现形态。把日常经验本身，作为美学书写的对象，将个人经验的价值和意义，凸显出来，而不是否定它、质疑它、排斥它。由此，文学艺术才开始了它的现代之旅。18世纪德国作家歌德的“成长小说”是一个代表，18世纪的英国小说是另一个代表。简·奥斯汀就是把日常生活作为审美对象书写的典范，她的小说至今在世界文学的阅读畅销榜上经久不衰，就因为她写了普通人的日常生活。

那么“传奇性”意味着什么？“传奇性”是对人们熟悉的日常生活的逃离或否定。用一种“陌生性”的、骇人听闻的“传奇性”，来否定我们熟悉的“日常性”。“日常性”是我们所熟悉的，它同时具有“不确定性”的特征。“传奇性”是我们所陌生的，但它同时又具有“确定性”的特征。因此，对“传奇性”的迷恋，实际上是对“确定性”的迷恋，对“日常性”的疏离，其实也是对“不确定性”的逃避。只有现代美学，才能够处理“日常性”和“不确定性”。古典美学最擅长的恰恰是“传奇性”和“确定性”。而真正敢于面对当下日常生活的人是大勇者。

我们所说的人文主义，以人为目的而不是手段的那个“人文主义”，是文艺复兴以来500年时间跨度里的现代文化的基调。我们强调的“日常性”及其“人文性”，是以现代理性和科学技术为背景的日常生活。它的出现，就是因为它具有“人文性”。但这种“人文性”是不是具有“文学性”呢？这是另一个疑问。

现代文学创作的一个重要功能，就是要把具有“人文性”的事物，转化为具有“人文性”的细节、情节和结构，再转化为具有意象性的美学系统。或者说，它就是要把生活层面上的“人文性”，转化为美学层面的“文学性”，把世界变革当中出现的具有“人文性”的事件和情感，转化为审美经验和意象系统。这是文学家的重要职责。世界在日新月异地变化，科学技术在不断更新换代。这是人类的福祉，也是人文主义的胜利。但是，它一定具有文学性吗？它成为诗歌意象系统里的成员了吗？它成为形象史中的一员了吗？它是人类精神史里面一个重要的原型吗？这都是疑问。因此，文学家的重要功能就是把日常经验转化为审美经验，把“人文性”转化为文学性。这就是我所说的日常性的意义和价值。

我们中国的文学，在“五四”新文化运动以来，把目光指向了普通人及其日常生活，也就是教科书上说的“平易的抒情的国民文学”“新鲜的立诚的写实文学”“明了的通俗的社会文学”——这是陈独秀当年的建议，后来的文学实践也是这么干的。文学把中国普通百姓的日常生活作为书写的重要内容。这是中国文学的一个重大的变化，也是“五四”以来新文学的一个重大变革。中国新文学的先驱人物胡适和鲁迅等人，也持同样的主张。但在文学创作的实践中，鲁迅先生的小说，对“日常性”写得不够充分。原因何在？我猜测有三个主要的原因：第一是怎么书写日常生活，文学史尚无先例，所以有一定的难度，一不小心就可能写成文言小说。鲁迅的第一篇小说《怀旧》就是用文言写的。第二是中国人的日常经验像阿Q和祥林嫂一样单调乏味，缺少细节；像孔乙己和“狂人”一样静态，基本不动，没有情节，叙事没法展开。第三是有很多障碍需要清理，那些保守势力，对动作、情节、叙事的阻止力量太大，需要批判。这些都分散了鲁迅的精力。所以，鲁迅的小说，写的都是那些日常生活中变态的人、变态的人格，都是寓言式的写作，目的不是呈现日常生活，而是否定此前的日常生活，呼唤和期待新的日常生活。除革命背景下的新英雄传奇，其他如废名、沈从文、汪曾祺等人，试图在小说中展开普通人的日常生活，但都不成功，只好转而去写"散文诗"。施蛰存、徐讦、叶灵凤、张爱玲等人笔下的日常生活则相对丰富多彩一些，他们的故事都是以现代城市为背景的（这个话题此处不再展开）。

相对于"传奇性"而言，"日常性"是一种新的理想，是"地面上的理想"，也是现代世界的人文主义理想在文学中的反映。

三、限制视角和全知视角

第二个例子要讲形式，或者说狭义的形式。"形式"要素当然也是名目繁多的。在谈形式问题的时候，我打算举一个小的例子来说明，就是"叙述视角"问题，也就是作家观察和表现生活的视野，是用限制视角，还是用全知视角？

比如，我们写一个小说，长篇的、中短篇的，我们用什么样的叙述视角，来讲述或者呈现眼前这个现实世界？有一种观点认为，只能用"限制视角"，而不能用古典文学中那种"全知视角"，那是"上帝的视角"，不是"人的视角"。或者说，不要用"巴尔扎克的叙事视角"，而要用"福楼拜的叙事视角"。据说，福楼拜开创了一种全新的叙事视角，它是客观的、科学的、可信的、有效的。法国"新小说”（阿兰·罗布-格里耶、克罗德·西蒙、玛格丽特·杜拉斯等人）是福楼拜开创的这种叙事视角的忠实继承者，也是“小说”这种文体的掘墓人，它有另外一个名字叫“反小说”。在这种观念的影响下，如果有作家这样写道：“他心里想……”有人就会批评说：“你不是他肚子里面的蛔虫，你怎么知道他心里想什么呢？”如果作家这样写道：“他们两个躺在床上，议论着今天下午发生的事情，心里充满疑惑。”有人就会质问：“人家两个人在房间里说了什么，你怎么知道？你是不是去听房了啊？”

我认为这是一种谬误，是一种貌似科学的胡话，必须予以澄清。文学作品写的不是“实然世界”。作家不一定要写“确实如此”的世界。作家写的是“应然世界”，他写的是“理应如此的世界”。比如，我说：“明天太阳将要升起。”你说：“你不是上帝，你怎么知道太阳明天将要升起？”因为明天的太阳有两种可能：一种是升起来，世界依然如斯；一种是不升起来，地球爆炸了。所以我们无法知道太阳是否升起。可是，我不但要说“明天太阳将要升起”，我甚至还要说“明天太阳必将升起”。这是信念，这是我们对人生和世界的基本信念。

因此，文学向人类传递的，是人们的信念、尊严和情感：我们相信明天会更好，相信明天太阳会升起来，我爱这个世界，我恨那个人。故事和人物形象的塑造，也是如此，应该是理想的、有信念的。爱情描写也是如此，你心里在想：我很爱他（她）。没有这个信念，你怎么去写一个爱情故事？你当什么作家？因为作家写的就是“应然的世界”“理应如此的世界”。这也是伟大的托尔斯泰的观点。

年轻人肯定在说："你就只知道托尔斯泰，你真的很土啊！你知道萨德吗？知道夏多布里昂吗？知道卡夫卡吗？知道博尔赫斯、卡尔维诺、雷蒙德·卡佛吗？"对，我必须重读重提托尔斯泰。我们都是从现代主义文学、卡夫卡、博尔赫斯那里走过来的。但我现在更喜欢老托尔斯泰。托尔斯泰说，一个作家要具备两个能力：第一，他有判断什么事情应该有的能力；第二，他有坚信什么事情应该有的能力。前面那个叫"应然世界"，后面则是对"应然世界"的信念。没有对人和世界的信念，不能确定世界应该怎么样，人性应该怎么样，如果没有这样的确信，没有对应然世界的信念，我们为什么要写作？写作难道仅仅是无聊的饶舌吗？为了展示世界的无望吗？再说一遍，作家写的不是"实然世界"，是"应然世界"，但是，写作材料是"实然世界"里面的，这种材料是杂乱无章的，甚至是龌龊的，但它结构在一起应该是"美"的。

可见，叙事视角问题，也不仅仅是形式问题，它同样跟"理想性"相关。

四、开端与结尾

第三个例子，我要讲小说的"开头和结尾"的问题。这同样是一个貌似形式又不局限于形式的基本问题。因为它涉及我们对"时间"的理解，对历史和命运的理解。

在我读过的小说中，很多轻描淡写的小说开头令我印象深刻，例如，法国作家狄德罗《定命论者雅克和他的主人》的开头："他们叫什么名字？这关你什么事？”又如，美国作家麦尔维尔《白鲸》的开头：“就叫我以实玛利吧。”简·奥斯汀《傲慢与偏见》的开头：“凡是有财产的单身汉，必定需要娶位太太。”俄罗斯作家陀思妥耶夫斯基《罪与罚》的开头：“七月初一个酷热异常的傍晚，有个青年从自己的斗室里走了出来。”俄罗斯作家托尔斯泰《哈吉穆拉特》的开头：“我穿过田野回家，正是仲夏时节，草地已经割过。”美国作家福克纳《喧哗与骚动》的开头：“透过栅栏，穿过攀绕的花枝空当，我看见他们在打球。”这些小说的开头，都是些日常生活的细小事件。从中可以看出，作家对自己要讲述的故事的一种态度，那就是成竹在胸，低调稳健，用不着翻着跟头出场。

中国古典小说也是成竹在胸，但那是另一种气派。《三国演义》的开头：“滚滚长江东逝水，浪花淘尽英雄”，格局之大，亘古未有；结尾一首古风：“鼎足三分已成梦，后人凭吊空牢骚”，以词开篇，以诗结尾；中间演绎英雄“传奇”。《水浒传》是一个“寓言”，开篇洪太尉在伏魔殿揭符咒放出三十六天罡和七十二地煞；结尾“天罡已尽归天界，地煞还应入地中”；中间演绎一百零八魔君“替天行道”进而被迫招安的故事。《红楼梦》是一个“神话”：青埂峰下的一块顽石，乃女娲炼石补天弃之不用之物，却凡心猖炽，日夜悲号，哭闹着要去温柔富贵的红尘享乐几年，于是顽石化作玉石，美玉变成宝玉；结尾又被茫茫大士、渺渺真人携归本处，安放在青埂峰下；中间是痴男痴女在红尘中的爱恨故事。

无论“传奇”还是“寓言”或是“神话”，都属于古典文类的范畴。它的叙事圆圈是完满的：“起点出发—回到起点”，特别具有迷惑性。鲁迅第一个白话小说，也没有摆脱这种完满的圆圈叙事。《狂人日记》的结构就是这样，以“生病”开头，以“病愈”结束，中间的主要内容，是生病过程之中的自白（狂人的日记）。不同之处在于，鲁迅的文本具有强烈的反讽性。跟传统文章结构要传递的意义（看上去正常的生活其实是空的）恰好相反，鲁迅要传递的意思恰好是：那些看上去反常化的生活和狂人的疯话，其实是真实的！

这种完满的圆圈叙事，首先是文章学意义上的完满，令人着迷。其实它是人为的，它不过是对“生—死”“子宫—坟墓”这种生命轮回的模仿，在历史和实践意义上，则具有强烈的宿命色彩。这种叙事圈套衍生出无数个小型圆圈叙事：“输—赢”“成—败”“得—失”“遇难—拯救”“发案—破案”，并成为通俗的“类型文学”的主要叙事方法和结构模式，它指向的是“大团圆”结局。

现代叙事文体，跟古典类型的“神话”“传奇”“寓言”故事，有很大的差别。它是现代世界现代人的故事。呈现和肯定人民的世俗生活，是它的重要使命，而不是轻易地去否定世俗生活。现代小说既要给“日常生活”以意义，还要让“个人经验”充分展开。在这个基础上，有价值的结尾问题才出现。

就人物的成长或遭遇而言，长篇小说的结尾方式貌似很多，其实并不多，我认为大致有三大类。第一类是各种不同类型的“死亡”：老死（叶落归根）、病死（无奈回归）、暴死（意外）、心死（出家）、装死（行尸走肉）、假死（半死不活）等。这种结尾并不容易把握，弄不好就落入俗套。它的确是生活的必然，但不是艺术的必然。而艺术的最高目标是拯救和复活。第二类是古典诗歌式的“叹气”，感叹命运的恩赐或不公，用诗结尾（有诗为证），这种方式也不易把握，弄不好就显得矫饰，还缺少实践的勇气和生活的信念。最后一类是“未完成”式的结尾，让叙事停在生活的中途、生命的中途，因为最终的话语由不得你说。

因此，开头和结尾的问题，不仅仅是一般文章学意义上的形式问题，同样跟文学的“理想性”问题有着千丝万缕的联系，比如，小说叙事在面对历史和时间这个基本范畴时，在尊重现实必然性的基础上，如何处理艺术必然性问题。

五、叙事和描写

第四个例子，是小说中的“叙事”和“描写”问题，它与“时间”和“空间”问题相对应。空间是时间的静止形态，时间是空间的运动形态。用文学的术语来说：“描写”是“叙事”的静止形态，“叙事”是“描写”的运动形态。但作为“艺术的”叙事，则是一种包含了“描写”的理想形态。缺少描写的叙事，是一种平庸的暴力；没有叙事的描写，是一种无差别的假面舞会。匈牙利理论家卢卡奇说：描写是叙事旨趣丧失之后的代用品。他还说：“叙事要分清主次，描写则抹杀差别”，从而制造一种“虚假的现场性”“艺术表现就这样堕落为浮世绘”。

毫无疑问，“细节”具有双重性，一方面它是自由的，另一方面它又具有偶然性和无方向性。只有在完整的艺术结构之中，它才能发挥应有的艺术效果。小说艺术结构理想形态的缺失，导致了“叙事”和“描写”各自的孤立无援，或者成为单打独斗的草莽英雄。这种情形在通俗小说中，最初是呈现为一种“叙事或者情节的专横”，比如武侠小说、侦探小说、盗墓小说，这些通俗小说的叙事和情节，通通指向外部的输赢和成败，而不是人自身。在叙事节奏上，满足了现代生活中的快节奏。关于“叙事”或者“情节”的专横，大家已经很熟悉了。我想着重说一说另一种新型的形式，即“描写”或者“细节”的专横。

描写或者细节的专横，首先是以一种“恋物癖”的形式呈现出来的，它对事物和场景无休止迷恋，在写作中极为铺张，堆砌漂亮词汇。细节和描写，看上去显得很优雅、很细腻、很迷人，就像想象中的“公主”一样自足自在。叙事者会莫名其妙地将视野聚焦在一个局部的事物之上，并对事物进行无休止的、贪婪的描写。我们看到的只是一些华丽的词汇和奢靡的句子，它们在独自跳舞。有人为这种“描写”找到了依据：日本的“物哀美学”。我觉得这种美学，从方法上看，更适合狭义的“诗”，而不属于“叙事”。

叙事首先必须兼及“时—空”问题，它必须符合叙事和描写、情节和细节的辩证法。孤立的细节或描写，因为没有历史感和时间感，从而与人的命运脱钩。这既是一种特殊的“遗忘”形式，也是一种时髦的“逃避”形式。理想的艺术性“叙事”，应该是“四维”的。而它首先应该是“三维”的、在笛卡儿坐标中的事物，然后才是时间中的、历史中的、命运中的事物。文学创作，不是玩“芭比娃娃”，不是玩“公仔”和“宠物”。其实那些宠物就是他自己，他在自己拍打着自己的背，哄自己睡觉。艺术性的叙事所涉及的事物，必须具有现场感（空间）和历史感（时间），以及由情感态度催生的命运感。同时，它还必须是具有信念、希望和理想性的创造物。

我从文学与“理想性”之间的关系入手，谈到了文学创作的内容和形式问题，进而着重谈到一些小说创作中的“形式”甚至是“技术”问题。其实还有一层意思，就是说在文学创作中，并没有什么纯粹的“形式”问题，任何“形式”，最终都是指向你要表现的审美世界和理想世界。

最后我想说，作家在现实中，在日常生活中，在光明和黑暗中，在许许多多实然世界的材料中，在词语、物象、细节、情节中，注入理想的神髓，文学才有希望，人性才有希望。谢谢大家！

长沙“新中国文学70年”论坛发言，2019年6月29日

021 |

文学“新人”形象的未来

一、文学中的“新人”形象

翻看世界文学史，我们对“新人”这个术语并不陌生。我们会立刻想到赫尔岑、屠格涅夫、车尔尼雪夫斯基等作家的名字以及他们笔下的人物形象。可以说，“新人”是19世纪文学的一个老话题了。为了更好地厘定和理解“新人”的内涵和特点，笔者下文将从外国文学和中国文学的双重视域对此问题展开论述。

1860年前后，俄罗斯作家和批评家就文学“新人”形象问题发生了争论。车尔尼雪夫斯基认为，俄国文学中“谁之罪”（赫尔岑有同名小说）的问题已经解决，接着需要解决的是“怎么办”（车尔尼雪夫斯基有同名小说）的问题。时代不需要幻想家，而是需要实干家；不需要语言巨人，而是需要行动巨人。以19世纪上半叶贵族知识分子为代表的“多余人”（Лишний человек）的时代已经过去，取而代之的是19世纪中叶兴起的、代表平民知识分子的“新人”（Новые люди）的时代。屠格涅夫笔下的叶莲娜、英沙罗夫、巴扎罗夫，以及部分的罗亭，还有车尔尼雪夫斯基笔下的薇拉和洛普霍夫，特别是革命战士拉赫美托夫，这些“新人”形象取代了奥涅金、毕巧林、别里托夫、奥勃罗莫夫。[①]杜勃罗留波夫果敢地判断，在屠格涅夫笔下，“巴辛柯夫就代替了多余的人，罗亭就代替了巴辛柯夫，拉弗列茨基就代替了罗亭。这些人物中的每一个人都比前面的人更果敢、更完整”[②]。但赫尔岑反对将“父与子”两代人割裂开来，强调父辈和子辈之间的共同性和继承性。赫尔岑认为，“多余人”是一群羽翼被折断的有着高贵愿望的理想主义者，他们的形象本身，就是对尼古拉一世反动统治的批判。[③]儿子遇见了基尔萨诺夫（《父与子》）这样的父辈，但并不意味着没有真正的父辈：“那个时代的典型人物，新的历史时代的最伟大的典型之一，就是十二月党人，但不是奥涅金。……十二月党人是我们的伟大父辈，而巴扎罗夫是我们的迷途子辈。”[④]

其实，俄罗斯作家和批评家的分歧远小于他们的共识。他们都承认，文学中的“新人”形象这一范畴同时具有“社会理想”和“审美理想”的双重性。只不过赫尔岑在立足“社会理想”的基础上，

---

① 参见刘宁主编《俄国文学批评史》，上海译文出版社1999年版，第181、291页。

② ［俄］杜勃罗留波夫：《杜勃罗留波夫文学论文选》，上海译文出版社1984年版，第260—261页。

③ ［俄］赫尔岑：《赫尔岑论文学》，上海文艺出版社1962年版，第79—80页。

④ 刘宁主编：《俄国文学批评史》，上海译文出版社1999年版，第182页。

更多地兼顾“审美理想”层面，车尔尼雪夫斯基则立足于“审美理想”而将目光指向了“社会理想”，使得其态度和立场，本身就具有历史演进的继承性。

回到中国文学史，在20世纪80年代初期，学者赵园就开始将“新人”这一概念用于中国现代文学研究。她指出：“广义的‘新人’在‘五四’文学中已经随处出现了。‘五四’小说提供的知识分子形象，大多可以作为相对于旧文学意义上的‘新人’。但我这里是在更为严格也更为狭隘的意义上使用‘新人’这一概念的。我以为，无论在生活还是文学中，准确意义上的‘新人’，应当指人群中的那一部分，即集中地体现着时代精神和时代前进的方向，对于‘使命’更为自觉，依历史要求而行动的先觉者和实践的改革者；对于大革命前后的中国，当然应当是那些从中国历史中产生、成长着，并有力地干预着历史的进程、影响着中国未来命运的先进的中国人、革命者。”①

这里有两点值得注意，第一点是赵园将“新人”分为“广义的”和“严格意义的”两种类型。第二点就是根据其研究对象的特殊性，将严格意义上的“新人”形象定义为：“体现时代精神和前进方向的人”“有更自觉的使命感的人”“顺应历史要求的先觉者和实践者”。后面这一点，与19世纪中叶俄罗斯文学中的“新人”概念一脉相承，

① 赵园：《大革命后小说关于知识者“个人与革命”关系的思考及“新人”形象的降生——兼谈现代文学中有关“恋爱和革命的冲突”的描写》，《中国现代文学研究丛刊》1984年第2期。

实际上就是塑造和呼唤“时代角色”和“当代英雄”，同样的也是指向一种“审美理想”和“社会理想”合二为一的诉求。而前面那一点，则是肯定了“五四”新文学运动以来所出现的一般意义上的“新人”形象，以及其价值和意义。

在前人研究的基础上，我主张直接将文学意义上的“新人”，分为广义和狭义两类。广义的“新人”与文学史中的“旧人物”相对应，指的是作家通过艺术创造而形成的、具有独特性的人物形象。我们可以将其称为“新人”或者“新人物”，这是从文学创作范畴来看的。比如《狂人日记》中的狂人、《阿Q正传》中的阿Q、《孤独者》中的魏连殳等，又如《三里湾》中的马多寿、《青春之歌》中的林道静、《创业史》中的梁三老汉等。在这个意义上，普希金笔下的奥涅金、达吉雅娜、连斯基，托尔斯泰笔下的安娜、娜塔莎、聂赫留朵夫等，都可归于艺术上的“新人物”。广义的“新人”形象往往具有复杂的性格特征，体现出个性和共性的统一。对于我们来说，这些人物有些是学习的榜样，有些是可以批判的对象，其存在的合法性来源于艺术的真实性，而不一定是来自道德的正确性。狭义的“新人”是指特定历史时期的特殊艺术形象，这些形象是历史和现实的产物，体现出作家的“审美理想”和“社会理想”的辩证统一，具有理想色彩或表现出一定的预言性。狭义的“新人”形象是作家根据历史规律及其发展趋向，通过艺术想象加工创造的“典型人物”，其合法性不仅来源于艺术上的“典型性”，更来源于历史的合规律性及合目的性。匈牙利马克思主义理论家卢卡奇把这种“新人”称为艺术作品中的“中心人物”（就艺术结构而言，有别于叙事过程中的

“穿插人物”），或者称之为“新人的画像”。[①]比如，屠格涅夫笔下的叶莲娜和英沙罗夫，车尔尼雪夫斯基笔下的薇拉、罗普霍夫、拉赫美托夫等。这些“新人”形象取代了19世纪上半叶俄罗斯文学中的“多余人”形象，他们代表了俄罗斯社会进步的、新生的力量，是年轻一代学习的榜样。

需要指出的是，“新人”也能变成“旧人”。因为随着时代的发展和历史的进步，一些“新人”形象往往被认为带有历史局限性和旧时代的一些特征，应当被后来更新的“新人”形象所替代。例如，高尔基长篇小说《母亲》中的工人巴维尔就是他着力塑造的社会主义“新人”形象，目的是替代屠格涅夫笔下的“巴扎洛夫们”，因为那些形象更多的是带有“过去时代的渣滓”，[②]尤其体现在对待女性、穷人等弱势群体的情感态度方面，他们“思想是新的”但“情感是旧的”。

二、“新人”形象的特质

文学艺术家在不同时代的文学创作中留下了众多独特的艺术形象，人们对其有各种理论命名和阐释。这里有两类艺术形象不得不提，他们对从不同角度认识“新人”形象大有裨益，可以为我们深

---

① ［匈］卢卡奇（契）：《艺术作品的智慧风貌》，《卢卡契文学论文集》（一），中国社会科学出版社1980年版，第179、207页。

② ［苏联］高尔基：《俄国文学史》，上海译文出版社1979年版，第408页。

入理解“新人”形象的特质提供重要参考和对比。

首先，我们来看“新人”与“典型人物”的关系。说起“典型人物”，我们对恩格斯所说的“典型环境中的典型人物”耳熟能详。[①]这一理论在中国文学研究中也有很大影响。在文学史中，不少作家同鲁迅一样，对于塑造“典型人物”比较拿手，其中包括一些“旧人”或“半新半旧”的人物形象，但他们在塑造“新人”形象的时候却捉襟见肘、并不成功。因此，“典型人物”有的可能成为“新人”，有的则不是。比如，我们认为鲁迅笔下的阿Q形象是一个“典型人物”，他是表现国民劣根性的典型，其性格特征和“精神胜利法”等，可以说浓缩和代表了旧中国性格。阿Q作为一个“典型人物”无疑不是我们所说的“新人”，而是一个典型的“旧人”。类似的“旧人”形象在鲁迅小说中并不少见，很多都具有典型性。他在《野草》中还为我们创造了一个“抒情主人公”的形象，这是一个徘徊的、绝望的、虚无的、犹豫不决的艺术形象，也不是我们所认为的“新人”。由此可见，“新人”形象与“典型人物”之间并不能画等号，“新人”形象往往是更高意义上的“典型人物”。

其次，我们再看“新人”与现代派人物形象。就塑造“新人”形象而言，现代派文学思潮是一次偏离。从19世纪开始，这种偏离就出现了，有两种形象作为代表。一种是“生长性”终结的人。在当时的文学人物谱系之中，有一些人物形象在文学审美风格意义上具有典型性，比如包法利夫人等，但这些形象与“新人”并没有什

① 参见《马克思恩格斯选集》第四卷，人民出版社1973年版，第462页。

么关系。因为从社会理想的角度看，这些人物体现不出任何生长性可能性，他们属于“终结的人”。另一种是“地下室人”。如果说屠格涅夫塑造了具有民主主义色彩的“西欧派”“新人”，高尔基塑造了社会主义“新人”，那么陀思妥耶夫斯基也为19世纪俄罗斯文学奉献了“斯拉夫派”“新人”。他笔下的阿辽沙·卡拉马佐夫这个形象，具有浓郁的理想色彩以及强烈的现实关怀。但陀氏也创造了“地下室人”的艺术形象，这是对“新人”形象的一次重大偏离。这次偏离某种意义上可以作为现代主义文学的先声，曾经让德国现代哲学家尼采产生了亲近感，当读到《地下室手记》后，认为作者是一位真正的心理学家并从中学习到了“一些有关罪犯的心理、奴隶的精神状态、仇恨的本性等方面的知识”。[①]“地下室人”是一个“自我”极端膨胀的人，想把整个世界塞进自己的脑袋里，结果不堪重负，濒临疯癫的边缘。他自我怀疑、自我欺骗、自我折磨、自我否定，心理产生严重问题。在后来的20世纪现代派文学中，这种形象屡见不鲜，但类似于阿辽沙那样的形象则鲜有继承者。“地下室人”形象表达了对现实的极度不满和对那个时代的拒绝，这背后显示出一个重要问题，那就是对“现代理性”和“人的神话”的深刻怀疑、幻灭乃至绝望。我们所要反思的是，如果文学取消“人”或者“作者”，那么结果如何？显然，创造“典型性格”或者塑造“新人”形象依然是一个难题。正如卢卡奇所言，历史衰变进程中的“人”变

① ［美］韦勒克：《陀思妥耶夫斯基评论史概述》，《波佩的面纱》，社会科学文献出版社1995年版，第145页。

得问题重重，艺术的总体性也成了疑问，小说因而成为“被上帝遗弃的世界的史诗”，而“反讽”则成了小说的“客观性”。[①]

“经济大萧条”“一战”“二战”以及“资本主义神话”的幻灭，使人们对“理性”“人”等观念越来越失望。20世纪上半叶现代派文学思潮日益盛行，在文学叙事中表现为一种极端个人化的描写和叙述。其中产生的悖论是，这些作品表面上好像很具体、很有个性，但整体来看又是最抽象的、概念化的，是含混的、雷同的。托尔斯泰将其称为“颓废派文艺”，[②]我将其称为“胆小鬼文艺”。[③]现代派文学作家笔下出现的是幻想家、地下室人、拾垃圾者、甲壳虫、老鼠、局外人等形象，其共同特征是孤独无助、焦虑不安、犹豫不决、怀疑一切，当然也就没有希望和未来。这些形象彻底放弃了追求和理想，人的扭曲变形对于塑造“新人”形象而言是毁灭性的。

综上所述，我们可以概括出“新人”形象的一些重要特质。第一，“新人”形象具有“典型人物”的引导性特征，体现出历史和社会的“前瞻性”或“革新精神”。“新人”注重人物性格的描写，在特殊性和一般性之间，并不局限于人物性格的特殊性，也注重人物性格的一般性。也就是说，在偶然性与必然性之间，“新人”形象要将偶然性提升到必然性的高度。第二，“新人”形象具有浓厚的“时

① ［匈］卢卡奇：《小说理论》，商务印书馆2012年版，第79—82页。

② ［俄］列夫·托尔斯泰：《论艺术》，《列夫·托尔斯泰文集》第十四卷，人民文学出版社2000年版，第215—216页。

③ 张柠：《有信念的艺术和胆小鬼艺术》，《文学报·新批评周刊》2019年2月28日第19版。

代色彩”，与社会环境之间有密切的关联性，是属于时代、属于社会的。“新人”形象鲜明带有时代重大问题和时代风尚的烙印，他们与时代精神具有相互阐释的可能性。从精神特质而不是艺术技巧而言，某种程度上说“新人”甚至具有某些时代“传声筒”[①]的特征。第三，“新人”形象是属于现在而朝向未来的，具有强烈的“理想情怀”。这些形象对未来充满想象，心中怀有美好信念，为了将信念变成现实而体现出巨大的勇气和行动力。

三、现当代文学的“新人”塑造问题

文学道路荆棘丛生也意象纷呈，“新人”形象问题一直吸引着我们。让我们从理论的思考中回到文学塑造的主人公这里来，从20世纪中国文学“新人叙事”的起点出发，看看我们在“新人”塑造过程中的种种经历和留下的经验教训。回顾一百多年来的中国文学，我们看到了许多的“新人”形象。作家们在提供一大批“典型人物”形象的同时，也在着力塑造着“新人”形象。

在现代文学阶段，先后出现了两种“新人”：个人主义的“新人”与集体主义的“新人”，或者说启蒙的“新人”与革命的“新人”。二者大概以1925年5月30日的“五卅惨案”为界。“五卅惨案”

---

① 马克思所批评的“席勒式的把个人变成时代精神的单纯的传声筒”，是就艺术表达而言的。对此，恩格斯从“艺术倾向性”的角度另有说明。参见《马克思恩格斯选集》第四卷，人民出版社1973年版，第340、454页。

后，工人罢工、抵制洋货的运动风起云涌。此后，启蒙文学的阶段基本结束，“而从现在开始，就是‘革命文学’的新纪元了”[①]。启蒙文学与革命文学对“新人”的理解是大异其趣的。前者追求的“新”，主要是资产阶级民主、个人主义、男女平等、恋爱自由、婚姻自主等。后者追求的“新”，主要是工农大众的联盟、无产阶级民主、集体主义等。可见，两种“新人”形象背后，体现出不同的制度设计、文明方案、文化规则。1927年之后，这两种不同的意识形态方案，包含在国共数十年的斗争史中。自此，启蒙“新人”与革命“新人”也从共存的状态走向了对立的状态。

进入革命文学的新纪元之后，众多新文化运动时期的启蒙作家都经历了不同程度的“腹语症”与“失语症”阶段。“由‘五四’浪漫时代跨入铁与血的大革命，人们不可能一下子摆脱‘昨天’。”[②]他们笔下启蒙“新人”的合法性，乃至他们自身写作的合法性，都遭到了质疑。只有少数作家，顺利开启并完成了“新人”理想的转型。譬如鲁迅从作为新文化运动旗手的小说家，到左翼杂文作家的身份转变；丁玲从《莎菲女士的日记》的女性解放主题，到《田家冲》中的女性革命主题的转变；郭沫若从《女神》时期到《新华颂》时期的转变等。在漫长的民主革命和抗日战争中，随着解放区的扩

① ［美］夏志清：《中国现代小说史》，刘绍铭等译，浙江人民出版社2016年版，第19页。

② 赵园：《大革命后小说关于知识者“个人与革命”关系的思考及“新人”形象的降生——兼谈现代文学中有关“恋爱和革命的冲突”的描写》，《中国现代文学研究丛刊》1984年第2期。

大和沦陷区、国统区的缩小，革命“新人”在现实历史中不断成长，其力量和合法性不断增强，启蒙“新人”则被一步步压抑、改造、转化。

随着1949年中华人民共和国的成立，文学史已经是革命“新人”的天下。进入当代文学的语汇中后，革命“新人”形象升级成社会主义“新人”形象。社会主义“新人”的要求，在20世纪30年代，就已经被毛泽东提出：“要造就一大批人，这些人是革命的先锋队。这些人具有政治的远见，这些人充满着斗争精神和牺牲精神。这些人是胸怀坦白的，忠诚的，积极的，正直的。这些人不谋私利，唯一的为着民族与社会的解放。”[①]这就初步要求了“新人”无私无我的集体主义精神，斗争、进步的革命精神。在这种政治理想要求下，从20世纪40年代开始，赵树理笔下的小二黑、范灵芝，柳青笔下的梁生宝，杨沫笔下的林道静，欧阳山笔下的周炳，浩然笔下的肖长春，乃至后来路遥笔下的高加林和孙少平，这些社会主义的“新人”，相继登上了文学史。

启蒙“新人”的构成比较复杂，有封建家族中受过教育的儿女（觉慧）、民族资本家（吴荪甫），或者受过启蒙教育的知识分子（涓生）。革命“新人”往往是一个“转型”形象，由知识分子改造而成的革命的工农兵。而社会主义“新人”，则主要由工农兵构成。社会主义“新人”的现实实践，伴随着20世纪50年代之后社会主义的探

① 毛泽东：《为陕北公学成立与开学纪念题词》，《毛主席论教育革命》，人民出版社1967年版，第3页。

索和发展历程。这一历程在“新人”的故事中，得到了非常充分的书写。粗看上去，梁生宝、林道静、周炳等形象的确具备了“新人”形象的诸多特征，有理想，体现了时代的要求和国家的理想，有明晰的方向和行动能力。但是，他们的行动能力和行动方向，并不是来自“个人理性”，而是“集体理性”甚至是“集体无意识”。这些形象具有自身的独特魅力和时代精神的充分表现，影响了很多读者，但不可否认的是，在人物形象塑造的最重要的环节（典型性）上也存在一些问题。比如，艺术形象存在过于概念化和类型化的毛病。紧随其后的当代文学形象最终走向“高大全”式的人物，给人以“假大空”的感觉。

社会主义“新人”和革命“新人”书写中存在的问题是类似的，就是作品在革命或社会主义事业与“新人”日常生活和复杂心理之间往往存在割裂之感：“‘革命’往往与具体的日常的生活过程割裂了，与人的复杂的心理过程脱节了。‘革命’似乎成了笼盖于人物之上的特异的东西。它不是具体地组织在、实现在千百万人的生命活动、他们的性格发展、他们的生活进程中。”[①]也就是说，一些形象是平面的“新人”，而不是典型化的“新人”，这些形象距离更高意义上的“典型人物”还有不少空间。

纵观中国现当代文学史，我们往往有这样的感觉，就是记住了

---

① 赵园：《大革命后小说关于知识者“个人与革命”关系的思考及“新人”形象的降生——兼谈现代文学中有关“恋爱和革命的冲突”的描写》，《中国现代文学研究丛刊》1984年第2期。

“小二黑”，但对“王金生”印象不深，感觉“梁三老汉”比“梁生宝”更复杂。原因何在？从人物形象塑造方面来说，我们可以看到，作家对“社会理想”的关注程度要远远高于对“审美理想”的关注程度，从而导致了“社会学”压垮了“美学”、“席勒化”压倒了“莎士比亚化”。人物形象一旦缺少美学的支撑，它就变成了时代精神的“传声筒”，而不能变成我们期望的“精神的号角”。因此，只有在美学的支撑下，“新人”形象才能艺术性地传递时代的声音。这是今天我们讨论塑造“新人”形象问题时应该吸取的创作上的经验教训。

“新人”形象在今天仍然具有巨大的吸引力，也是作家们面对时代必须回答的问题。近年来，一些作家笔下出现了一批“新人”形象，显示出了一种可喜的“新人叙事”。孙慧芬的《寻找张展》中的年轻人张展，在父辈眼中是一个“非主流”的年轻人，他仇恨权力和特权阶级，不愿接近实际上虚伪、自私、相互利用的亲属，对社会的边缘人惺惺相惜。他将男孩青春期的生理性叛逆，发展为一种社会性叛逆。张展的生活态度是反成功学、反犬儒、反谋划、反道德约束的。他的思想踏足死亡的严肃领域，揪心崇高与卑微的辩证法。他的身上，反映了改革开放之后衣食无忧的年轻一代的精神境况：不再被“饮食男女”的需求操控，开始重新感到对于“意义”的饥渴。方方笔下的涂自强，延续了以高加林、孙少平为典型的人物形象。这类农村的知识青年，在两个层面上有新的意味：一是相对于他们的根之所在地（农村）而言，这类青年是依傍着现代知识的人，是乡土世界里飞出的“土凤凰”。二是相对于他们初次“遭遇”

的城市而言，城市决定了他们是否能够获得新的身份与空间位置。其实他们不过是渴望通过个人努力获得城市永久资格的群体。涂自强没有任何个性，甚至没有情绪和心理，他用一生的努力扔掉了多余的力。他是一个当代底层的“于连”。

石一枫的《世间已无陈金芳》中的陈金芳，相当于女版的于连。在行为上，她要比传统的“新人”形象更为激进。底层出身的她，执着于对上层精英社会的追求，努力要做时代的弄潮儿，不惜欺骗亲友、剑走偏锋也要挤进所谓的“贵族”阶层。相比于那些在精神和思想上脱胎换骨的传统“新人”，陈金芳的奋斗动机更多来自物质（金钱）及其所带来的满足和虚荣。她和流氓厮混、开服装店、投资艺术品，乃至非法集资。她的一系列行为，都是在这种物质追求的指导下进行的。她的命运同时代之间的关联是如此紧密，以至于她在追逐时代的过程中，被时代所裹挟，最终没能得到一个光明的结局，而是在与时代的较量中一败涂地，被冷酷的资本社会彻底打回原形。这是一个典型的当代“失败”青年的形象，她积极地参与了时代，又被时代无情地甩离。

双雪涛的《我的朋友安德烈》中的安德烈，像“疯子”也像“天才”。他的一切行动均不按常理出牌，但又是确定无疑、没有任何犹豫的，完全自洽于他自己的逻辑，即便被他人误解和抛弃，也不会屈服或改变。作为一个聪慧和笨拙、善良和桀骜两两参半的矛盾体，他难以被既定思维模式下的社会和群体所理解和接纳。安德烈与世界的矛盾在于他对于自身处事准则的固执，比如对“安德烈”这个名字的执着，对数学定理的二次证明和在国旗下让人笑掉大牙的演讲。他的哲学是一种孤僻且坚韧的哲学，也正是这种哲学，支撑着他在恶劣的边缘状态中不断行进。尽管他最后走进了精神病院的死胡同，但他的步伐始终是坚定的，这是他远胜于其他像“我”一样的普通人的地方。

班宇的《逍遥游》里的女主人公，是一个典型的当代东北老工业区的年轻人。她是被这个高速前进的社会甩出去的人，是因“赶不上趟”而被压在社会底层的人。国有企业改革乃至仅仅是一个高考科目新政策，都如一只强力的手狠狠地把她拍在地上。与传统的社会主义“新人”形象不同，她贫乏、无力，对社会和生命自身没有太多的思考。与张展不同，她虽然也是这个时代的产物，但她的生活仍旧被基本的生存问题困扰。她的困境是一种地域性的特殊困境，也是底层年轻人的普遍困境。她渴求活着、爱、尊严这些基础的、古典的必需品。她展现出的那种“任尔东西南北风”的生存状态是十分宝贵的。

笛安的《景恒街》是一部构建在现代大都市生存语境之上的小说，故事背景和人物形象都是新鲜的。值得注意的是，这里面的“新人”不仅仅是一个新身份，而是出现了新动作行为和新思维方式。主人公关景恒则会忽然爆发，因为细枝末节的事打电话骂下属骂上十分钟；面对公司同事的质疑，关景恒故意在公司跪下来求婚。他们“失神”的动作和歇斯底里的“表演”，是新的“现代症状”，从中不仅折射出经济全球化时代大都市的生活困境，也折射出作为主体的“人”在面对资本世界时，主体性逐渐降格的状况。

在王苏辛的《在平原》里，问题与思辨构成了小说的传感器。

围绕着李挪的艺术困境，这位年少成名的画家主动离开热闹的艺术圈子，回到“平原”重新寻找灵感与自我。回到平原，实际上就是带着重重疑问回到自然的起点，回到生命的自然状态。小说以人物之间充满思辨的对话助推着问题的解码，最终在自我实践（画画）与思辨中找到了自己的路和目的。问题重重的李挪是“新人”，体现在她追问、质疑与思辨的精神世界。

这些人物或许依然是卢卡奇所说的“问题人物”，但这个时代却不是“衰变的时代”，而是一个“生长的时代”。这些新的人物，或许还在探求的中途踟蹰前行，或许还有诸多的迷惘，但无论如何，他们都是我们这个时代问题的承载者，也是答案的求索者。从对这些追求、探索甚至失败的人物的抒写中，也许一种文学的经验和力量在不断积蓄，也许我们所期待的“新人”呼之欲出。

四、对“新人”形象的期待

文学“新人”形象的出现是现代文明的产物。现代文明面向前方和未来，在尊重和分析传统的基础上勇于创新、积极开拓。我们所期待的“新人”形象的革新精神、时代色彩、理想情怀等多重要求，决定了塑造形象的高度和难度，使得“新人”成为社会和文学历史进程中的稀有元素。即便上文所提到的诸多形象，有些也只是塑造“新人”过程中的一种努力而已，并没有达到我们所期望的人物形象的高度。而如果缺乏“新人”形象，就会使得一个时代的文学黯然失色。从古今中外的文学史视野出发，从时代的呼唤出发，笔者认为我们的文学要塑造一种真正意义上的新人形象。

首先，“新人”是时代精神的传递者和践行者，他乐观积极而又具有年轻的心态，善于观察世界而又目标坚定、行动果敢，不会犹豫彷徨。他是生活的实践家而不是仅会沉思默想却缺乏行动的人。作为一个承载“审美理想”的艺术形象，“新人”不是“高大全”式的，也不是精神变形萎缩的，而是符合艺术形象的基本要求，具备充分合理的美学意义的人物。

其次，“新人”是具有思想性的人物。他的思想从当代中国的现实土壤中孕育生成，汇集了时代问题、时代意识，聚集着各种信息。他是脚踏大地的活生生的人物，有着浓郁的现实基础和未来憧憬。他同时具有一种“磁吸效应”：周围的人、事、物不由自主地围绕着他转，在他周围形成各种生活和实践的细节、情节的丰富图谱，而这些细节和情节本身就促成了时代精神的凸显。

最后，“新人”是具有“生长性”的人物。这种生长性表现在两个方面。一是“新人”不断向自我、他人和世界提问，是善于发现问题的智者，他不断地追问和探询社会的真正有意义的问题，并力图通过自己的思考和努力提供答案、解决问题；二是“新人”伴随时代一起成长和前进，他融入我们的日常生活中，带着探索的勇气和激情吸纳时代的精神养分，不断丰富和完善自我，更以自己的行动改变世界——这样的行动者、探索者、实践家也是具有智慧风貌的“艺术形象”，而不是机械僵硬地图解概念的形象。

改革开放初期的“新人”，如高加林、孙少平、孙少安，他们所处的那个时代已经过去。经过40多年的历史变迁，中国社会发生了巨大的变化。今年是决胜全面小康、决战脱贫攻坚的收官之年，路遥的《平凡的世界》里开头描写的缺吃少穿的景象不存在了，农村青年进城也不再是难题。面对新时代，我们的文学应该如何反映新的时代精神，“新人”又面临什么样的新问题，叙事该如何展开？这些都是摆在有抱负的作家面前的重要任务，也是摆在当代文学面前的新问题。笔者的长篇小说《三城记》（人民文学出版社，2019年），也在试图塑造“新人”形象。主人公顾明笛出生在20世纪80年代，受惠于改革开放的成就，他面对的不再是孙少平那个时代“物质匮乏”的问题，而是“物质匮乏”问题解决之后青年需要思考的生活的价值和意义问题。这也是新一代甚至更新一代青年所面对的问题，这些问题推动他们寻找人生行动的目标，发现探索和实践的动力。他们的问题既来自脚下的土地，也来自世界所面临的共同难题和新问题。未来的文学一定会坚守审美理想的阵地，用艺术的力量让“新人”形象带着这些疑问重新出发，走在时代的大道上，不断地行动、探索、实践，追寻一个更加美好的世界。

022 |

文学与现实的关系答问录

（拟“对话体”）

什么是“文学”？什么是“现实”？十分惭愧，作为一名文学教师，我说不清“文学”到底是什么；作为一个生活着的人，我不能够陈述“现实”究竟为何物。也可以说，我徘徊在“名”与“实”之间的混沌地带。现在却要来讨论“文学与现实的关系”这个长期纠缠着我们的老话题，实在是力不从心；要写成论文形式，那更是难杀我也。我想，既然是古老的问题，不妨采用“对话体”这种古老形式来讨论。

甲：为了围绕“文艺与现实的关系”展开对话，我特地重读了《柏拉图文艺对话集》中的一些篇章。苏格拉底跟另外一些人之间，你来我往地论辩，看上去很亲切、很平易似的，其实也不好懂，有些地方甚至不知所云。

乙：古人思绪高远，言谈时总是直达事物的本质。不像我们今天的人，沉溺于现实的泥淖中，不亦乐乎，诱惑太多，思绪散乱，最多只能悬在半空，想一些“中间价值”问题。佛教称之为“恶慧”，而不是“智慧”。

甲：就“终极价值”而言，古人的确更智慧。柏拉图说，文艺是对现实的模仿，现实是对“理式”的模仿。前面一句好懂，后面一句就不好理解。

乙：谈到文艺与现实之关系的时候，柏拉图用“床”来打比方，他认为有三种“床”，一是画家画的床，二是现实中的床，三是“床之所以为床者”，他称之为“床的理式”。一模仿二，二模仿三。一般人只想到了一和二，不会想到三。

甲：他说的“床之所以为床者”，不就是床的“形式”吗？

乙：我们眼睛所观察到的那个“形式”，只能说是床的“表象”，而不是床的“本质”。也可以说，你所眼见的只是“幻象”或“色相”，而不是“真相”。我们可以换一个例子来说明。比如说，存在三种“男女”：文艺作品中的男女、现实生活中的男女、本质上的男女。后面一种，就是男女之所以为男女的“理式”，柏拉图视之为“最高真实”，它是“灵魂回忆”的对象。这个男女的“理式”，中国哲学没有完全对等的说法，大概可以用阳（乾：☰）和阴（坤：☷）表示，它来自混沌未分的“太极”（☯），指向不可言说的“道”。面对那种“最高真实”，西方人拼命地回忆（言说），中国人使劲地遗忘（沉默）。这是文化差异。就今天的文学创作而言，我们可以写一部关于“男女”的小说，却无法写一部关于“乾坤”的小说。但具体的“男女”之中，包含了阴阳乾坤，而不是相反。就此而言，文学包含了哲学。

甲：哲学家一定不同意你的说法，他们或许会将你逐出“理想国”。

乙：如果把“具体”“个性”都驱逐掉，那就只剩下“理想国的理式”。所谓的“理式”，不是要供人模仿的吗？连模仿者都没有了，它的意义何在呢？

甲：我还是没有弄明白，文学究竟要模仿具体可感的现实，还是要模仿抽象玄奥的“理式”。

乙：英国作家王尔德说，画家兼设计师莫里斯，发明了一种坐着很舒服的椅子，叫“莫里斯圈椅”。这种椅子是对草地斜坡的模仿。辛苦的劳作者，发现靠在草地斜坡上休息很舒服，但又苦于草地的潮湿、有虫子、草根扎屁股。莫里斯的模仿，继承了草地与身体之关系的“理式”，去除了草地与身体之关系中那些反“理式”的因素，创作了“莫里斯圈椅”这个“作品”。你说莫里斯是在模仿现实，还是在模仿“理式”呢？

甲：我明白了，这就是“艺术来源于生活，高于生活”的道理吧？

乙：有这个意思在里面，但你用的是一个封闭的、没有余地的、过于确定的句式，将意义的多样性封杀了。

甲：我认为，无论什么道理，总要将它变成确定无疑的知识才好，才便于教授和传播。

乙：“文学研究”或许是一门知识，但“文学”不是知识。我们在讨论“文学”与现实的关系，而不是“文学研究”与现实的关系。

甲：如果能将不是知识的“文学”变成知识，倒蛮合我的胃口。

乙：既然文学的本质不是知识，它就不可能成为知识。至于那些能够成为知识的东西，它就不是文学，只能称之为学问。学问固然是好东西，但不是文学。

甲：这些话有点玄奥。一谈玄，文学就会离开现实，就会变得难以理解。那些高蹈在空中的小说和诗歌，就难以理解。

乙：从发生学角度看，文学并不源于“理解”，而是源于“志”和“情”，在心为志，发言为诗，所谓“情动于中而行于言”。只有《尚书》中的那些官方文件，它的目标才指向“理解”。其中有多篇征讨商纣的动员令，大意是：我要你们帮助我去灭掉商纣王，他沉迷酒肉，荒淫无度，偏信女人，牝鸡司晨，不亡其国更待何时！你们理解了没有？我们理解了！那就赶紧出发吧！至于箕子过殷墟所哭歌的“麦秀渐渐兮，禾黍油油”，究竟怎么理解，武王根本不在乎，他志不在此而在彼。只有那些殷商遗民，面对破国之山河，一草一木皆可泣可歌。没有这种感同身受，当然就不理解。

甲：我们今天还是不要讨论商纣和武王吧。我想尽快进入我们的正题。

乙：我们一直在正题里面。你为什么会觉得不在正题里呢？

甲：我的疑惑是，当作家偏重“再现”的时候，有人说那是“抄袭现实”；当他们偏重“表现”的时候，有人又说那是“自我膨胀”。文学与现实究竟是怎样的关系呢？

乙：说不要“抄袭现实”，是在强调文学的创造性和超越性，超越现实的表象和“色相”，强调作家“无中生有”的想象能力，以便抵达自由的境地。否则的话，文学的逻辑与“现实”的逻辑就同流合污了。说不要“自我膨胀”，是在强调文学与他人和世界的对话关系，而不是一个人躲在自己的小世界中“痴人说梦”。

甲：精神分析大师弗洛伊德就说过，文学是“作家的白日梦”，大白天里做梦，还要发表出来让别人读，不就是“痴人说梦”吗？

乙：弗洛伊德说文学是“作家的白日梦”，他并没有说文学就是“梦”。白日里睁着眼睛说梦，说明理性还能够控制“梦”的内容，并且让梦的叙述符合逻辑而让人能够理解。“梦”对理性构成巨大的挑战，它那些可怕且可恶的内容，潜藏在无意识深层，无法删除，让人烦恼。白天还“超越”得好好的，到了晚上睡觉的时候，“理性”下班了，那些不可示人的东西全都粉墨登场，通过“梦”这个欲望的舞台尽情表演。怎么办呢？庄子说，有修为的“真人”，可以达到“无梦”境界。让梦彻底消失，这太绝对了。庄子自己却经常做古怪的梦，而且还不知道是他在做梦，还是梦在做他。佛教解脱法门中有“修梦成就法”，修炼到要梦见水就梦见水，还能将水梦成莲花；要梦见火就梦见火，还能将火梦成琉璃——这是对现实欲望或肉身叙事的升华。

甲：那“抄袭现实”又怎么解释？大作家巴尔扎克说过，他要做法国社会的书记员，做他那个时代的秘书，这是不是“抄袭现实”呢？

乙：“抄袭现实”是一个比喻，比喻那种面对现实不可自拔、缺乏审美超越的作品，也就是没有“灵魂回忆”、缺乏“道”的追求的作品。“现实”怎么可能被抄袭？如何抄袭？巴尔扎克所说的“书记员”“秘书”也是一种比喻。不要忽略巴尔扎克后面的话，他说他要

“编制恶习和德行的清单，搜集情欲的事实”“选择主要事件”“糅成典型人物”。这样，我们就能理解勃兰兑斯为什么将巴尔扎克视为像乔治·桑一样的“浪漫主义者”了。勃兰兑斯认为，他们两人都是“伟大的风景画家”，乔治·桑画的是草木在阳光中的那一部分，巴尔扎克画的是草木的根部。勃兰兑斯说，巴尔扎克既是“观察者”又是“梦想家”。前者是忠实于现实，后者是忠实于心灵。无论是观察还是梦想，最终都会归结到文本和叙事结构之中。对作品形式和意义之关系的分析，是文学批评的任务。

甲：说到文学批评，也有很多地方难以理解，一会儿一个新术语，比如后现代、后殖民、新历史，而且意思不确定，我们有点跟不上。

乙：面对新的创作实践，新术语的出现总是难免的，但你不要被那些新术语吓到，不要被它所迷惑。关键在于你自己要忠实于自己的感受，进而建立起自己的评价标准。

甲：批评家的标准也很混乱，好像并没有什么确定性。早几年他们夸奖一个作品时，会激动地喊叫：“波澜壮阔的历史画卷啊！”

乙：那是比喻，用水波来比喻壮美崇高的风格。

甲：最近，他们又改了，夸奖一个作品时，会激动地喊叫：“接地气啊！”

乙：也是比喻，用土地来比喻，比喻作品有现实基础。

甲：一会儿用水波比喻，一会儿用泥土比喻。我想，“细雨鱼儿出，微风燕子斜”也不“波澜壮阔”，《九歌》和《洛神赋》也不怎么“接地气”。

乙：任何比喻都是蹩脚的，但比喻又是不可缺少的。用一个事物来说明另一个事物，所谓“写物附意”“扬言切事”。你可以说它简洁明晰、强烈可感，也可以说它过于粗暴、差强人意。但比喻的修辞手法之所以不可或缺，原因在于文学与现实的关系、言与意的关系，实在是太复杂。

甲：尽管模仿现实的“写实性”作品要好理解一些，但我觉得，文学创作还是应该以想象力为主，只有想象和创造的翅膀被折断了，才会堕落在土地上。我们看到美景的时候，会说它像图画一样美，因为图画是创造和想象的产物。

乙：中国文艺传统重视“传神”而非“逼真”，强调“神似”而不是“形似”。这一点在传统的诗歌和绘画里表现得很明显。到了今天，真实的或者形似的东西，有可能会被高科技所取代，而“传神”的东西是很难复制的。要抵达那种“传神”的境界，的确需要高度的想象力，仅仅靠“接地气”是不够的，说不定还要有一点“接天气”的能力。

甲：你说的“接天气”就是指作家的想象才能吧？但我还是有疑问。是不是说，凭着自己的“天才”，躲在书斋里发挥想象力，就能够写出好的作品呢？

乙：文学创作的“独创性”，的确要求它创造一个“世界”。但我们对这个独创出来的“世界”，还有另外一些要求：比如与他人交流而引起共鸣的要求，指向可理解性；比如与另外一个“世界”达成和解的要求，指向价值的超越性；比如与天地之间和谐一致的要求，指向形式的均衡性。一个人躲在书斋里，闭目塞听，很难保证不走火入魔。我们经常读到一些连作者自己都不理解的作品，这基本上可以判定为堕入魔道了。

甲：看来还是要“接地气”，经常到底层去体验生活。

乙：可是，有些人接了一辈子的“地气”，弄出一身病，也没写出令人满意的作品。因为“地气”是丰富多彩的、具有生长性的，但也是杂乱无章、没有形式感的。如何使它有效地变成审美形式，是一个难题。至于那些抱住“地气”不放的人，最终只能变成“地气”本身，消失在泥土之中，而没有变成文学。

甲：如此看来，文学创作中的“再现”与“表现”，并没有对错之分，而是一种带有“历史辩证法”色彩的运动过程。就像我们的对话一样，也在现实和想象的两极之间，来回荡秋千。

乙：历史运动本身具有一种“纠正”功能，文学史的演变也是如此。当文学创作太过于关注现实、太过于写实、太过于社会化、太过于简单的时候，一种注重想象力、注重写意、注重自我、注重文体奇谲的风格就会出现。就文体风格而言，历史上的“公安派”与“竟陵派”的交替，就是一例；20世纪的“启蒙文学”和“左翼文学”之交替，也是一例。

甲：中国当代文学创作的演变，好像也符合这一规律。

乙：是的。20世纪70年代末到80年代初的文学，是“人的文学”对前面20多年“政治的文学”的一种纠正，但紧接着，因过于“写实”而几乎要与社会思潮合而为一了。80年代中后期的文学，可以看作“虚构的文学”对“写实的文学”的一种纠正，但紧接着，因过分“虚构”而开始走火入魔、不可理解了。90年代中后期以来，“写实的文学”又开始兴起。……

甲：请等一等。你说的“写实”，究竟是指作家的“写作风格”，还是“取材立场”？如果是指“写作风格”，我认同你的描述；如果是指“取材立场”，我就觉得当代作家，特别是一些成名的作家，并没有转向“写实”。

乙：我理解你的意思，你是说他们的创作，没有介入当下的现实。

甲：是的。当下那些成名的大作家，他们的写作风格或许是“写实”的，但他们的取材，主要是指向历史的、过去的事情，而不是当下的现实。即使有一些关注“现实”的作品，也是躲躲闪闪、顾左右而言他，缺少介入的力量。还有一些作家，介入的力度似乎很大，但“新闻性”过强，“文学性”有疑问。

乙：首先，“历史”是死的，像一块化石，容易捕捉；“现实”是活的，像一条泥鳅，很难抓住。其次，历史是“长时段”的，容易发现规律，它属于历史学家的领域，文学家只需要通过想象增加细节；如果作家的叙事或者细节，颠覆了已有的历史规律，那只能说是他意外的惊喜。至于现实，它是“短时段”的，杂乱无章，没有规律，它往往是新闻关注的对象。就关注“事实”的角度而言，文学无疑不如新闻。或者说一不小心，它就可能变成蹩脚的“新闻”。因此，作家面对当下“现实”，往往会很谨慎。

甲：你好像在为他们不介入现实找借口。但无论如何，作家不关注现实，总不是一件很光彩的事情。所以，“非虚构写作”一出来，就引起了关注，其势头压倒了传统“虚构”写作或“历史”写作。

乙：所谓“非虚构写作”的意义，不在“文学性”，而在提供了一种新的进入“现实”的视角。这种新的视角，既不是传统“文学的”，也不是当下“新闻的”，而是介于二者之间的。这样写作和观察的“边缘姿态”，或许能为当下文学创作介入现实，提供新的思路。

甲：我对你说的“边缘姿态”很感兴趣。为什么不是“主流姿态”或“底层姿态”？

乙：我们不可以将它简单地归纳为“底层的”“平民的”“人文的”，因为这些东西许多作家都有。我想说的是，传统“文学性”的僵化特性，与其说是文学史提供的一笔遗产，不如说是作家所领受的一个重负；它的好处是，具有潜在的权威性；它的坏处是，对“活的现实”视而不见。对“中心姿态”而言，“边缘姿态”就好比物质结构中的边缘微粒，它总是处于极度活跃状态。只有在这种活跃的状态下，才能够将那些人们视而不见、习焉不察的“现实”呈现出来。

甲：我看过一些“非虚构”的作品，第一次读感觉还不错，但没有再读的兴趣。我觉得，好的文学不应该是一次性消费的。我甚至觉得，衡量一个作品是否是经典，就看人们是不是会重读它。

乙：我们已经说过，“非虚构写作”是进入“现实”的新途径之一，我们没有讨论它的“文学性”问题。作为“语言的艺术”，文学创作的虚构性、想象性、创造性，已经决定了“非虚构写作”的位置。在文学创作中，如果过于强调“非虚构”的特征，语言的种子就无法生根发芽，文学就会染上“不育症”；如果过于强调虚构的特殊性和想象的个人性，语言的根须就会四处疯狂蔓延，文学就会染上“神经症”。

甲：我想，现实是一个无边的概念，它好比一头大象，我们都是在“盲人摸象”，摸到的只是现实的一部分。

乙：从经验层面看是这样的。但文学艺术的超越性，给了我们第三只眼，打通了局部和全体之间的壁垒。观一叶而知秋意，尝滴水而知沧海，窥一斑而见全豹，说的就是这个道理。

甲：所以，文学作品不应该仅仅依赖于模仿或再现，还应该有启示性，它即便只写了现实之“象”的一部分，也能启示读者对“象”的全体有所领悟。当代文学也应该有更多带启示性的作品。

乙：当下的文学状况还有许多不确定性。我们可举古典长篇小说为例，根据其“文学性”由弱到强，大致可以按以下顺序排列：《三国演义》——《水浒传》——《西游记》——《金瓶梅》——《红楼梦》。前面两部太“现实”，中间一部太不“现实”。后面两部是介于“现实”和“虚构”之间的，既非“现实”，也非“非现实”。按照你前面所说的标准，《红楼梦》的重读率，大概是最高的吧。我们可以想象，100年乃至更长的时间过去了，有谁会在乎《山海经》的故事是不是真实的呢？有谁会在乎《聊斋》是不是写实的呢？有谁会质疑“太虚幻境”或者“赤霞仙宫”是不是真的存在呢？这些经典作品，记下了华夏初民的质朴、勇敢、自由、刚健的精神；记下了被压抑的自由、通过梦的缝隙涌现出来的真情实感；记下了年轻人成长的喜乐、悲伤、彻悟。文学就是这样，生长在现实的土壤上，吸收的却是“神瑛侍者”浇灌的上天之甘露。“假作真时真亦假，无为有处有还无”，也可以看作对文学的一个绝妙注脚。

此文为供《文艺报》“文艺如何表现现实”系列讨论之专稿。2014年4月5日写毕

023 |

有信念的艺术与胆小鬼艺术

一、好的艺术永远不会过时

针对当下的文学状况，有人向我提出了三个问题：第一，如何面对当代长篇小说创作的困境？第二，文学如何关注当下的现实？第三，文学如何表达城市经验？如此重大的问题，分明是要让我难堪，除了逃跑我还能做什么呢？当然，除了逃跑之外还能做的，就是直接面对这些问题。

那好，让我从托尔斯泰开始谈吧。是的，又是托尔斯泰。我们从托尔斯泰出发，一直走啊走，走进了后现代的迷宫。人走路走累了，只想倚靠在大树上歇一歇，没有人会靠在一根芦苇上。托尔斯泰就是大树。有什么办法呢？有的人就是离天堂很近，有的人却终生在泥淖里捣鼓。艺术正如一个脚踏泥土向上飞翔的姿态，或者就是飞翔本身。托尔斯泰属于少数在最高空翱翔的艺术家。后现代大师约翰·巴思在《枯竭的文学》中曾经表示，托尔斯泰、巴尔扎克、狄更斯都过时了。然而我们发现，托尔斯泰没有过时，约翰·巴思才过时了。文学没有枯竭，约翰·巴思却早就枯竭了。

托尔斯泰晚年，在创作和思想上遇到障碍的时候，他就去读书，读民间故事和民间歌谣，读东方哲学，读老子、孔子、孟子、墨子等“极高妙的智慧思想”。他还特别喜欢读普希金。1910年前后，80多岁的托尔斯泰还在读八九十年前的普希金的作品。他告诫青年作家们说：“别把时髦人物（颓废派作家）作为楷模，要学习普希金和果戈理。”他认为普希金的作品，符合他评判艺术的三个重要标准：内容新鲜、语言惊人、态度真诚！同时，托尔斯泰认为，态度真诚是最重要的标准，只有在此基础上，内容才会新鲜而重要，形式才会惊人而精准，而不至于“虚伪和做作”。最终的检验标准，就是艺术的感人程度，它能否让人在被各种类型的暴政分割的地方，重新和解，拥抱在一起。

托尔斯泰不怎么重视对“艺术才能”的讨论，或许因为他才能太高，不屑于讨论。但他会夸奖割草农民或朝圣香客的才能，说“人民的语言多么美啊”！他会看着边走边唱的农妇说：“最好的作曲家就是人民！”他会让农民普拉东成为贵族彼埃尔的老师。他是那么真诚地蔑视一切，除了人民和真正的艺术。这是一种典型的民粹主义美学观。它把人类概括为人民和天才，或者群众和英雄，然后模糊两者的界限。天才和英雄摇身一变，变成了人民中的一员，进而成了人民的代言人，或者成了躲在人民这个“老妈妈”身后的“儿子”，接下来自然就是“挟妈妈以令诸侯”了。它试图轻而易举地消除大地和天堂的藩篱，把作为中间环节的“作者”、“自我”和“日常生活”全都省略掉。写作由此而神圣化，作者由此而成了神。洞悉一切的“全知全能”的叙事视角，也就成了他的小说的基本叙事方式。

二、现实和艺术缺一不可

20世纪的小说叙事，在诟病19世纪文学观念的基础上，力图摆脱以托尔斯泰、巴尔扎克、狄更斯为代表的叙事方式，并将一种“资产阶级工匠”式的写作推到了极致。小说工匠们貌似很精准、很科学、很客观。他们教训写作者：“可以出现‘我心想’这样的句子，但不要出现‘他心想’这种句子！你又不是他肚子里的蛔虫，你怎么知道他心里想了什么呢？你也不是上帝啊。”对此，可以庄子式地辩难答曰：“你又不是我肚子里的蛔虫，你怎么知道我不知道他想什么呢？”与此同时，小说工匠们又不甘寂寞，他们很想知道别人心里在想什么，还想知道情人们在密室里说了什么，但又不敢大胆地说出来，躲躲闪闪、吞吞吐吐、鬼鬼祟祟，最后叙事变成“窥视癖”式的猜谜，鬼都不懂。法国新小说就是这样，后期的乔伊斯也是这样。文学史表明，枯竭的不是文学，而是阿兰·罗布–格里耶和乔伊斯。小说工匠的另一个怪癖，就是为创新而创新，他们试图通过不断改变产品的外在形式，来获取存在感和价值依据。小说被创新的疯狗赶进了死胡同。

20世纪下半叶，走进死胡同的叙事文学开始另辟蹊径，重新开出两条道路，一条是师从亚非拉的后发达国家和地区原生态文化、民间生活，及其表达形式；还有一条就是重返伟大的19世纪传统。

辛格和索尔·贝娄都厌倦了那种玩技术的形式探索，他们的创作都在向19世纪致敬。索尔·贝娄就认为，“技术过时，是一个作家最不重要的属性”。这已经有点回到托尔斯泰了。

在长篇宏文《什么是艺术?》中，托尔斯泰认为，人类进步必须具备两种工具，一是传递思想信息的语言，一是传递情感和希望的艺术，它们的最终目的，都是要促成人类的团结。所以，托尔斯泰在提出文学艺术的三个重要准则之外，又从写作的角度补充说，作家还必须具备另外两种素质：“第一，确知什么事应该有。”（应然世界）“第二，坚信什么事应该有。”（对应然世界的信念）打个比方，我说“太阳明天将要升起”。你说“你不是上帝，你怎么知道明天的事呢?”我坚持说“太阳明天必将升起!”你说“也有可能不升起啊”。我说的是“应然”甚至是“必然”，你说的是“或然”。如果文学艺术就是你说的那样，我们要文学艺术干什么?文学艺术对这种“应然世界”的想象，就是在关注现实的基础上对现实的超越，就是对“完满”或“美”的想象，也就是对“未来”或“人”的信念。这就是托尔斯泰总能从现实中超拔出来，并将现实转化为艺术的法宝。这就是托尔斯泰，作为一位伟大的现实主义者和一位伟大的理想主义者的超人之处。

没有现实，艺术什么也不是，没有艺术，现实也微不足道。不记得这是哪位明白人说的明白话。所谓关注现实，不是让我们去“复制现实”或者“抄袭现实”，而是要求我们“选择”“建构”“想象”另一种现实，也就是呈现托尔斯泰所说的那种“应有之事”。同时还要对这种“选择”和“建构”有坚定的信念，像普希金那样的信念，像《巨人传》那样的信念，像《悲惨世界》《双城记》那样的信念，像《穷人》《死屋手记》《卡拉马佐夫兄弟》那样的信念。

三、现代派艺术是胆小鬼艺术

你明天有两种可能：一是活着，一是死掉。你的爱人明天有可能还爱你，也有可能爱上别人。如果这样想问题，那你就别活了。对任何事情都用“或然推理”来判断，生活就充满不确定性，世界就真的会出意外。然而，意外还是出现了。那种延续了几个世纪的“坚定信念”的逐渐丧失，其实在托尔斯泰之前就已经开始了。大约从爱伦·坡的时代、从《地下室手记》的时代、从《恶之花》时代就开始了。由此开启了被托尔斯泰称为“颓废派”文学的时代。经过几十年的时间，培育了一批胆小如鼠的人。尤其到了20世纪，经历了“经济大萧条”“一战”“二战”，这种类型的“人”更为普遍，渐渐地，他们开始拉帮结伙，嘲笑19世纪的“人”。他们的共同特征就是：不相信、不确定、不肯定。他们一边想着好事，一边想着更多的坏事，然后像老鼠一样，拼命地打洞，朝地底下钻，听见敲门声就发抖，看到陌生人就逃跑。他们想象自己是一只甲壳虫，随时都有可能被现实那只老母鸡啄食掉。他们认为“结婚”和“离婚”这两个词语，是如影相随的，于是便选择另外一个词语：“逃婚”。

对长篇小说而言，黑格尔所说的“市民社会的史诗”中，没有了“史诗”，只剩下“市民”，也就是卢卡奇所说的“衰变时代的问题人物”。本雅明则用“机器复制时代”为论据，论证出“经验”的消失，进而推论“讲故事艺术”的消亡。这同样是一个胆小如鼠的人的故作镇静之语。有理论高深的小说家（如托尔斯泰、歌德、雨果），有不写小说的理论家（如卢卡奇、马尔库塞、本雅明），还有跟“颓废派”理论家相呼应的小说家，从安德烈耶夫开始，到卡夫卡、普鲁斯特、乔伊斯、福克纳、约翰·巴思、冯内古特，他们的创作都是在为长篇小说这种文体，签署死亡通知书。

某种意义上说，理论批评的混乱，导致叙事艺术的衰落；叙事艺术的衰落，导致理论批评的消亡。理论批评和叙事艺术凑在一起互相伤害。于是成长小说变成了退化小说，行动小说变成了沉思小说，想心思和做梦替代了情节和动作，叙事成了治疗法和催眠术，最终，小说叙事变成精神分析学猜谜和形而上学推理。然而，该走的都已经走了，该在的还在，世界美如斯，到处都充斥着“事故”和“故事”。

四、现代经验就是城市经验

接下来是如何表达城市经验的问题。这是问题吗？是，又不是。施宾格勒说：“城市是现代文明风暴的中心。”马克思在《德意志意识形态》中有一段关于城市文化的话，说得非常透彻。他将城市与乡村的分离，视为野蛮向文明的过渡，同时也发现了资本与劳动分离导致的异化后果。文艺复兴以来的现代文化，就是城市文化，就是告别沉思走向行动的商业文化和欲望文化。与此相应，也衍生出一系列副产品：进城的农民、失败的市民、赤贫化的失业者、宁愿死在街道上也不愿回到泥土上的流浪汉等。与稳定的乡村和永恒的自然相比，城市是人工制造品，是“人造天堂”的冒险实践，它充满了不确定性。有人很快就适应了，比如施蛰存和张爱玲；有人一辈子也不适应，比如废名和沈从文。

就当代中国情形而言，多数“50后”和“60后”最熟悉的是乡村经验。至于“70后”和“80后”，多半对乡村经验很陌生，甚至完全陌生。即使出生在乡村的人，也不知乡村为何物。如果说改革开放之前，城市是乡村的“剩余物”，那么今天，乡村就变成了城市的“剩余物”。也就是说，城市文化成了主导文化，能说你不熟悉城市文化吗？关键在于你“确信什么事应该有”的信念之中，是否有城市文化和现代文化的位置。

进一步落实到文学层面。文艺复兴以来的现代文学，就是城市文学，或者从乡土文学向城市文学迁移途中的迁徙文学。乡土文学的基调是抒情的，面对没有变化的日常生活的叹息和幻想，由此衍生出传奇和寓言。城市文学的经验基础，就是无限多样地展开的日常生活本身（18世纪的简·奥斯汀和理查逊），以及日常生活展开受阻的故事（19世纪的巴尔扎克和狄更斯）。20世纪三四十年代的上海作家，曾经提供过很好的借鉴。

在当代中国文学中，存在一种初级阶段城市文学，他们以为只要写点街道、高楼、超市、酒吧、邂逅、夜总会、逛街和购物，就是城市文学。这种仅仅满足于城市外在形态的写作，是一种浅薄的城市文学。真正的城市文学，跟乡土文学一样，也需要处理一些人类永恒的棘手的问题，比如生死、是非成败、成长或蜕化、苦难和罪孽、信仰和救赎。不同之处在于，乡土文学是在泥土上或茅屋里处理，城市文学是在人造石头（水泥）上和高楼里处理。乡土文学面对的是“血缘宗法制”的宗族，城市文学面对的是“商品拜物教”的宗族。他们的公分母是希望和信念，而不是咬牙切齿或者簌簌发抖。

没有现实，艺术什么也不是，没有艺术，现实也微不足道，艺术是现实精神和超越精神共同孕育的结果。现代经验就是城市经验，与城市相关的文学不是否定“日常生活”，而是肯定它，并使它变成艺术的有机成分。“颓废派”艺术，是一种被“坏世界”吓破了胆的艺术，它的怀疑和虚无，是长篇小说衰落的根源。我们必须重返一种有信念的世界和有信念的艺术。一个优秀的作家，如托尔斯泰所说的那样，应该“确知什么事应该有”，并且坚信它。长篇小说的外在形式的确有不确定性，也是“未完成”的，但其内在形式则是确定的，那就是作家对美和完满、对人和未来，保有的坚定信念。跟胆小如鼠的艺术相比，好的艺术，有信念的艺术，永远不会过时。

五、匮乏与拯救是永恒的主题

长篇小说《三城记》是以北上广三座城市为背景、书写“80后”的成长史，聚焦主人公顾明笛的命运，呈现了一个当下城市青年的奋斗史、情感史、挫败史，刻画了一个书斋里的青年是如何成长为社会人。

我的写作动因主要有两个：一是中国当代小说创作中的一流作家比较擅长写乡村，城市题材的小说相对缺乏，一些年轻的作家虽然在写城市题材的小说，但他们的城市经验往往过于碎片化。我尝试完成都市青年成长的小说。此外，小说主人公是出生于1980年的城市青年，尽管他与“50后”“60后”也面临着一些共同的问题，比如生死问题，但他们在日常生活中面对的具体问题，差距是很大的。五六十年代的人在现实中面临的首要问题是“匮乏”，物质和精神的双重匮乏。匮乏感一直是他们小说叙述的主调。总体上看，“80后”不存在这种“匮乏”，他们面对的是“过剩”带来的烦恼和无聊。主人公顾明笛大学毕业，在国有企业办公室上班，家里有两套房，但他质疑生活的意义，整天焦虑不安。他辞职离开上海去了北京、广州闯荡，先后进入媒体、高校、互联网企业工作……

当物质匮乏的问题解决之后，人的意义在哪里？这是一种新的匮乏。匮乏与拯救，是永恒的主题之一。这个主题不仅在我的小说里存在，我的评论里也常有触及。写评论的时候，我经常想，如果我来写小说，会怎么处理这种问题？我在教学中与年轻人接触也很多，因此，我塑造这么一个“80后”人物形象，让他直面这代人的真问题，去行动，去选择。

2018年2月18日

024 | 青年作家短论一束

任晓雯：走失的复仇英雄和凶杀故事

在“事故”多于“故事”的今天，要写一篇现实题材的小说并不容易。事故的新闻性和故事的消费性，往往是制约小说创作的两大障碍。对事故（比如拆迁及其一系列恶性后果）的转述要求及时，这是新闻报道的长处。对故事（如死亡或者复仇凶杀案）的描写需要刺激，这是通俗性消费作品的目标。将事故和故事作为叙事材料，使之转化为艺术小说，而不是新闻报道和刺激性故事，这对作家来说是一个严峻的考验。

青年作家任晓雯的中篇小说《阳台上》，就是一篇以现实“事故”为故事基本线索的优秀小说。老作家沉湎于“超历史”的艺术秀，更年轻的作家正在大玩穿越、玄幻、悬疑等类型小说把戏。任晓雯的小说叙事，既有强烈现实关怀，又不囿于现实逻辑的束缚。她编织着叙事的“阿里阿德涅之线”，引读者走进生活现场，并领他们穿越现实的泥淖，走向一片未知的光晕之中。

小说开篇，叙事者假装要讲一个复仇或凶杀故事：城市的街道上弥漫着腐臭的气味，碾死的老鼠尸体像纸片一样粘在路中央，下水道口堆满了垃圾，小说主人公张英雄，手持一把折叠刀，尾随拆迁小组组长陆志强的女儿陆珊珊，在城市的小街上逶迤蛇行。看着这些文字，读者感受到如恐怖片般的紧张气氛。可是直到小说的结尾，那个诱人的凶杀故事也没有出现，读者和小说的主人公张英雄、陆珊珊一起，“消失在一片金色之中”。

一个复仇或凶杀故事消失无踪。主人公张英雄，他的名字和性格之间的强烈反差，构成了对复仇英雄的反讽。张英雄因父亲张肃清被陆志强气死，而萌发复仇的念头。但复仇者张英雄，不是鲁迅笔下的古代剑客宴之敖者，也不是陀思妥耶夫斯基笔下对资产阶级复仇的拉斯科尔尼科夫，而是一位疑问重重、犹豫不决的当代人。在阅读过程中，伴随着嗜血的心理期待，以及隐藏在潜意识中的隐秘快感，我们的“重口味”不断地被化解。

诱人的复仇或凶杀故事被什么所化解呢？被主人公的犹豫不决所化解？这是一个“哈姆雷特式”的古老的人性或文学主题。张英雄完全能够轻而易举地拿着折叠刀，走向陆志强和陆珊珊。他之所以没有成功，一个十分重要的原因是他迷恋于观看，甚至借助于望远镜，观看陆家阳台和阳台里面的生活场景。观看行为改写了复仇的时间、空间和速度，也软化了张英雄冷漠刚硬的心。对现实场景之中具体的人物及其神情的关注，是一种特殊的叙事视角和人文态度。正视一个人（乃至小狗）的表情，特别是眼神，会产生对恶念的阻止效果。这是人类特有的“凝视现象学”所产生的神奇效果。

最直接的化解力量，当然是作者的叙事，它延宕在张英雄走向凶杀和复仇的中途，让张英雄无法抵达自己所策划或想象的“凶杀现场”。生活场景中蜂拥而至的细节所产生的歧义，还有因此而起的人性和良知的萌发，都需要时间。抵抗目的论的缓慢叙事速度，就是拖延走向邪恶或死亡的时间，减低张英雄走向复仇和凶杀的速度，毁掉张英雄成为“英雄”的空间。

踌躇满志的复仇英雄张英雄，迷失在生活细节和艺术想象的迷宫中。失败的复仇故事，使得他成了伙伴们的笑料。然而幸免于难的，不仅仅是逼死张英雄父亲的拆迁组长陆志强和他的女儿，也包括我们这些“心藏大恶”、追求阅读刺激的读者。

和“老作家”相比，年轻的任晓雯的叙事技巧，也许并没有那么成熟老练。但技术可以用时间弥补。我看重的是她在小说技术背后体现出来的现实情怀和精神追求。现实是艺术的材料，艺术是精神的材料。只有将现实和精神成功地融入艺术之中，现实、艺术与精神才能同时获救。

回到小说《阳台上》。没有梁山好汉那种快意恩仇、血溅衣襟。可怜的张英雄，将仇恨一饮而尽，就像饮下一杯垃圾饮料，热血骤然降温，“英雄”以死亡的形式“复活”。我们用不着因阅读快感的缺席而失望。这种现实中的失望，或许正是文学要传递的希望，尽管它依然是那么渺茫。

鬼金：囚禁在吊车驾驶室里的梦想

鬼金的短篇小说《灵魂拍手作歌》，表面上是展示吊车司机朱河的日常生活的故事，实际上是描写一个希望被生活击碎、自由被禁忌压垮的噩梦。朱河的父亲是一位瘫痪的退休工人，工厂以不景气为由不给报医药费；母亲去世了，他一个人又要上班又要照顾父亲的起居；未婚妻于莉是酒店服务员，两人一直拖着没有结婚。这是一些极其普通和常见的故事材料。按一般思维逻辑，故事有几种叙述方法：1.道德主题：拼命挣钱为父亲治疗，舍弃自我，做一位孝子。2.管理主题：通过交涉和力争，有领导力排众议，工会送温暖，问题得以解决。3.人性主题：排除各种内在外在阻力，跟于莉结婚，两人一起照顾父亲，然后再发生婚姻冲突。前面两种纯粹是宣传，不是文学。后面一种有可能变成用现实指证现实的恶性循环，也就是所谓的“现实主义”风格。

鬼金没有采用那种常见的写法，而是将琐碎、无聊、绝望的日常生活，压缩在梦的结构里；细节和情节的处理，吻合了“梦的工作”程序。幻想中那只自由的小鸟，与瘫痪的父亲之间产生了那么神奇的关联，它竟然飞到父亲的手掌中唱歌。直到故事结尾，小鸟跟父亲一起死去。细雨像鞭子一样在朱河身上抽打，天上又传来小鸟的叫唤。整篇小说像一首从灵魂深处迸出的奇异的歌。

这篇不到一万字的短篇小说，呈现了主人公朱河对于生存的重负，以及由此而产生的精神禁锢状态的激烈反应。小说的叙事结构由两个三角关系构成：一个是“父亲—朱河—小鸟”，小鸟是朱河的“形而上”，是失去肉身重量的、升华的自由之灵；另一个是“父亲—朱河—于莉”，于莉是朱河的“形而下”，是肉体欲望的解放和情感的依靠。但是，梦想中的自由和现实中的欲望，都被半身不遂的父亲和日常生活所囚禁，朱河不堪重负。

小说开头，朱河转述了自己的噩梦：男孩朝着天空幽深的独眼开枪，鲜血在空气中弥漫。梦是被压抑的欲望的释放，又是梦者的原罪，因此，小说是从一种隐秘的忏悔意识中开始的。朱河有自己的朋友于莉，父亲却孤身一人，而且身患重病，朱河必须将自己交给他，焦虑和压抑由此产生。由于道德禁忌的原因，这些内容是无法变成语言的，因此被迫进入梦境。

在潜意识中，朱河是想让精灵般的小鸟去充当父亲的朋友，陪他唱歌、打呼哨、聊天，自己可以和于莉自由交往。退而求其次，用自由换取生存，或许是一桩不错的买卖。然而，朱河想错了，叙事随即进入了第二个三角形：“父亲—朱河—于莉”。父亲通过梦的“并置”程序，进入朱河与于莉的关系中。这是一个巨大的、难以逾越的潜意识鸿沟。父亲的形象，幽灵般地跟随着他，双臂像吊车的桥臂，抓住吊钩，“从深渊般的黑暗中被吊起来”，进入被囚禁的世界，完成了一场生与死的痛苦交媾。

吊车司机朱河，一位内心充满自由梦想的人，一位坐在驾驶室里琢磨着如何用吊车将地球吊起来的幻想家，在现实生活中，却是那么孝顺务实。他每天忙着为父亲做饭、喂饭、推轮椅、上医院，忍受父亲的唠叨和责难，放弃与女友交往的时间，去陪伴父亲，默默承受着生活赐给他的痛苦和压力。但他的梦却抓住了灵魂的手，书写着一首分裂且略带邪恶的诗篇。好的文艺作品，总是向我们呈现文本与意义之间多重复杂关系，它更接近诗歌，而不是故事和历史。

其实肉体的磨难算不了什么。还有什么比灵与肉的撕裂状态更令人痛苦呢？还有什么比灵与肉彼此不忠诚、相互为敌、动辄厮打的状态，更能体现人性深处的幽暗不明呢？

作者鬼金，像他笔下的人物朱河一样，也是一位被囚禁在吊车驾驶室里的司机。被囚禁者最大的梦想，就是想变成小鸟飞上天去。鬼金真不愧是从吊车上下来的人，有高度，他从吊车回到地面，就像小鸟落在父亲的手心一样。因此，梦想总是像受伤的小鸟那样，坠落在人性的幽深地带。那是一个被“驴友们”称之为“无人地带”的地方。好的小说家，就像无人地带的探险家，总能为荒芜的景观带来生人的气息。

郑小琼：底层女性受伤的身体和灵魂

郑小琼的《女工记》中，出现了近百个女工的名字，多数都是她在东莞工厂流水线上认识的姐妹：竹青、田建英、刘美丽、李娟、谢庆芳、兰爱群、伍春兰、阿蓉……我们还记住了另一些名词：大朗、东坑、寮步、黄麻岭、南浦村、石排镇。这些女工都是来自乡村的“农民工二代”。她们带着逃离贫瘠乡村、融进富庶都市的梦想，带着青春而稚嫩的身躯而来，接待她们的却是伤害、侮辱、迷惘、绝望乃至麻木！郑小琼用自己素朴而简陋的笔墨，匆匆地记下了她们的名字、经历、眼神和悲伤。

多年来她守着
这些螺丝一颗两颗转动向左向右
将梦想与青春固定在某个制品看着
那些苍白的青春一路奔跑从内陆的乡村
到沿海的工厂一直到美国的某个货架
疲倦与职业的疾病在肺部积蓄着
那些暗示不再按时到来的月经
猛烈的咳嗽她看见工厂远处的开发区中
有绿色的荔枝树正被砍伐身边的机器在
颤抖……她揉了揉红肿的眼窝将自己插在
某个流动的制品间

这部《女工记》，是一部将散文和诗歌、纪实和虚构、叙述和抒情交织在一起的作品。作者或许是无法用散文的笔法将她的姐妹的遭遇全部写出，因此，经常情不自禁地采用了更为浓缩的诗歌文体形式：一段散文加一段诗歌。在这些文字中，机器的轰鸣声与“猛烈的咳嗽声”相遇；工业流水线永不停息地流动的元件与不再按时流动的“月经”相遇；工业区绿化带欲滴的青翠与“红肿的眼窝”相遇；每天12小时与每月300元相遇；越来越肥大的企业，与越来越瘦弱的身躯相遇；幼稚的希望与老练的绝望相遇，这些词组的强烈反差，几乎要将我们的眼睛和心击碎！

对于身体意义上的苦役，中国人或许并不陌生。但是“绝望”和“虚无”，作为一种“农民工二代”仅有的“遗产”在继承着，却是一个新的话题。回不了的故乡和进不了的都市，成了她们生命中的一个巨大的障碍。拿不准的爱情和守不住的家庭，成了年岁渐长的女性的绝望和虚无的根源。她们可以选择“堕落”，但“堕落”的沉重后果还是由她们自己承担：丧失生育能力，甚至丧失“爱”的能力。她们结婚又离婚，然后再回去继续“堕落”。这种无望的情绪像瘟疫一样在打工妹中传播。

对于在南方生活20年，已经老去的那一代打工者而言，一切都成了往事，悲伤的、堕落的往事。对于出生于20世纪90年代的“农民工二代”来说，一切才刚刚开始。作者通过调查发现：35%的“90后”工人生活在父母婚姻破裂的家庭，有80%的“90后”工人从小就没有跟父母生活在一起。他们从小生活在破碎的家庭里，缺少与父母之间的交流。他们没有受过完整的教育，有的初中还没有毕业就出来打工，到发达地区去继承父母绝望的遗产。“比如熊曼，在她和她的儿子的身上，我看到的不是希望，而是一种悲剧的轮回，一种底层不管如何努力都摆脱不了的轮回。”

十四岁小女孩要跟我们
在流水线上领引时代带来的疲惫
有时她更想让自己返回四川乡下
砍柴割草摘野果子与野花
她瘦小的眼神浮出
荒凉我不知道
该用怎样的句子来表达只知道

童工或者像薄纸样的叹息
她的眼神总能
将柔软的心击碎
为什么仅有的点点同情
也被流水线的机器碾碎
她慢半拍的动作常常换来
组长的咒骂她的泪没有流下
在眼眶里转动“我是大人了
不能流泪”她一本正经地说
……
她指着另一个比她更瘦弱的女孩说
“她比我还小夜里要陪男人睡觉”。

在读这部作品的时候，我看到的是活生生的人和令人震惊的事实。尽管作者写得过于匆忙急切，因细节过于省俭而略显干枯，但作者写得很诚实。特别是那些残缺不全的、缺胳膊少指头的形象，那些受到侮辱和伤害的青春身躯和心灵，那些在出租屋的暗夜中弥漫着的绝望和虚无的潮湿空气，还有那些像传奇一样传播的、带着南方特有的腥味儿的奇闻逸事，那些时代的褶皱中深深的精神伤疤，无疑已经将许多读者击倒！当然，我更喜欢读的还是那些诗行，那是用千万吨残酷的事实和伤害的“矿石”，冶炼出来的词汇。

曹寇和他的“恶童叙事”

许多现代作家刚开始写作的时候，都以“恶童”形象出场，其叙事具有很大的破坏性。他们不像古典作家那样，迷恋于对“美”的呈现，而是迷恋于呈现生活和心灵的“废墟”状态。他们仿佛一位“恶童”，稚嫩的脸上带着焦虑、愤懑、伤心、迷茫的神情，眼里却露出“凶光”。他们手持棍棒，在生活和心灵的“废墟”里翻箱倒柜，捣碎了虚假生活的面具和“美”的观念的硬壳，甚至周围的生物。因而常常与“暴力叙事”相关。事实上他们并不否定“美”，而是在质问：“美”到哪里去了？它被谁毁了？每当读到这类小说的时候，我们会感到震颤和悲戚。我称这种叙事为“恶童叙事”，在他们那里，爱和恨、肯定和否定、交流和拒绝……这些人类情感的基本要素，都发生了变异、改变了颜色，并因此形成独特的风格。

由此我自然想起了20世纪80年代的莫言、余华、王朔，90年代的王小波、朱文，还有21世纪的丁天、李师江等作家。只有那些面对现实生活和道德，具有强烈质疑精神和毁灭勇气的创作，并将这种质疑和毁灭的激情融进小说叙事文体之中的作家，才可以成为标志性的作家。他们既泄露了一个时代的精神秘密，也在走出精神废墟的道路上留下了蹒跚的脚印。《屋顶长的一棵树》的作者曹寇，也可以归入这一“恶童叙事作家”之列。不过，曹寇不是那种迷恋于“暴力叙事”的作家，他的叙事比那些与恶童形象相关的“暴力叙事”更狠毒。他的语言更锋利，在生活和道德的脂肪上插得更深。

刚开始读曹寇的小说的时候，的确有一种走进生活的废墟（精神废墟寄居的场所）的感觉：废弃的村庄和废弃的亲情、坟地和死人、垃圾场和拾荒者、案发地和审判现场、廉价出租屋的廉价生活和苟且的快意、人迹罕至满是尘埃的楼道、地下室和老鼠……曹寇的“叙事者”穿行在生活的废墟之中，试图在荒芜化了的精神现场，寻找灵魂的生机。同时，他的“叙事者”也四处碰壁，交流中出现重重障碍，给人一种筋疲力尽的感觉。

曹寇的“叙事者”的最大困惑，并非来自“废墟”本身（因为对于灵魂而言，任何一个时代都相似，所谓日头底下无新事），而是来自对现实废墟的“聒噪”和精神废墟的“缄默”的绝望感。现在，他试图要让这种状况颠倒过来，要让精神废墟的“缄默”也能开口说话，要让现实废墟的“聒噪”闭嘴。

曹寇的叙事，采用了两种指向恰好相反的方式和语言风格。一种是在坟地里与死人（父亲、老师或同事）对话，还有在布满灰尘的楼道里与老鼠对话，长篇大论、絮絮叨叨、反驳质疑，又不时地泄露一丝温情。我们仿佛看到“缄默的灵魂”重新复活。还有一种叙事是，用语言与现实废墟的“聒噪”对抗，也就是阻止“聒噪”进一步发生。曹寇采用的方法，就是以“聒噪”对抗“聒噪”，语言凶狠，充满了“恶意”。他的叙事中经常出现“辱骂”“诅咒”“审判”这类充满死亡气息的词汇。用这种语言与现实的废墟“交流”，实际上就是用一种带有“死亡”（审判）的语言，让对方的语言终止。曹寇要终止的“恶”，不仅仅是现实废墟里的“恶”，也包括跟这些现实之“恶”相伴生的、寄生在其上的“善”——那么无辜、那么伪善、那么邪恶的东西。这是很多作家都不愿触碰的底线。

毫无疑问，我们从他的小说叙事中，不仅仅是感受到一种令人心悸的“恶”，也感受到一种巨大的“善意”，一种难以捕捉的“温情”。尽管这些因素总是躲躲闪闪，尽管它埋藏得很深很深，但“狐狸尾巴”是藏不住的。我觉得，这就是曹寇的特殊之处。他用一种令人触目惊心的“恶童叙事”，使得荒芜的废墟里开出了新的花朵。

目前，曹寇的小说还带有很强的“自白”（经验和经历）色彩，“恶童叙事”正是一种高级形式的“自白派”。随着创作的日趋成熟，他将面临“事物”“世界”“一切”，这对青年作家来说是巨大的挑战。我相信曹寇的写作有巨大的潜力！

阿乙的“恶之花”

在文学创作中，与“善”的主题相比，“恶”的主题更具有挑战性。如果作家笔下“恶”的主题，符合一般意义上的推理逻辑，符合既定的道德话语逻辑，符合表达意义体系的语言习惯，也容易被人接受。因为它可以起到惩恶扬善的效果，起到维护社会秩序的效果。无论我们的社会是不是很好，是不是恶习难改，人们都愿意看到小说呈现出一个能够为我们提供虚构的安全感的世界，哪怕是自欺欺人也没关系。当我们面前出现了这样一个关于“恶”的主题的小说：其中的“恶”无法用已有的语言逻辑解释，无法用通常的意义体系自圆其说，无法用既定的道德话语对它进行审判的时候，我们会感到无所适从，甚至愤怒不已，最后是彻底的绝望。当然，还有最后一种方式，那就是让这种无法解释的“恶”消失，仿佛从此天下太平。

青年小说家阿乙的新作《下面，我该干些什么》，写的就是这样一个令已有的语言、价值、逻辑束手无策的“恶”故事。小说以一位19岁的青年犯罪的故事为开端（他将自己的同学杀死了），详细描写了他逃亡、自首、坐监、受审的过程。其风格的冷酷和想象方式的怪异，引起了读者的关注。

在文学史上，类似的故事并不少见，比如陀思妥耶夫斯基的《罪与罚》、马尔克斯的《一桩事先张扬的谋杀案》、博尔赫斯的《杀人不眨眼的比尔·哈利根》，还有加缪的《局外人》等。陀氏呈现了古典“罪恶”观念的荒诞性，并将惩罚的权力交给了上帝。马尔克斯和博尔赫斯的情节的荒诞性，让人的意志和行为的自主性丧失了主动权。加缪让“罪”的主题获得了形而上学性质，并将意志的冷漠和性行动的盲目性结合在一起，试图借此摧毁世俗道德审判的逻辑惯性。这些文学遗产，无疑影响了阿乙的创作。但阿乙的故事的产生的现实基础是清晰的。

小说主人公，一位被家庭、社会、学校忽略的青年，以叙述者的身份出现，冷静地叙述凶杀事件的经过。小说叙述的重心，其实并不在凶杀事件本身，凶杀事件一开始就被呈现出来了，“罪人”一开始就出场了。如果按照侦探小说设计，那么它一开始就可以终结了。可是，这部小说的整个叙述，是在凶杀事件发生之后。它要解决的问题是：“为什么？”“他为什么要杀害一个无辜的人？”如果答案是由法官、记者、心理咨询师、青少年犯罪研究者提供的，那么这部小说就毫无意义。最终的答案是由小说叙事提供的。不管你是否接受，这个答案的荒谬性、不合逻辑性本身就呈现出了它的意义——既定的话语、逻辑、词语，并不是万能的。

我们生活的这个世界是荒谬的。我们不愿意看到人们为这个荒谬的世界再增添一些荒谬的因素。于是我们假装自己为这个世界找到了不荒谬的理由，并且不断借用词语去建构一个不荒谬的世界。当世界的荒谬性进入了难以自拔的境地时，人们还有最后一招，那就是用“情感”来感化他、捕获他，让他在亲情、友情、爱情面前低头认罪，以便达到否定那些不符合公众思维逻辑的行为和目的，以便使它曲折地进入社会的陷阱。特别是母爱、父爱。关于这一点，阿乙的小说中也出现了。读到这里，我们会为他捏一把汗。如果这些东西的出现，成了小说结尾的理由，那么它就成了一个道德教化和惩恶扬善的主题小说。幸好阿乙坚持住了，没有让这种滥情的主题大面积地泛滥，而是光亮一闪就过去了。

由此，这部小说还没有落入俗套，因而显示出了它的价值——作者对“恶”的描写，几乎达到了纯粹的地步。有人或许会用“虚无”来质疑。是的，对于文学艺术而言，有时候“虚无”比“虚假”更值得珍视。这也是我愿意认真对待阿乙的创作的一个重要原因。当然，这个小说也有一些瑕疵，比如，有时候主人公的语言与他的身份不合，超出了他可能具备的能力，是作者的意愿强加给他们的。只要在叙述中稍加收敛，这个小的瑕疵就可以克服。

夏烁：小说是对经验贫乏症的挑战

每月下旬，我都会收到评刊组送来的一份备选作者名单和相关作品。我首先要将这些作品浏览一遍，以作品的文学水准为基本依据，再结合风格、影响力、年龄、可持续性等各种其他因素，进行综合考虑和取舍。这些经过筛选出来的作品本来就各有特色，尤其是包含了小说、诗歌、散文等各种不同的文体，评价尺度又有差别。因此要在名单中选出1位“月度人物”和5部“月度作品”，是一件颇费周折的事情。

在本月备选名单中，我很快就锁定夏烁和她的短篇小说《水上漂》。我被那种沉静、精细、内敛的叙事风格所吸引。作者“夏烁”是一个陌生的名字，我们在期刊上从没见过，网络搜索器也搜不到她的任何信息。“评刊组”通过杂志社找到了她，知道她生于1986年，现任浙江某县中学语文教师，《水上漂》是她公开发表的第一篇小说。凭一篇短篇小说就确定她为月度人物，我担心太冒险，有点不确定的感觉。但是，通过阅读作者给“评刊组”寄来的多篇没有刊发的小说稿件，我觉得我的选择没有问题：本月人物就是夏烁了。

夏烁的小说不涉及所谓“重大”主题，而是迷恋于人性或命运的偶然性带来的困扰和纠结。她对日常生活敏锐的洞察，对细节的准确捕捉，对经验碎片的编织，对语言的精心选择，没有半句虚张声势的大话，借此挑战当代小说叙事中经验日趋贫乏的现状。她让我想起了90年代中期的韩东和李洱等人的创作。在今天这个更为浮躁的年代里，她通过叙事向我们展示了“耐心”这种稀罕的品质。更重要的是，她避免了她的同龄人那种把“古典的抒情性”、“现代时髦词汇”和“线性物理时间”强行捏在一起的写作方式。她将“现代诗”的品质带进了小说叙事，使细节充满了歧义，并构成了对情节的质疑、对结构的叛乱。蜂拥而至的细节，仿佛要冲破统一的情节和结构的包裹，逃到静谧无边的暗夜之中去。

小说写的都是江南小镇上边缘人群的故事，比如，小镇城管队员、小企业白领、中小学教师、家长和学生。这些本也稀松平常，关键在于她写得特别，细腻而富有质感。读她的小说，我的脑子里出现了一个场景：江南小镇仿佛睡着了，寂静得令人窒息。所有那些被白天的喧嚣声所压倒的、被俗世所忽略的、令人纠结不已的问题，都像游魂一样结伴出现：凶神恶煞的城管队员，正在生存的窘境中承受内心的冲突；自信的恋人在为自己的选择付出代价，并忍受傲慢带来的回报；安顿死者亡灵的墓穴飙升的价格，似乎要将病床上和病床边的人撕扯开来；预言运程的星座专栏作者，被无法预测的个人运程的敲门声击垮；父母或者老师的权威性，被欲望故事所瓦解……

夏烁的小说结构也很精致，往往是一开始就展示故事或者事故的结局，然后对这个结局做无限制的自由偏离运动。叙事的偏离并不能改变事故的结局，但可以呈现那些指向结局的多种可能性，这让她的小说内部有非常广阔的想象空间。小说《水上漂》的故事源于城管队员冯小宇之死。叙事者“我”的叙事动力，就是要逃避与好友冯小宇相关的死亡事件。逃避冯小宇的唯一办法就是终止回忆和沉思，离开家融入喧嚣的街景。可是，街景的每一个地点，都飘浮着他和冯小宇的身影，以及与之相关的欲望和暴力故事。不可摆脱的死亡和“冯小宇”，就像水上浮动的尸体一样恍惚不定、令人心悸。

描写“星座专栏”作者的“爱情”运程故事的《预言》，展示了程式化的星座术语和预言模式，与复杂的生活和不可预测的情感之间的悖谬关系和荒诞感。最让我震惊的，还是小说《猫》。作者开始不厌其烦地谈论一只离家出走的猫。即将搬离出租屋的她，发现猫不见了，是等它回来还是弃它而去？叙事过程因此而展开，而延宕。失踪的猫回来了，带回一只刚刚出生的小猫，还有舐犊之情。与猫同时“失踪”的是主人公的男友，而她自己的胎儿却没有保留下来。小说用如此克制的语调，描写一位少女如此伤痛的“堕胎经验”。这勾起了我第一次读海明威《白象似的群山》时震撼的阅读经验。

通过对夏烁的小说的阅读，我不得不否定最近听到的这样一种说法——“今天的年轻人与他们的父辈，不是两代人，而是两种人”。这句话的意思是，两代人之间已经发生了物种变异，不属于同类。这种说法试图用代际关系的某些共性，抹杀个体的独创性和代际之间的连续性。但我坚信，优秀的青年作家将会进一步证明：人类经验及其对经验的探索性表述，是有其历史连续性的，并将在“人”的层面，而非“代”的层面，触动和刺激着所有的阅读者和思考者。

许艺：现代诗学对乡土的再发现

中国人用现代白话文从事文学创作的历史已经一百年了，与悠久的古典文学传统相比，这个时间段只能说是太短太短。现代文学经验产生的语境，是传统农耕文明向现代都市文明转型的大变动时代。面对这样的语境，无论是价值层面、现实层面还是语言层面，多数接受者还在适应的过程之中，这导致了新文学创作与接受者之间的冲突，尤其是面对新诗，这一点更为明显。

就小说而言，常见的有几种情形：第一，带着现代情绪去审视农耕文明，比如20世纪初期带批判色彩的“乡土小说”，还有作为它的变种的“农村题材”小说，这是一种带有“独断”色彩的创作思路；第二，带着古典情绪去审视现代文明，比如废名和沈从文的部分创作，这是一种“乌托邦”幻觉式的创作；第三，试图用现代情绪去捕捉现代文明和都市生活，比如“新感觉派”和张爱玲的部分小说，乃至20世纪80年代的新潮小说，这种写作给人以杂乱的感觉，普通接受者有心理障碍，尽管得到了研究者的青睐。

新文学传播中最大的障碍在于，现代经验的破碎，导致情绪的破碎，最后是形式上的破碎。这种破碎感，对接受者的阅读能力提出了过高的要求，阅读过程在人们原本就混乱的心理上再增加一重混乱。

经验的破碎要靠结构的完整性来拯救。但结构可以从现代叙事技术的层面得到处理。整体结构的背后，应该是情绪和心态的完整性。这种情绪的完整性指向的是一种“诗”的品质。这种品质，使文学的存在变得合理合法。

上面就是我读完许艺的几个短篇小说之后的一些想法。

许艺的几个短篇小说（《男人们》《后湾》《罐子里的童年》）留给我很深的印象。小说写的是宁夏西海固地区的乡村生活。面对宁静乃至滞后的乡土世界，在充满现代感性前提下，作者有着非常自觉的现代小说技巧观念。更重要的是，作者的情绪没有被观念所撕裂，而是呈现出一种饱满而自足的情绪和心态。维系这种情绪的完整性的，首先是作者没有将自己要表现的世界，视为一个社会学意义上的不自足的世界，而是一个现代诗学意义上的有待发现的隐秘世界。

由此，作者没有我们惯常所见到的那样去打“苦难牌”，也没有用题材的新奇性来吸引读者。作者写的是“生活本身”，写叙述者的见闻和感受。心态那么宁静、视野那么幽深、感受那么细腻。那是真正的生活，是那种试图借助于某种观念，去建构一个等级化反常化的乡村世界的叙事者所忽略的生活世界。

乡土社会的基本主题：生、老、病、死等，是重复不变的，如果只用古典诗歌的形式表现，它就会显得单调。当作家将它转化为现代叙事，那些单调重复的生命主题，就会变得复杂多变甚至神秘莫测。这里要介绍的三个短篇小说中，《男人们》是写“生”的主题，《后湾》写“死”的主题，《罐子里的童年》写“神奇传说”的主题。在写“生”的主题的时候，作者巧妙地借助于“母亲消失”对儿童带来的心灵创伤，并由此产生的幻想故事，来呈现生与死的奇妙转换关系。其中一个重要的特点是将人“元素化”——“母亲消失”，可能是变成了泥土或者树叶；父亲之所以不能与母亲融为一体，是因为父亲是“石头”，只有泥土和生长性，才能将不同的元素结合在一起；在叙事中，弟弟因此也幻化为一片树叶。整个叙事显得原始而又现代。

另一个小说《后湾》，实际上是写“死”的。“后湾”是一个爷爷和奶奶们将要去的地方。小说通过儿童的视角和想象，并且通过眉叶的弟弟的诞生做衬托，将那个安顿亡灵的“后湾”写得生机盎然。小说《罐子里的童年》，通过对传说中的瓦罐的叙述和想象，使叙事在生与死之间来回穿梭，同时包含着贫瘠的乡土中的儿童，对幸福和财富的欢乐的想象，温馨感人。

我觉得，许艺的创作充满了可能性。但我也有一些担忧，那就是随着写作的不断成熟，乡土世界会变得凝固化、模式化。我希望她在忠实于现有的情绪完整性的基础上，继续保持想象力的丰富性，还有现代技术的多样性。只有这样，她才能呈现出那个无可名状的“乡土世界”的无限多样性和可能性。

陈集益：驾驭“现实”题材的技术

我经常对初学写作的人说，刚开始写作的时候，要做“自白派”，以“自我”为根基开始学习技巧。等到技术熟练之后，可以做“事物派”，学习表达自我之外的事物。到了胸有成竹的时候，便可以做“世界派”，就是敢于写一切事物，包括自我、他人他物、世界。因此文学与外部世界的关系这一复杂问题，首先应该转化为技术问题。

文学应该关注现实，这是大家的共识。但如何关注却是一件颇为困难的事情。有些一出手就直奔“现实”的作家，常常会遭遇滑铁卢，他们写着写着就离文学越来越远，写得像长篇流水账，结果是丧失再写下去的信心。倒是一开始就极力回避“现实”，以幻想题材作为操练对象的人，更容易贴近文学本身，也容易迅速成熟为一个技术纯熟的作家。80年代的“先锋小说家”就是如此，他们从不直奔“现实”，而是用文学的武器与“现实”打迂回战，并成功地摆脱了“现实”对写作者的吞噬。但“现实”也在拒绝他们，他们被视为一群玩“叙事圈套”的人，他们的作品便成了文字智力游戏。当他们觉醒过来并试图去捕捉“现实”的时候，现实却变得越来越狡猾。对于这一批作家而言，如何面对“现实”，至今还是一个难题。

当代作家中的“70后”这一群体，有一个共同的特点：一开始就与“现实”恩怨交加地联系在一起。他们与上面所说的“直奔现实”不同，他们有很好的技术准备，除了大量译介的外国文学作品之外，还有20世纪（特别是20世纪80年代以来）白话汉语叙事技术为借鉴，使得他们能够在文学的根底上，迅速自如地进入“现实”。“中国文学现场”的“月度作品”和“月度人物”已经做过一些推介。本月的陈集益也是其中一员。

陈集益的《哭泣事件》就是一个“现实题材”的小说——80多岁的老将军，即将回到曾经战斗过的村庄，全村的人都欢喜雀跃，接下来的主要情节是：动员令、接待规格和仪式的设置，准备老将军喜欢的食物“麻糍”，小说主人公“父亲”被选中制作麻糍，又阴差阳错失去了制作麻糍的资格，“父亲”愤愤不平闹事，被抓进了派出所，在外地工作的儿子营救，梦见父亲上访……看上去很像一篇带有悲剧性的报道。但陈集益的叙事没有按照这个自然的情节逻辑推进，如果这样，那就成了通讯，甚至有可能成为流水账。

我们应该发现两种逻辑，一种是“现实事件”本身的发展逻辑，还有一种是“小说叙事”的发展逻辑。“现实事件”的发展逻辑很简单：老将军故地重游、村子里接待成功，主人公可能是老将军，村民们成了陪衬，就像新闻报道那样。“小说叙事”的逻辑则反其道而行之：接待过程中的“意外”成了叙事的基本动力，或者说构成了“现实事件”推进过程中的阻力。于是，意外事件的制造者“父亲”成了小说主人公。小说叙事中复杂的细节表明，意外事件的制造者，是包括父母在内的全村人，还有村干部，他们对将军返乡事件抱有太多非分之想。而“父亲”却成了意外事件的唯一责任人而受到不公待遇，以致濒临精神崩溃。小说中的另外一条线索，是叙述主人公“我”，在北京工作（其实也是一“屌丝”），是家里的骄傲，却无法帮助困境中的父亲，由此带来的心理纠结。

小说对这样一件我们经常听闻的故事的叙事处理基本上是成功的。但也有一些遗憾。关键在于意外事故发生之后，父亲进京找儿子这一线索，在后面成了叙事重心，分散了前半部的闹剧色彩，指向了后半部的悲剧色彩。而后半部又无法充分展开。这样，显得整篇小说的叙事重心飘忽不定。这是陈集益在今后的写作中应该注意的地方。中短篇小说的叙事重心一定要相对稳定，才能产生更好的艺术效果。